The Boy
Who Followed His Father
into Auschwitz
Jeremy Dronfield

アウシュヴィッツの父と息子に

ジェレミー・ドロンフィールド
越前敏弥＝訳

河出書房新社

アウシュヴィッツの父と息子に　目次

1938年4月。左からヘルタ、グスタフ、クルト、フリッツ、ティニ、エーディト。

原注は［　］、訳注は〔　〕で示した。
その他のカッコは原書に準ずる。

クルトに

そして、以下の人たちを偲んで

グスタフを
ティニを
エーディトを
ヘルタを
フリッツを

証人は懸命に語った。今日の若者のために。そして、やがて生まれる子供たちのために。
自分の過去を彼らの未来にしたいとは思わないからだ。

エリ・ヴィーゼル『夜』より

アウシュヴィッツの父と息子に

序文

これは実話だ。登場する人々も、出来事も、ひねりも、ありえないような偶然も、すべて史料に基づいている。実話でなければよいのに、こんなことが起こっていなければよいのに、と感じるほど恐ろしく痛ましい出来事もある。だが、どれも実際に起こり、いまも存命中の人々の記憶に残っている。

ホロコーストの話は数多くあるが、この話は特別だ。グスタフ・クラインマンとフリッツ・クラインマンという父と息子の物語は、ほかのあらゆる話の要素を含んでいるが、ほかのどれともまったくちがう。ナチスの強制収容所を、一九三〇年代末という最初期の大量拘束から〝最終的解決〟とその後の解放まで、すべて経験したユダヤ人はほとんどいない。そして、父と息子がこの地獄のすべてをはじめから終わりまでともに乗り越えた例は、わたしの知るかぎりほかにない。ふたりはナチス占領下で生活したのち、ブーヘンヴァルト収容所へ入れられ、アウシュヴィッツ収容所で親衛隊（ＳＳ）に対する収監者のレジスタンス組織にかかわり、死の行進を経てマウトハウゼン収容所、ミッテルバウ＝ドーラ収容所、ベルゲン＝ベルゼン収容所へ移されたのち――生還した。そのような親子が記録を文書に残した例は、まちがいなくこれだけだ。運と勇気がひと役買ったとはいえ、グスタフとフリッツを生かしつづけたのは、結局のところ、互いに対する愛と献身だった。〝あの子はわたしにとっていちばんの喜びだ〟ブーヘンヴァルト収容所で、グスタフは隠し持った日記にこう書いた。〝われわれは互いを力づけている。ふたりはもはや切っても切れない〟この絆は一年後、究極の試練にさらされる。グスタフがアウシュヴィッツ収容所へ移送されることになった――すなわち、ほぼ死刑宣告が出たに等しい――とき、フリッツは自分の安全を顧みず、父についていった。

わたしは心をこめてこの物語に命を与えた。これは小説のように読めるはずだ。わたしは歴史家であると同時に作家でもあるが、何かを創作したり飾り立てたりする必要を感じなかった。断片的な会話までもが、一次資料から引用もしくは再構成したものだ。土台となったのは収容所にいたグスタフ・クラインマンが一九三九年十月から一九四五年七月までつけた日記で、それを補うために、一九九七年に発表されたフリッツの回顧録とインタビューを参照した。どれもけっして読みやすいとは言えなかった。気持ちの面でもそうだが、文字どおりの意味でもそうだ――極限状態で書かれた日記は不完全で、一般の読者が知らない物事をほのめかしていることもよくある（ホロコーストが専門の歴史家たちですら、資料を調査しなければ理解できない部分もあった）。グスタフが日記をつけたのは記録を残すためではなく、みずからが正気を保つためだった。何について書いているのか、当時のグスタフにはわかっていたのだろう。読み解いてみると、その日記はホロコーストを何週間も何か月も何年も生き抜いたことについて、深く痛ましい洞察を与えてくれた。驚くべきは、グスタフの何にも屈しない強さと楽天的な精神だ。〝……わたしは毎日自分にこう言い聞かせている〟グスタフは収容六年目に書いた。〝絶望するな。歯を食いしばれ――SSの人殺しどもに負けてたまるものか〟、と。

存命中の家族たちへのインタビューから、さらにくわしい人物像が見えてきた。それらすべて――一九三〇年代のウィーンでの生活から、収容所での役職や関連人物に至るまで――の裏づけを得るため、多様な文書を調査した。生存者の証言、収容所の記録文書、その他の公式文書によって、この物語のたどるあらゆる道筋が、あまりにも突飛で信じがたい部分までも事実であると証明された。


ジェレミー・ドロンフィールド、二〇一八年六月

クルト・クラインマンによるまえがき

この本で描かれる恐怖の日々から、すでに七十年以上が経った。わたしの家族の生存、死没、救出の物語は、そのころ監禁を経験した人、家族を失った人、あるいは運よくナチス政権を逃げ延びた人たち全員の物語を内包している。あの時代に苦しんだすべての人々を代表するものであり、だからこそけっして忘れてはならないものだ。

六年間で異なる五つの収容所を経験した父と兄の記録は、ホロコーストの実態の生き証人だと言える。ふたりの生きようとする気持ち、父と息子を結ぶ絆、勇気、そして幸運は、いまを生きる者の理解を超えているが、ふたりがすべての試練を乗り越えられたのはそれらのおかげだ。

ヒトラーがオーストリアを併合したとき、わたしたちがどれだけの危険にさらされているかを、母はすぐに察知した。上の姉は母の勧めと助力を受けて、一九三九年にイングランドへ逃げた。わたしはナチス支配下のウィーンで三年間生活したが、一九四一年二月に母がアメリカへ逃れる道を確保してくれた。おかげで命が助かったことはもちろんだが、わたしを自分たちの一員のように愛してくれる家族とも巡り合うことができた。下の姉はそのような幸運に恵まれなかった。この姉と母はやがて捕らえられ、ほかの数多くのユダヤ人とともに、ミンスク近郊にある死の収容所へ送られた。ふたりがそこで殺されたことは何十年も前から知っていたし、その現場となった人里離れた地を訪れたこともあるが、実際に何が起こったのかはこの本ではじめて知り、深く心を動かされた。打ちのめされたと言ってもいい。

父と兄がともに苦難を生き延びたことが、この本では奇跡とも言えるほどくわしく書かれている。わたしがふたりと再会したのは、一九五三年に徴兵されたときのことだ。十数年ぶりに帰ったウィーンだった。それから何年にもわたって、妻のダイアンとわたしはウィーンを何度も訪れ、息子たちを祖父とおじに引き合わせた。別離やホロコーストを生き抜いた家族の結束は、それ以来ずっとつづいている。わたしはウィーンやオーストリアに対し、トラウマや憎しみをいだいてはいないが、だからと言って、オーストリアがたどった歴史をすっかり許したり忘れたりはできない。一九六六年、父と義母がわたしと姉を訪ねてアメリカへやってきた。ふたりに新たな故郷の驚異を見せたわたしは、その機会にマサチューセッツの里親とも引き合わせた。わたしにとって大切な人々同士の対面は、感謝と喜びに満ちていた。わたしが生き延びてここにいられるのはその人たちのおかげだ。

『アウシュヴィッツの父と息子に *The Boy Who Followed His Father into Auschwitz*』では、綿密な調査に基づいて、わたしの家族の物語が繊細に、そして生々しく力強く描かれている。物語をまとめあげ、この本を執筆してくれたジェレミー・ドロンフィールドへの感謝の気持ちは、ことばで言い表せないほどだ。この本では、わたしや姉の思い出をはさみながら、父と兄の収容所での物語が鮮やかに描かれる。わが一族のホロコーストの物語を世間の人々に知ってもらえること、そしてこの話がこれからも記憶されていくことに感謝したい。

クルト・クラインマン、二〇一八年八月

プロローグ

オーストリア、一九四五年一月

フリッツ・クラインマンは列車に揺られながら、氷点下の風が無蓋貨車の側壁を越えてうなりをあげるなか、激しく体を震わせていた。隣で体をまるくしている父は、疲れきってまどろんでいる。まわりにはぼんやりとした人影がいくつも腰をおろし、収監者服の薄い縞模様と顔の骨を月光に浮かびあがらせている。逃げるときがきた。これ以上待てば手遅れになる。

八日前にアウシュヴィッツを離れ、この旅がはじまった。最初の六十キロは徒歩で、雪のなか、SSが何千人もの収監者を迫りくる赤軍とは反対の西へと追い立てた。列の後尾からときおり銃声が響き、遅れた収監者が殺されていく。振り返る者はいなかった。

それから列車に乗せられ、帝国《ライヒ》のより奥地にある収容所へ向かっている。フリッツと父は、なんとかこれまでどおりいっしょにいられた。移送先はオーストリアのマウトハウゼンだ。そこで収監者たちはSSの手で最後の一滴まで労働力を搾りとられ、ついには皆殺しにされるのだろう。屋根なしの貨車ひとつにつき、百四十人が詰めこまれた――はじめは立っているしかなかったが、数日経って寒さで死ぬ者が現れると、徐々に腰をおろせるようになった。死体は貨車の片隅に積みあげられ、脱がせた服は生者をあたためるために使われた。

死の淵に立っているとはいえ、ここにいる収監者たちは労働力になる幸運な者たちだ——兄弟姉妹や妻、母、子供たちの多くはすでに殺されたか、西へ向かって死の行進をつづけている。

七年前に悪夢がはじまったころ、フリッツはまだ少年だった。ナチスの収容所で学び、成長し、希望をくじこうとする力に抗いながら大人になった。この日を予期していたフリッツは準備をしていた。フリッツも父も、収監者服の下に民間人の服を着ている。フリッツがアウシュヴィッツのレジスタンスの友人から手に入れたものだ。

列車はかつてふたりが住んでいたウィーンを通り抜けて西へ進路を変え、目的地は十五キロ先に迫った。故国にもどったいま、自由の身になれば、地元の労働者として通用するはずだ。

フリッツは父を心配し、そのときを先延ばしにしていた。グスタフは五十三歳で、疲れ果てている——ここまで生き延びられただけでも奇跡だ。ついに機会が訪れたのに、いまのグスタフは脱出の計画を実行できそうもない。もはや力が残っていなかった。とはいえ、生きるチャンスを息子から奪うつもりもなかった。長いあいだ助け合いながら生きてきて、ここで別れるのはあまりにもつらいが、グスタフはフリッツに、ひとりで行けと言い聞かせた。フリッツはいっしょに来てくれと乞うたが、どうにもならなかった。「神のご加護を」父は言った。「わたしには無理だ。行くだけの力はない」

そろそろ実行に移さないと間に合わない。フリッツは立ちあがり、忌まわしい収監者服を脱いだ。それから父を抱きしめてキスをし、まわりの手を借りつつ、貨車の滑りやすい側壁をのぼった。

氷点下二十度の強烈な風がフリッツを叩いた。両脇の車両についたブレーキ室へおそるおそる目をやる。あそこには武装したSS監視兵がいる。高い空の上から、明るい月——満月まであと二日——[1]が雪の積もった大地にぼんやりした光を投げかけている。動くものがあれば、はっきり見えるはずだ。列車は轟音を響かせながら全速力で走っている。勇気を振り絞り、大いなる幸運を祈りながら、フリッツは夜闇と吹きすさぶ冷気のなかへ身を躍らせた。

第一部

ウィーン　七年前……

1 「ユダヤの血がナイフから落ちるとき……」

אבא
父

グスタフ・クラインマンの細い指が、布地をミシンの押さえ金の下で送り出した。針が小刻みに音を立てて機関銃のように糸を布へ打ちこみ、長く完璧な曲線を描いていく。作業台の横には張り地の完成を待つ肘掛け椅子があり、ブナ材の骨組みに腱糸が網目状に張られて、馬毛の中材が詰まっている。張り地を縫い終わると、グスタフは肘掛けにかぶせた。小さな槌で鋲をつぎつぎ叩きこむ——内側には質素なものを、外側のへりには真鍮のまるい頭がついたものを、整列した兵士のヘルメットのように隙間なく打っていく。トン、トントン。

仕事ができるのはありがたい。いつもありつけるとはかぎらないし、妻と四人の子を持つ中年男にとって、人生は安泰とは言いがたい。グスタフは腕のよい職人ではあっても商売上手ではないが、それでもどうにか切り抜けてきた。オーストリア゠ハンガリー帝国時代、歴史あるガリツィア王国［現在のポーランド南部からウクライナ西部に存在した］の湖畔の小さな村で生まれたグスタフは、十五歳のときにウィーンへ来て椅子張り職人としての訓練を受け、そのまま住み着いた。二十一歳の春に徴兵されて、先の大戦で二度負傷し、武勇を讃える勲章を受けたのち、終戦後はウィーンにもどってささやかな仕事を再開し、研鑽を積んで名工《マイスター》の称号を得た。戦時中に恋人のティニと結婚し、いっしょに元気で明るい子供を四人育ててきた。そして、そこにグスタフの人生があった。慎ましく、働き者で、何もかも満ち足りているわけではないが、おおむね楽しく過ごしていた。

飛行機の低い音がグスタフの思考をさえぎった。何機かが街の上を旋回しているのか、音は大きくなったり遠のいたりしている。グスタフは不思議に思い、工具を置いて外へ出た。

イム・ヴェルトはにぎやかな大通りで、荷馬車のひづめの音やトラックのエンジン音が響き、空気は人と排気ガスと馬糞のにおいに満ちている。一瞬、雪が――三月なのに！――降っているように見え、グスタフはとまどったが、空から舞ってきたのは紙で、石畳の道やカルメリター市場に並ぶ露店に落ちた。グスタフは一枚を拾った。

オーストリア国民へ！
わが国の歴史ではじめて、祖国のあり方への明確な意思表明を政府が必要とし[1]……

こんどの日曜の投票についての宣伝だ。国じゅうがこの話で持ちきりで、世界じゅうが注目していた。オーストリアの老若男女全員にとっての一大事だが、とりわけユダヤ人であるグスタフにとっては何にも増して重要だった――オーストリアがドイツの圧政からの独立を保つべきかどうかを国民投票で決めるのだから。

この五年のあいだ、ナチス・ドイツが国境の向こうから隣国オーストリアに貪欲なまなざしを向けていた。オーストリア生まれのアドルフ・ヒトラーは、故郷をドイツ帝国に組みこむという考えに取りつかれていた。オーストリア国内にも統合を望む親ナチス勢力はあったが、国民のほとんどは反対派だった。クルト・シュシュニック首相は、ナチス党員を入閣させるようヒトラーから圧力を受け、要求に応じなければ悲惨な結果を招くと脅迫されていた。シュシュニックは退陣を強いられてナチスの傀儡が取って代わり、その後統合が決まって、オーストリアはドイツに呑みこまれるだろう。国内にいる十八万三千のユダヤ人は、そんな先行きを兢々と案じていた。[2]

世界が成り行きを注視していた。追いつめられたシュシュニックが振った最後のさいころが、直接国民投票の告知だった。独立を維持したいかどうかをオーストリア国民の判断に委ねるというわけだ。シュシュニックのこの決断は勇敢なものだった。前任者はナチスがクーデターを試みたときに暗殺され、いまはヒトラーがあらゆる手を使って投票を中止させようとしている。投票日は一九三八年三月十三日の日曜日が予定されていた。

愛国のスローガン（〝独立に賛成票を！〟）が、そこかしこの塀や道路に貼られ、記されていた。そして投票が二日後に迫ったきょう、飛行機がウィーンじゅうにシュシュニックの政治宣伝を撒き散らしている。グスタフはそのビラをもう一度見た。

……自由でゲルマン民族らしく、自立と社会性を重んじ、キリスト教精神のもとに結束したオーストリアのために！　国民と祖国に忠誠を誓うすべての人々の平和と労働と平等な権利のために。

……われわれの生きる意志を、世界は目にすることになる。それゆえ、オーストリア国民よ、一丸となって立ちあがり、〝賛成〟に投票しようではないか！[3]

こうした鼓舞のことばは、ユダヤ人にとって複雑な意味をはらんでいた。ゲルマン主義については、ユダヤ人なりの考えがある――グスタフは先の大戦で国家に尽くしたことを心底誇りに思い、自分はまず第一にオーストリア人、第二にユダヤ人であると考えていた。[4]けれども、シュシュニックが理想とするゲルマン系キリスト教徒の枠にはあてはまらない。また、シュシュニックのオーストロファシズム政権にも不安を覚えていた。グスタフは以前、オーストリア社会民主党の熱心な活動家だった。

一九三四年にオーストロファシズムが勢力を増すと、社会民主党は激しい弾圧を受け、非合法化された（ナチス党もそうだったが）。
とはいえ、このころのオーストリアのユダヤ人にとっては、ドイツで公然とおこなわれていた迫害と比べたら、どんなものでもましだった。この日のユダヤ人新聞《ディー・シュティメ》に大見出しが出ていた――〝オーストリアを支持する！　全員で投票箱へ！〟[5]と。正統派ユダヤ教徒の新聞《ユーディッシェ・プレッセ》にも同様の呼びかけが載った――〝特別な要請がなくても、オーストリアのユダヤ人はひとり残らず投票する。その意義を承知しているからだ。だれもが義務を果たさなくてはならない！〟[6]
ヒトラーはいくつかの秘密ルートを通し、国民投票を中止しなければドイツは実力で阻止するとシュシュニックを脅していた。グスタフが道でビラを読んでいたまさにその瞬間、国境にはすでにドイツ軍が集結しつつあった。

אמא
母

ティニ・クラインマンは鏡を一瞥して上着を軽く叩き、買い物袋と財布を持ってアパートメントを出ると、小さなしゃれたヒール靴の硬い音を響かせながら、早足で階段をおりていった。建物の一階にある工房から、グスタフが外の通りに出ているのが見えた。手にビラを持っている。通りはビラだらけだ――木々のあいだにも、屋根の上にも、いたるところにある。文面に目をやったティニは身を震わせた。一切合切についていやな胸騒ぎがするが、楽天家のグスタフにはどうも伝わっていない。グスタフはいつも、結局はすべてうまくいくと信じている。それが弱みでも強みでもあった。

ティニは石敷きの道をすばやく進み、市場へ向かった。露店を出しているのは田舎の農家の人たちが多く、毎朝やってきてはウィーンの商人たちに交じって作物を売っている。商人のほうは多くがユダヤ人だ。それどころか、市内の事業の半数以上はユダヤ人のもので、特にこのあたりはそれが目立っていた。近隣のナチスはその事実を利用し、不況に苦しむ労働者の反ユダヤ感情を煽っていた――あたかもユダヤ人は苦しんでいないかのように。

グスタフとティニは特に信心深いわけではなく、シナゴーグへ行くのはおそらく年に数回、記念日や追悼行事のときだけで、ウィーンのほとんどのユダヤ人と同じく、子供にはヘブライ語ではなくドイツ語の名前をつけていたが、ほかの者たちと同様、ユダヤ人としての習慣は守っていた。精肉店のツァイゼルからウィーン風シュニッツェル用の薄切り子牛肉を買い、シャバト［安息日。金曜日の日没直前から土曜日の夕暮れまで］の晩に飲むスープ用に鶏肉を残してあるので、農作物の露店で新鮮なジャガイモとサラダ用の野菜を買い、それからパン、小麦粉、卵、バター……。にぎわったカルメリター市場を進むにつれ、ティニの買い物袋は重くなった。市場と中心街のレオポルト通りが出会うところでは、仕事口を失った掃除婦たちがクラブップ下宿屋やコーヒー店の前に立って客を見つけようとしていた。運のよい者は、近くの通りに住む裕福な婦人たちから選ばれる。石鹸水を手桶に入れてみずから持参すれば、賃金としてまるまる一シリング［二〇一九年時点で二、三ポンドにあたる］が手にはいる。ティニとグスタフも支払いに苦労することはあったが、さすがにティニがそこまでせざるをえないほどではなかった。

独立賛成派のスローガンはどこでも目につき、通りにはペンキで路面標示のように大きく太い文字が記されていた。国民投票の掛け声――〝賛成と言おう！〟――も、オーストリアの〝松葉杖十字〟［棒の先がT字状になった十字］も、そこかしこにある。家々の開いた窓から、大音量のラジオが朗らかな愛国音楽を流している。ティニが見ていると、急に歓声とエンジン音が響き、トラックの一団が通りを走ってきた。乗っているのは制服を着た十代のオーストリア青少年団員たちで、国の色である赤と白の旗を振りながら、さらなるビラを撒いている。[7] 見物人たちはハンカチを振って帽子を脱ぎ、「オーストリア！　オーストリア！」と叫んで団員たちを歓迎した。

独立派が優勢のように見えた……とはいえ、群衆のなかには不満げな顔も見える。ナチスの支持者たちだ。きょうはいつになく静かだ——それに、いつになく人数が少ない。どうもおかしい。

突然、陽気な音楽がやみ、ラジオから途切れがちな声で緊急放送が流れた——配偶者のいない予備兵はただちに出頭して任務に就くように、と。アナウンサーは日曜の国民投票に向けて秩序を守るためだと言ったが、その口調には不吉な響きがあった。そんなことのために、なぜ追加の兵士が必要なのだろう。

ティニはきびすを返し、混み合った市場を抜けて家へ向かった。世界で何が起ころうと、どれだけ危険が迫ろうと、人生はつづくものであり、そのなかで生きていく以外にどうしろというのか。

בן
息子

ビラは市街を飛び交い、ドナウ運河の水面や、公園や道路にも落ちた。その午後遅く、フリッツ・クラインマンがウィーン西端にあるヒュッテルドルファー通り沿いの職業学校を出ると、道にも木の上にもビラがあるのが目にはいった。兵士たちを乗せたトラックがつぎつぎと音を立ててやってきて、二百キロ先にあるドイツとの国境へ向かっていく。フリッツと仲間たちは少年らしく興奮しながら、何列も並ぶヘルメットをかぶった頭が武器を携えてすばやく過ぎ去るのを見守った。

十四歳のフリッツはすでに父親似だった——端整な頬骨も、鼻も、カモメの翼のように曲線を描く厚みのある唇もそっくりだ。ただ、グスタフの顔はやさしげだが、フリッツの大きく黒い目は母親に似て鋭い。半年前に高校を中退し、父親と同じ椅子張り職人になるための訓練をずっと受けてきた。

　家へ向かうフリッツと友人たちが市の中心部を通ると、周囲の雰囲気が一変しつつあった。その日の午後三時、政府の国民投票キャンペーンが、危険が迫っているという理由で中止された。公式の情報はなく、ただの噂だけだ。オーストリアとドイツの国境で戦闘が起こっていること。いくつかの地方都市でナチスが騒ぎを起こしたこと。そして、何より気がかりなのは、衝突が起こればウィーン警察は市内のナチスに味方するだろうということ。興奮した男たちがそこかしこで集まり、市街を闊歩しはじめた――「ハイル・ヒトラー！」と叫ぶ者もいれば、「ハイル・シュシュニック！」と言い返す者もいる。ナチスは徐々に声を荒らげて大胆になっていくが、そのほとんどが若者で、人生経験もないままイデオロギーを詰めこまれている。[8]

　少し前から、こういった出来事はときおり起こっていたし、ユダヤ人への暴力事件も少しはあった。[9]しかし、これは別物だ――市の中心地で、ウィーンのナチスが秘密本部を構えるシュテファン広場をフリッツが通ると、大聖堂の前に叫び声をあげる人々があふれていた。ここでは「ハイル・ヒトラー」ばかりで、対抗する声は聞こえない。[10]近くにいる警官たちは仲間内で話しながら見守っているが、何もしない。さらに、オーストリアのシュトゥルムアップタイルンクの秘密隊員たち――ナチス党の突撃隊員で、通称ＳＡ――も、身分を伏せて傍観していた。隊員たちはしっかり統制され、まだ出番ではないと言い聞かされていた。

　デモ隊の群れを避けながら、フリッツはドナウ運河を越えてレオポルトシュタットの町に着き、まもなくアパートメントのある建物へもどって、階段にブーツの音を響かせながら一六号室へあがった――わが家へ、あたたかい家族のもとへと。

משפחה

家族

幼いクルトが台所の踏み台に乗り、シャバトの金曜に食べる伝統料理の鶏肉スープのために母が麵の生地を用意するのを見つめていた。一家が受け継いでいる数少ない伝統的な習慣のひとつだ。ティニは蠟燭をともしたり祈りを述べたりしない。だが、クルトはちがう――まだ八歳だが、市の中心部にあるシナゴーグの合唱隊の一員で、敬虔な信者となりつつある。廊下をはさんだ向かいに住む正統派ユダヤ教の家族とも親しく、シャバトの夜、その家の明かりをつけるのはクルトの役目だった。

クルトは末っ子で、深く愛されていた。クラインマン一家は仲がよいが、ティニのいちばんのお気に入りはクルトだ。母の料理を手伝うのが大好きだった。

スープが煮立つあいだ、口を小さく開いたクルトは、ティニが卵を泡立てて薄いパンケーキ状に焼くのを見ていた。料理の手順のなかでも、特に好きな部分だ。いちばん好きなのはウィーン風シュニッツエルで、それを作るときはティニが薄切りの子牛肉を小槌で軽く叩いて、ビロードのように柔らかく薄くする。クルトは母から教わったとおり、皿にはいった小麦粉、そして卵と牛乳を混ぜたものを肉につけ、最後にパン粉で覆う。すると、ティニがその肉を熱いバターを引いたフライパンにふたつずつ隣り合わせに並べていく。小さなアパートメントが豊かな香りで満たされるなか、シュニッツエルはふくらんだり波打ったりしながら金色になる。だが、今夜漂っているのは揚げた麵と鶏肉のにおいだ。

隣の部屋――寝室と居間を兼ねた部屋――から、ピアノの音が聞こえてきた。クルトの姉エーディトは十八歳で、ピアノがうまい。エーディトから教わった〈カッコー〉という短く楽しい曲は、クルトの記憶にいつまでも残るだろう。もうひとりの姉のヘルタは十五歳であり、大人の女性であるエーディトよりも歳が近いヘルタのことが、クルトはとにかく大好きだった。クルトの心に残るヘルタは、つねに美と愛の象徴となっている。

クルトが母の手伝いで懸命に卵入りの生地をまるめ、薄く切って麺を作るのを、ティニは微笑みながら見守った。麺ができると、ティニはそれをスープへ混ぜこんだ。

シャバトのあたたかな明かりに包まれながら、一家は食事の席についた。グスタフとティニ、エーディトとヘルタ、フリッツと幼いクルト。家は大きくない——その部屋と、全員共用の寝室だけだ（グスタフとフリッツでひとつのベッド、クルトと母でもうひとつ。エーディトはひとりでひとつ使い、ヘルタはソファーで眠る）。それでも、ここはわが家で、いっしょにいられて幸せだった。

外では周囲の世界に影が差しつつあった。その午後、ドイツから最後通告として要求を記した文書が送られてきた。国民投票を中止すること。シュシュニック首相は辞任し、後任に右翼政治家アルトゥール・ザイス＝インクヴァルト（ナチス党の秘密党員）を据えて、それに従う内閣を設立すること。正当化するためにヒトラーが主張したのは、シュシュニック政権がオーストリアのドイツ人一般市民（ヒトラーの頭のなかで、〝ドイツ人〟と〝ナチス〟は同義だった）を抑圧しているということだった。そして、三万人のナチスから成る軍隊、オーストリア部隊を国外追放からウィーンへ呼びもどし、市街の治安維持にあたらせること。オーストリア政府は午後七時三十分までに応じなくてはならない。[11]

夕食のあと、シナゴーグでおこなわれるシャバトの夜の礼拝のために、クルトは急いで家を出た。合唱団で歌うと毎回一シリング（土曜の朝は代わりにチョコレートバー）がもらえるので、宗教上の役目を果たしながら実益をもたらしてくれた。

いつもどおり、フリッツが同行していた。フリッツは理想の兄だ——友人で、遊び仲間で、保護者でもある。今夜は多くの人が街に出ているが、無秩序な騒音はすでにおさまり、残っているのは悪意がひそんでいそうな雰囲気だけだ。ふだんならフリッツが付き添うのはドナウ運河の対岸にあるビリヤード場までで――「この先はひとりで行けるだろ？」――そこで仲間たちとビリヤードを楽しむ。だが今夜はそうはいかないので、ふたりはシュタットテンペルまでいっしょに歩いた。

　そのころ、アパートメントではラジオの音が流れていた。番組が中断し、告知がはいった。国民投票が延期されたという。不吉な前兆に肩を叩かれるかのようだった。そして、七時半を少しまわったころ、音楽の放送が止まり、声が流れた。「みなさん！　まもなく、とても大切なお知らせがあります」しばらく間が空き、無言のままノイズだけが響いた。まる三分ののち、シュシュニック首相が話しはじめた。感情が高ぶって、声が震えている。「オーストリアのみなさん。きょう、われわれは悲しい決断のときを迎えました」ラジオのまわりにいたオーストリアじゅうの人々が真剣に耳を傾けた。多くの者は恐怖を、一部の者は興奮を覚えつつ、首相がドイツからの最後通告について語るのを聴いた。ドイツの命令に従わなければ、オーストリアは滅ぼされるという。「われわれは力に屈しました」首相はつづけた。「この悲惨な状況にあってなお、われわれとしてはドイツ人の血を流す覚悟などできません。わが軍には、本格的な抵抗を……」そこで言いなおす。「いっさいの抵抗をしないよう命じます」かすれる声で、腹を決めて最後のことばを口にした。「では、わたしはオーストリアのみなさんの前から立ち去るにあたり、心の底からの思いをこめて、ドイツ語で別れを告げます。神よ、オーストリアを守りたまえ」[12]

　グスタフとティニと娘ふたりが茫然とすわる前で、国歌が流れはじめた。マイクのある部屋では、人々の目も耳もないところで、シュシュニックが泣き崩れた。

心を高揚させる甘い〈ハレルヤ〉のメロディーが、先唱者のテノールに導かれ、合唱団の声に肉づけされて、シュタットテンペルの大きな楕円形の空間を満たした。心地よい音色が、大理石の柱や上階のバルコニーにある金の装飾を包んでいく。クルトがいるのは合唱団のいちばん上の段で、聖櫃〔律法の書かれた巻物のはいった、豪華な装飾のついた大きな箱〕の後ろだ。そこからはビーマー〔聖櫃と向かい合って置かれたラビの説教壇〕と信徒たちをまっすぐ見おろせる。きょうはふだんよりずっと混み合い、満杯ではち切れそうだ――不安に駆られた人々が宗教に安らぎを求めている。宗教学者のエミール・レーマン博士が、最新ニュースを知らないままシュシュニックについて心を打つ講話をし、国民投票を称賛して、すでに退陣した首相のスローガン、「独立に賛成票を！」で締めくくった。[13]

礼拝のあと、クルトは列に交じってバルコニーをおり、一シリングをもらって、待っていたフリッツと合流した。外のせまい石畳の小道は、去っていく信徒たちでごった返していた。ここにシナゴーグがあることは、外からはほとんどわからない。並んだアパートメントの建物に溶けこんで見える――シナゴーグの本体は街路に面した部分より奥にあり、この道と隣の道のあいだに押しこまれているかのようだ。このころはレオポルトシュタットがウィーンのユダヤ人街となっていたが、旧市街の真ん中にあるこの小さな居住区は、ユダヤ人が中世から住んできた場所であり、ウィーンに住むユダヤ人の文化の中心だ。建物や道の呼称にもその名残りがあり――ユダヤ人《ユーデン》通り、ユダヤ人《ユーデン》広場――ユダヤ人の血は石畳や歴史の裂け目に、そしてみずからをレオポルトシュタットへ追いやった数々の迫害や中世の大虐殺《ポグロム》のなかに残っている。

細いザイテンシュテッテン通りは、昼間は都市の喧騒からほとんど隔離されているが、シャバトの夜闇に包まれたいま、ウィーンはにわかに活気を帯びていた。少し先の、ナチスの住みかがあるシュテファン広場の向かいには、長い目抜き通りのケルントナー通りがあり、そこには暴徒が集まりつつあった。褐色のシャツを着たSAの突撃隊員は、隠していた武器をいまでは堂々と出せるようになり、鉤十字の腕章を身につけて行進していた。警察もいっしょに歩いている。突撃隊員が満載された大型トラックが通り過ぎ、燃え盛る松明に照らされるなか、男も女も踊り、叫んでいる。

街じゅうに叫び声が響き渡った――「ハイル・ヒトラー！　ジーク・ハイル！　ユダヤ人を倒せ！　カトリック教徒を倒せ！　民族はひとつ、帝国はひとつ、総統《フューラー》はひとり、勝利はひとつ！　ユダヤ人を倒せ！」粗野で狂信的な声が高まり、〈ドイツよ、すべての上に立て《ドイッチュラント・ユーバー・アレス》〉の歌に変わる。「きょうはドイツ全土をとった――あすは世界をとる！[14]」劇作家のカール・ツックマイヤーはこう書いた――〝冥界がその門を開き、最も卑劣で、最も忌まわしく、最も穢れた霊を吐き出した……。ここに解き放たれた暴動は、嫉妬と、悪意と、敵意と、見境のない残忍な復讐心から生じたものだ[15]〟。これを目撃したイギリス人記者は、〝筆舌に尽くしがたい魔宴〟と言い表した[16]。

そのこだまは、ザイテンシュテッテン通りのシュタットテンペルから立ち去ろうとしていたユダヤ人たちのもとまで届いた。フリッツはクルトを連れてユーデン通りをもどり、橋を渡った。数分後にはレオポルトシュタットに帰っていた。

ナチス党員が、風見鶏のごとく変節したおおぜいの新たな仲間とともに、何万人もの大群となって市の中心部を通り、ユダヤ人街へ押し寄せた。潮流は橋を過ぎてレオポルトシュタットへ流れこみ、ターボル通り、レオポルト通り、カルメリター市場、イム・ヴェルト通りにまでひろがっていく――勝利と憎しみに満ちた無数の男女が歌い、叫び声をあげている。「ジーク・ハイル！　ユダヤ人に死を！」クラインマン一家は自宅にこもり、外の大騒ぎに耳を澄ましながら、それがドアを突き抜けてくるのを待ち構えていた。

だが、そのときは来なかった。暴徒たちは何時間も街路を占拠して騒音と雑言を撒き散らしたが、物理的な危害はほとんど加えなかった。不運なユダヤ人が何人か外で捕まって罵倒されたり、〝ユダヤ人っぽく見える〟人々が暴行を加えられたり、シュシュニック支持者として知られる人物が攻撃されたりはした。民家や事業所への侵入と略奪も少なからずあった。とはいえ、その夜、破壊の嵐がウィーン全体を襲うことはなかった。そのことを意外に思い、ウィーン人の名高いやさしさが市内でのナチスの行動までも抑えるのではないかと考える者もいた。

それははかない期待だった。抑えが効いていた理由は単純だった——突撃隊が指揮をとっていたからだ。統制のとれた突撃隊は、暴動によってではなく、秩序立った方法で獲物を少しずつ解体しようとしていた。警察（いまでは鉤十字の腕章をしている）とともに、ＳＡは公共施設を占領した。政府与党の要職にあった者は捕らえられるか、逃亡を強いられた。シュシュニック自身は逮捕された。けれども、これはまだはじまりにすぎなかった。

翌朝までに、ドイツ軍の最前線の隊列が国境を越えた。

ヨーロッパの列強——イギリス、フランス、チェコスロヴァキア——は、主権国家の領土に侵攻したドイツに抗議したが、オーストリアの同盟者であるはずのムッソリーニは軍事行動の検討をいっさい拒否した。それどころか、ドイツを非難すらしなかった。国際的な抵抗勢力は形成すらされないまま瓦解した。世界はオーストリアを犬たちの前に置き去りにした。

そして、オーストリアはその犬たちを歓迎した。

グスタフはエンジン音で目を覚ました。低いうなりが何かのにおいのようにひっそりと頭蓋へ忍びこみ、しだいに大きくなっていく。飛行機だ。一瞬、工房の外の通りに立っている気分になった。あれはまだきのうのことだ。悪夢は起こらなかった。まだ朝食の時間にもなっていない。台所で静かな音を立てるティニのほかは、家族はまだベッドにいて、夢から覚めようとしているところだ。

グスタフが体を起こして着替えていると、うなりはさらに大きくなった。窓からは何も見えないので――並んだ屋根とひと筋の空だけだ――靴を履き、階下へおりた。

通りやカルメリター市場には、夜の恐怖の跡はほとんど残っていなかった――「賛成に投票を！」と書かれたビラが何枚か散らばり、踏みつけられて隅へ掃き捨てられているだけだ。商人たちは露店を出して、商売をはじめようとしている。全員が空を見あげるなか、ますます大きくなるエンジンのとどろきが窓ガラスを揺らし、通りの音を掻き消した。きのうとはまったくちがう――雷雨が迫るかのようだ。屋根の上に飛行機が見えてきた。何十もの爆撃機が堅固な編隊を組み、その上を戦闘機がいくつか飛び交っている。地上からでもドイツのマーキングが見えるほど低く飛んでいて、爆弾倉の扉が開くのがわかる。[17] 市場に恐怖のさざ波がひろがった。

だが、落ちてきたのは爆弾ではなく、代わりに新たな紙吹雪がはためきながら屋根や道へ舞い降りた。政治の気候変動が天気まで揺り動かすなんて。グスタフはビラを一枚拾った。前日より短く簡潔なメッセージだった。いちばん上にはナチスの鷲があり、声明文が書かれている。

国民社会主義ドイツは、われらが国民社会主義オーストリアと、その新たな国民社会主義政府を歓迎する。両国は誠実で揺るぎない絆で結ばれている。
ハイル・ヒトラー！[18]

エンジンの嵐が耳を聾《ろう》した。爆撃機だけでなく、輸送機も百機以上飛んでいる。爆撃機は機体を傾けて旋回しているが、ほかは南東へ去っていく。まだだれも知らなかったが、これらは兵員輸送機で、市のすぐ外にあるアスペルン飛行場へ向かっていた――ドイツの先鋒隊がはじめてオーストリアの首都へはいったのだ。グスタフは紙片を毒があるかのように手から落とし、建物へもどった。

朝食は陰鬱だった。この日からというもの、ユダヤ人ひとりひとりの動作、ことば、思考に不安が付きまとうようになった。この五年間ドイツで起こっていることは、だれもが知っていた。まだ知らなかったのは、オーストリアにはゆるやかなはじまりなどないということだ。ここには、五年ぶんの恐怖が一挙に押し寄せることになる。

ドイツ国防軍《ヴェアマハト》がこちらへ向かっている。SSとゲシュタポもやってくる。そして噂では、総統その人がリンツに到着し、まもなくウィーンへ来るということだった。市内のナチスは興奮と勝利に酔いしれていた。安定と安全だけを望む多くの民衆は、時代の流れに揺り動かされはじめた。レオポルトシュタットにあるユダヤ人の店が突撃隊員たちによって組織的に略奪される一方、裕福なユダヤ人の家が襲撃を受け、金品を奪われはじめた。経済不況のなか、事業を営むユダヤ人や技術職に就くユダヤ人、法曹や医療の仕事に従事するユダヤ人に対する妬みと憎しみは頂点に達し、煮え立った感情が荒々しく破裂しかけていた。

ウィーン人の性格からして、政治のために町なかで喧嘩をしたり、暴動を起こしたりするはずがないと信じる人もいた。「本物のウィーン人はね」ナチスが通りを騒音と憤怒で満たすなか、人々は失望して言った。「カフェのテーブルで意見のちがいを議論し、文明人らしく投票へ向かうものなんだよ」[19]しかし、〝本物のウィーン人〟は文明人らしく破滅へ向かうことになる。いまや、この国を支配しているのは野蛮人だ。

それでも、楽天家のグスタフ・クラインマンは、自分の家族は安全だと信じていた――なんと言っても、自分たちはユダヤ人というよりオーストリア人なのだから。ナチスが迫害するのは敬虔なユダヤ教徒や、ヘブライ人を公言する者や、正統派ユダヤ教徒だけだ……そうだろう？

בת
娘

エーディト・クラインマンはしっかり顔をあげて歩きつづけた。父と同じで、自分はユダヤ人というよりオーストリア人だと考えている。そのことが頭をよぎることすらほとんどない――エーディトは十八歳で、昼間は婦人帽作りを学び、帽子のデザイナーになる夢を持っていた。自由時間は好きなことをして過ごし、青年たちと出かけたり、音楽や踊りを楽しんだりする。なんと言っても、若い女性であり、若さゆえの衝動や欲望を持っていた。いっしょに出かける青年たちは、たいがいユダヤ人ではない。おかげでグスタフは落ち着かなかった。オーストリア人でいることには大賛成だが、自分の民族に忠実であるべきだとも考えていたからだ。そこに矛盾があったとしても、グスタフは気づいていなかった。

ドイツ軍が到着してから数日が経った。軍がやってきたのは、中止されなければ国民投票がおこなわれたはずの日曜日だ。ユダヤ人のほとんどは屋内にいたが、ふだんから恐れ知らずの弟フリッツは大胆にも外へ見物に出た。はじめは勇気あるウィーン人数人がドイツ兵に石を投げていたが、ハイル・ヒトラーと叫ぶ興奮した群衆にまもなく圧倒されたという。アドルフ・ヒトラー本人の率いるドイツ軍全軍が勝ち誇って首都へはいると、隊列は途切れることがないかのように見えた。きらめくリムジンやオートバイや装甲車が列をなし、灰緑色の軍服や、ヘルメットや、足音を響かせる軍靴が何千も並んでいた。鉤十字のついた深紅の旗がいたるところにあった――兵士が掲げ、建物から吊され、車にもはためいている。その裏ではハインリッヒ・ヒムラーが飛行機で到着し、警察の掌握に取りかかった。[20]裕福なユダヤ人を標的とした略奪がつづき、毎日のように自殺が報道された。

エーディトは颯爽と歩いた。シファムツ通りとレオポルト通りが出会う角では何やら騒ぎが起こっていて、警察署の近くに多くの人が集まっていた。[21]笑い声と喝采が聞こえる。エーディトは道を横切ろうと歩いていったが、人だかりのなかのよく知る顔に気づいて足をゆるめた――かつての学友フィッカール・エッカーだ。明るく熱を帯びた目と視線が合った。

「あいつ！　あの女もだ！」[22]

いくつもの顔がエーディトのほうを向き、ユダヤ女ということばが聞こえたかと思うと、腕をつかまれ、群衆のほうへ進まされた。フィッカールの褐色のシャツと鉤十字の腕章が目にはいる。人々の体の隙間をどうにか抜けると、意地の悪そうな顔に囲まれた中心へ出た。五、六人の男女がブラシとバケツを持ってひざまずき、道をこすっている――全員が身なりのよいユダヤ人だ。当惑顔の女が、片手で帽子と手袋をかかえ、もう一方の手でブラシを動かしている。染みひとつない外套が、濡れた石畳の上で引きずられる。

「膝を突け」エーディトは手にブラシをあてがわれて、地面に押しつけられた。フィッカールがオーストリアの十字と〝賛成と言おう！〟のスローガンを指さした。「おまえらの穢らわしい宣伝文句を消せよ、ユダヤ人め」エーディトがこすりはじめると、見物人が集まってきた。そこには見知った顔もある――エーディトの世界を形作っていた隣人や知人、小ぎれいな服を着た実業家や身なりのよい妻たち、だらしない恰好の労働者たちが、ほくそ笑む野次馬と化している。こすってもペンキはなかなか落ちない。「ユダヤ人におあつらえ向きの仕事だろ、え?」だれかが大声で言うと、さらに笑い声が沸き起こった。突撃隊員のひとりがユダヤ人の男のバケツを取りあげ、その男の上でひっくり返してラクダ毛のコートをずぶ濡れにした。群衆は歓喜した。

一時間ほどすると、犠牲者たちは〝仕事〟に対する受領証を渡され、立ち去ることを許された。エーディトは汚れた服と破れたストッキングという姿で、羞恥と劣等感に打ちのめされながらも、なんとか気持ちを抑えて家まで歩いた。

その後の数週間で、ユダヤ人街では〝掃除ゲーム〟が日常生活の一部となった。愛国スローガンはどうしても消えず、SAがしばしば水に酸を入れて犠牲者の手を痛めつけ、水ぶくれを作らせようとした。[23]幸運にも、エーディトはもう捕まらなかったが、十五歳の妹ヘルタは、市場の時計の柱に描かれたオーストリアの十字架を消す一団に入れられた。ユダヤ人経営の店や事業所に、鮮やかな赤と黄色のペンキで反ユダヤ主義者のスローガンを書かされたユダヤ人もいた。

上品なウィーンは驚くべき速さで変化していた――まるで、使い慣れたソファーの柔らかく心地よい布地が引き裂かれ、その下からとがったばねや釘が現れたかのようだった。グスタフはまちがっていた。クラインマン一家は安全ではない。だれひとり安全ではない。

משפחה

家族

全員がいちばん上等の服に身を包んで、アパートメントを出た。グスタフは晴れ着のスーツ姿だ。フリッツは学生用の膝下丈のズボンを穿いている。エーディトとヘルタとティニは手持ちのなかで最もしゃれた服を着ている。末っ子のクルトはセーラー服だ。ハンス・ゲンペルレの写真館でカメラのレンズを見つめる一家は、まるで自分たちの未来へ目を向けているようだ。エーディトはぎこちなく微笑んで、片手を母の肩に置いている。クルトはうれしそうだ――まだ八歳で、自分の世界で起こる変化が何を意味するのかわかっていない。フリッツは生意気な十代らしく無頓着に姿勢を崩し、ヘルタは――ちょうど十六歳になったところで、すでに若い女性だ――輝きに満ちている。ゲンペルレ（ユダヤ人ではなく、その後商売で成功する）はシャッターを切り、グスタフの不安げな顔やティニのきびしく黒い目をとらえた。ふたりは世界がどこへ向かうかを理解していた。楽天的なグスタフでさえもだ。写真館へ行きたがったのはティニだった。家族がともに暮らせなくなる日もそう遠くないと予感し、可能なうちに子供たちの姿を写真におさめたいと考えたのだった。

　市街の毒は、いまや行政機関や司法機関からも流れ出していた。一九三五年のニュルンベルク法により、オーストリアのユダヤ人は市民権を剥奪された。四月四日、フリッツらユダヤ人学生全員が職業学校から追い出され、就職先の斡旋も受けられなくなった。エーディトとヘルタは解雇された。グスタフは廃業を強いられた。工房が差し押さえられて、閉鎖されたせいだ。人々はユダヤ人から物を買わないよう警告され、買っているところを見つかると、〝わたしはアーリア人ですが、豚です――ここにあるユダヤ人の店で買い物をしました〟と書いた札をさげて立たされた。[24]

　アンシュルス「〝結合〟という意味。ドイツによるオーストリアの強制併合を指す」の四週間後、アドルフ・ヒトラーがウィーンにもどった。ヒトラーがノルトヴェスト駅――イム・ヴェルト通りからわずか数百メートル――で演説し、ＳＡやＳＳやヒトラー青少年団に属する二万人が聴いた。「わが人生を通して示してきたとおり」声がとどろく。「わたしには、この国を破滅へ追いやった愚かな支配者たちより多くのことができる。わたしはこの国が産んだ偉大な息子として、百年後まで名を残すだろう」[25]群衆は嵐のように「ジーク・ハイル！」と何度も何度も繰り返し、こだまがレオポルトシユタットのユダヤ人街に響き渡った。

ウィーンは鉤十字で飾られ、新聞はどれも総統を讃える写真で埋めつくされた。翌日、オーストリアでは独立を問う国民投票がようやく実施された。むろん、ユダヤ人は投票できない。投票はＳＳによる厳重な管理と綿密な監視を受けていたので、九十九・七パーセントがアンシュルスに賛成という結果を見ても驚く者はいなかった。ヒトラーは〝期待をはるかに上まわる〟結果だと述べた。[26]市内じゅうのプロテスタント教会が十五分間にわたって鐘を鳴らし、福音教会の指導者は感謝の祈禱をおこなうよう求めた。カトリック教会は自分たちにもユダヤ人と同じ仕打ちが待っているのかと総統の意図を測りかね、沈黙を守った。[27]

　外国の新聞は禁止された。鉤十字の襟章がいたるところに現れ、身につけていない者には疑いの目が向けられる。[28]学校では、朝の祈りのあと、ハイル・ヒトラーの敬礼をするのが日課になった。焚書の儀式が何度もおこなわれた。シュタットテンペルの近くにあるイスラエル文化協会《イスラエリティシュ・クルトウスゲマインデ》（ＩＫＧ）――ユダヤ人の文化や宗教にかかわる業務をおこなう――はＳＳに乗っとられ、そこで働くラビや役人たちは虐げられた。[29]今後、ＩＫＧは〝ユダヤ人問題〟に対処するための政府機関となり、敷地を使いつづけるために〝補償金〟を支払う義務を課せられる。[30]政権が差し押さえたユダヤ人の資産は、合計で二十二億五千万ライヒスマルクにのぼる（住宅やアパートメントを含まずに）。[31]

　グスタフとティニは家族の生活を守るのに懸命だった。グスタフには椅子張りを営む善良なアーリア人の友達が何人かいて、工房で雇ってくれることもあったが、頻繁ではなかった。夏のあいだ、フリッツと母は〈下オーストリア乳業〉の牛乳を近隣地区へ配達する仕事を得た。ユダヤ人が届けていることを客に知られないよう、早朝に働いた。一リットル配達するごとに二ペニヒの報酬なので、一日の稼ぎはせいぜい一マルク――飢え死にしてもおかしくない低賃金だ。一家は大通り沿いにあるユダヤ人経営の無料スープ食堂に食事を頼っていた。

　ナチズムの手を逃れる道はなかった。褐色のシャツを着た突撃隊やヒトラー青少年団が、歌いながら市街を行進している。

　　ユダヤの血がナイフから落ちるとき
　　　われらは歌い、笑う

　ユダヤ人を絞首刑にし、カトリックの司祭を壁に磔にすることを持てはやす歌だった。歌っている者のなかには、驚くべきすばやさでナチスに転向したフリッツの元友人たちもいた。地元のSS部隊である第八十九連隊に加わった者までいた。SSはいたるところにいて、通りすがりの民間人に身分証明書を出させ、皺ひとつない軍服を着て盤石の権力を振りかざすことに誇りと喜びを感じていた。その感覚はあらゆるものに伝染した。〝ザウユート〟――ユダヤの豚――ということばがそこかしこで聞かれた。公園のベンチには〝アーリア人限定〟の札が現れた。フリッツや残った友人たちは運動場で遊ぶこともプールを利用することも禁じられた――それは水泳好きのフリッツにはこたえた。

　夏が過ぎるにつれ、反ユダヤ主義者の暴力はおさまったが、公的な制裁はつづき、水面下では圧力が高まっていた。恐ろしい名が耳にはいるようになった。「頭を低くして口を閉じろ」ユダヤ人たちは言い合った。「さもないと、ダッハウ送りになるぞ」そして、人々が消えはじめた。はじめは有名人――政治家や実業家たち――が、つづいて健康なユダヤ人の男たちが、それらしい口実をつけてどこかへ連れ去られた。灰となって家族のもとへ送り返されたこともある。それから、もうひとつの名がささやかれるようになった。ブーヘンヴァルト。ナチス・ドイツの初期からその特徴であった〝コンツェントラツィオンスラーガー〟――強制収容所――は、急速に数を増していた。[32]

　ユダヤ人迫害は、もはや公的な手続きとなりつつあった。特に重要になったのはユダヤ人の識別だ。八月になると、ヘブライ系と認定されたファーストネームを持たないユダヤ人は、新たなミドルネーム──男は〝イスラエル〟、女は〝ザラ〟──を名乗るよう定められた。[33] 身分証明書にはJの印をつけなくてはならない──これはユーデン・ケンカルテまたはJカルテと呼ばれた。レオポルトシュタットでは、別の手続きが採用された。身分証明書に印をつけられたあと、ユダヤ人はカメラマンと男女数人の助手がいる部屋へ連れていかれる。頭から肩までの写真が撮られてから、服を脱いで裸になるよう命じられる。ある証人は、〝どんなにいやがっても、すっかり服を脱がされた……あらためて全方向から写真を撮るためだ〟と記録している。そして、指紋採取と身体測定がおこなわれるが、〝女を測るのはまちがいなく男たちだった。髪の強さを測定したり、血液のサンプルを採ったりし、すべてが記録されて一覧表示された〟[34]という。ユダヤ人は例外なく全員がこの不名誉に耐えることを強いられた。証明書に印をつけられた時点で逃げ出す者もいたので、SSは先に写真を撮るようになった。

九月になるとウィーンの状況は落ち着き、ユダヤ人街に住む人々にさえ、ふつうの生活に近いものがもどってきた。[35] けれども、ナチスはけっしてそこまでで満足したわけではなく、ユダヤ人に対する大衆の憎しみをさらに上の段階へ押しあげるためのきっかけを求めていた。

十月、その後の展開の予兆となる事件がベルギーで起こった。アントワープの港町に、よく栄えた大規模なユダヤ人地区があった。一九三八年十月二十六日、ナチスのプロパガンダ紙《デア・アングリフ》の記者ふたりが旅客船からおり立ち、ユダヤ人のダイヤモンド交換所を写真におさめはじめた。その強引で攻撃的なさまに何人かのユダヤ人が腹を立て、記者たちを追い出そうとして揉み合いになるなかで、ドイツ人記者の一方が負傷し、カメラを奪われた。[36] ドイツの各紙はこの事件を、罪のない無力なドイツ人市民に対する非道な暴行だとして、大々的に報じた。ウィーンの主要新聞に掲載された記事には、ドイツ人観光客の一行が五十人のユダヤ人暴徒の集団に襲われ、血まみれになるまで殴られたすえ、意識不明で倒れているあいだに持ち物を盗まれたと書かれた。〝ベルギーの報道機関はほとんどが沈黙している〟と、同紙は怒りをあらわにした。〝そのような態度が各紙の無能さを物語っている。ひとりのユダヤ人が犯罪の責任を問われただけでも、憚ることなく騒ぎ立てるというのに〟と。[37] ナチスは機関誌《フェルキッシャー・ベオバハター》に不吉な警告を載せた。ユダヤ人のドイツ人に対する暴力行為がつづけば、〝御しがたいほどの広範囲にわたって、きわめて不快で望ましからざる報いを受けかねない〟と。[38]

この明らかな脅迫によって、緊張が高まった。

十一月にはいると、帝国全土で高まった反ユダヤ感情がはけ口を求めるようになった。引き金は遠く離れたパリで引かれた。ヘルシェル・グリュンシュパンというポーランド系ユダヤ人が、同胞が——自分の家族も含めて——ドイツから退去させられたことに激怒し、買いたてのリボルバーをドイツ大使館に持ちこんで、職員のなかからたまたま選んだエルンスト・フォム・ラートの体に銃弾を五発打ちこんだ。

ウィーンの各紙はこの事件を〝許しがたい挑発行為〟だと書き立てた。[39] ユダヤ人に教訓を与えねばならない、と。

フォム・ラートは十一月九日、水曜日に死去した。その夜、ベルリン、ミュンヘン、ハンブルク、ウィーンなどあらゆる都市や町にナチスが大挙して現れた。地元の党員やゲシュタポが儀式を取り仕切り、その指示を受けたSAやSSが大ハンマーや斧や引火性物質を持ってやってきた。標的になったのは、まだユダヤ人が保有していた家や事業所だ。邪魔をしたユダヤ人は即座に殴り殺された。突撃隊員はあらゆるものを破壊し、燃やしたが、目撃者たちがいちばん鮮明に覚えていたのはガラスが割られたことだった。街路を覆いつくした輝く破片にちなんで、ドイツ人はこの事件をクリスタルナハト、すなわち〝水晶の夜〟と呼んだ。[40] ユダヤ人は〝十一月のポグロム〟という名で記憶している。破壊のみにとどめて略奪はおこなわないように、と全員が指示されていた。[41] その後の混乱のなかで命令違反は幾度となくおこなわれ、ユダヤ人の住居や事業所が、武器や〝違法文献〟をさがすという名目で略奪された。[42] 隣人から告発されたユダヤ人たちは褐色のシャツを着た男たちに家へ踏みこまれ、所持品を破壊され、家具や服を切り裂かれた。わが家を荒らされながら、母親は怯えた子供たちをかばい、絶望のあまり動けなくなった夫婦は互いにしがみついた。

レオポルトシュタットでは、屋外で捕まったユダヤ人がカルメリター市場へ連れていかれ、暴行を受けた。真夜中を過ぎるとシナゴーグがいくつも燃やされ、レオポルト通りのシナゴーグ、ポルニッシュ・シュールの炎で、クラインマン家の住むアパートメントから見える屋根がオレンジ色に照らされた。消防隊が出動したが、突撃隊は荘厳な建物がすっかり焼け落ちるまで消火を許さなかった。市の中心部にあるシュタットテンペルはいくつかの建物と隣接していて燃やせなかったため、代わりに中を破壊された。豪華な彫刻や調度品、金と白の美しい塗装が粉々にされ、聖櫃や講壇《ビーマー》は投げ落とされてつぶされた。

夜明け前に逮捕がはじまった。突撃隊員は何千人ものユダヤ人——ほとんどが健康な男たち——を街路で捕まえたり、家から引きずり出したりした。

真っ先に捕らえられた者のなかに、グスタフとフリッツのクラインマン父子がいた。

2 民衆に対する裏切り者

אבא
父

ふたりが連れていかれた先は警察署だった。プラーター公共公園の近くにある、赤煉瓦と切り石でできた堂々たる建物だ。[1] クラインマン一家は、その公園で休日の午後を過ごしたことが何度もあった。何エーカーにも及ぶ緑の草地を散歩したり、ビアガーデンでくつろいだりし、子供たちは遊園地の乗り物や催し物で楽しんだものだ。この薄暗い冬の朝、入口は閉ざされ、鉄でできた観覧車の蜘蛛の巣が屋根の上にそびえて周囲を威圧している。グスタフとフリッツはほかのレオポルトシュタットのユダヤ人の男たちとともにトラックに詰めこまれ、公園の入口を目にすることもなく前を通り過ぎた。

父子のことを突撃隊に通報したのは隣人たちだった。これまでずっとグスタフの親友——ドゥー・フロインデン「ていねいな二人称〝ズィー〟ではなく、くだけた〝ドゥー〟を使う間柄の友人」——で、雑談をし、笑みを交わし、よく知り、信頼していた人々であり、グスタフの子供たちや身の上話も知る人々だ。しかしその隣人たちが、強制も扇動もされていないのに、グスタフを崖から突き落とした。

捕まった者たちは警察署でおろされ、使われていない廏舎《きゅうしゃ》の建物に集められた。[2] すでに何百人もの男女がいた。グスタフやフリッツのように家から連れ出された者が大半だったが、翌朝にはさらに数百人が、外国へ逃げようと大使館や領事館の前に並んでいたところを捕まった。[3] ほかに、路上でたまたま拘束された者もいた。そのとき、大声でこう問われる。「ユーデ・オーダー・ニヒトユーデ？［ユダヤ人か、非ユダヤ人か？］」そして、もし「ユーデ」と答えるか、少しでも見た目がそれらしければ——トラック行きだ。通りを歩かされた者もいて、群衆から暴行とともに罵倒を浴びた。ナチスが〝フォルクスシュティメ〟——民衆の声——と呼んだその声はサイレンの音と交じり合って市街に響き、夜明けの光が差しても延々とつづいた。もはや、この悪夢から覚めることはなかった。

六千五百人のユダヤ人——ほとんどは男——が市のあちらこちらの警察署へ連行されたが、[4] プラーターにはほかのどこよりも人があふれていた。監房ははじめに来た者たちでいっぱいになり、いまでは厩舎棟に目いっぱい詰めこまれて、それぞれが腕をあげて立つしかないほどだ。新たに来た者が上を這っていけるよう、ひざまずかされた者もいた。

グスタフとフリッツはそこに押しこまれ、離れずにいた。時間が過ぎるなか、立ったり膝を突いたりし、飢えと渇きと関節の痛みを感じながら、ささやきやうめき声や祈りを浴びつづける。外の庭からは野次と殴打の音が聞こえる。尋問のため、数分おきに二、三人が部屋から呼び出される。もどってきた者はいなかった。

何時間耐えたかわからなくなったころ、ようやくフリッツと父が指名され、ふたりはいくつもの体を掻き分けてドアへ向かった。歩かされていった先には別の建物があり、並んだ役人たちの前へ引き出された。尋問は侮辱のことば——〝ユダヤの豚〟〝民衆に対する裏切り者〟〝ユダヤの犯罪者〟——を接着剤にしてひたすらつづいた。収監者たちはそういった中傷を受け入れ、自分でも認めて復唱させられた。訊かれることはみな同じだった。〝貯金はいくらある？〟〝同性愛者か？〟〝アーリア人女性と交際しているか？〟〝妊娠中絶に手を貸したことはあるか？〟〝所属している団体や政党は？〟

尋問と再審査が終わった収監者は分類を受ける。〝ツリュック（返送）〟とされた場合はふたたび監禁され、さらなる措置を待つ。〝エントラセン（解放）〟とされた者——ほとんどが女や老人や青少年、あるいは誤って逮捕された外国人——は釈放される。だれもが恐れる分類が〝タウグリッヒ（労働可能）〟で、これはダッハウかブーヘンヴァルト、あるいは、新たに名を聞くようになったマウトハウゼンという、オーストリア内に建設中の収容所へ送られるという意味だ。[5]

判定を待つあいだ、グスタフとフリッツは庭を見おろす中二階の部屋に入れられた。そこからは先ほど聞こえた騒音の源が見えた。外で男たちが両手をあげて並ばされ、棍棒と鞭を手にした突撃隊員たちに打たれ、罵られている。地面に倒され、立たされ、転がされる。鞭打たれ、蹴られ、笑われる。外套や上等のスーツは泥にまみれ、地面に落ちた帽子は踏みつけられる。目をつけられた数人は、特にひどく打たれている。その〝体操〟に加わっていない者は、「われらはユダヤの犯罪者だ！ われらはユダヤの豚だ！」と唱えさせられていた。

そのあいだじゅう、ごくふつうの警察官がそばに控え、求めに応じて手を貸していた。長く勤めてきて、レオポルトシュタットのユダヤ人たちをよく知っている者たちだ。虐待に加わる警察官はほとんどいなかったが、抵抗する様子もなかった。年配の巡査ひとりが中庭での鞭打ちに参加していた。[6]

長らく待ったあと、フリッツとグスタフは判定を知らされた。フリッツはまだ十五歳なので、〝エントラセン〟となった。釈放だ。グスタフは〝ツリュック〟で、また監禁されることになった。フリッツは不安で吐き気を覚えながら、無理やり連れていかれる父をなす術もなく見つめた。

בן 息子

フリッツが警察署を出たのは夕方だった。ひとりで家へと歩き、プラーター公園の見慣れた入口の前を通り過ぎた。この道は幾度となく歩いたことがある――ドナウ運河で友人と泳いだあとや、公園で遊んだあとに、甘いケーキの至福やアドレナリンを発する興奮に包まれながらだ。いまはただ、むなしかった。

　昨夜の大騒動のあと、二日酔いに陥った市街は血走った目をして不機嫌に黙していた。レオポルトシュタットは破壊しつくされ、商店街の石畳やカルメリター市場はガラスの破片や木片で覆われている。

　フリッツはアパートメントへ帰り、母と姉たちの腕のなかにもどった。「お父さんはどこ?」と問われると、フリッツは何が起こったかを話し、父はまだ囚われていると告げた。恐ろしい名がまたしても全員の心に浮かんだ。ダッハウ、ブーヘンヴァルト。その夜、一家は待ちつづけたが、なんの知らせもなかった。問い合わせてみたものの、何もわからない。

　ポグロムの報道は世界じゅうで反感を買った。アメリカは抗議のためにベルリンから大使を呼びもどし、[7]大統領は、そのニュースを聞いて「アメリカ国民はひどく動揺している……そんなことが二十世紀に起こるとは信じがたい」と声明を出した。[8]ロンドンでは《スペクテーター》誌（当時はリベラルな左翼雑誌だった）がつぎのように書いた――〝ドイツの蛮行はきわめて規模が大きく、極悪な非人道行為であり、まぎれもなく公的な誘導が見受けられる。どのような結果を招くかは……まだ想像もつかない[9]〟。

　だが、ナチスは残虐行為の報道を虚偽だと主張し、真の暴行――ユダヤ人によるドイツ人外交官殺害というテロ行為――から目をそらすための計略だと言い張った。そして、ユダヤ人に相応の罰を与えたことを自画自賛し、〝あらゆる階層のドイツ人にひろがる当然の嫌悪を表明した〟と述べた。[10]外国からの非難は〝移民の中心地として知られるパリやロンドンやニューヨークで捏造され、ユダヤ人の影響下にある世界の報道機関が誘導した汚いごみ屑〟として一蹴された。[11]シナゴーグが破壊されたので、ユダヤ人は〝もはや宗教行事の陰で国家への陰謀を企てることはできない〟と。[12]

フリッツとティニとヘルタとエーディトとクルトは金曜日まで待ちつづけたが、グスタフのことは何もわからなかった。やがて日が暮れ、シャバトがはじまったとき、ドアがノックされた。ティニはこわごわドアをあけた。すると、そこにグスタフが——生きている夫が——いた。

疲れきって飢え、脱水状態でいつにも増して痩せこけたグスタフは、墓場からよみがえった死者のようにはいってきて、あふれる喜びと安堵のなかへ歩んだ。グスタフはいきさつを話した。ナチスの役人たちはグスタフが第一次大戦に従軍したことを知り、いくつもの戦傷を負って勲章を得たことを警察官の旧友たちが裏づけてくれた。SS上層部による規定では、退役軍人は病人や老人や青少年と同様に、連行対象からはずすことになっている。[13]ナチスといえども、まだ戦争の英雄に強制収容所行きを宣告することまではしていない。グスタフ・クラインマンは解放された。

それから数日で移送がはじまった。グリューネ・ハインリッヒ［緑のヘンリー。英語のブラック・マリアと同義で、収監者護送車のこと］と呼ばれる警察のヴァンが市のそこかしこにある警察署を行き来し、そのなかにはユダヤ人が詰めこまれていた（退役軍人もいたが、グスタフとちがって勲章は受けておらず、警察に知り合いもいなかった）。目的地はみな同じだった。ウィーン西駅の積みこみ場だ。そこで収監者は貨車へ押しこまれる。ダッハウへ行く者もいれば、ブーヘンヴァルトへ行く者もいる。多くは二度と姿を見せなかった。

אבא
父

グスタフはぼんやりと布切れを指に巻きつけた。裁ち屑、端切れ、生活の遺物。職人が板へ釘を打ちつける音が通りに響いた。向かいのユダヤ人経営の店で、割れた窓を覆っているのだ。そこはもうユダヤ人のものではない。

イム・ヴェルト通りや市場やレオポルト通りを見渡すと、ユダヤ人の友人たちが営んでいた店は、いまでは閉じられているか、非ユダヤ人のものとなっている。グスタフやフリッツをＳＡに引き渡したのが隣人たちだったのと同じで、新たに店を手にしたのは、たいがい店を奪われた人々の友人たちだ。市場のある広場の奥にはオクスホーンの香水店があったが、いまはグスタフの近所に住むヴィリー・ペシュルのものだ。肉や果物を扱う商人たちは露店を失った。グスタフの別の友人ミッツィ・シュタインドルは、ユダヤ人を追い出して店を乗っとることに熱心だった。こんなことになる前、グスタフは貧しかったミッツィを救うためだけに、よくお針子として雇ってやったものだ。

ある階級の全員が民衆の敵と位置づけられ、一瞬で利益を得ることができるとなると、躊躇も気後れもせずに友人が友人を攻撃しはじめた。多くの者が夢中で罠を仕掛け、脅迫し、略奪し、暴行し、強制退去させた。ユダヤ人を友と見なせる者がほとんどいなくなった。危険な肉食動物が、なぜ人間の友になれるというのか。そんなことはありえない、という理屈だ。

あるイギリス人記者はこう述べた――〝ドイツのユダヤ人の多くは、公式な死刑宣告を受けたわけではない。生きることが不可能になるよう仕向けられただけだ〟[14]。このどうにもならない状況を前に何百人もがみずから命を絶ち、避けがたい運命を受け入れて、希望のない虚無の人生から自分自身を解き放った。さらに多くの人々がこの地を離れ、異郷で生活することを決めた。アンシュルス以来、オーストリアのユダヤ人たちは移住を試みつづけていたが、いまやその人数も懸命さもいや増していた。

משפחה
家族

グスタフとティニは移住について語り合った。ティニには何年も前にアメリカへ渡った親族や友人がいる。だが、富も影響力も持たないユダヤ人の一家にとって、よりよい土地を求めて帝国を離れることはきわめて困難になっていた。ドイツでナチスが権力を握ってからの五年半におおぜいのユダヤ人が移住していたものの、地球上のどの国でも移民や難民の流入を阻止する動きが強まっていた。

オーストリアにおいて、ユダヤ人の移住を――そして生活全般を――仕切っていたのはアドルフ・アイヒマンだった。オーストリア生まれのアイヒマンは以前からＳＳの諜報保安部門で事務職に従事し、いまでは組織のなかでユダヤ人の文化や諸問題についての第一人者になっていた。[15]〝ユダヤ人問題〟を解決するためにアイヒマンが真っ先におこなったのは、ユダヤ人移住中央事務局を通した移住の推進だった。ウィーンのユダヤ人の文化と福祉を支える組織だったイスラエル文化協会（ＩＫＧ）を再始動させて、自分に従うよう指導者たちに強要した。ＩＫＧはユダヤ人に関する情報をまとめ、その退去に必要な手続きを進めた。

ナチスはユダヤ人が去ることを望みながらも、その際にできるかぎり残酷に苦しめなければ気がすまなかった。その過程で富を剝ぎとるべく、法外な額の税金や罰金をあれこれと課し、資産の三十パーセントを〝帝国退去税〟として、二十パーセントを〝賠償税〟（ユダヤ人による〝忌まわしき悪事〟への罰）として徴収したほか、[16]高額な賄賂をとり、外貨への両替レートも窃盗としか思えないほどだった。そのうえ、申請者がおさめた税金が有効なのはほんの数か月だけで、ビザの取得にはそれ以上の期間が必要なことが多い。移住希望者はたいがい振り出しにもどされ、一から払いなおすことになる。結局、困窮したユダヤ人のためにＩＫＧが旅行券と外貨を手に入れるほかなく、そのための金はナチス政府がＩＫＧに貸与する形となった。[17] こうして、ナチス自身の憎悪が、それを実行に移すために作りあげた仕組みに直結することになった。

最も困難なのは移住先さがしだった。世界じゅうの人々がナチスを非難し、難民受け入れにあまりにも冷淡である、と自国の政府を批判した。しかし、こうした積極派よりも、周囲に移民がいることを望まない者のほうが数でまさった。移民が自分たちの生活の糧を奪い、コミュニティを希薄にすることを受け入れられないのだ。ドイツの報道機関は偽善に満ちた世界をあざ笑い、ユダヤ人の窮状を憐れんであれだけ怒りの声をあげながらも、助けることをほとんどしないことを難じた。《スペクテーター》誌は〝これだけ莫大な富と資源を持つ現代の世界が、亡命者に家を提供することもできないというのは、特にキリスト教徒の良心を踏みにじるものだ〟と主張した。[18]

クラインマン一家にとって市がどんなものになったかは、イギリス人記者のことばを借りるとこうなる。

> ……迫害の都市、サディズムの都市……無慈悲で残忍な行為の例をいくらあげても、ウィーンの空気、オーストリアのユダヤ人が吸わされている空気を感じていない読者には伝わるまい。玄関のベルが鳴るたびに感じる恐怖、あたりに漂う残酷なにおい……。その空気を感じれば、家族や友人が生き別れてでも地球の隅々まで移住しようとする理由がわかるはずだ。[19]

〝水晶の夜〟のあとも、外国政府や保守派の報道機関、そして民主主義者の多くは、依然としてユダヤ人移民を一定数より多く受け入れることに強く反対していた。西側諸国の人々がヨーロッパを見るとき、その目に映ったのはドイツやオーストリアにいる数十万人のユダヤ人だけではなく、その背後に、ほかの東欧諸国にいる何十万人、そしてポーランドにいる三百万人ものユダヤ人の存在があった。

それらの国はみな、少し前に反ユダヤ主義的な法律を制定していた。

「恥ずべき光景だ」アドルフ・ヒトラーは言った。「民主主義世界が哀れな迫害されたユダヤ人への同情をこぞって垂れ流しながらも、いざ助けるとなると無慈悲で冷徹な態度を貫くとは」[20]ヒトラーはローズヴェルトの〝良心なるもの〟を揶揄した。イギリスのウェストミンスター地区では、あらゆる党の下院議員がユダヤ人への支援の必要性を真摯に語ったが、内務大臣のサー・サミュエル・ホーアは「外国人の流入に対して、不信感と不安が広まっている」と警鐘を鳴らし、大量の移民の受け入れに反対した。[21]しかし、労働党下院議員のジョージ・ウッズとデイヴィッド・グレンフェルに促され、議員たちはユダヤ人の子供たちを助けるべく一致行動を起こそうと主張した――避難所を提供した各国において、人々の生活に〝惜しみない寛大な貢献〟をしてきた〝すばらしい民族の若い世代〟を救うために。[22]

そのころ、帝国のユダヤ人は日々を生き延びながら西側諸国の領事館で列に並び、申請が通ることを願うしかなかった。強制収容所にいるおおぜいの人々にとって、移民ビザは唯一の希望だった。ウィーンでは何百人、何千人もがホームレスとなり、その多くが逮捕を恐れて移住申請をためらっていた。[23]

グスタフには金も資産もなく、血を搾りとるような国家の締めつけを逃れるだけの資金を捻出することはできなかった。見知らぬ国で新たな生活をはじめられる自信もない。最後の決め手となったのは、よそへ行くことなど考えもしないティニだった。ティニはウィーンで生まれ育ち、地元に深く根ざしている。この歳になれば、どこへ行こうと、生まれついた土地から切り離された気分になるのは避けられない。だが、子供たちについては話が別だった。特に、十五歳のフリッツのことが気がかりだ。一度フリッツを連れ去ったナチスは、また奪いにくるかもしれない。年齢が守ってくれるのも、そう長いあいだではないだろう。

一九三八年十二月、千人を超えるユダヤ人の子供たちがウィーンからイギリスへ渡った――イギリス政府がようやく美言を実行に移して、五千人の受け入れを決めた第一弾だった。[24] その後、この児童移民制度によって、一万人以上がイギリスで身の安全を確保することになる。それでも、避難先を必要とする子供たちのごく一部にすぎなかった。イギリスはさらに一万人の子供たちのためにパレスチナを開放しようと提案した。これを聞いたティニは、移住者の一団にフリッツを入れられるかもしれないと考えた。[25] 年長のフリッツなら、遠くへ送られても自力で生計を立てられるが、八歳のクルトには無理だ。パレスチナについての交渉は何か月もつづいた。アラブの人々が恐れていたのは、自分たちの土地に人が殺到するせいで多数派として享受してきた権利を失い、将来パレスチナ国として独立する希望まで無に帰すことだった。やがて、交渉は決裂した。[26]

家族の不安と動揺を尻目に、エーディト・クラインマンは出国する決意を固めていた。活発で社交的なエーディトにとっては、罵倒や屈辱を受けてきたことだけでなく、監禁状態も同然の不自由な暮らしも耐えがたかった。どんな手を使ってでも、ここを出るしかない。

アメリカに目を向けたエーディトは、そこにいる母の親戚たちから必要な二通の宣誓供述書を手に入れ、住む場所と援助も提供してもらえることになった。一九三八年八月末にそこまで手筈を整えて、アメリカ領事館に登録し、申請手続きを開始した。[27] 申請者の数は尋常ではなく、そのうえアメリカ国務省とナチス政権によって両端がきびしく絞られていた。年末が迫るなか、エーディトは永遠にウィーンから逃れられないことを覚悟した。〝水晶の夜〟のあと、待つのに耐えられなくなり、イングランドのほうが見こみがありそうだと思うようになった。

初夏以降、多数のユダヤ人――ほとんどは審査を通りやすかった女性――がイギリスを目的地に据えていた。《タイムズ》紙の求職欄には、期待をこめた個人広告が載るようになった。[28] 広告主はさまざまで、家政婦、料理人、運転手、乳母から、金細工師、法学博士、ピアノ教師、機械工、語学教師、庭師、簿記係までさまざまだ。自分の能力では物足りないほどの職を求める者が多かった。並んだ自己推薦文は似かよったものばかりだ。〝優秀な教師〟〝完璧な料理人〟〝腕のよい雑用係〟〝経験豊富〟〝申し分ない人柄〟。時が経つにつれ、広告文は目に見えて悲壮感を増した。〝どんな仕事でも〟〝急募〟〝十歳の息子がいます（必要であれば児童養護施設へ入れます）〟〝すぐにでも〟……。監獄の壁が建ち並び、ドアを閉められようとしている人々の叫びだ。

ビザをとれる可能性が最も高いのは免許を持った家政婦だった。[29] クラインマン家の近くに住むエルカ・ユングマンが出した広告は、何百もの広告の典型例だ。

料理人（ユダヤ人、女性）、長期雇用歴の証明書あり。家政婦でもあり、家事全般ができます。職を募集中。――エルカ・ユングマン、ウィーン二区イム・ヴェルト通り一一／一九[30]

婦人帽子店の見習いだったエーディトには売りこめるような家事の技術がなく、習得しようとしたこともなかった。よい服を身につけ、よい暮らしをしていたエーディトは、自分が淑女だと考えていた。家の掃除？　そんなことをする性分ではない。だが、ティニがエーディトの世話を引き受け、できるかぎりのことを教えて、地元の裕福なユダヤ人一家のもとで家政婦の仕事ができるよう手配した。エーディトはそこで一か月だけ働いたが、寛大なその一家は六か月働いたとする証明書を用意してくれた。そして驚くほど幸運なことに、エーディトはイングランドでの仕事の口を見つけた。あとはビザと、ナチス当局の出国許可証があればいい。

そこからが大変だった。イギリス政府が一日に発給するビザはごくわずかにすぎない。[31] イギリス領事館の行列は長く、進みはひどく遅かった。一日二十四時間、家族が交替で列に並び、全員でエーディトの場所をとった。寒さはきびしいが、日々少しずつ進む列で当番をつづけた。各国領事館の外の道は申請者でふさがれ、警察が定期的に追い散らしにくる。SAが立ち寄って、縄の鞭でユダヤ人を打つこともあった。[32] エーディトがイギリス領事館のあるカプララ＝ガイミュラー宮殿の玄関にたどり着くまで、まる一週間かかった。[33] 中へ通されたエーディトは、申請書を提出した。そして、待った。一九三九年一月上旬、ついにビザがおりた。

　エーディトの出立は全員にとってつらいことだった。いつ、どのように再会できるか、だれにも想像できない。列車に乗り、新たな生活へ向かったエーディトは、一家の人生から消えてそこに空白を残した。

　数日後、フェリーで英仏海峡を渡ったエーディトは恐怖と虐待と危険から解放されたが、あとに残した大切な人々やよく知るさまざまなものがどうなっていくのか、恐ろしくもあった。何十年ものち、年老いたエーディトが子供たちにこの時代を語るときには、いつもここでだまりこむ。ほかのすべてが牙を失ったいまも、この痛みだけは鋭さを失っていないかのように——この離別はそれまでに起こった何よりも強烈な記憶だった。

משפחה
家族

　ウィーンでは、虐げられたユダヤ人街が昔の姿を失った亡霊と化していた。一九三九年初夏に訪れたある人は、ドイツで起こっていることの比ではない惨状を目のあたりにした。レオポルトシュタットではそこかしこでユダヤ人が立ち退かされ、通り沿いの店や家がすべて空いたままになっていた。かつてにぎわっていた街路が閑散とし、〝われわれの目には死んだ都市のように映った〟という。[34]

　シオニスト青年アリヤーは、公式にはユダヤ人の青少年をパレスチナの農業共同体《キブツ》での共同生活に適応させることを目的とした組織であり、子供たちのために英雄並みの働きをした。教育を提供し、技術者や医療従事者を養成し、救援物資を用意した。ウィーンに残るユダヤ人のいまや三分の二以上が、おもにユダヤ人コミュニティ内での慈善事業に頼って生きていた。外出はできるかぎり避けている。ほとんどの地区ではユダヤ人が夜間に出歩くのは危険で、ナチス党の会合がある夜は特にそうだった。SSやSAが演説で盛りあがると、決まって暴力沙汰が起こる。昼夜を問わずきわめて危ない地区もあった。

クラインマン一家はアパートメントで、エーディトが残した空白を囲んで寄り集まっていた。クルトは即席の学校のひとつにかよい、兄と姉はできるかぎり両親を手伝った。その夏フリッツは十六歳になり、新しい身分証明書を作った。一家のJカルテの写真のうち、後年まで残ったのはフリッツのものだけで、肌着一枚の姿の整った顔立ちの少年が憎悪をこめてカメラをにらみつけていた。

ときおり、エーディトからの手紙がウィーンにたどり着いた。どれも短く、簡潔だった。エーディトは家政婦の仕事をはじめ、うまくやっているという。リーズ郊外に住み、ブロストフ夫人というロシア系ユダヤ人に仕えているらしい。どんな思いでいるかは書かれていなかった。

エーディトの手紙はその夏じゅう届き、それから急に途絶えた。九月一日、ドイツがポーランドへ侵攻したからだ。イギリスとフランスが宣戦布告し、エーディトと家族のあいだには崩しがたい壁ができた。

九日後、一家をさらに大きな一撃が襲う。九月十日、フリッツがゲシュタポに捕らえられた。

אבא
父

新たな逮捕の波が帝国じゅうを襲った。ドイツがポーランドと戦争をはじめたことで、ポーランド出身のユダヤ人はみな、敵性外国人と見なされた。[35] オーストリアに生まれ育ったオーストリア国民のグスタフは、本来は安全なはずだった。しかし、近しい人には知られているとおり、生まれは旧ガリツィア王国である。ガリツィアは一九一八年からポーランドの一部となっていたので、ガリツィア出身のユダヤ人は、ドイツから見ればポーランド人であり、安全保障上の脅威だった。

ハンマーが打ちおろされた日曜日、ティニはヘルタ、フリッツ、クルトとともにアパートメントにいた。大きな音を立ててドアが叩かれ、全員が恐怖に身をすくめた。

ティニが用心深くドアをあけ、外をのぞいた。四人の隣人たちがこちらを見つめている。みなよく知っている顔で、目の下の皺も、頬を覆うひげも、どれも馴染み深い。全員がグスタフと同じ労働者だ——友人であり、妻同士も知り合いで、子供同士がいっしょに遊んだこともある。技術者のフリードリヒ・ノヴァーチェクがいて、先頭には石炭商人のルートヴィヒ・ヘルムハッカーが立っている。[36] "水晶の夜" のとき、グスタフを当局へ引き渡したのと同じ顔ぶれだ。ルートヴィヒたち、ナチスへ寝返った小さな一団は、それから何度も訪ねてきていた。

「こんどはなんの用なの、ヴィッカール」ティニは憤然と言ったが、四人はそれを押しのけて小さなアパートメントへはいった（これだけのことがあってもなお、ルートヴィヒの名を呼ぶとき、つい親しみをこめた愛称を使ってしまった）。「うちには何もないって知ってるでしょう——食べ物すらないんだから」[37]

「あんたの旦那をさがしてる」ルートヴィヒが言った。「命令でな。グストル［オーストリア東部で使う、親愛を表す接尾辞がついている。例：フリッツル、グストル］がいないなら、息子を連れていくことになってる」フリッツに向かってうなずく。

ティニは蹴られたかのような衝撃を受けた。自分が何を言おうと、いまの流れを変えることはできない。男たちは大切な息子につかみかかり、ドアの外へ連れ出した。ルートヴィヒは去り際に言った。「さあ、フリッツルを警察へ連れていくが、グストルが出頭したら、息子はうちへ帰れるぞ」

その日グスタフが帰ると、家族は悲しみ、うろたえていた。事のしだいを聞いたグスタフは、ためらうことなく身をひるがえし、まっすぐ警察へ行こうとドアへ向かった。ティニがその腕をつかんだ。「やめて。あなたが捕まってしまう」

「フリッツルをやつらの手に置くつもりはない」またドアへ進む。

「だめ！」ティニは必死で言った。「お願い、逃げて。どこかに隠れて」

グスタフの決心は揺らがなかった。涙に暮れるティニを残し、レオポルト通りの警察署へと急いだ。両手を握りしめて勇を鼓し、まっすぐ中へはいって受付へ進む。当番の警察官が目をあげた。「グスタフ・クラインマンです」グスタフは言った。「出頭しました。息子がいるはずです。わたしを捕らえて、息子は放してやってください」

警察官はあたりに目をやった。「出ていけ」小声で言う。「とっとと出ていけ」

グスタフは途方に暮れて建物を出た。家に帰ると、ティニはグスタフを見て安心しながらも、フリッツが捕らえられたままだと知って消沈した。「あす、また行くつもりだ」グスタフは言った。

「その前にあなたを捕まえにくるはずよ」ティニはあらためて、逃げて隠れるよう懇願したが、グスタフは拒んだ。「いますぐ逃げて」ティニは譲らない。「逃げないなら、ガスを出すから――わたし、自殺する」

それを見ていたクルトとヘルタは恐怖に襲われた。一家の原動力は両親の不屈の精神だった。絶望に陥るふたりを見て、子供たちは愕然とした。

結局はティニの言い分が通った。グスタフは隠れ場所を見つけると約束して、アパートメントを出た。翌日、ティニはやきもきしながら、夕方までずっと、ドアを叩く音に耳をそばだてていた。そのときは来なかった。代わりに、夜遅くなってグスタフ自身がもどってきた。行くあてがなく、ティニと子供たちをひと晩じゅう置き去りにすることに耐えられなかったからだ。自分が見つからなければ、ナチスはつぎにだれを連れていくのだろうか。

迎えが来たのは午前二時だった——ドアに大きな音がとどろき、男たちの波がアパートメントへ流れこみ、命令の声が響き、何本もの手がグスタフをつかみ、涙が流され、懇願の声がし、夫婦が必死で最後のことばを交わした。グスタフは許可を得て小さな服の包みを用意した——セーターを一枚、マフラーを一枚、靴下の替えを一足。[38] そして、すべてが終わった。ドアが閉まり、グスタフは去った。

第二部

ブーヘンヴァルト

3 血と石――ブーヘンヴァルト強制収容所

אבא 父

まわりにだれもいないことをたしかめ、グスタフは小さな手帳と鉛筆を取り出した。角張った正確な字で書きつける。〝一九三九年十月二日、ブーヘンヴァルトに着く。列車で二日間の旅だった〟

あの恐ろしい逮捕の日から一週間以上が経ち、多くのことが起こった。どれだけ簡潔に書こうとしても、手帳の貴重なページがどんどんなくなっていく。手帳を持っているのを見つかれば死につながると知りながら、グスタフはなんとか隠しとおした。この場所から出られる日が来るかどうかはまったくわからない。これから何が起ころうと、この日記が証人になるだろう。

グスタフはページを平らに押さえつけ、つづきを書いた。〝ヴァイマール駅から収容所まで走ってきて……〟

בן 息子

低い音を立てて貨車の扉が開き、中へ光が流れこんだ。すぐさま、命令を叫ぶ鋭い声と番犬の低いうなり声が地獄の合唱となって湧き出した。いくつもの感覚を掻き立てられて茫然としながら、フリッツは目をしばたたいてあたりを見まわした。[1]

ヴィッカール・ヘルムハッカーと仲間たちの手で母から引き離されてから、何年も過ぎたように思えた。唯一の慰めは、自分が解放されていないのだから、父は無事逃げたのだろうということだ。

捕まったあと、フリッツはまずホテル・メトロポールにあるウィーンのゲシュタポの本部へ連行された。逮捕されたユダヤ人の男の数は膨大で、ＳＳは収容するのに苦労していた。フリッツはゲシュタポの独房で数日過ごしたのち、ほかの何千人もとともにプラーター公園の近くのサッカー場へ移された。その混雑した不潔な場所で、一同は監視されながら三週間近く過ごした。やがてウィーン西駅へ連れていかれ、家畜用貨車へまとめて乗せられた。

ドイツへの旅は二日つづいた。押し合う体のあいだに閉じこめられたフリッツは、列車に揺さぶられ、まわりの見知らぬ人々に押しつぶされていた。不安げな汗みどろの男たちに交じった十六歳の少年だ。そこにはありとあらゆる種類の男がいた。中流階級の父親、実業家、眼鏡をかけた知識人、顎ひげを生やした労働者、醜い者、美男、恰幅のよい者、怯えた者、すべてを冷静に受け入れた者、怒りを爆発させる者、腹の底まで恐れきった者。静かな者もいれば、ひとりごとや祈りをつぶやく者、ひたすら話しつづける者もいる。どの男にも母や妻や子供やいとこがいて、職業があり、ウィーンに生活の場所がある。だが、貨車の外にいる軍服姿の男たちにとっては――みな、ただの家畜だ。

「出ろ、ユダヤの豚ども――さあ！　出ろ、出ろ、出ろ！」

全員がまばゆい光のなかへ出た。千三十五人のユダヤ人が――当惑し、動揺し、混乱し、怯え、茫然として――家畜用貨車から流れ出し、ヴァイマール駅の積みおろし場で罵倒と殴打と犬のうなり声の嵐に包まれた。[2]やってくる移送列車を見ようと、地元の人々が集まっていた。ＳＳ監視兵の後ろに立って、嘲り顔で笑いながら侮辱のことばを叫んでいる。

収監者たち――多くは鞄や包みを持ち、旅行鞄を手にした者もいる――は押され、打たれ、怒鳴られながら列を作った。積みおろし場から追い立てられ、トンネルにはいって、また外へと走りつづける。しばらくは市街の北へ向かう道を進んだ。

「走れ、豚ども！　走れ！」

フリッツは引き攣る手足を懸命に動かして走った。つまずいたり脇へそれたり、さらには歩をゆるめるそぶりを見せたり、ほかの者に話しかけたりすれば、肩や背や頭にライフルの銃床が叩きつけられる。

ここにいるSSは、フリッツがウィーンで見てきた者たちよりはるかに悪辣だった。彼らが属するのはトーテンコプフフェアベンデ――〝髑髏部隊〟だ。髑髏と交差した骨をかたどった徽章を帽子や襟につけ、その残虐さは理性の限界を超えている。未熟でねじくれた心、ゆがんだ魂を持つ飲んだくれやサディストたちが、強烈な使命感と無限に近い権力を与えられ、みずからを自国内の敵と戦う兵士だと信じるよう訓練されていた。

果てしなく感じられる地獄の暴力のなか、フリッツはひたすら走りつづけた。市街はやがて何キロもつづく田舎道に変わった。収監者たちは嘲られ、唾を吐きかけられた。年齢や疲労や重い荷物のせいでつまずいた者は、即座に撃たれた。靴紐を結ぼうと身をかがめたり、倒れこんで水を懇願したりしても、ためらうことなく銃殺される。長い坂道をのぼると、深い森へはいった。そこで収監者たちは向きを変えさせられ、真新しいコンクリートの道を進んだ。この道を古参収監者は〝血の道〟と呼んだ。多くの収監者がこの道を進む途中で死に、その血と新たに来た者の血が混じり合った。

肺が張り裂けそうな思いで走っていたフリッツは、前方によく知る細長い人影が見えたように感じた。足を速め、横に並ぶ。やはりそうだ――なぜだかまったくわからないが、ここに父がいる！　ティニが用意した着替えの包みを腕にかかえ、汗だくになりながら必死に進んでいる。

グスタフからすると、フリッツはどこからともなく現れたかのようだった。驚いたり再会を喜んだりしている場合ではない。口を閉じたまま、無差別な銃撃を避けるため、ふたりはそろって集団の内側へはいった。ときおり響く銃声を耳に入れないようにしながら、集団とともに丘をのぼり、森のさらに奥へ走った。

エッタースベルクという名のその丘は広々として、密生したブナに覆われている。何世紀にもわたってザクセン＝ヴァイマール公国の君主たちが狩猟場とし、近年はピクニックにも人気の場所だった。芸術家や知識人の保養地でもあり、シラーやゲーテなどの作家との関係でもよく知られている。[3]ヴァイマール市はドイツの伝統文化遺産のまさに中心地であり、エッタースベルクに強制収容所を造ることで、ナチス政権はこの遺産にみずからの名を刻みつけた。

一時間以上かけて八キロを走ると、ようやく〝血の道〟が北へ曲がり、森が切り開かれた広い空き地に出た。あらゆる形や大きさの建物が散在している。完成しているものもあれば建設中のものもあるが、多くは着手したばかりらしい。どれもＳＳのための兵舎や施設だ。収監者たちは、こうした施設に置かれた機械にとって、燃料や挽くべき石にすぎない。ブーヘンヴァルト――山を美しく彩るブナの森にちなんだ名――はただの強制収容所ではない。ＳＳにとっては模範施設であり、のちに市そのものと肩を並べる規模となる。このブナの森でおこなわれたことは、やがてヴァイマールにあるドイツのあらゆる遺産に影を落とした。ここに囚われた人々の多くは、ブーヘンヴァルトではなくトーテンヴァルト――〝死者の森〟――と呼ぶ。[4]

道の先には、通行を阻むかのような大きなフェンスにはさまれた横長の門塔がある。これが収容所本体への入口だ。門にはふたつのスローガンがあり、上の横木にはこう記されている。

RECHT ODER UNRECHT–MEIN VATERLAND

〝よかれ悪しかれ、わが祖国〟。ナショナリズムやファシズムのまさしく本質だ。そして、門にも鉄細工で文字が形作られていた。

JEDEM DAS SEINE

〝各人に各人のものを〟。これは〝各人にふさわしい報いを〟とも読める。

新入りの一団は、疲れ果てて汗と血を流しながら門をくぐった。いまでは千十人だ。ウィーンを出発したうちの二十五人は、〝血の道〟に点々と残された死体となっている。[5]

着いたところは、抜け出せないように隔絶された場所だった。巨大な収容所が鉄条網に囲まれ、間隔を置いて建つ二十二の監視塔には投光照明と機関銃が配されている。フェンスは高さが三メートルで、三百八十ボルトという殺傷力のある電流が流れている。その外側は歩哨が巡回し、内側には〝中立地帯〟と呼ばれる細い砂地がある。この砂地へ立ち入った収監者は残らず銃殺される。[6]

門をはいってすぐにひろがるのは視察用の場所――アッペルプラッツ、すなわち点呼広場だ。広場の奥と片方の脇では、平屋の簡易宿舎が丘の斜面に放射状の列を作って整然と建ち、さらに向こうにはより大きな二階建ての建物が並んでいる。グスタフやフリッツたち新入りは、命令に従って点呼広場に整列した。銃口を向けられた収監者たちは、乱れた恰好のまま落ち着きなく立っていた。汚れた背広や作業着、セーターやシャツ、レインコートや中折れ帽やビジネスシューズやふちなし帽や鋲打ちのブーツ。ひげを伸ばした者もいれば禿頭の者もいて、なめらかな髪の者もいればくしゃくしゃに乱れた髪の者もいる。そうしているあいだにも、道中で殺された者たちの死体が運びこまれ、並んだ男たちのあいだに捨てられた。

立派な服を着たＳＳ将校たちが現れた。頬のふくれた猫背の中年男が前へ出た。のちに、これは収容所の司令官カール・オットー・コッホだったとわかる。「よし」その男は言った。「おまえたち豚はいま、この場にやってきた。一度この収容所へはいったら、出ることはできない。覚えておけ――生きては出られないと」

男たちは収容所の名簿に登録され、それぞれが収監者番号を与えられた。フリッツ・クラインマン――七二九〇。グスタフ・クラインマン――七二九一[7]。聞き慣れないドイツ訛りで矢継ぎ早にくだされる命令は、多くのウィーン人には理解しがたかった。服を脱いで裸になるよう言われ、浴場ブロックへ歩かされて、我慢できないほど熱いシャワーを浴びた（弱っていた者は耐えきれず倒れた）。そして、焼けつくような消毒液の桶に浸かった[8]。裸のまま外にすわって髪を刈られたあと、またライフルの銃床と棍棒が降りそそぐなかを点呼広場へ駆けもどった。

そこで一同は収監者服を与えられた。長いズボン下、靴下、靴、シャツ、そして特徴的な青い縞模様のズボンと上着。どれも不恰好だ。希望すれば十二マルクでセーターと手袋を買うこともできたが[9]、一フェニングすら持っていない者がほとんどだった。自分の服や所持品は――グスタフの小さな包みも――すべて取りあげられた。

頭を剃られて収監者服を着た新入りたちは、もはや個性を具えた人間には見えず、それぞれの番号だけで識別される均質な集団だった。ところどころに見えるまるい腹や、まわりより高く突き出した頭のほかに、特徴と呼べるものはない。着いたときに受けた暴力によって、自分たちはＳＳの所有物であり、思いのままに扱われるものだと心に刻みこまれた。それぞれが自分の収監者番号の書いてある布切れを渡され、バッジとともに収監者服の胸に縫いつけるよう命じられた。フリッツが自分のバッジを見ると、黄色と赤の三角形を重ねて作ったダヴィデの星だとわかった。全員が同じものを与えられている。赤の三角形は、対象者が敵性外国人という名目で逮捕されたポーランド系ユダヤ人であり、いわゆる〝保護拘禁〟（国家のための〝保護〟）のもとにあることを示している。[10]

収監者たちはつぎに、シャベルの裏面のように平らな顔をした別のＳＳ将校による視察を受けた。この男はのちにハンス・ヒュティッヒという副司令官——熱心なサディスト——だとわかる。ヒュティッヒは嫌悪の目で収監者を見渡し、かぶりを振って言った。「こんなやつらが、これまで自由に歩くことを許されていたとはな」[11]

一同はそこから点呼広場の西端へ進まされ、二重の鉄条網に囲まれた〝小収容所〟と呼ばれる隔離地に着いた。そこには宿舎ではなく四つの巨大なテントがあり、中には四段積みの木製の寝台が並んでいる。[12]過去数週間のうちに、八千人を超える新たな収監者たちがブーヘンヴァルトに到着していた。受け入れのペースはふだんの二十倍以上で、[13]テントははち切れそうだった。

グスタフとフリッツは、二メートルの幅しかない寝台を、あと三人の男たちと共有することになった。マットレスはなく、木の板がむき出しになっている。ひとり一枚毛布があり、少なくとも暖はとれる。イワシのように押しこめられ、空腹をかかえながら、疲労困憊してすぐ眠りに落ちた。

翌日、新入りの収監者たちを収容所のゲシュタポが登録した。写真撮影、指紋採取、短い尋問に午前中いっぱいかかった。午後になり、一同ははじめてあたたかい食事にありついた。半リットルの水っぽいシチューに皮つきのジャガイモとカブがはいっていて、少量の脂身と肉が浮いていた。夕食はひとりあたり四分の一ローフのパンと、小さなソーセージ一本だ。パンはローフのまま与えられたが、ナイフがないのでおおまかに分けることになり、口論や喧嘩が絶えなかった。

八日間隔離されたあと、一同は労働に駆り出された。大半が近くの採石場で重労働を課されたが、グスタフとフリッツは売店の排水設備の補修をすることになった。労働者たちは一日じゅう罵倒され、奴隷のように働かされる。グスタフは日記にこう書いた。〝収監者がＳＳに殴られるところを見たので、息子には気を配っている。視線を交わすだけだ。わたしにはこの状況が理解でき、どうふるまうべきかもわかる。フリッツルにも伝わっている〟

　初日の記録はそこまでだ。グスタフはいま書いたところを読み返した。まだたったの二ページ半だというのに、あまりに多くの苦難と危険を乗り越えてきた。九日が過ぎた。あとどれだけつづくのだろうか。[14]

אבא
父

身を守るには気づかれずにいることが重要だと、グスタフは理解していた。しかし、ブーヘンヴァルトに着いて二か月のうちに、グスタフもフリッツも、考えうる最も危険な形で注目を浴びることになる――グスタフは意図せず、フリッツはみずから意図して。[15]
　毎朝、夜明けの一時間半前に甲高い笛の音が響き、眠りという忘却のなかから引きずり出される。それから収監者班長《カポ》や〝ブロック古参〟がやってきて、収監者たちを怒鳴りつけて急かす。新入りたちは、それが同じ収監者仲間であることに驚いたものだ。ほとんどが〝緑の収監者〟――収監者服に緑の三角形をつけた犯罪者――であり、収監者の大群から距離を置きたいSS監視兵が奴隷監督や宿舎の監視人として任命した者たちだ。
　笛が甲高く鳴り、フリッツとグスタフが靴を履いて這い出すと、むき出しの地面にたまった冷たい泥に足首まで埋もれた。収容所は光に包まれ、フェンスにも監視塔の上にも通路にも空き地にも電灯がついている。収監者たちは点呼のために広場へ集められ、それぞれにどんぐりコーヒーを受けとる。甘いが力の源にはならず、もらうころにはいつも冷めていた。配るのに時間がかかるので、二時間にわたって無言でじっと立ちつづけ、薄い服で震えて待つしかない。作業に出るころには、あたりを朝日が照らしはじめている。

グスタフとフリッツが排水の仕事をしていられたのはごく短いあいだで、いまでは採石班に配属されていた。整然と隊列を組んで正門をくぐり、道なりに歩いて右へ折れて、収容所本体とＳＳの兵舎群のあいだを進む。ＳＳの兵舎は煉瓦で造られた二階建ての大きな建物で、建設中のものも含めて、扇風機の羽根のように弧を描いて並んでいる。ナチスは強制収容所のなかでさえ豪壮な設計を好んだ――優雅で秩序立っているかのような、悪夢を遮断するかのような錯覚を起こさせる外観だ。

丘を少しくだったところで、敷地内の歩哨線を越える。収容所本体の外にフェンスはなく、作業場を囲む警戒線にはＳＳの歩哨がおおぜい配備されていた。ライフルや軽機関銃を持った歩哨と、棍棒を持った歩哨とが十二メートルおきに交互に並んでいる。いったん歩哨線の内側にはいったあとに収監者が線を越えると、なんの予告もなく即座に撃たれる。歩哨線へ走るというのは、絶望した収監者がよくやる自殺の方法だった。収監者に歩哨線を越えさせるのを楽しみとしているＳＳ監視兵もいた。〝逃亡者記録〟にはＳＳの狙撃手の名が記録され、銃殺の功績がたまると報奨として休暇が与えられた。

採石場は広く、木深い緑の丘の斜面に露出した白い石灰岩の傷跡が走っている。だれかが顔をあげれば、霧や雨に邪魔されないかぎり、かすんだ西の地平線にひろがる起伏豊かな田園地帯が見渡せる。だが、顔をあげる者などいない――せいぜい、ほんの一瞬だ。労働はきびしく、絶え間なく、危険だった。縞模様の服を着た男たちは石を掘り、石を割り、石を運ぶ。手を抜けばカポに殴られる。カポは荒々しくふるまうことを求められ、進んでそうした。ＳＳが不満を持てば、自分は地位を奪われて収監者のなかへもどされ、そこで復讐を食らうとわかっていたからだ。[16]

採石場に出入りする細長い線路には、農家の荷馬車に劣らず大きな鉄の荷車が何台も走り、採石場からブーヘンヴァルト周辺の建設現場へ石を運んでいた。グスタフとフリッツは荷車引きとして働いた。ほかの十四人の男たちとともに、石を積みこんだ約四・五トンに及ぶ荷車を一日じゅう押したり引いたりし、カポの鞭と怒鳴り声を浴びながら丘の斜面を〇・五キロのぼる。線路の下に敷かれた砕石が薄い布や板でできた靴の下で滑り、いやな音を立てた。スピードが何より求められ、空にした荷車はすぐさま採石場へもどさなくてはならない。自重で進む荷車に十六人の男たちがしがみついて、暴走を防ぐが、脱線することは頻繁で、そのたびに四肢が砕け、頭が割れた。たいがいは線路を跳び越えるが、隣の荷車の進路にはいることもあり、あとには押しつぶされて手脚をもぎとられた男たちの列ができる。

怪我人は診療所か、ユダヤ人の場合は〝死のブロック〟――末期患者を入れておく宿舎――へ連れていかれる。[18]障碍が残りそうな重傷であれば、SS医師が致死注射を打つ。[19]不衛生な環境で生活して働く収監者たちにとっては、些細な傷でも命にかかわりうる。視力が低ければ、眼鏡をなくしただけでも事実上の死刑宣告になりかねない。

日々懸命に働きながら、グスタフとフリッツはどうにか罰も負傷も逃れていた。〝われわれは自分の能力を証明している〟とグスタフは日記に書いた。

そうして二週間が過ぎた。そして十月二十五日、隔離収容所内で赤痢と発熱が一気にひろがった。水の配給がなく、採石場で働く者が水たまりの水を飲んでいたせいだと考える者もいる。三千五百人を超える弱った男たちが押しこめられたテントは、落下式便所が唯一の衛生設備であり、まさしく病気の温床だった。毎日何十人もが死んで、人が減っていった。

それでも、骨身を削られる収容所生活はつづいた。毎日、食料不足にあえぐ。毎日、寒さと雨のなかで何時間も立って点呼を受ける。毎日、殴られて傷を作る。SSはメルクルという名のラビ長に特に執着し、いつも血まみれになるまで殴っていたが、ついに歩哨線を越えて走らせた。そのあいだもずっと赤痢は野放しにされ、死者は増えつづけた。

飢えに耐えかねたポーランド人数人が小収容所を抜け出して収容所本体の厨房へ忍びこみ、二十キロのシロップを持ち帰ったので、収監者の生活は少しだけ好転した。ほんの一瞬の喜びだった。盗みが発覚すると、罰として小収容所全体が食料の配給を二日間止められた。数日後、倉庫からゼラチンで固めた肉がひと箱盗まれた。収監者たちはまた二日間食事を抜かれ、朝から夕方まで点呼広場に立たされた。まだその罰がつづいているあいだに、だれかが収容所の北端にある農地の豚小屋へ押し入り、豚を一頭盗んだ。コッホ収容所司令官（ブーヘンヴァルトの敷地内に住み、日曜日には妻と小さな子供たちを連れて敷地内にある動物園を散歩する人物）直々の命令で、盗んだ者たちが捕まるまで全員が食事を抜かれることになった。服に豚の血や豚小屋のおがくずがついていないか、収監者全員が調べられた。懲罰や尋問は三日間つづいたが、結局犯人はＳＳ隊員だとわかった。[20]

飢えで弱り、魂まで砕けるほどの労働を強制されるなか、生きている者までもがすでに死んで亡霊になったかのように、背をまるめて音もなく歩きまわっていた。

そして突然、事態はさらに悪化した。

בן 息子

一九三九年十一月八日水曜日、アドルフ・ヒトラーはミュンヘンへ飛び、ナチス党の式典を指揮した。一九二三年のミュンヘン一揆――ヒトラーと支持者たちがはじめてバイエルンで権力を握ろうとしたが成功には至らなかった――を記念して毎年開催されるものだ。式典のはじめに、ヒトラーは一揆の現場となった〈ビュルガーブロイケラー〉という仰々しいビアホールで演説した。開戦して間もないうえに、フランス侵攻計画が悪天候のため延期を強いられていることもあって、総統はすぐにべルリンへもどることになっていたので、その演説は予定より一時間早くおこなわれた。総統が去った八分後――予定では演説のさなかだったころ――柱に隠されていた爆弾が大爆発を起こした。近くにいた何人かが跡形もなく消え、さらに数十人が負傷した。[21]

ドイツじゅうが戦慄した。犯人のゲオルク・エルザーはドイツの共産主義者で、ユダヤ人とはなんのつながりもなかったが、ナチスにとってあらゆる悪事の元凶はユダヤ人だった。各地の収容所では、翌日――たまたま〝水晶の夜〟の記念日でもあった――ユダヤ人が残虐な復讐を受けた。ザクセンハウゼンでは、SSが収監者を脅しつけて拷問した。ラーベンスブリュックでは、ユダヤ人の女たちが一か月近く宿舎に閉じこめられた。[22] とはいえ、そんな仕打ちもブーヘンヴァルトで起こったことに比べれば軽いものだった。

十一月九日の朝早く、グスタフとフリッツを含むユダヤ人収監者全員が作業班からはずされ、収容所本体へ帰って自分の宿舎棟にもどるよう命じられた。全員がそろったことを確認すると、ヨハン・ブランクSS上級曹長が処罰の儀式を開始した。

ブランクは生まれながらのサディストだった。バイエルン出身で、以前は林業を見習いながら密猟に携わっていた。収監者に歩哨線を越えさせる遊びに熱心に加わり、みずから銃殺を実行したことも多い。[23] 前の晩に一揆の記念式典があって、その祝宴で何人ものSS隊員が二日酔いに陥っていたが、ブランクは一同を連れてブロックをひとつひとつまわり、二十一人のユダヤ人を選んだ。中には、たまたま外で使い走りをしていた不運な十七歳の少年もいた。SS隊員はユダヤ人を正門まで歩かせて、そこに立たせると、そのころミュンヘンでおこなわれていた記念の行進に合わせて同じように歩かせた。それが終わると門が開かれ、二十一人のユダヤ人は坂道を採石場へと追い立てられた。

テントのなかで、グスタフとフリッツは何が起こっているのかわからないまま、周囲の音だけを感じていた。長く沈黙がつづいた。そして突然、銃声が響いた。もう一発、さらにもう一発と、銃声が途切れ途切れにつづく。そのあと、静寂がよみがえった。[24]

何があったのかについての噂がすぐさま収容所をめぐった。二十一人は採石場の入口まで行進し、そこで全員が撃たれた。なんとか逃げおおせた数人も結局は追いまわされ、森で殺された。

その日はまだ終わっていなかった。ブランクＳＳ上級曹長はエドゥアルト・ヒンケルマンＳＳ上級曹長と連れ立って、こんどは小収容所へ目を向けた。いっしょにテントを見てまわり、あらゆる場所で過失を見つけて怒りをたぎらせた。収監者たちは点呼広場へ出るよう命じられた。整列すると、カポが隊列に沿って進み、二十人ごとにひとりを選んで前へ押し出した。グスタフとフリッツの列にもやってきた。一、二、三……数える指が踊り、拍子を刻む……十七、十八、十九……指はグスタフの前を通り過ぎ……二十。フリッツを突き刺した。

フリッツは捕らえられ、ほかの犠牲者とともに前へ押しやられた。[25]

紐を何本か垂らした大きな木の机が広場へ引き出された。ここに一、二週間もいる収監者なら、この〝馬《ボック》〟――鞭打ち用の架台――のことを知っている。収監者を罰し、部下を楽しませる手段として、ヒュティッヒ副司令官が導入したものだ。[26]収監者はみな、これが使われるところを見たことがあり、目にしただけで恐怖に襲われた。ブランクとヒンケルマンは実行するのを大いに楽しんでいた。

両腕をつかまれたフリッツは、内臓が切り裂かれそうな思いで〝馬〟へ追い立てられた。上着とシャツが脱がされ、ズボンもおろされた。いくつもの手が体を傾いた机にうつ伏せにし、足首を輪に入れて、背中に革紐を強く巻きつけた。

グスタフがなす術もなく茫然と見つめる前で、ブランクとヒンケルマンは準備をつづけた。牛鞭――鉄の芯を革で覆った残忍な武器――を打ちつけるその瞬間を心待ちにしているらしい。収容所の規則で、鞭打ちは最低五回、最高二十五回とされている。この日、ＳＳの怒りに歯止めをかけることができるのは回数制限だけだ。

一度目の鞭がフリッツの臀部を剃刀のように切り裂いた。

「数えろ！」男たちが怒鳴った。フリッツはこの儀式を見たことがあり、何を求められるかを知っている。「一」フリッツは口にした。牛鞭がまた肉を裂く。「二」あえぎながら言う。

SSの男たちは几帳面だった。罰を引き伸ばし、一撃ごとに最大限の痛みと恐怖を与えるよう、鞭打ちはじゅうぶんな間隔を置いておこなわれた。フリッツは懸命に意識を保った。数えられなくなったら、はじめからやりなおしになる。三……四……永遠につづく地獄の苦しみだ……十……十一……意識を集中させるために、正しく数えるために、絶望や失神で敗れ去らないために、フリッツは闘った。

ついに回数が二十五に達した。紐がゆるめられ、立たされる。父が見守る前で、血まみれのフリッツは燃えるような痛みで朦朧としたまま連れ出され、やがてつぎの不運な収監者が〝馬〟へ引き寄せられた。

忌まわしい儀式は何時間もつづいた。何十人もが、何百回にもわたってゆっくりと鞭打ちを受けた。耐えがたい痛みに屈して回数を言いまちがえた者は、最初からやりなおさせられた。無傷で立ち去る者はいなかった。

אבא
父

ユダヤ人には治療も休息も、回復のための時間も与えられない。儀式の標的となった者は切り裂かれ、すさまじい痛みに苦しみながらも、すぐにふだんの収容所生活へもどされた。どうにか耐えつづけるしかない。ここでは、痛みや病に屈することは、死を受け入れるに等しいからだ。ブーヘンヴァルトでは、どれだけ状況が悪かろうと、さらに悪化しかねないし、たいていはそうなる。

二日後の朝、フリッツは点呼の場でなんとか姿勢を保っていた。痛みはあるが、自分のことより父のほうが心配だった。グスタフはひどく体調を崩している。絶食の罰が復活していたし、収容所ではいまだに赤痢と発熱が蔓延していて、ついにグスタフが感染した。顔は青ざめて熱っぽく、下痢に苦しめられている。のろのろと時が過ぎるなか、フリッツは目の端でグスタフを見守っていた。あんな状態では仕事などできるはずがなく、点呼が終わるまで立っているのがやっとだろう。

グスタフは揺れと震えを繰り返しながら、感覚を失っていった。音が遠ざかってくぐもり、視界が黒い靄で覆われたかと思うと、急に手足がしびれ、自分が黒い穴へどんどん落ちていくのを感じた。地面にぶつかる前に意識を失っていた。

目覚めると、仰向けに寝ていた。どこかの屋内にいる。テントではない。視線の先にはフリッツの顔が浮かんでいた。ほかの男もいる。診療所か？　それはありえない。ユダヤ人ははいれないはずだ。熱で朦朧としながらも、グスタフはぼんやり気づいた。ここは望みのない患者のために用意されたブロックであり、生きて出られることはほとんどない。〝死のブロック〟だ。

グスタフをここまで運んだのはフリッツともうひとりの男であり、フリッツは怪我を無視して力を振り絞った。ここの空気はよどんで息苦しく、うめき声と、望みも救いもついえた死のにおいで満たされている。

医師はふたりいた。ひとりはハースという名の冷酷なドイツ人で、病人を盗みの標的にし、餓死するにまかせている。もうひとりは収監者のパウル・ヘラー医師で、プラハ出身の若いユダヤ人だ。SSから支給される医療物資はわずかだが、ヘラーは患者のために力を尽くした[27]。グスタフは何日も高熱を出して、三十八・八度の日もあり、なす術もなく横たわっていた。意識のあるときもあれば、悪夢にうなされるときもあった。

一方、フリッツは小収容所の状況にますます不安を募らせていた。またしても、みな絶食を強いられていた。拡声器から何度も流れる告知が呪文のように聞こえた――〝懲戒措置として食料の配給を停止する〟。この月だけで同じことが十一日もあった。若い収監者のなかには、食料をくれるようSSに頼もうと考える者もいた。鞭打ちの痛手からようやく回復しはじめたフリッツもそのひとりだった。年かさの賢明な収監者の多くは第一次世界大戦で戦った退役軍人で、若者たちに反対した。行動を起こせば注目を浴び、注目を浴びれば罰か死が待っている、と。

フリッツはウィーン出身の友達と話し合った。ヤーコプ・イーア――愛称は〝イチュカール〟――という、プラーター出身の少年だ。「死ぬことになったってかまわないな」イチュカールは言った。「ブリース先生が来たら相談するよ」

ルートヴィヒ・ブリースは収容所の医師で、親切とは言えないものの、SS医師のなかでは思いやりがある――少なくとも冷酷でない――ほうだった。まれにだが、行きすぎた罰を止めようと割ってはいることもあった。[28] 近づきやすそうに見える中年男で、愛嬌のある顔つきをしていた。[29]

「わかった」フリッツは言った。「でも、ぼくもいっしょに行く。話すのはぼくだ。きみは後ろに控えていてくれ」

ブリース医師がつぎに診察に来たとき、フリッツとイチュカールは遠慮がちに前へ出た。フリッツは強い要求に聞こえないよう気をつけながら、絶望して泣きそうな調子で声を震わせた。「働く力がないんです」フリッツは訴えた。「お願いです。何か食べるものをください」[30]

ことばは注意深く考えて選んだ。同情を乞うのではなく、収監者を労働力と考えるSSの実利的な見方に訴える言い方だ。しかし、働けないと主張するのはきわめて危険でもあった。役立たずは死を意味するからだ。

ブリースは驚いて目を大きく見開いた。フリッツは歳の割に小柄で、子供と変わりなく見える。怪我と飢えも相まって、その姿は哀れを誘う。人間味とナチスの行動規範が心のなかでせめぎ合い、ブリースは迷った。そして唐突に言った。「ついてこい」

　フリッツとイチュカールは医師のあとを追って広場を抜け、収容所の厨房まで行った。ブリースはふたりに待つように言って食料庫へはいり、数分後に、配給用の大きなライ麦パンの塊をひとつと、スープが二リットルはいった器を運んできた。「さあ」医師は言い、驚くべき贈り物を手渡した。「小収容所へもどるんだ。行きなさい！」

　ふたりは食料――五、六人ぶんの配給に等しい量――を親しい寝台仲間と分け合った。翌日、食料の配給が収容所じゅうで全量にもどった。どうやらブリースの指示らしい。ふたりの少年のことが収容所じゅうで話題にのぼり、その日以来、イチュカールはフリッツの親友のひとりになった。

　日々が過ぎるなか、フリッツは〝死のブロック〟にいる父をなるべく頻繁に見舞った。グスタフは赤痢に殺されずにすみ、最悪の段階は脱した。とはいえ、こんなに不衛生で病気が蔓延する場所ではとうてい回復を見こめない。二週間が経ち、グスタフは退院したいと懇願したが、ヘラー医師は認めなかった。衰弱が激しくては生き延びられないという。

　グスタフの決意は固く、医師の指示にそむいてフリッツの助けを借りることにした。父と息子はふたりで〝死のブロック〟を抜け出した。新鮮な空気のなかへ出ると、グスタフの気分はすぐによくなってきた。フリッツの肩に腕をまわし、いっしょに小収容所への道をもどった。足どりの危ない父をフリッツが導いた。

　泥まみれで混み合ったテントのなかでさえ、病室よりも空気が新鮮に感じられ、グスタフは力を取りもどしていった。翌日には便所掃除や炉の燃料補給など、軽い仕事をまかされた[31]。食事の量が増え、少し健康を取りもどした。

　フリッツも怪我から回復しつつあった。しかし、ブーヘンヴァルトでは健康にも限度がある。ふたりはともに痩せこけていた。もともと細身だったグスタフは、病気のあいだに四十五キロまで体重が落ちた。フリッツは賢明だという評判を新たに得たおかげで、一般の収監者はもちろん、〝収容所古参〟――収監者に与えられた役職のうち最高のもの――の数人にも好かれていた。そうは言っても、現実は変わらない。得られた権利は最小限で、死が保留になった程度の安心感しかない。〝自分がどこにいるのかを忘れるために働いている〟とグスタフは書いた。

収容所ではじめての冬が近づくなか、ありがたいことに、家からグスタフとフリッツ宛に新しい下着の小包が送られてきた。そういうものを受けとることは許されていたが、こちらから連絡を送るのはいっさい禁止だ。包みには手紙が添えられていた。ティニは子供たち――フリッツも含む――をアメリカへ行かせる手筈を整えようとしているが、手続きの壁が厚くてなかなか進まないという。エーディトについてはなんの知らせもない。いまどこで何をしているのか、まったく書かれていなかった。

4 砕石機

בת
娘

イングランド北部の漆黒の夜空には星がちりばめられ、かすんだ天の川が作る帯のあいだに、満ちてゆく半月が浮かんでいる。戦時中のこの国では灯火管制が敷かれ、空がすべての明かりをわが物にしている。

エーディト・クラインマンはウィーンの空を渡ってきた星を見あげながら、家族全員の無事を祈っていた。なんの知らせもなく、恐怖だけが募る。母や父、妹や弟たち、友達や親戚がどうしているのか、知りたくてたまらない。自分のほうからも、どうしても伝えたい知らせがあった。ある男性との出会いだ。ただの出会いではなく、運命の出会いだ。リヒャルト・パルテンホッファーという名で、自分と同じ亡命者だった。

イングランドに着いてから数か月は、たいしたことが起こらなかった。ユダヤ人難民委員会（JRC）の紹介で職を得て、レベッカ・ブロストフ夫人の住みこみの家政婦として働いている。夫人は鼻に立派ないぼがある六十代のユダヤ人女性で、静かな郊外に住んでいる。夫のモリスは獣毛商人で、夫妻はまずまず裕福だ。ふたりともロシア生まれで、若いころに難民としてやってきた。[1]

リーズはウィーンとはまったくちがって、無秩序にひろがる産業都市だった。煤で黒ずんだ煉瓦やヴィクトリア時代の建築物が目立ち、長い通りには工場労働者の住む薄汚れた小さな家が並び、公共施設は豪壮で、空は灰色にかすんでいる。だが、ここにはナチスがいない。反ユダヤ思想はあるとはいえ、ユダヤ人に対するいやがらせや排斥も、掃除ゲームも、ダッハウやブーヘンヴァルトのような強制収容所もない。

ドイツ系ユダヤ人のために喜んで避難所を提供するイギリス人は多かったが、そうでない者もいて、政府は二者のあいだで板ばさみになっていた。報道機関も賛成と反対の主張を展開し、ユダヤ人の経済への貢献や、祖国での窮状を強調する一方で、イギリス人労働者たちが職を失うのではないかという不安を右翼紙が煽った。ユダヤ人の犯罪者気質や怠慢さがことさらに言い立てられ、イギリスの生活様式に対する脅威だとされた。とはいえ、ナチスやSAやSSがいるわけではない。開戦すると、政府は外国籍の者を選別し、敵性外国人を拘束しはじめた。エーディトはナチスから逃れた避難民ということで、当然対象にならなかった。[2] そして、それで事なきを得たように思えた。

ブロストフ夫人はエーディト――世界一才能ある使用人とは言えなかった――に対して寛大に接してくれ、週三ポンドという賃金にエーディトはなんの不満もなかった。

イギリスが戦闘の起こらない〝まやかし戦争〟(〝退屈戦争〟と呼ぶ者もいた)の状態に陥るなか、エーディトがこの国で過ごすはじめての冬は、不和ではなくロマンスに満ちていた。リヒャルト・パルテンホッファーのことは、ウィーンにいたときから多少知っていた。同い年で、同じ人の輪のなかにいたからだ。ふたりはイングランドで再会し、恋に落ちた。

ウィーンで最後に会ったあと、リヒャルトは地獄を経験していた。一九三八年六月、いわゆる全国労働忌避者作戦が実行されたとき、ウィーンのSSの手で捕らえられた。これはドイツの社会から〝反社会的〟分子を排除するための計画で、〝無駄飯食い〟、失業者、物乞い、酔っぱらい、薬物依存者、売春斡旋者、軽犯罪者を市街から一掃して、強制収容所へ入れるというものだった。これによって、一万人近い人々が逮捕されたが、多くはリヒャルト・パルテンホッファーのように、まずいときにまずい場所にいただけのユダヤ人だった。[3] リヒャルトはダッハウへ送られ、その後ブーヘンヴァルトへ移された。[4] 当時のブーヘンヴァルトは、一年後にフリッツとグスタフが到着したときよりも一段とひどい状態で、人の多さも環境の粗悪さもまさっていた。[5] 夕方の点呼のあとには、たいがい罰として視察があり、ある日リヒャルトの前に立っていた男がＳＳ監視兵の銃剣で刺された。銃剣は男を貫き、リヒャルトは倒れてきた男にぶつかって脚に刺し傷を負った。その傷には何か月も苦しめられたが、幸いにも感染症に冒されることはなかった。結局助かったのは、尋常ではない幸運が訪れたおかげだと言ってよい。一九三九年四月、ヒトラーの五十歳の誕生日を記念して、ヒムラーが強制収容所にいる九千人近くの収監者を対象とした大量恩赦を認めた。[6] そのひとりがリヒャルト・パルテンホッファーだった。

　リヒャルトはウィーンへはもどらず、国境を越えてスイスにはいった。イングランドへ行くのに必要な渡航許可証は、オーストリア・ボーイスカウト協会の支援を受けて手に入れた。五月末にはリーズへ渡り、コシェル〔ユダヤ教の律法に則って適正に処理すること〕の認証を受けたクッキーを製造する工場で職を得た。[7]

　エーディトとリヒャルトを迎え入れた市内のユダヤ人コミュニティは大規模で勢いがあり、独自に活動するユダヤ人難民委員会支部を持っていた。年二百五十ポンドという少ない予算だが、リーズで住居や仕事をさがす何百人もの人々を地元のボランティアが支援していた。[8]

　ユダヤ人の若者向けの社交クラブで、エーディトとリヒャルトは再会した。エーディトにとって、リヒャルト・パルテンホッファーは失った故郷や生活を――生き生きとした社会や、カーペット掃除ではなくファッション業界でのキャリアを――思い出させてくれる人だった。リヒャルトは快活で魅力に富み、顔を輝かせてよく笑った。身なりも整っていた――チョークストライプ入りのしゃれたスーツを着て、中折れ帽をかぶり、胸ポケットにいつもきっちりとハンカチを挿している。サージ生地の服とウールのマフラーとハンチング帽を身につけたヨークシャーの労働者たちのなかで、リヒャルトはジャガイモ畑に咲く異国の花のように目立っていた。

戦時中というのは――たとえまやかし戦争であっても――若者にとって可能性を秘めたときであり、故郷を遠く離れて気分が高揚したふたりが心ゆくまで深く結びついたのは当然のことだった。クリスマスが過ぎて一月が終わるころ、エーディトは妊娠に気づいた。ふたりは結婚式の準備をはじめた。

難民は身分の変更がある場合、政府に届け出ないといけない。ふたりは二月のある月曜日、朝九時半きっかりに、リーズ・ニュー・シナゴーグのラビ、アーサー・スーパーのもとへ出向き、その足で警察署へ行って必要な書類に記入した。そして、ヘブライ信徒連合とJRC管理委員会、それについ最近までシュタットテンペルにいたラビ・フィッシャーの助けを借りて、婚約の準備を整えた[9]。

手続きが完了した一九四〇年三月十七日の日曜日、エーディト・クラインマンとリヒャルト・パルテンホッファーはチャペルタウン通りのニュー・シナゴーグで結婚した。そのシナゴーグは緑青色のドーム屋根と煉瓦造りのアーチ窓がある現代的で立派な建物で、ウィーンのレオポルトシュタットにあたる、リーズのユダヤ人街の中心部にあった。

二か月後、アドルフ・ヒトラーがベルギー、オランダ、フランスへの侵攻を開始した。一か月も経たないうちに、イギリス海外派遣軍の生き残りがダンケルクの浜から撤退することになった。〝まやかし戦争〟は終わった。ドイツ軍は侵攻を進め、それを阻止する術はなさそうだった。

אבא
父

「左、二、三！　左、二、三！」〔当時、ドイツの左翼労働運動で歌われた〈統一戦線の歌〉の一節〕

カポの大きな掛け声が響いた。それに合わせて、一団は採石場の荷車を線路に沿って引きあげる。「左、二、三！　左、二、三！」フリッツの靴が氷と砂利の上で滑り、弱りきった筋肉は裂けて、手と肩はロープで擦りむけた。まわりではほかの男たちがうめきながら引っ張っている。後方には別の男たちがいて——父もそこにいる——凍える指でむき出しの金属をつかんで押している。

エッタースベルクに到来した冬は残忍だったが、いつものことながら、カポはその上を行っていた。「引っ張れ、犬ども！　左、二、三！　進め、豚ども！　どうだ、楽しいだろ？」手を抜けば蹴られ、叩きのめされる。車輪が擦れて甲高い音を立てるなか、男たちの足は石にぶつかってつぶれそうになり、熱い息は極寒の空気のなかで曇った。「駆け足だ！　さっさとしないと、ひどい目に合わせるぞ！」[10]毎日十台ぶん以上の重い積み荷がこの坂の上にある建設現場へ引きあげられる。一台あたり往復一時間はかかる重労働だ。「進め、豚ども！　左、二、三！」

〝人間たちが獣と化し、手綱につながれている〟グスタフは詩的な比喩を用いて、地獄の日々を淡々と描いた。〝あえぎ、うめき、汗を流す……。ファラオの時代のように、労働の呪いをかけられた奴隷たちだ〟

新年にはいり、つかの間の休息が得られた。一月の半ば、小収容所の病死率があまりに高いことにブリース医師が懸念を表明し、[11]ＳＳが自分たちにまで病がひろがることを恐れて、生存者をより衛生的な収容所本体へ移すよう指示した。収監者はシャワーを浴びてシラミを除去され、点呼広場の近くの宿舎に隔離された。テント生活のあとでは、それは贅沢にさえ感じられた。ワックスのかかった木の床、硬い壁、食事用のテーブル、冷たい水の流れるトイレと洗面所。何もかもが染みひとつなく清潔に保たれ、宿舎にはいるときに玄関で靴を脱がされる。汚したり散らかしたりすれば厳罰を受ける。ありがたいことに、隔離されていたはじめの一週間、食料の配給はふだんどおりなのに、労働は免除された。グスタフは体力を取りもどした。

もちろん、それは長くはつづかなかった。隔離期間は一九四〇年一月二十四日に終わった。グスタフとフリッツははじめて離ればなれになった。フリッツは四十人ほどの少年たちとともに第三ブロック（〝青少年ブロック〟と呼ばれていたが、そこにいるのはほとんどが大人だった）へ入れられた。[12]

ふたりは収容所本体についてそれまで以上に知るようになり、建物の配置や名所について学んだ。名所の筆頭が〝ゲーテのブナ〟だ。厨房や浴場棟の近くにあるこの木は、ゲーテがヴァイマールからエッタースベルクまで散歩するとき目印にしていたと言われ、大切にされていた。文化的な意味合いで重要なので、SSがこの地に収容所を作ったときにも保存され、その後は処罰のために活用されてきた。[13]各地の強制収容所でおこなわれていたのと同じく、収監者の両手首を背後で縛って、梁や木の枝に吊すという形だ。〝ゲーテのブナ〟はこの忌まわしい儀式にうってつけの場所だった。吊られた者は何時間もそのまま放置されて、数日から数週間は手が使えなくなり、途中で血まみれになるまで打たれた者もいた。グスタフの仕事仲間にも、勤勉さが足りないとされて〝ゲーテのブナ〟に吊られた者がふたりいる。

隔離を終えたフリッツと父が驚いたのは、ブーヘンヴァルトの収監者のうち、ユダヤ人は五分の一にも満たないということだった。[14]ほかには犯罪者、ロマ、ポーランド人、カトリックやルター派の司祭、同性愛者などがいるが、飛び抜けて多いのは政治囚——ほとんどが共産主義者や社会主義者——だ。多くは何年も囚われていて、ナチス政権がはじまった一九三三年からという者もいる。だが、SSが最も苛酷な労働と最もきびしい処遇を課す相手はユダヤ人とロマだった。

「左、二、三！　左、二、三！」毎日十回以上、坂道をのぼって荷車を運び、十回以上、危険な速さで採石場へおりていく。指は冷えた金属で焼けつき、ロープで焦がされる。心を麻痺させ、氷の上で足を滑らせながら、カポの罵声を浴びる。

そんな日々がひたすらつづき、冬が春に変わりはじめた。やがて、グスタフとフリッツは荷車班からはずされ、採石場内で石を運ぶ作業を新たに与えられた。信じがたいことに、これはさらにひどい仕事だった。

　岩肌から切り出された小石や岩を拾い、素手で持ってつねに駆け足で運び、待機している荷車へ入れていく。手のひらや指にはすぐに水ぶくれができ、血が出た。拘束時間は十時間に及び、正午に短い休憩がある。作業そのものだけでなく悪名高い暴力にも見舞われ、荷車班での経験とは比べ物にならなかった。

〝毎日、新たな死が訪れる〟とグスタフは書いた。〝人がこれだけのことに耐えうるとは信じがたい〟。採石場での生き地獄は並みのことばでは言い表せず、グスタフは手帳の後ろのページをめくって、詩――題は「採石場という万華鏡」――を書きはじめた。混沌とした悪夢を整然とした連へとていねいに書き換えていく。

　カチッカチッとハンマーが打ち
　カチッカチッと苦難が満ち
　奴隷の魂、骨も哀れ
　急げ急げ、石を砕け[15]

詩のなかでグスタフは、日々のみずからの経験と、それを見るカポやＳＳと、双方の視点の中間に立っている。

　カチッカチッとハンマーが打ち
　カチッカチッと苦難が満ち

悶える声に耳を澄ませ
石を叩いてすすり泣け[16]

奴隷の酷使、果てしなき一日、死に至る虐待がすべて詩的な描写に移し替えられている。「シャベルだ！　積め！　休めるとでも思ってんのか？　何さまのつもりだ？」手が滑って岩で擦りむけ、白い石灰岩を赤錆色の血に染める。なんとか荷車に積みこむ。「行け、怠け者――二番荷車だ！　さっさと満杯にしないとぶちのめすぞ！」鉄でできた荷車の空の胃袋へ石がぶつかり合いながら落ち、音を響かせる。「終わったか？　これで自由だとでも思ってんのか？　笑わせやがって。三番荷車へ駆け足！　さっさとしないとひどいことになるぞ。行け、豚ども！」蹴りと罵声に突き動かされ、満杯になった荷車は急傾斜の線路をのろのろとのぼっていく。「左、二、三！　左、二、三！」

カポと監視兵は収監者を気晴らしの道具として扱っていた。グスタフの石運び仲間のひとりは巨大な岩を持たされ、そのまま丘の上へ下へと円を描いて走らされた。「おもしろおかしくやれよ、おい」カポが言った。「さもないと、体がひん曲がるまで殴るからな」標的になった男が滑稽な走り方をすると、カポは笑って手を叩いた。男は何周も何周も走った。傷を負い、血を流しながら、胸をふくらませて懸命に息を吸う。ついに疲労がまさり、おどけた演技が消え去る。それでも男は動きつづけ、どうにかあと二周まわった。しかし、カポはもう飽きていた。男を地面に押し倒すと、頭に残忍な蹴りを見舞い、命を奪った。

人気の遊びは、通りすがりの収監者から帽子を引ったくり、木の上や水たまりへほうり投げるというものだ――つねに歩哨線の少し外へ。「おっと、帽子が！　とってこい――四番歩哨の横だ。さあ、おまえ、とってきな！」これを食らうのはたいてい、規則を知らない新入りの収監者だった。〝そして愚か者は走る〟とグスタフは書いている。歩哨線を越えると――バン！――命がついえる。監視兵の逃亡者記録簿にひとつ記載が増え、ＳＳ隊員のだれかが加点されて特別休暇を得る。逃亡者をひとり撃つごとに三日間だ。ゼップという名のＳＳ監視兵は数人のカポと共謀していた。そのひとりが緑三角印の収監者ヨハン・ヘルツォークであり、外国人部隊の元隊員で、グスタフは〝殺人犯のなかでも最悪の部類〟と記している。[17]ヘルツォークや仲間たちはゼップのライフルの射線に収監者を送りこみ、毎回報酬として煙草を受けとっていた。

自殺が絶えることはなかったが、ほとんどの収監者はあきらめず、だまされることもなかった。どんな虐待を受けようと、けっして打ち負かされないように見える者もいた。ライフルの銃床で叩かれてもこうだ。

バン！　腹這いになろうと
しかし犬はまだ死なないぞ！[18]

ある日グスタフは、その後ずっと抵抗の象徴として心に残る光景を目のあたりにした。採石場の中央に、あらゆるものを見おろしてそびえる機械があった。うなり声をあげる巨大なエンジンがいくつもの車輪とベルトを動かし、その先についた大きな漏斗にシャベルで石を入れていく。漏斗のなかでは何枚もの分厚い鉄板が上下左右に動き、鉄の顎が石を嚙み砕いて砂利にする。踏み板では、カポがスロットルとギアを操作している。採石場の労働者たちは、荷車に石を入れていないときには、この怪物のような機械に餌をやる。グスタフにとって、砕石機は採石場の象徴であるだけでなく、ブーヘンヴァルトがひとつの構成要素にすぎない収容所システム全体の象徴でもあった――その巨大なエンジンにとって、グスタフやフリッツや仲間たちは動力を供給する燃料であり、磨りつぶすべき石でもある。

砕石機は動く、朝も夜も
ひたすら石を嚙み砕く
砂利になるまで何時間でも
ひと口ひと口食いつくす
骨折り精出し餌を入れても
砕石機はなお食べつづける
石が終わればつぎはおまえも[19]

採石機に石を入れる作業班には、あの走りまわらされた男の友人がいて、カポに目をつけられないよう、うつむいてシャベルで石を入れていた。長身で体格がよく、しっかり働いた。踏み板にいたカポがそれを見て遊びの機会を思いつき、スロットルを少しずつ動かして倍速まであげたので、機械は轟音を立てて揺れ動いた。その収監者は石を入れる手を速めた。人間と機械が格闘した——男は筋肉をこわばらせて息を切らし、砕石機は爆発しそうな大きな音を立てて石を砕く。近くで働いていたグスタフは手を止めて見つめた。ほかの収監者も同じように手を止めたが、カポたちも夢中だったのでそれをとがめなかった。

戦いはつづいた。石をひと掻き入れるたびに板がぶつかり、ギアがうなる。男は汗をしたたらせ、砕石機は轟音を立てて滝のような砂利を吐き出す。男は人並みはずれた体力と意志を蓄えているかのようだが、砕石機のかぎりない持久力を前に、少しずつ弱って手をゆるめた。気力を掻き集めた男は、最後にありったけの力を振り絞り、命懸けで筋肉を引き締めて、石を入れた。これまでと同じように機械が勝つにちがいないが、それでも男は力を尽くした。

突然、砕石機の内部から大きな破裂音と、長く耳障りなきしむような音が響いた。機械は震え、咳きこんだかと思うと、動きを止めた。踏み板にいたカポが当惑顔で機械の内側を調べると、石がひとつ、ギアのあいだにはさまっていた。

恐怖をはらんだ沈黙が流れた。収監者はシャベルにもたれ、荒い息をついている。砕石機に打ち勝った罰として殺されることになるだろう。ところが、古参のカポは一瞬茫然としたあと、いきなり笑いだした。「のっぽ、こっちへこい！」カポは叫んだ。「何者だ、おまえは。農夫か？　鉱夫か？」

「いいえ」収監者は言った。「記者です」

カポは笑った。「新聞書き？　残念だな。そんなものに用はない」カポは去りかけたが、立ち止まった。「待てよ、物を書けるやつは使えるな。そこの小屋で待っとけ。別の仕事をやろう」

英雄がシャベルを置いたとたん、グスタフは手にした石の重みと、自分へ向けられそうなカポの目に気づいた。急いで仕事にもどりながら、いま見たものについて考えた。人間対機械。今回は人間が小さな勝利をおさめた。じゅうぶんな力と意志があれば、人間にも機械を打ち負かせる場合がある。もっと大きな機械にも同じことが言えるかどうかは、まだわからない。

修理工が石をギアから取り除き、エンジンをかけなおした。音を立てて仕事にもどった砕石機は、貪欲な喉へ収監者たちが投げこむ石を平らげ、その体力と汗と血まで呑みこんで石とともに砕いた。

5 人生への道

אמא
母

ティニは二通の封筒を不安げに見つめた。どちらも見た目は同じで、ブーヘンヴァルトから来たものだ。知り合いのなかには、収容所へ行った男たちの妻や母が多い。移住のための書類が手にはいって、解放に至ることもあれば、本人が灰となり、小さな壺にはいってウィーンへ帰ることもある。手紙が来た話は聞いたことがない。

一通を破ってあけた。中身は手紙というより、公式の通知書に見えた。ざっと読んだティニは、グスタフからだと気づいて安堵した。本人の力強い筆跡で名前と収監者番号が記入されている。紙面のほとんどは印刷された注意書き（当該収監者が金や荷物を受けとれるかどうかや、手紙のやりとりが可能かどうか、収監者の代理で管理室へ問い合わせても無駄であるという警告など）で埋められていた。せまい空欄にグスタフが短いメッセージを書いているが、これはSSの検閲を受けたものだ。読みとれたのは、収容所で元気に生きていて仕事をしていることだけだ。もう一通をあけると、フリッツもほとんど同じことを書いていた。二通を見比べたところ、ブロックの番号がちがう。つまり、ふたりは引き離されている。心配だ。あの子がどうしたらひとりでやっていけるのか。

ティニの不安はふくらむ一方だった。五月のフランス侵攻以来、ウィーンのユダヤ人には夜間外出禁止令が出ている。[1]ナチスがユダヤ人の生活をこれ以上惨めにすることなどありえないと考える者もいるだろうが、そんなことはない。いつでも新たな棍棒が殴りかかる。

グスタフとフリッツが連れ去られてまもない前年の十月、ユダヤ人を乗せた移送列車が二本、ナチス占領下にあるポーランドのニスコへ出発した。そこにある農業共同体か何かに再定住させられるということだった。[2]その計画は頓挫したが、ウィーンに残るユダヤ人の不安はいや増した。四月には生存者がもどり、虐待と殺人の恐ろしい物語を伝えた。[3]

ティニにとって、子供たちを安全な場所へ避難させることがかつてないほどの急務となっていた。イギリスへ入国できなくなったいま、アメリカが唯一の希望である。いちばんの懸念は、フリッツを優先的移住の対象となる未成年のあいだに解放できるかということだった。フリッツとヘルタとクルトの申請書はすでに出してある。それぞれについて、アメリカ在住の友人や親戚ふたりの宣誓供述書を用意し、住む場所の提供と支援を約束してもらわなくてはならない。ティニのいとこがニューヨークとニュージャージーに住んでいて、[4]マサチューセッツには何年も前に移住した旧友のアルマ・マウラーもいるので、[5]宣誓供述書は簡単に用意できた。支援はじゅうぶんだが――問題はナチス政権とアメリカの役所の手続きだった。

ローズヴェルト大統領は――難民の受け入れ数を増やしたいと考えてはいたものの――連邦議会や報道機関に対して何もできずにいた。アメリカは形式上、年間六万人を難民の受け入れ枠として割りあてていたが、それを使わない選択をし、手続きのあらゆる技巧を使って申請を妨げたり遅らせたりした。一九四〇年六月、国務省は内部メモで在ヨーロッパ領事たちにこう伝えている――〝あらゆる手を尽くして妨害するよう領事に勧告し……ビザの発給を延期することによって……移民のアメリカへの入国を……遅らせ、効率よく止めることができる〟。[6]

ティニ・クラインマンは事務所から事務所へと渡り歩き、列に並び、つぎつぎと手紙を書き、書類に記入し、ゲシュタポの役人のいやがらせに耐え、問い合わせ状を送り、待って待って待ちながら、新たな知らせが来るたびに移送のための徴集ではないかと怯えつづけた。ティニの動きはことごとくさえぎられた。ウィスコンシンやペンシルヴァニアやシカゴやニューヨークにいる議員、新聞編集者、実業家、労働者、田舎の主婦、店主たちが、新たな移民の流入に反対を叫んでいたからだ。

フリッツはもうすぐ大人になる。ヘルタはもう十八歳で、仕事もなんの好機も得られないまま惨めに閉じこめられている。十歳のクルトは悩みの種だ。ティニはいつもクルトの言動に冷や冷やしていた――悪い子ではないが、とにかく気性が激しい。いつかクルトの行動――ちょっとした悪事――が家族全員を危険にさらすのではないかと、気が気でなかった。

ティニは不安を胸の内にとどめ、フリッツとグスタフの短い手紙に対して、家のことを知らせる返事をしたためた。慈善事業やたまの違法労働から得た金を掻き集めて、それを送った。手紙にはふたりに会えなくてさびしいと書き、万事順調であるふりをした。[7]

בן　息子

クルトはこっそり階段をおり、一階の廊下へ向かった。通り側のドアがあいていたので、そこから外をのぞく。市場の端で数人の少年たちが遊んでいる――ナチスが来る前には仲よくしていた友人たちだ。じっと見てうらやましく思いながらも、いっしょに遊べないことはわかっていた。

カルメリター市場周辺に住む子供たちは、かつては楽しい遊び仲間だった。土曜日の朝、母がサンドイッチを作り、小さなリュックサックに詰めてくれたものだ。クルトは仲間と遊びに出かけ、街を開拓者の一団のように歩いて遠くの公園へ行ったり、ドナウ運河で泳いだりした。完璧な友達の輪で、汚辱にまみれた者が含まれているなどとは思いもしなかった。

クルトは突然の暴力によって、一部の子はほかの子とちがうと知った。ナチスが来てはじめての冬のある日、ヒトラー青少年団に所属する少年がクルトをユダヤ人と呼び、押し倒して顔を雪に押しつけた。

身近な友達から憎しみを向けられたそのとき、不公平さがクルトの胸を激しく突き刺した。その日、クルトは市場で何人かの仲間——いま見ている少年たち——といつものように遊んでいた。リーダー格の少年が——そういう子にはありがちだが——急にだれかをいじめようと思い立ち、クルトを標的に選んで、大人たちから聞きかじったユダヤ人を中傷することばで呼んだ。それから、クルトの上着のボタンを引きちぎった。やられっぱなしというわけにはいかず、クルトはその少年を殴った。驚いた少年は、自分の小さなスクーターから金属の棒を引き抜いてぶつけてきた。ひどく叩かれたクルトは、母に連れられて病院へ行った。頭の切り傷や打ち身の手当てを受けるとき、母がじっと自分を見おろしていた。その後の成り行きを予想していたのだろう。少年の両親から警察に苦情が提出された。ユダヤ人であるクルトがアーリア人を攻撃したことは、法にふれかねない問題だった。注意だけですんだのは、おそらく年齢のおかげだろう。それを機に、クルトは悪意と不平等に満ちたこの新たな世界を理解するようになった。

そこはどうにもならない世界であり、当時の記憶は断片的ながら、はるかあとまで強烈な印象を残すことになる。

母はつねに奮闘し、掻き集めたわずかな金でクルトとヘルタにどうにか暖と食を与えようとしていた。無料のスープ食堂がいくつかあり、夏にはＩＫＧが所有する農場へ豆を取りにいった。ウィーンには裕福なユダヤ人の家庭がいくつかあり、残った金を工面して困窮者を支援していた。クルトは一度、そういう家族の夕食に行ったことがある。「すわるときは背筋を伸ばして。お行儀よく、言われたとおりにしてね」と母にきびしく言い聞かされた。クルトは豪華な料理を楽しんだが、芽キャベツだけは別だった。それまで口にしたことがなく、食べたくなかったが、残すのはこわかった。飲みこんだあと、すぐさま吐いた。

クルトの過ごす社会はずっと小さくなり、おじと、おばと、いとこしかいなくなった。いちばん好きなのは母の姉イェンニだった。[8] イェンニはずっと未婚で、お針子の仕事をして、ひとりで猫と暮らしていた。猫が話し相手だ、と子供たちに語っていた。イェンニが問いかけると、猫は〝んー、うん〟と言うらしい。冗談を言っていたのかどうか、クルトにはわからずじまいだった。イェンニは子供のようにふざけるのが好きで、動物が大好きだった。おもちゃのピストルに詰めるキャップ火薬を買えるよう、よく金をくれた。クルトは街なかの鳩の捕獲人にこっそりついていき、捕獲人が鳩に網をかけようとした瞬間にそのピストルを撃って、鳩を羽ばたく灰色の雲のように飛ばし、網に何もかからないよう仕向けたものだ。

非ユダヤ人と結婚した親戚はいま、先の見えない日々を過ごしていた。そういう夫婦の子供はナチスの法で〝ミシュリング〟――混血児――と分類された。そうした親戚のひとり、リヒャルト・ヴィルツェクはクルトの従甥で親友だったが、アンシュルスのあと、身の安全を守るために、非ユダヤ人の父親によって母親とともにオランダへ送られた。いまやそこにもナチスがいるが、リヒャルトがどうなったのか、クルトにはわからない。外の通りを見ても、かつての世界はもうなかった。

「そこにいたのね！」母親の声がして、クルトはやましげな顔で振り返る。「ひとりで外へ出ちゃいけないって、何度言えばわかるの？」母の顔はやつれて不安そうだ。実際に外に出たわけではないことをクルトは指摘しなかった。「すぐに出かけなくちゃ。急いで上着を着て」

ゲシュタポは出頭命令をこの地域の全ユダヤ人に対して定期的に発し、視察や登録や選別をおこなう。クルトは母と姉の恐怖を感じとり、家に唯一残った男として、ふたりを守る計画を立てた。ナイフなら持っている。母方のいとこで〝ミシュリング〟のヴィクトル・カペラリが持っていたものだ。ヴィクトルはウィーン郊外のデブリングに住んでいる。ヴィクトルの母親は結婚してキリスト教に改宗していて、親子でクルトをかわいがり、釣りに誘うこともよくあった。そういう楽しい思い出とともに、ヴィクトルの父親と最後に会ったときの、ナチス将校の不気味な灰色の軍服を着た姿もクルトの心に残っている。ある日、釣りからもどったクルトは、骨の柄がついた狩猟用ナイフを持っていた。ヴィクトルからくすねたものだった。

クルトは母とヘルタを待たせて上着を着ると、ナイフをポケットに忍ばせた。ナチスは父とフリッツを奪い、姉たちを苦しめたうえ、自分を雪の上に倒して殴りつけておきながら、罪を押しつけた。なんでもやりたい放題のやつらから母と姉を守ろうと、クルトは心に決めていた。

クルトが母の手をとり、三人は警察署へ出発した。歩きながら、クルトはポケットのなかでナイフの刃にふれた。出頭を命じられたユダヤ人は遠くへ送られることもあるので、母は不安そうだ。そうなるのを恐れているのだろうと思うと、警察署が近づくにつれて母の苦しみが大きくなっていくように感じた。不安を和らげようと、クルトは母にナイフを見せた。

「見て、ママ。ぼくが守ってあげるさ」

ティニは愕然とした。「捨てなさい！」小声で言った。

クルトは驚き、困り果てた。「でも――」

「クルト、だれかに見つかる前に捨てて！」

聞く耳を持たないようだった。クルトはしぶしぶナイフを投げ捨てた。先へ歩きながら、胸が張り裂けそうだった。

結局その日、ゲシュタポはひどいことはしなかった。しかし、いつかはするだろう。大好きな人たちを、どうやって守ればいいのか。これからみんなに何が起こるのだろう。

בן 息子

新たな夜明け、新たな点呼、新たな一日。縞模様の服を着た収監者たちは涼しい夏の風に吹かれながら整列した。食料の配給を受けとるとき以外に動くことはなく、自分の番号を呼ばれて答えるとき以外に音を立てることもない。点呼の規則に違反すれば罰が待っている。染みひとつなくきれいな宿舎ブロックを汚した場合も同じだ。獣の野蛮さを厳格な規律が包みこんでいる。

緩慢な儀式はようやく終わりに近づいた。隊列が解け、労働仲間ごとにまとまっていく。うごめく人々をフリッツが見まわすと、父は主力採石班に加わっていた。

冬の後半、グスタフはグスタフ・ヘルツォークという若いユダヤ人ブロック古参のひとりに雇われ、いったん労働から離れて寝室の整理をまかされていた。椅子張りの仕事をしていたのでマットレスの扱いには長けていて、物を整頓するのも得意だ。ふたりとも罰を受けかねない違反行為だったが、おかげでそのブロックは視察を免れ、グスタフは二か月間安全でいられた。しかし、その任務はやがて終わり、グスタフはまた死の危険がある石運びの作業にもどされた。

フリッツはもう父といっしょに働いてはいない。農場群に併設された菜園へ移された——重労働ではあるが、殺戮の地である採石場と比べればずっとましで、ずっと安全なところだ。

宿舎も作業場も別になったいま、フリッツが父と会うことはほとんどなくなったが、できるかぎり機会をさがしてはいた。家からの仕送りを使って、収監者用の売店で気晴らしになるものを買うこともあった。

フリッツが人々のあいだを抜け、菜園班の仲間のもとへ向かう途中で、収容所古参が声を張りあげた。「収監者番号七二九〇、駆け足で正門へ！」

心臓が鷲づかみにされたかのように凍るのをフリッツは感じた。点呼の場で収監者が正門へ呼ばれる理由はふたつしかない。処罰か採石場への配置替えで、殺すことが目的なのは明らかだ。

「収監者番号七二九〇！　出てこい！　いますぐ正門へ駆け足だ！」

フリッツは収監者の集団を掻き分けて門塔へ走った。見送るグスタフは、不安で心臓が口から飛び出しそうだった。フリッツは副官のヘルマン・ハックマンSS大尉のもとへ出頭した。利発そうな細身のこの若者は、少年のような笑みの下にねじくれた残忍な本性を隠していた。[10] ハックマンはいつも持ち歩いている太い竹の棍棒を振りながら、フリッツを上から下まで観察した。「壁側を向いて、ここで待て」

ハックマンは去っていった。フリッツが言われたとおりに門塔の脇に立って、白塗りの煉瓦に鼻先を向けているあいだに、作業班は出ていった。しばらくして全員が去ったあと、フリッツのブロック《ブロック》指導者《フューラー》［宿舎ブロックを指揮するSS監視兵］であるシュラムSS軍曹が呼びにきた。「ついてこい」

フリッツはシュラムに連れられ、〝血の道〟の終わり近くにそびえる管理施設群へ向かった。ゲシュタポ用の建物へ連れていかれ、廊下で長らく待たされたあと、ようやく部屋へ呼ばれた。

「脱帽」ゲシュタポの事務員が言った。「上着も脱げ」フリッツは従った。「これを着ろ」

事務員から渡されたのは民間人のシャツとネクタイと上着だった。フリッツには、特にこの餓死寸前の状態では少し大きかったが、とにかくそれを身につけ、皺だらけの襟にネクタイをしっかり結んだ。カメラの前へ連れていかれ、全方向から頭部の写真を撮られた。この奇妙な手続きがなんのためなのか見当もつかないまま、フリッツは大きく美しい目を燃え立たせ、レンズに深い敵意をはらんだ不信のまなざしを向けつづけた。

それが終わるともとの収監者服に着替え、収容所へ駆けもどるよう言われた。フリッツは無傷でいられたことに安堵しながら従ったが、いましがた起こったことの目的はまったくわからなかった。さらに驚いたことに、その日はもう働かなくてよいと伝えられた。

フリッツはだれもいない宿舎にひとりですわり、考えをめぐらせた。あの服はおそらく、収監者ではなくふつうの民間人として生活しているという印象を与えるためのものだろうが、それ以上は想像できない。

その夕方、疲れ果ててやつれた作業班が宿舎ブロックへもどると、まる一日不安で吐きそうだったグスタフはフリッツのブロックへ忍んでいった。ドアからのぞきこみ、フリッツが元気に生きているのを見てとると、グスタフは心の底から安堵した。フリッツはその日の出来事を話して聞かせたが、ふたりも、その仲間たちも、それが何を意味しているのかわからなかった。ゲシュタポに選び出されるのは、きっとろくなことではないだろう。

数日後、また同じことが起こった。フリッツは点呼のときに呼び出され、ゲシュタポの事務室へ連れていかれた。前に置かれたのは自分の写真だった。奇妙な姿だ。剃った頭に、ちぐはぐな上着とネクタイ。これでふつうの生活をしていると思わせたいのだとしたら、ばかげている。写真に署名するよう言われた――〝フリッツ・イスラエル・クラインマン〟。

すべてがなんのためだったのか、ようやく知らされた。母が必要な宣誓供述書をアメリカから取り寄せ、フリッツを移住させるために釈放を申請したのである。写真は申請書のためのものだった。

浮かれ気分で収容所へもどったフリッツは、この八か月ではじめて希望を感じていた。

〝われわれが新しいコローニャへ移ったのは、晴れたあたたかい日のことだ。木々の葉はまだ色づきはじめておらず、秋にはいって生き返った草は、第二の青春のさなかにあるかのように、まだ青々としている〟

シュテファンの声が部屋を満たし、ほかに聞こえるのは読みあげている本のページをめくる紙音だけだった。

フリッツとほかの少年たちは耳を傾けながら、いまいる場所とは似て非なる土地の物語に心を奪われた。シュテファンの読み聞かせは数少ない気晴らしのひとつだった。フリッツの心の奥ではかすかな希望が輝いていたが、申請に父が含まれていなかったことは悩みの種だった。ふたりの人生は分かれつつある。フリッツは親しくなった年長の収監者たちに導かれて、より広い世界を見いだしていった。

その筆頭はレオポルト・モーゼスであり、フリッツがはじめの数か月を生き延びられるよう助けてくれ、その後も親しくしていた。出会ったところは採石場で、当時は赤痢が蔓延していた。レオは小さな黒い丸薬を何粒かくれた。「飲んどきな。糞が止まるから」とレオは言った。父にその薬を見せると、戦争で塹壕にいたときに見たことがあると言われた。獣医が使う炭で、たしかに効くものだという。レオ・モーゼスは青少年ブロックへ移されたフリッツの面倒を見るようになり、やがて身の上を語った。レオは最初期から収容所にいた。ドレスデンの労働者だったレオはドイツ共産党員で、ナチスが権力を握るとすぐさま逮捕された――ユダヤ人だが、それが逮捕の理由になるのはまだ先のことだった。一時期、運搬隊のカポをしていたこともある――ブーヘンヴァルトではじめのころにカポとなったユダヤ人のひとりだった——が、奴隷監督の資質は持ち合わせていなかった。ＳＳはすぐにレオの降格を決め、〝馬〟で二十五回鞭打ってお払い箱にした。

レオを通して、ほかにも長く収監されているユダヤ人数人と親しくなった。生き延びるための鍵は〝運ではなく、神の恵みでもない〟——フリッツはのちにそう回想した。そういったものではなく、他人の思いやりこそが鍵だという。〝収監者服についたダヴィデの星と、子供だということを見てとれば、それでじゅうぶんだった[11]〟。フリッツら少年たちはしばしば食べ物を余分に与えられ、必要なら薬がもらえることもあった。少年たちの父親役のひとりが、以前フリッツの父を部屋係として雇ったグスタフ・ヘルツォークだ。三十二歳とブロック古参にしては若く、親しみをこめてグストルと呼ばれていた[12]。ウィーンで国際通信社を経営する裕福な一家の息子で、〝水晶の夜〟のあとでブーヘンヴァルトへ送られた[13]。フリッツがいちばん尊敬していたのはグストルの副官であるシュテファン・ヘイマンだった。知識人らしい顔つきをしていて、額が広く、眼鏡をかけ、細い顎と繊細な口の持ち主だ。先の大戦ではドイツ軍の将校だったが、熱心な共産主義者でユダヤ人だったため、一九三三年に真っ先に逮捕され、何年もダッハウにいた。

夜間の作業がない日の夕方には、シュテファンが物語を読み聞かせて、一同が置かれた苦境を忘れさせてくれた。きょうシュテファンが読んでいるのは貴重な禁書で、ソ連の作家アントン・マカレンコが書いた『教育詩』〔英題 The Road to Life（人生への道）〕だ。マカレンコがソ連にある少年犯罪者の更生施設で働いていたときのことが題材である。読み進めるシュテファンの低い声が暗い宿舎に響くと、ブーヘンヴァルトの日々の現実から遠く離れた更生施設が、魔法の田園風景のように鮮やかに目に浮かんだ。

〝公園の豊かに茂る梢の天蓋が、やさしいささやき声をコロマック川じゅうに振りまいた。ここには謎に満ちた暗がりがそこかしこにあって、水浴びをしたり、小さな妖精たちと親交を深めたり、釣りをしたり、それが無理でも気の合う仲間と秘密を打ち明け合うことができた。おもだった建物は川岸の急斜面の上に並び、利発で恥を知らない幼い少年たちは窓枠にわずかな衣服を残して窓から川へ飛びこんだ[14]〟

少年たちの多くはすでに父親を殺されてひとりきりになり、日に日に感情も気力も失っていたが、このよりよい別世界の物語を聞いたおかげで生気を取りもどし、感激して歓声をあげた。

ブーヘンヴァルトでは、ほかにも禁じられた文化が楽しまれていた。ある晩、宿舎へやってきたシュテファンとグストルは、何か企んでいるような怪しい気配を漂わせていた。ふたりは少年たちを静かにさせると、収容所を横切り、シャワーブロックの隣にある細長い建物――衣料倉庫――へ連れていった。

倉庫は静まり返り、ハンガーラックや棚にぎっしり詰まった収監者服や、新入りの収監者から没収した服のおかげで、少年たちの足音は響かなかった。奥には年長の収監者が何人か集まっていた。少年たちがパンひと切れと少量のどんぐりコーヒーを受けとると、四人の収監者がバイオリンや木管楽器を手にして現れた。服が並んだその黴くさい部屋で、収監者たちは室内楽を演奏した。〈アイネ・クライネ・ナハトムジーク〉の軽快で大胆なメロディーをフリッツははじめて耳にした。弓が弦の上を陽気に跳びはねると、部屋は活気づき、集まった収監者たちの口もとに笑みが浮かんだ。この記憶はのちにフリッツの宝物になる――〝ごく短いあいだだったが、われわれはまた笑うことができた[15]〟。

たまに盗みとったこのような時間を除いて、笑いなどどこにもなかった。

菜園ではヴァイマールの市場や収監者用売店で売る作物を育てていた。そこでの作業は採石場よりましだとはいえ、少年たちの予想よりはきびしかった。植えたニンジンやトマトやピーマンを少しはくすねてやれると考えていたが、収穫の近づいた作物に近づくことは厳禁だった。

菜園の全権を握るのはオーストリア人のデュンベックSS中尉だった。ナチス党が非合法だった時期はオーストリア部隊とともに国外追放されていたが、いまでは復讐のため、オーストリアのユダヤ人を迫害することに力を注いでいる。「おまえら豚どもなんぞ絶滅しろ」デュンベックは何度も言い、それを実現するために全力を尽くした。デュンベックが直接手にかけた収監者は四十人にのぼったとされる[16]。

フリッツが与えられた仕事は〝シャイセトラーゲン〟――糞運びだった[17]。収監者の便所や下水処理施設からどろどろした糞便を集め、バケツに入れて野菜の苗床まで持っていく。行きも帰りも全速力で走らされ、べとつく不快な汚物のはいったバケツを持って、できるかぎり速く進んだ。唯一糞運びよりひどい作業をさせられる班は、人気のドイツ製オーデコロンにちなんで〝四七一一〟班と呼ばれていた。便を――たいがい素手で――すくい、糞運び班のバケツへ入れる仕事だ。SSがこの作業をあてがうのはたいてい、ユダヤ人のなかでも知識人や芸術家だった[18]。

せめてもの救いは、ヴィリー・クルツというカポが少年たちをまともに扱ったことだった。かつてアマチュアボクシングのヘビー級チャンピオンだったヴィリーは、いまは失意の底にいた。ウィーンのアーリア人限定スポーツクラブで役員をしていたことまであるのに、当局に家系を調べられ、ユダヤ人の烙印を押されたことに深く傷ついていた。

ヴィリーは自分の作業班の少年たちにはやさしく、SSがいないときにはペースを落として休ませてくれた。監視兵が現れると全力で仕事させているふりをし、怒鳴り散らしながら棍棒を振りまわすが、実際に殴ることはない。真に迫る演技のおかげで、ヴィリーさえいれば監視兵がわざわざ殴りにくることはなかった。

フリッツはそのあいだずっと写真のことを思い返し、希望を持ちつづけた。

אבא
父

「左、二、三！　左、二、三！」

グスタフは肩に載せた縄を引っ張った。中休みも息抜きもない——引っ張り、踏み出し、引っ張り、踏み出し、それを永遠に繰り返すだけだ。両脇では別の奴隷たちが引っ張り、踏み出しながら、木漏れ日の下で汗を流している。二十六のダヴィデの星、二十六の飢えかけた体が丸太を積んだ荷車を引いて、重みできしむ車輪の音を響かせながら、森を抜け、坂道をのぼり、未舗装の道を進む。

重労働だったが、採石場からここへ移れて、グスタフは命拾いした。レオ・モーゼスのおかげだった。採石場は以前にも増してひどい場所となっている。収監者は毎日のように歩哨線を越えて追い立てられたが、ヒンケルマン上級曹長は新たな拷問を考案した。疲れ果てて倒れた者が現れると、ヒンケルマンが口へ水を流しこみ、窒息するまでそれをつづける。一方、ブランク上級曹長は、採石場から去る収監者に岩を投げつけるのを楽しんでいた。多くの者がぶつけられて障碍が残るほどの怪我を負い、何人かは死んだ。SS隊員はさらに、採石場で働くユダヤ人のうち、家から送金を受けている者から金を巻きあげるようになった。数日に一度、五マルクと煙草六本を渡さなければ殴られる。二百人の収監者のおかげで、監視兵は〝支払日〟のたびに小金を稼いでいたが、週を追うごとに収監者が殺されて、総額は減った。

七月になると、レオの推薦で、グスタフは殺戮の地から運搬部隊へ移された。そこでは一日じゅう建築資材を収容所の敷地のあちらこちらへ運ぶ——森からは丸太を、採石場からは砂利を、倉庫からはセメントを。カポが仕事中に歌を歌わせるので、ほかの収監者からはズィンゲンデ・プフェーアト——歌う馬たち——と呼ばれていた。[19]

「左、二、三！　左、二、三！　左、二、三！　歌え、豚ども！」

SS監視兵の前を通るたびに、カポは労働者を鞭打った。「なぜ走らないんだ、犬め。遅いぞ！」

それでも、採石場よりはましだった。グスタフはこう書いている――〝大変な仕事だが、まだ平穏なほうで、狩られはしない……。人間は習慣の生き物で、なんにでも慣れられる。そうして一日一日、時が過ぎていく〟。

車輪がまわり、馬人間が歌いながら引き、カポが大声で時刻を告げ、日々は過ぎていった。

בן　息子

シュミットSS軍曹が点呼広場の外周を走りまわる男たちに叫んだ。「もっと速く走れ、ユダヤの糞ども！」先頭を行くフリッツと少年たちは加速して、遅れた者を狙うシュミットの鞭を避けようとした。点呼で返事が遅いと言って蹴られた数人は、腹や睾丸の痛みに耐えながら走っている。「駆け足！　駆け足だ、ユダヤの豚め！　遅いぞ、この糞ども！」

ほかの収監者たちは宿舎へもどったが、第三ブロックの収監者たちはその場に残された。視察のとき、ブロック指導者のシュミットが、またしても欠陥――ベッドが整っていない、床がきれいになっていない、所持品が片づいていない――を見つけ、ふたたび罰――体育罰《シュトラフシュポルト》――を受けることになった。ずんぐりとたるんだ体つきのシュミットは、小悪党のサディストだ。収監者用の売店が持ち場で、刻み煙草や巻き煙草を大量にくすねている。第三ブロックの少年たちは、本人の口癖にちなんで〝糞シュミット〟と呼んでいた。[20]「駆け足！　行進！　伏せて……起きろ……。まったく、糞だな――もう一度伏せろ。さあ、駆け足！」ピシッと音が鳴り、ついていけなくなった不運な男の背を牛鞭が打った。「走れ！」

二時間が過ぎ、熱い太陽が沈んで広場が冷えても、一同は汗を流しながらあえぎつづけた。ようやくシュミットが悪態とともに解放すると、全員が脚を引きずりながらブロックへもどった。

空腹をかかえた収監者たちは、一日にただ一度のあたたかい食事にありついた。カブのスープだ。運がよければ小さな肉切れもはいっているかもしれない。

食べ終えたフリッツが立ちあがろうとしたとき、グストル・ヘルツォークが少年たちにその場にとどまるよう言った。「話がある」グストルは言った。「体育罰のとき、あんなに速く走ってはいけない。きみたちが速く走ると、年長の者がついていけずに遅れて、シュミットに鞭打たれるじゃないか」少年たちは恥じたが、ではどうすればいいのか。いずれにせよ、だれかが走るのが遅いと言って打たれることになる。グストルとシュテファンが解決策を示した。「こうやって走るんだよ――膝を高くあげて、歩幅を縮める。そうすれば全速力で走っているように見えるが、進みは遅くなるんだ」

糞シュミットをだますにはこれでじゅうぶんだった。時が経つにつれ、フリッツは収監者歴が長い者たちの小技をあれこれと覚えていった。ばかげたものもあるが、それこそが安全と苦痛の、あるいは生と死の分かれ目となるかもしれない。

そして、フリッツが菜園で働き、グスタフが荷車を引いているあいだも、外の世界では戦争がつづき、月日が過ぎるにつれて、解放の望みは徐々に薄れた。解放を求める母の申請はしばらくはフリッツの心を支えてくれたが、やがて絶望のなかへと消えていった。

6 好ましい決定

בת
娘

エーディトとリヒャルトにとって、すべてが変わりつつあった。ウィーンに置いてきたと思っていたものが、いまやこの逃れの地にも現れはじめている。

一九四〇年六月、静かだった国内戦線は爆撃と血と死の地となり、〝退屈戦争〟が終わってバトル・オブ・ブリテンがはじまった。ドイツ空軍《ルフトバーフェ》の爆撃機が毎日飛行場や工場を攻撃し、イギリス空軍（ＲＡＦ）のスピットファイアやハリケーンが毎日緊急発進して応戦した。ＲＡＦは多国籍軍となり、イギリス連邦のパイロットだけでなく、ポーランド、フランス、ベルギー、チェコスロヴァキアからの亡命者も加わっていた。イギリスはいまだに自国を孤高の存在と考えたがっていたが、もはやそのようなものではなかった。

報道機関の関心はふたつの点に集まっていた。戦闘の経過と、侵略の道を開くためにドイツのスパイや工作員が国内に潜入しているのではないかという恐怖心の高まりだ。噂が流れはじめたのは四月のことだった。報道機関――先陣を切ったのは《デイリー・メール》紙――は、敵と内通する〝第五列〟の工作員がひそんでいるという妄想を煽った。[1] 妄想は病的興奮と化し、敵意をはらんだまなざしがオーストリアやドイツから来た五万五千人のユダヤ人難民へ向けられた。みなヒトラーのスパイとはとうてい考えられないので拘束を免れていたが、[2]国が侵略の脅威にさらされるなか、《デイリー・メール》紙や一部の政治家が強硬に主張し、国家の安全のために、身分にかかわらずすべてのドイツ国民を拘束するよう政府に求めた。

五月に首相となったチャーチルは、拘束の対象をイギリス・ファシスト連合の党員や共産党員、さらにはアイルランドやウェールズのナショナリストにまで拡大した。六月になると、しびれを切らして「全員いっせいに捕らえろ！」と命じた。[3]社会基盤を圧迫しすぎないよう、逮捕は段階を追っておこなわれた。第一段階では、ドイツとオーストリアの国民——ユダヤ人も非ユダヤ人も反ナチス派も含めて——のうち難民認定を受けていないか、無職の者だ。第二段階では、その他のドイツとオーストリアの国民のなかでロンドン以外に住む者を一掃し、第三段階では、ロンドンに住む者まで逮捕する。

チャーチルは議会で述べた。「それらの指示の影響を受けるなかに数多くの……ナチス・ドイツに激しく敵対する人たちがいるのはわかっています。そういった人々には大変気の毒ではありますが……望ましい選別を何もかも実行できるわけではありません」[4]第一段階の逮捕は六月二十四日にはじまった。[5]

緊張下ではつねに起こることだが、人々はユダヤ人への中傷を広めていた。ユダヤ人は闇商人で、兵役逃れをし、特権を享受し、金持ちで、よいものを食べ、よい服を着ている、と。[6]反ユダヤ思想の高まりを鎮めようとするあまり、イギリス系ユダヤ人のコミュニティも国内の風潮に同調した。《ジューイッシュ・クロニクル》紙はあろうことか、ユダヤ人を含む難民に対して〝考えうる最もきびしい措置〟をとるよう提言し、拘束の拡大を支持した。イギリスのシナゴーグではドイツ語での説教が禁止され、イギリス・ユダヤ人代表者会議はドイツ系ユダヤ人難民の集会を制限しはじめた。[7]

夫妻はシナゴーグ近くのやや古びたヴィクトリーズではエーディトが何か月も不安を募らせていた。

トリア様式の建物に部屋を借りている。[8] エーディトはブロストフ夫人宅での住みこみ仕事をやめ、近所の女性の家で毎日掃除する仕事をはじめた。難民が職を替えるには、内務省に届け出て承認を得る必要があるので、たやすいことではなかった。[9] リヒャルトはコシェルのビスケット作りをつづけている。赤ん坊の誕生を待つふたりは幸せなはずだったが、エーディトはひどく動揺していた。ドイツ語訛りの人々にとって、イギリスでの生活は気の休まらないものになっていた。そして、ドイツの侵攻が確実視されるなか、恐怖に襲われてもいた。オーストリアがどれほどたやすくナチスの手に落ちたかを考えれば、チャペルタウン通りに突撃隊が現れ、アイヒマンやほかのＳＳの悪霊たちがリーズの役所から命令を出す光景は想像に難くなかった。

ヨーロッパからの脱出を試みるときが来たと感じ、エーディトはアメリカにいる親戚から手に入れた宣誓供述書を掘り出した。書類は結婚したいまでも有効なのかどうか、と難民委員会へ問い合わせた。二週間近く経って、ようやくロンドンから返事が来た。いや、無効である、と。そうなると、保証人に手紙を書いて、新たな宣誓供述書を取り寄せるしかない。さらに、夫のことまで保証人に宣誓に含めてもらう必要がある。[10] そしてもちろん、自分たちはロンドンのアメリカ大使館で移民ビザを申請しなければならない。頭上の空で戦争が拡大し、拘束の脅威が増しているというのに、エーディトとリヒャルトはうんざりするほど長い手続きを前にしていた。

手続きにかかる時間が結局わからないまま、七月はじめに政府が計画の第二段階を実行し、リヒャルトがリーズ警察に逮捕された。

エーディトまで捕まらなかったのは単に運がよかっただけだ。子のいる女は免除の対象でなかったが、妊婦は対象だった。[11]

リヒャルトはまだ二十一歳で、体にはダッハウとブーヘンヴァルトの傷跡が残っていた。イギリスへ逃れたのは、避難所を求めてのことだ。それなのにいま、妻とお腹の子から引き離され、ナチスからかくまってくれるはずだった人々の手で捕らえられることになった。

エーディトはすぐに内務省へ申請を送り、夫の釈放を求めたが、簡単なことではない。被拘束者が国の治安に対する脅威でなく、戦争に貢献できることを証明する必要があるからだ。[12] ユダヤ人難民委員会（JRC）のリーズ支部とロンドン支部の両方が、いまや何千人にも及んでいた被拘束者のために、内務省へ働きかけていた。多くはまともな施設を具えた拘留施設へはいってすらいない――人数が多すぎるため、放棄された紡績工場、使われていない製造所、競馬場など、あらゆる場所に即席の施設が設けられていた。多くはマン島の中央拘留センターへ行った。[13] 年長の被拘束者のなかには、ナチスの強制収容所もちょうど同じようにはじまったことを覚えている人もいた――ダッハウ強制収容所は廃工場を利用して造られたのだった。

七月、八月と週が過ぎ、エーディトの妊娠は進んだが、便りはなかった。八月末にJRCへ手紙を書いたものの、急かすべきではないと助言された。〝当委員会としては……いまできることはすでにあなた自身が実行ずみであり、こちらが介入するのは賢明でないと考えております。内務省によると、これ以上嘆願や問い合わせをすれば……決定を遅らせることになりかねないとのことです[14]〟

数日後、決定がくだった――リヒャルトは引き続き拘束される。

強制収容所の経験者にとって、拘留施設での生活はまだましだった。強制労働も本格的な罰もなく、残酷な監視兵もいない。被拘束者たちはスポーツをしたり、新聞を発行したり、コンサートを開催したり、勉強サークルを立ちあげたりした。とはいえ、収監者であることに変わりはない。それに、SS監視兵はいないとはいえ、ユダヤ人は強情で復讐心に燃えるナチス支持者とともに閉じこめられていた。そのうえリヒャルトは、エーディトが夫の収入なしにひとりで妊娠生活を送らされているという事実にも苦しんでいた。

九月はじめ、妊娠九か月のエーディトはもう一度リヒャルトの釈放を申請した。JRCは〝今回の申請で好ましい決定がくだされると、心から信じています〟[15]とエーディトを力づけた。また待機期間がはじまった。二週間後、内務省の移民課から短い手紙が届き、リヒャルトの件を〝できるかぎり早く〟委員会へ提出すると記されていた[16]。

陣痛がはじまったのはその二日後だった。エーディトはリーズ中心部のハイド・テラスにある産科病院へ連れていかれ、九月十八日の水曜日に元気な男の子を出産した。名前はピーター・ジョンとした。ヨークシャー生まれのイングランド人である息子にふさわしい英語名だ。

緊張をはらんだ夏が終わりに近づくと、国民の気持ちは落ち着き、無害な難民の拘束に反対する潮流が高まった。七月、数千人の被拘束者――ユダヤ人もいた――をカナダへ運ぶ船が、ドイツ海軍のUボートに沈められた。人命が失われたことをきっかけに、イギリスはみずからを振り返り、外国人だというだけで罪なき人々をどう扱ってきたかを反省した。政策は徐々に反転した。議会では、これまで動揺のあまりおこなってきたことについて、政治家たちが後悔の弁を述べた。ある保守党議員はこう言った。「故意でないとはいえ、われわれの行為はこの戦争が引き起こした苦悩の総和を増やすものであり、それによってわが国の戦争遂行能力があがることはまったくありませんでした[17]」さらに、ある労働党議員がこう述べている。「ヒトラーがユダヤ人や社会主義者や共産主義者を強制収容所へ入れはじめたとき、この国に恐怖が沸き起こったことはわれわれ全員が覚えています。あのときは恐れたのに、どういうわけか、自分たちが同じ人々に同じことをしはじめたときには、当然のことと見なしかけていました[18]」

ピーターが生後五日になったとき、知らせが届いた――リヒャルトは解放された[19]。

אבא
父

グスタフは手帳を開き、ページを繰った。たったこれだけ――一九四〇年の出来事がわずか三ページにまとめられ、強い筆圧による自分の字がぎっしり詰まっている。〝こうして時は過ぎていく。朝早くに起き、夕方遅くまで働いて、食事をしたらすぐに寝る。労働と罰の一年が過ぎていく〟

いつもすぐに寝られるわけではない。収容所本体を取り仕切る副司令官のアルトゥール・レードルSS中佐は、ユダヤ人を苦しめる新たな手立てを考え出した。毎夕、疲れ果てた空腹の収監者たちが採石場や菜園や建設現場からもどると、ほかの者たちは宿舎へ帰るが、ユダヤ人だけは点呼広場に立たされ、投光照明のぎらつく光のもとで歌わされる。

横柄でひねくれ者のレードルは知性がないにもかかわらず昇進した男で、自分のユダヤ人〝合唱団〟が歌うのを聴くのが大好きだった。一方の隅にすわった収容所オーケストラに演奏させながら、〝合唱団長〟は広場の端に積まれた砂利の上に立って指揮をした。

「もう一曲!」拡声器を通してレードルが叫ぶと、疲れ果てた収監者たちは懸命に息を吸い、なんとかもう一曲歌いきる。満足の行く出来でないと、拡声器が吠えた。「口を開け! 豚どもめ、歌いたくないのか? おまえら、全員横になって歌え!」こうなると、ユダヤ人たちはどんな天気だろうと、土ぼこりのなかでも、泥のなかでも、ぬかるみがあっても、雪が積もっていても、横になって歌うしかなかった。ブロック指導者たちが収監者の列のあいだを歩き、声の小さい者を蹴りつけた。

この試練はたいてい何時間もつづく。飽きたレードルが食事にいくと言いだすこともあるが、それでも収監者たちは残って練習させられた。「うまくできなきゃ、夜通しここで歌っていてもいいぞ」SS監視兵たちはそばでずっと見張りをさせられることに憤慨し、怒りを収監者たちにぶつけて蹴りや殴打を浴びせた。
いちばんよく歌ったのは〈ブーヘンヴァルトの歌〉だった。ウィーン出身の作曲家ヘルマン・レオポルディが曲を作り、歌詞は有名な作詞家フリッツ・レーナー＝ベーダが書いた。ふたりとも収監者だ。気持ちを奮い立たせる行進曲で、歌詞は悲惨な状況下での勇気を讃美するものだった。この曲はレードルのたっての希望で作られた。「よその収容所はどこも歌がある。うちにもブーヘンヴァルトの歌が要るな」[20]レードルは作曲家の手柄に対する褒美として十マルクを約束し（支払われることはなかった）、成果に大喜びした。収監者たちは毎朝、作業場へ行進するときにこの歌を歌った。

おお、ブーヘンヴァルト、忘れはしない
わが運命の地
ここを去る者だけが知る
自由の尊さ！
おお、ブーヘンヴァルト、泣くことはない
何が起ころうとも
この人生を讃えよう
自由の日々が待つのだから！

レードルは下劣にも、そこにこめられた反抗心に気づかなかった。〝知性を欠いたレードルは、あの曲が実のところどれだけ革命的なものかを見抜くことはけっしてなかった〟とレオポルディは回想している。[21]レードルはユダヤ人が有害な犯罪者だと中傷する歌詞の〈ユダヤ人の歌〉という曲も書かせたが、こちらはさすがのレードルも〝あまりにばからしい〟と考え、歌うのを禁止した。のちに、ほかの将校たちがこの歌を復活させ、夜遅くまで収監者たちに歌わせた。[22]
それでも、最もよく歌わされたのは〈ブーヘンヴァルトの歌〉だった。点呼広場の明かりのもとで、ユダヤ人たちは数えきれないほど何度もそれを歌った。〝レードルはあの曲のメロディーに合わせて踊るのが好きだった。片側では収容所オーケストラが演奏し、反対側では人々が鞭打たれていた〟とレオポルディは語る。[23] 朝焼けのなかを作業場まで行進しながら、一同はＳＳへの嫌悪と憎しみのすべてを歌にこめた。多くが歌いながら死んでいった。
〝こんなやり方でわれわれを磨りつぶすことはできない〟グスタフは日記に書いた。〝戦いはつづく〟

בן
息子

ブーヘンヴァルトは月日を追うごとに拡大していった。森は木々が伐採され、その跡に造られた建物は青白い菌類のようにエッタースベルクの丘の荒れ果てた背を覆った。
ＳＳの二階建ての兵舎群が半円状に少しずつ並んでいき、その中心に将校用のカジノができた。将校には庭つきの瀟洒な邸宅が造られ、小さな動物園や、乗馬用設備と厩舎、ＳＳの車両用のガレージとガソリンスタンドもあった。鷹狩り用の施設まである。採石場の近くの斜面には、森に囲まれた鳥小屋と展望台が造られた。オーク材の彫刻と大きな暖炉が配されたドイツ式の狩猟館もでき、そこにトロフィーと大量の家具がところせましと並べられた。ヘルマン・ゲーリングが個人的に使えるよう用意された施設だったが、本人がそこを訪れたことは一度もなかった。狩猟館はＳＳの自慢の場所で、地元のドイツ人は一マルク払えば中を見てまわることができた。[24]
建築物はすべて近くの岩や木を使って建てられ、そこには石や煉瓦や丸太を運んで並べた収監者たちの血が混じっていた。

建設現場をつなぐ道では、グスタフ・クラインマンと奴隷仲間たちが資材を積んだ荷車を引いていた。一方、息子はいま、建物を造る手のひとつとなっていた。つねにフリッツの庇護者であったレオ・モーゼスがまたしても影響力を駆使し、フリッツをSSのガレージを造る建設班へ移してくれた。[25]プロジェクトを担当する建設班Iのカポはロベルト・ジーヴェルトという名で、レオ・モーゼスの友人だった。ジーヴェルトはポーランド系ドイツ人で、政治囚であることを示す赤い三角形をつけていた。若いころは煉瓦工で、先の大戦ではドイツ軍にいた。熱心な共産主義者で、一九二〇年代にはザクセンで議員をつとめていた。五十代になったいまも強靭な精神力と活力を感じさせる男で、体格はがっしりとし、顔は幅広で、黒く太い眉の下にある目は細い。

はじめのころ、作業は運搬ばかりだった——これをここへ持ってきて、この荷物を持ったら、さあ、走れ！　五十キロあるセメントの袋はフリッツ自身よりも重い。中庭にいる労働者に肩へ載せてもらい、よろめきながらなんとか走って、どこであれ必要な場所へ持っていく。だが、罵声も鞭打ちもなかった。SSは建設班を重んじていて、ジーヴェルトは自分の労働者を守ることができた。

きびしそうな見た目とは裏腹に、ジーヴェルトはやさしい心の持ち主だった。フリッツをモルタルを混ぜる軽めの仕事へまわし、SSに気に入られるにはどうすればよいかを教えてくれた。「目を使って働くんだ」ジーヴェルトは言った。「SS隊員が来るのを見たら作業を速めなさい。だが、SSがいないときはゆっくりやって、力を温存するんだ」フリッツは監視兵の様子を見ながら真剣に効率よく仕事をしているふりをするのがうまくなり、勤勉だと評判になった。ジーヴェルトは建設を率いるベッカーSS軍曹の前でフリッツを指さして言ったものだ。「見てください。このユダヤ人の若者はよく働くでしょう」

ある日、ベッカーが建設現場にやってきたとき、上官のマックス・ショーベルトSS少佐がいっしょにいた。ショーベルトは保護拘禁囚を管理する副司令官だ。ジーヴェルトは仕事をしていたフリッツを呼び、少佐に紹介して、働きぶりを褒めた。「ユダヤ人収監者を煉瓦工として訓練してはどうでしょう」ジーヴェルトは提案した。残忍な顔にいつも冷笑を浮かべたショーベルトは、大きな鼻の上からフリッツを見おろした。とんでもない話だ、ユダヤ人ごときの訓練に金をかけるとは！　いやいや、ぜったいに許すものか、という顔つきだった。とはいえ、種は蒔かれた。

芽が出はじめたのは新たなSS隊員たちがブーヘンヴァルトに到着し、駐屯区域の人員が飽和状態になったときだった。こうなると、作業のペースをあげて、早くSSの兵舎を完成させなくてはならないが、いまの労働力ではどうにもならなかった。ジーヴェルトは先日の提案を蒸し返し、こんどはコッホ司令官にまで持っていった。煉瓦工が足りない。唯一の解決策は、ユダヤ人の若者たちを訓練して仕事をまかせることだ。コッホの反応はショーベルトと同じだった。ジーヴェルトはなおも言い募り、じゅうぶんな労働力を得るにはほかに手立てがないと伝えたが、〝ユダヤ人はお呼びでない〟との返答は変わらなかった。

ジーヴェルトは自説の正しさを証明するしかないと考えた。弟子となったのはフリッツだ。煉瓦積みを学ぶため、手はじめにジーヴェルトから指示を受け、アーリア人職人の指導を受けて単純な壁を造った。目印として張った糸に沿ってモルタルを敷き、煉瓦をひとつずつ、手際よく正確に並べていく。フリッツには父から受け継いだ手工芸の才能があり、習得が早かった。基本を身につけると角や柱や控え壁の作業も教わり、それからまぐさや暖炉や煙突の積み方を学んだ。雨の日には漆喰塗りを習得した。ジーヴェルトは毎日やってきてフリッツと話し、上達ぶりを確認した。あっという間に、フリッツは煉瓦工としても建設者としてもじゅうぶんやっていけるほどになった――そんなユダヤ人はブーヘンヴァルトではじめてだった。

フリッツの上達ぶりはすばらしく、需要は逼迫していたので、コッホ司令官は折れてジーヴェルトに許可を出した。ユダヤ人、ポーランド人、ロマの少年たちを訓練する計画がはじまった。みな、半日は建設現場で働き、半日は収容所のブロックで建築理論と科学を学ぶ。袖には〝煉瓦工学校〟と記された緑の帯を巻き、いくらかの特権を得た。特にうれしかったのは、重労働従事者用の特別な食事を支給されたことだ。週に二回、建設現場にいる少年たちのもとへ追加の食料が運ばれてくる。パンと半キロのブラッドソーセージか肉パテだ。そのほかに、いつもの配給のぶんも受けとれる。パンとマーガリン、スプーン一杯ぶんのビーツジャムか凝乳、どんぐりのコーヒーとキャベツかカブのスープだ。

　フリッツにとって、ロベルト・ジーヴェルトは抵抗の精神と真の仁愛を象徴する英雄だった。ジーヴェルトが最も案じたのは若者たちのことで、命を救うことにつながりうる知識や技術を身につけさせようと全力を尽くした。〝父親のように、忍耐強く思いやりをもって語りかけてくれた〟とフリッツは回想している。[26]あの年齢で、あれだけ長く囚われつづけたジーヴェルトがどこから力を得ているのか、不思議でならなかった。

　冬が少しずつ近づくと、ジーヴェルトは石油用のドラム缶を火鉢として建設現場に置く許可を得た。きびしい寒さのせいで漆喰やモルタルに亀裂がはいりかねないという口実だったが、ほんとうは、薄い収監者服でしか身を守れない労働者たちのためだった。心臓から骨の髄まで慈悲深く勇気に満ちたジーヴェルトはつねに自分の使命を果たし、ユダヤ人やロマやポーランド人のために、身の危険を顧みずＳＳに直訴してくれた。

　だが、ジーヴェルトの影響力が届くのは、せいぜい建設現場と煉瓦工学校までだった。一日の仕事が終わって収容所本体に帰ると、歌いながら行進したり、無差別に鞭打たれたり、食事を抜かれたり、気まぐれに殺されたりする境遇が待っている。収監者仲間たちを見ながら、フリッツは少なくとも周囲よりましな食事にありつき、歩哨線の外へ追い立てられて蹴り殺されたりする危険がないことに心のなかで感謝したものだ。運搬隊で日々こき使われている父のことを思うと胸が痛んだ。追加の配給はできるだけ取っておき、夕方会ったときに父に渡すようにしていた。

息子が新たな身分のおかげで安全な立場を得たことで、グスタフは気が楽になっていた。〝あの子は監督たちからもカポのロベルト・ジーヴェルトからも好かれている。いちばんの支援者であるレオ・モーゼスのおかげで、われわれはさらなる自信を得ている〟とグスタフは書いた。何があっても楽天的なグスタフの心には、この苦難を乗り越えて生き延びられるかもしれないという思いが生まれつつあった。

その年のはじめ、フリッツは青少年ブロックから、父のブロックに近い第十七ブロックへ移された。友人たちと離れるのはつらかったが、ブロックを移ったことはフリッツの自己形成に大きな影響を与え、大人へ向かう重要な段階のひとつとなる。第十七ブロックにはオーストリアの最重要人物や有名人――〝名士《プロミネント》〟――たちが収容されていた。

ほとんどは政治囚だが、収容所のおおかたの赤三角形たちより地位が高い[27]。名前を聞いたことのある人もいた。父が社会民主党の活動家だったころに少しつながりがあった人たちだ。ブロック仲間のひとりは、ユダヤ人社会主義活動家のロベルト・ダンネベルクだ。ウィーン州議会の元議長で、〝赤いウィーン〟――第一次世界大戦が終わったあとの社会党全盛期のことで、一九三四年に右翼が政権を握るまでつづいた――を率いたひとりだった。厳粛そうなダンネベルクと好対照をなしたのはひょうきんな丸顔のフリッツ・グリューンバウムで、ベルリンとウィーンのキャバレー界のスターだった。コンフェランシエール［キャバレーの司会者］、脚本家、映画俳優であり、フランツ・レハール（ヒトラーが贔屓にしていた作曲家のひとり）のために詞を書いたこともある。名の知られたユダヤ人で政治風刺家でもあったグリューンバウムは、アンシュルスのすぐあとにナチスに捕らえられた。ずいぶん歳をとり、ほっそりした体に剃った禿げ頭、瓶底眼鏡とあって、マハトマ・ガンディーそっくりだ。採石班と便所班の両方を経験して心身ともに衰弱し、自殺を図ったこともある。それでもなんとか昔の姿を見せつづけ、ときどきほかの収監者たちのためにキャバレーの演目を披露した。ユダヤ人として体験した苦境については、簡潔で的確な見解を述べている。「自分の名のせいで痛めつけられる時代に、知性などなんの役に立つだろう。グリューンバウムと呼ばれた詩人はもうおしまいだ」そのことばは正しく、グリューンバウムはそれから数か月以内に死ぬことになる。[28]

ほかに、眼鏡をかけた陰気そうなフリッツ・レーナー゠ベーダとも知り合った。心を揺り動かす〈ブーヘンヴァルトの歌〉の反抗的な歌詞を書いた作詞家だ。グリューンバウムと同じく、レーナー゠ベーダもレハールのオペレッタのために詞を書いてきた。ヒトラーにもゲッベルスにも影響を与えたレハールなら自分を解放できるのではないかとレーナー゠ベーダはずっと期待していたが、そうはいかなかった。苦しみに追い打ちをかけたのは、レハールが書いたオペレッタ、〈ジュディッタ〉と〈微笑みの国〉の曲が収容所のスピーカーからしじゅう流れてきたことだ。SSはレーナー゠ベーダがかかわっていたことを知らなかったらしい。さらに悲惨なことに、本人が作詞したヒット曲〈ハイデルベルクで恋をした〉までもが流されていた。

第十七ブロックの〝名士〟のなかでもとりわけ聡明なのが、エルンスト・フェデルンという若いウィーン人だった。精神分析学者でトロツキストでもあるエルンストは、ユダヤ人政治囚として黄色三角形の上に赤三角形をつけていた。体は大柄で、髪の剃られた顔と相まって、悪漢さながらの目を向けづらい風貌の持ち主だが、だれよりも親切だった。エルンストのもとへ行けばだれでも悩みを相談できる。底なしの楽天家で、少々頭がおかしいとまで言われていたが、ほかの収監者たちには大きな励みとなった。[29]

第十七ブロックには社会民主主義者、キリスト教社会主義者、トロツキスト、共産主義者がおおぜいいた。夜の自由時間になると、若いフリッツは腰をおろして会話に耳を傾けた。政治、哲学、戦争……。知的で洗練された話を懸命に理解しようとした。ひとつはっきりと伝わってきたのは、人々のオーストリアという国を信じる気持ちの強さだ。望みのない状況に置かれ、独立国家の立場を奪われたいまも、オーストリアが将来ナチスの支配から解放され、美しい国に生まれ変わるとだれもが考えていた。収容所にときどき届くニュースではどの前線でもドイツが優勢なようだが、結局ドイツは負けることになると第十七ブロックの人々は確信していた。

フリッツは、その人たちが思い描く、よりよい将来の話を聞いているうちに、生きてその未来を目にする者はほとんどいまいと思いながらも、少しずつ信念と勇気をふくらませていった。〝第十七ブロックで学んだ同志愛が、わたしの人生を根本から変えた。強制収容所外の生活では想像すらできなかった団結の形を知ることになった〟とフリッツはのちに回想している。[30]

そのブロックで過ごした日々のなかでいちばんの思い出は、フリッツ・グリューンバウムの誕生日祝いであり、それは姉のヘルタの誕生日でもある日におこなわれた（ヘルタはその日、十八歳になった）。第十七ブロックの人々はこの年配の仲間にまともな夕食を用意しようと配給の一部をとっておき、さらに厨房から少しくすねて追加した。食事が終わるとレーナー＝ベーダが挨拶を述べ、グリューンバウム自身も数曲歌った。ブロックで最年少の収監者だったフリッツも、えらぶらないスターに祝辞を述べる機会をもらった。

かつてレオポルトシュタットのカルメリター市場で遊びまわっていた、椅子張り職人見習いから煉瓦工見習いに転向した若者が、このような政治家、知識人、芸能人といったいどんな共通点を持っていたのだろうか。生まれつき、あるいはみずから選んでオーストリア人となったことと、ユダヤ人だったということだけだ。それでじゅうぶんだった。ブーヘンヴァルトでは、生存者が毒の海に囲まれて小さな国を作っていた。

そして、死はつづいた。

採石場での殺人はますます頻繁におこなわれた。死者の多くがフリッツや父の仲間で、ウィーンにいたころからの友達もいた。その年、強制収容所で死んだ収監者の合計数は約千三百人から一万四千人へと急増した。[31]その原因は戦況にある。武装《ヴァッフェン》SSやドイツ国防軍がポーランドから英仏海峡までの各地で戦って国家の敵に打ち勝つ一方で、収容所の〝髑髏部隊〟は血をたぎらせて怒りを燃やし、内部の敵との戦いに精を出していた。軍が勝利したという知らせはさらなる攻撃行為を誘発し、敗北――たとえば、唯一まだ応戦していたイギリスを征服できなかったこと――は報復の引き金となった。[32]

増えつづける死体の廃棄が問題となり、一九四〇年、SSは各地の収容所に焼却場を設置しはじめた。ブーヘンヴァルトにできたのは小さな四角い建物で、まわりを高い塀で囲われていた。突き出した建設中の煙突に煉瓦がひとつひとつ積まれていくのが点呼広場から見えた。完成すると、煙突は刺激臭のある煙を吐き出しはじめた。その日以来、煙が止まることはほとんどなかった。木々の梢を越えて吹き去っていくこともあるが、たいがい収容所の上へ漂ってくる。いずれにせよ、においはつねに感じられた。死の苦いにおいだ。

אמא
母

新年にはいり、ティニは何か月も待ちわびたすえ、ようやくウィーンのアメリカ領事館から結果の通知を受けとった。

一九四〇年三月には移住のための面接を好きなときに受けるよう召喚状が来たが、一家全員で行きたければグスタフとフリッツが自由になるまで待つよう忠告されていた。[33]しかし、SSは移住に必要な書類がすべて用意できるまで収監者を釈放しないため、望みのない行き止まりにぶつかっていた。

宣誓供述書はすべてそろっている。問題は、アメリカのビザと旅のための有効な切符（費用は自己負担）を手に入れ、さらにそのすべてを連携させることだ。フランスが自由だったころはフランス経由でヨーロッパを出てアメリカへ行けたが、ドイツの侵攻によってフランスの港は閉ざされた。秋にはリスボンが移住者に開放されたが、それと同時にウィーンのアメリカ領事館がビザの発給を凍結した。国内に反ユダヤ思想がひろがる事態に直面し、難民に避難所を提供するローズヴェルトの方針は崩れつつあった。世論に屈した大統領は、国務省にビザの数をほぼゼロまで減らすよう指示した。外国人はもうご免だ、というわけだ。領事館はいまも申請者を面接に呼んでいたが、その手続きはひどく煩雑で、公証を受けた書類、警察の保証書、蒸気船の切符、国の反ユダヤ人税などに出費がかさんだ。不安をかかえながらも奇跡的にすべての書類をそろえた申請者は、最終面接まで行ったところで、アメリカに何を貢献できるかを証明できないため、〝社会の負担になる〟可能性が高いと告げられた。[34]〝ビザ不許可〟だ。

一九四〇年十月の時点で、ほぼすべての申請者――つねに怯えながら生活し、公的機関の要求を満たそうとして挫折した人たち――が悲嘆に暮れながら去っていった。[35] ティニもまた絶望する寸前だった。〝何もかもそろっています〟ニューヨークのドイツ・ユダヤ人援助委員会に宛ててそう書いている。〝それなのに、だれひとり移住できないのです……。地元の領事館はまともな回答をくれません〟[36]。なぜ落胆しつづけないといけないのか、ティニには理解できなかった。夫は手に職があって勤勉で、宣誓供述書も何通も用意しているのに。

残る希望は子供たちのことだった。一九四一年のはじめに、ティニは突破口を得た。ティニの結婚式にも出席した旧友で、いまはマサチューセッツ州にいるアルマ・マウラーが、クルトのために宣誓供述書を手に入れてくれたのだ。アルマの住む町で有名なユダヤ人紳士――しかも判事――によるものだった。そして奇跡が起こり――アメリカがユダヤ人の子供たちを少数受け入れることになった。

ドイツ・ユダヤ人児童支援組織と連携し、同伴者なしの未成年を一定数受け入れて、国内の適切なユダヤ人家庭を世話するというものだ。クルトの申請は認められた。

クルトを行かせるのはティニもヘルタもつらかったが、安全なところへ送る方法はそれしかなかった。よい知らせはさらにあった――ヘルタは子供を対象とした今回の計画では対象外だが、必要なビザさえ取得できれば、マサチューセッツ州のその親切な紳士がヘルタの保証人にもなると言ってくれた。

7 新世界

אבא
父

雲に満たされた灰色の空の下で、エッタースベルクを覆う分厚い雪が宿舎ブロックや塔の突き出すフェンスの輪郭を和らげているが、隠しきれてはいなかった。

グスタフはシャベルに寄りかかった。カポが背を向けた瞬間を狙って息をつく。むき出しの手が紫になっていて、息を吹きかけてもあたたかさを感じない——なんの感覚もない。夕方に宿舎にもどり、冷たい骨からしびれが抜けたら、いやな痛みに苦しめられるだろう。

新しい年が来たが、この世界は変わらず、季節が過ぎ去って人の命が日々消えていく。焼却場からの煙が凍てつく空気を漂い、収監者たちの鼻孔に未来の自分のにおいを運んでくる。

カポが振り返りそうなのに気づいたグスタフは、相手の視界にはいる前にシャベルを動かしはじめた。運搬班の作業は雪に阻まれている。毎日、班員たちがシャベルで収容所の道の雪を取り除いているが、毎晩、自然があらためて深く埋めなおす。

光が薄れてきた。見られていない隙に、グスタフはまた休憩した。見あげると、大理石模様の灰色をした南東の空に、降りゆく薄片が散らばり、煙の染みがついている。あの先のどこか、フェンスと森よりはるか向こうにわが家があり、妻とヘルタと幼いクルトがいる。いま何をしているのだろう。

無事なのか。あたたかくしているのか、凍えているのか。怯えているのか、希望を捨てていないのか。絶望しているのか。グスタフとフリッツにはまだティニから手紙が届いているが、本人がその場にいるのとはまったくちがう。

空に最後の一瞥をくれると、グスタフは背を曲げて、シャベルを雪に埋めこんだ。

בן
息子

クルトの頭上にある空はあたたかくて青い。日差しで斑になったトチノキの葉が揺らめき、雪のように白い花々が隙間にちりばめられている。クルトは片足を前に出して視線を上へ向け、目がくらむほどの歓喜に浸っていた。

前を見ると、家族はずっと先にいた。母と父は腕を組み、フリッツは手をポケットに入れてゆっくり歩いている。ヘルタは愛らしくのんびりと、エーディトは背筋を伸ばして優雅に進んでいく。

朝はプラーター公園で過ごし、クルトは喜びで胸がいっぱいだった。あの大きな滑り台を何度滑りおりただろう——マットを上までもどす手伝いをすると、係の人が一回ただで滑らせてくれるので、クルトやフリッツのようにあまり裕福でない子供たちも、いつも何度か遊べた。いま、プラーターの森を抜ける広い道、ハウプトアレーにいるクルトは、片足を歩道に、もう片足を車道と歩道のあいだにある盛りあがった芝生に置いて、うきうきと歩いていた。それに夢中で、家族がどんどん先へ進んでいくのに気づかない。鼻歌を歌いながら脚を高くあげ、一歩ごとに体が浮かぶ感覚を楽しむ。すっかり時間を忘れ、つぎに目をあげるとひとりぼっちになっていた。

その瞬間、恐怖が胸をよぎった。目の前には木々が立ち並び、彼方へ消えていく。両脇には森がひろがり、ほかの家族や恋人たちがいて、自転車や馬車や自動車がかすかな音を立てて車道を通っていく。木々の向こうには色とりどりの遊園地と、さらにたくさんの人が見える――だが、両親や姉たちやフリッツの見慣れた姿はどこにもない。みな、急にさらわれたかのように消えてしまった。

つかの間の恐怖は過ぎ去った。取り乱すことはない。プラーターのことなら、友達の顔と同じぐらいよく知っている。家までは一キロと少しだ。帰り道はわかる。ハウプトアレーを抜け、プラーターシュテルンへ出た。七本の広い通りが集まる星型の巨大な環状交差点だ。閑静な森とちがい、プラーターシュテルンでは騒音と動きが渦巻いている。トラックや自動車や路面電車が左から右へ轟音を立てて流れ、近くの大通りから環状交差点へ注ぎこむ。歩道は人でいっぱいだ。

ここからどうすればいいのか、まったくわからない。この場所は数えきれないほど何度も渡ったが、いつも大人か姉や兄といっしょだった。この急流をどう切り抜けるかなど、気にする必要はなかった。しばらくして、女の人の声に気づいた。目をあげると、女性が気づかわしげに見おろしている。

「迷ったの?」と尋ねてきた。いや、迷ってはいない。道はわかるが、その道を実際にどう進むかが見当もつかないのだ。それに、このややこしい思いをどう説明するかも。女性は心配そうに眉を寄せた。

警察官が現れ、すぐさま主導権を握った。クルトの手をとってプラーター公園のほうへもどり、左へ曲がってアウスシュテルングス通りを歩いていく。やがて、赤煉瓦と切石でできた大きくてものものしい警察署の建物に着いた。クルトが連れこまれたのは、暗い色の制服と静かで無駄のない動きがいっぱいの、おかしなにおいと音が満ちた世界だった。クルトはどこかの部屋で椅子にすわらされた。そこで仕事をしていた警察官が微笑んで声をかけ、遊び相手になってくれた。クルトはキャップ火薬をひと巻き持っていた。警察官が制服のベルトの留め金を使って火薬をひとつずつ発火させると、ライフルの銃声に似た爆音が部屋に響き渡り、クルトはうれしかった。警察官が相手をしてくれたおかげで気がまぎれ、時間が経つのも忘れていた。

「クルトル！」よく知る声が聞こえて、クルトは振り返った。「ここにいたのね！」ドアの前には母がいて、その後ろに父がいる。心に明かりがともった。クルトは跳びあがり、母のひろげた腕のなかに駆けこんだ。

בן
息子

クルトは眠りから覚め、目を見開いた。体が震え、心臓が音を立てている。一瞬、どこにいるのかわからなかった。喧騒が押し寄せ、物が落ちる音やぶつかる音が耳のなかで響く。下には硬い木のベンチがある。まわりにいるのは知らない人たちだ。体が規則正しく揺れているのを感じる。胸にある薄い紙入れに気づき、クルトは思い出した[1]。

これは新たな生活へ向かう列車だ。

板張りのベンチで尻がしびれていたが、あまりに疲れて睡魔に襲われ、隣の乗客にもたれかかっていた。クルトは体を起こし、紙入れにふれた。これを母が首にかけてくれたときのことを思い出した。

あの光景は鮮明に覚えている。アパートメントの台所でのことだ。母はクルトを机の上にすわらせた――かつて鶏肉スープに入れる麺の生地をまるめるのを手伝った、あの古びた天板の上だ。母の顔が空腹で落ちくぼみ、そこに憂いが刻まれていたさまが目に浮かぶ。この紙入れを大切にしなくてはならない、とそのとき強く言い聞かされた。中には自分の書類がはいっている。いまこの世界では、自分の魂そのもの、自分が生きていくよりどころだ。母は微笑み、キスしてくれた。「これからは行儀よくしてね、クルトル」母は言った。「向こうに着いたら、いい子にするのよ――いたずらをしないで言われたとおりにしていれば、家に置いてもらえるから」そして、プレゼントとして新品のハーモニカをくれた。光り輝く美しいハーモニカをクルトが握りしめたところで……

……母がいなくなった。電灯のスイッチを切ったように、記憶から消え去った。

クルトは列車に乗っている人々を見まわし、見知らぬ田舎の景色が二月の凍てつく寒さのなかを流れていくのを目にした。この列車にはベルリンから乗った。そこでドイツ・ユダヤ人児童支援組織から最後の書類を受けとり、必要な旅費をもらった――皺のない緑のドル紙幣が五十枚、荷物の底にしまってある。そして、ウィーンからベルリンまでは別の列車に乗ったことも覚えている……が、その記憶は薄れつつあった。やがて、母やヘルタに別れを告げたときのことはまったく思い出せなくなり、それを一生悔やむことになる。

過ぎ去った日々が、慣れ親しんだ生活が、大好きな人々が、非情にも別の次元へ遠のいていく。あるいは、逆かもしれない――ウィーンはそのまま現実として存在し、クルトのほうがこの非現実の世界に押しこまれたのかもしれない。

列車にいる人は多くが難民で、ほとんどが年老いて見えた。小さな子供を連れた家族も少しいる。ドイツやオーストリアやハンガリーのユダヤ人で、ポーランドの人もいくらかいた。母親たちは子供に小声で話しかけ、夫たちは読書をしたり話したりまどろんだりしている。年老いた男たちは背をまるめて帽子を眉までさげ、眠りながらいびきをかいたり顎ひげのなかでため息をついたりしている。子供たちは目をまるくしてあたりを見つめるか、親に寄り添ってまどろんでいるかだ。

数駅ごとに全員が列車を乗り換えさせられ、警察官や兵士の誘導によって、あいている列車のどれかに乗った。豪華な一等車や二等車のコンパートメントに乗ることもあったが、たいていは尻が痛くなる三等車の木のベンチにすわった。そのほうがしっかりすわれるので、クルトはそういうベンチのほうが好きだった。一等車では子供は座席の肘掛けにすわらされ、大人のあいだで押しつぶされる。

どうしても楽になりたくて、荷物棚へのぼって旅行鞄の上で体を伸ばしたことも何度かあった。

同伴者のいない子供はほかにふたりだけだった。男の子と女の子だ。クルトは少しずつふたりのことを知っていった。ひとりは同じウィーンから来た十四歳のカール・コーンで、レオポルトシュタットのクルトと同じ地域の出身だ。眼鏡をかけていて、いくぶん病弱に見え、思春期に達している割に小柄だ。女の子のほうはまったく正反対だった。イルムガルト・サロモンはシュトゥットガルトの中流家庭の出身で、まだ十一歳だが、ふたりの少年よりもゆうに二インチは背が高い。列車に運ばれ、故郷からますます離れていくなかで、孤独ゆえに引き寄せられた三人はしだいに絆を築いていった。

אמא
母

アパートメントは中身のない殻と化していた。かつて家族がいたところに、いまはふたりの女しかいない。老いゆく女と、花咲きつつある女だ。ティニは四十七歳――この歳になれば、ほんとうなら孫に囲まれた未来を心待ちにしているはずだった。そしてヘルタは、十九歳の誕生日を二か月後に控えたいま、ほんとうならしっかり職に就き、崇拝者のだれと結婚するか考えているはずだった。このさびしいアパートメントにふたりきりですわっているはずではなかった。ふたりの数少ない持ち物は奪われ、愛する人々――夫、息子たち、娘、父、弟たち、姉――もさらわれたり去ったりした。

ウィーンは立入禁止の区画だらけで、幸運にもまだ奪われていないアパートメントはふたりの牢獄だった。

クルトとの別れは想像を絶する苦痛だった。あんなに小さく、あんなに華奢で、あんなに弱々しい人間のかけらが世界へ投げ出されるなんて。ティニは列車まで付き添うことすらできず――プラットホームには旅行許可証のある人しかはいれない――ヘルタとともに外で別れを告げ、クルトがおおぜいの難民に押し流されるのを遠くから見守るしかなかった。[2] ティニの肉であり血であり魂でもある息子は去っていった。クルトはティニの希望であり、新たな世界で新たなスタートを切ってくれるだろう。もしいつか帰ってくることがあっても、そのとき目にするのはクルトではなく、ティニにとってまったく未知の生活に形作られた新たな人間だろう。

בן　息子

クルトは仰向けに寝転んで、星を見あげていた。こんな空は一度も見たことがない――地球のどの空よりも深く、色濃く、輝かしい。人工の光に穢されていない夜空だ。体の下で着実に進んでいく船は明かりが落とされ、星に照らされた暗い海の広々とした円盤にぽつんと浮かんでいる。

民族大移動の最後の生き残りになった気分だった。列車がリスボンに着くと、クルトとカールとイルムガルトは何週間も待たされた。予定では何十人もの子供たちと合流してアメリカへ旅立つことになっていたが、船出のときが来るころには、ほかの子供たちが間に合わないのは明らかだった。おそらく、移住のための複雑な役所手続きに妨げられたのだろう。三人が連れていかれた桟橋にはオフィスビルのようにそびえる船が待っていて、太いロープとタラップで桟橋とつながれていた。蒸気船〈シボニー〉はそこに浮かぶ最も大きな客船とは言えないが、ある種の優雅さが感じられる。細い煙突が二本立ち、上甲板には屋根のついたプロムナードがある。船体の外側にはドイツのUボートから守るための識別マークがあり、大きな白文字で書かれた〝AMERICAN-EXPORT-LINES〟の隣に星条旗が見える。

乗船者の多くは難民らしく――列車の旅で見知った顔が多い――帰途に就く旅行者やセールスマンがわずかに交じっている。クルトとカールは船室をさがしにいったが、やがて見つけたのは船の下層の部屋で、不快なほど風通しが悪く、エンジンがうるさく響いていた。外へもどると、〈シボニー〉が桟橋から離され、水を泡立たせて舳先を西へ向けた。

クルトは手すりの横に立ち、大海原を三時間ながめていた。リスボンが縮んで染みになり、それからポルトガルが細長いかけらになり、最後にヨーロッパ全体が小さくなって水平線の下へ沈んだ。姿は見えないが、北の海の向こうではいくつもの輸送船団がゆっくりとイギリスへ誘導され、そのまわりを神経質な牛飼いのようにイギリス海軍の護衛艦が旋回している。東ではUボートが格納庫から滑り出し、発射管に魚雷を入れて広い海を巡航している。〈シボニー〉を守るものはペンキで描かれた識別マークだけだ。

初日の夜、クルトは疲れていたにもかかわらず、うるさく暑苦しい船室ではよく眠れなかった。翌日は船酔いで台なしになった。胃におさめておけるのは果物だけだ。つぎの夜、クルトとカールは寝台にいる気になれず、毛布を持って甲板へ忍び出た。だれにも止められなかった。子供の世話はニューヨークから来た小柄な中年女性のスネーブル看護師がすることになっていたが、高齢の乗客で手いっぱいだった。

夜の空気は冷たいが、毛布を体に巻きつけてデッキチェアに背を預けるとじゅうぶんあたたかい。ふたりは静かで新鮮な空気を楽しんだ。クルトは頭上の星を見つめ、この新たな立場やこれから行く場所に思いを馳せた。英語は学校で習って少し知っているだけで、〝ハロー〟や〝イエス〟や〝ノー〟や〝オーケー〟は言えるが、ほぼそれだけだ。授業では〈ケーキをこねこね、ケーキ屋さん〉という童謡を暗唱したが、いまのクルトにとって、その歌詞はほとんど意味をなさなかった。船上で聞こえてくるアメリカ人の声も、何を言っているのかさっぱりわからない。

背後のどこか、東の星空が海の黒い線と出会う場所のさらに向こうにはクルトの家があり、家族がいる。クルトと母をつなぐ最後の品だった輝く新品のハーモニカはもうない。フランスのどこかでほかの子供たちとともに列車を待っているとき、ドイツ兵たちが話しかけてきて、しばらくいっしょに遊んだ。クルトがハーモニカを見せると、兵士はそれを取りあげて、返してくれなかった。ユダヤ人がそんなによいものを持っているべきではないと思ったのかもしれない。

בן 息子

雲がヨーロッパじゅうを覆い、稲光とともに激しく揺るがせている。その下にいた〈シボニー〉は大西洋の真ん中のどこかで暗雲を抜け、アメリカの明るい曙光のなかへはいった。

デッキチェアで寝ていたクルトとカールは、冷たい水しぶきをかけられて目を覚ました——海水ではなく、甲板を掃除する船員のモップの水だ。ふたりは毛布を持って船内へ引っこんだ。

夜に外へ出ていたことは、なぜかスネーブル看護師に知られていた。ふたりは叱責され、今後は自分の船室で寝るよう言い聞かされた。それからもふたりは一日じゅう船を駆けまわり、探検したり、ゲームをしたり、船員と仲よくなったりし、おかげでしばらくのあいだ、あとに残してきたものや行く先への不安について考えずにすんだ。

船はバーミューダ諸島に寄港したあと、北西へ進路を変え、あたたかい南国をあとにした。船内の空気が変わったのがわかった。みな、人生でいちばん重大な到着の日に向けて準備をしている。一九四一年三月二十七日、木曜日の正午ごろ、男も女も子供も全員が手すりに並び、〈シボニー〉はスタテンアイランドとロングアイランドのあいだを通っていった。

クルトは人々のあいだへもぐりこみ、灰色の水と遠くの岸が去っていくのを見やった。左舷の船首側にきらめく〈自由の女神〉のシルエットが徐々に大きくなり、小さな釘だったものが、やがて船の上に堂々とそびえる巨大な薄緑の像となった。船はハドソン川を進み、摩天楼の並ぶマンハッタンを抜けた。子供も大人も話しながら顔をほころばせ、あちらこちらを指さしている。その多くが小さなアメリカ国旗を渡されてそれを掲げ、希望に満ちたささやかな捧げ物を風にはためかせた。

בן 息子

クルトの数々の感覚は巨大なニューヨークに溺れそうだった。カナリア色のタクシーが何台も黒い翼を羽ばたかせ、縁石にぶつかって吠えながら、叫び声をあげる車の流れのなかへ怒ったように飛びこんで、ベルを鳴らす路面電車と競って四十二丁目の交差点を奪い合う。ブロードウェイとタイムズスクエアは、スロットルを全開にしたレース用エンジンの内側を思わせる。クルトは支援組織の女性の手を命綱のように握りしめながら、ひしめくスカートや外套、揺れる傘や杖、はためく新聞紙や飛び散る煙草の灰のあいだを抜けて歩道を進んだ。

ここはウィーンとはまったくちがう。ニューヨークは土台から空まですべてが現代的だ。町を形作っているのは自動車とガラスとコンクリートと人と人と人とさらなる人で、その人々はヨーロッパのどこよりも現代世界を感じさせる。クルトと仲間たちはあらゆる意味でよそ者だった。

〈シボニー〉が埠頭につながれ、健康診断が終わったあと、[3]下船した子供たちを出迎えたのは、ドイツ・ユダヤ人児童支援組織と連携して難民を支援しているヘブライ移民支援協会の女性だった。すでに行き先が決まっていたのはクルトだけだ。カールやイルムガルトには、この地に住む友人も親戚もいない。支援協会の手配で、イルムガルトはニューヨーク、カールは遠いシカゴに住むことになった。ホテルにひと晩泊まったあと、別れのときが来た。クルトが仲間たちと会うことは二度となかった。[4]

דוד《おじ》

風変わりな地名が目の前をつぎつぎ過ぎていくが、オーストリア人のクルトにとっては意味をなさない。どの名も、過去に押し寄せた宗教移民が故郷の町に思い焦がれたことを物語っている。グリニッチ、スタンフォード、ストラトフォード、オールドライム、ニューロンドン、ワーウィック〔すべて、イギリスの地名かその一部がもとになっている〕。鉄道はコネチカット州から海岸沿いをたどり、ロードアイランド州プロヴィデンスへ伸びている。そこが本線の終着点だ。

クルトはイム・ヴェルト通りからずっといっしょに旅してきた旅行鞄とともに列車をおりた。出迎えた女性は母と同じくらいの歳だったが、着ている服は母のものより高級そうだ。驚いたことに、その女性はドイツ語で挨拶し、クルトの母の旧友、マウラー夫人だと名乗った。夫人といっしょにプラットホームで中年の男性が待っていて、そばには別の女性がいた。ふたりがクルトに向けるまなざしには慈愛が感じられた。マウラー夫人はていねいな口調で、この紳士がクルトの保証人、サミュエル・バーネット判事だと言った。

バーネット判事は五十歳ぐらいで、やや小柄でずんぐりしている。白髪交じりの髪は生え際が後退しつつあり、肉づきのよい大きな鼻と豊かな眉、それに人を欺く眠たげな目の持ち主だった。[5] 物腰は重々しく、少し冷たくさえ感じる。いっしょにいる女性はクルトと背丈があまり変わらず、判事の姉でケイトというその人は、弟と同じく小ぎれいな恰好で体つきががっしりしている。マウラー夫人によると、クルトは夫人の家へ行くのではなく、バーネット判事と住むことになっているという。

プロヴィデンスからは車でマサチューセッツへはいり、果てしなくつづくかのようないくつもの川と湾と入り江を越えた。やがて目的地に着いた。ニューベッドフォードという、河口にある大きな町だ。アメリカの南東端にあるこの地は、移民が作った小さく濃密なイングランドそのものだった。その形跡は周囲何マイルものほぼすべての道路標識に見てとれ、ボストンまでのあいだにロチェスター、トーントン、ノーフォーク、ブレーントリーといった地名があった。クルトがわかったのは、ニューベッドフォードはニューヨークよりさらにウィーンとかけ離れた場所だということだけだった――川には渡し船が浮かび、小さく上品な公共施設や、紡績工場があって、郊外の長い大通りには灰色の屋根と白い板の壁の目立つ住宅が建ち並ぶ。そこでは車が低い音を立て、子供たちが遊び、まじめそうな市民がかしこまった恰好で自分の用事をこなしている。

サミュエル・バーネットは、この町の――特にユダヤ人コミュニティの――柱でも要石でもあり、町はずれに堂々たる屋敷を構えた傲慢な人物であってもおかしくなかったが、車が曲がった先にあったのはごくふつうの中流階級向け郊外住宅の私道で、両隣にはほとんど同じ見た目の家が建っていた。

クルトはあたたかくも控えめな歓迎を受けた。マウラー夫人が帰ると、意思疎通がほとんどできなくなった。こうなると、〈ケーキをこねこね、ケーキ屋さん〉はなんの役にも立たない。さいわい、新参者を出迎えたのは判事だけではなかった。サミュエル・バーネットは二十年以上前に妻を亡くし、独身を貫く中年の姉妹三人と住んでいた。ケイトとエステルとセアラはクルトのおば役を買って出て、とまどう少年を迎え入れ、これから使う部屋を見せてくれた。自分だけの部屋など、クルトはこれまで持ったことがなかった。

翌朝目覚めると、ベッド脇に見慣れない者がいた。三歳ほどの幼い男の子が、小さなラクダの毛のコートを身につけ、不思議そうな目でクルトを見ている。どこからか現れたその子が口を開いて話しだすと、理解不能な英語めいたものが流れ出た。何かをほしがっているか待ち望んでいるかのように見えるが、それがなんなのかはわからない。男の子はがっかりしたように顔を曇らせ、泣きだした。後ろに立っていた大人へ振り返って叫ぶ。「クルトがおしゃべりしてくれない！」

のちに知ったことだが、その子はデイヴィッドと言い、隣の家に住むバーネット判事の弟、フィリップの息子だった。判事と弟はいっしょに大所帯を作っていた。それからの数週間で、クルトはすばやく順調に馴染んでいった。サムおじさん――バーネット判事のことはこう呼ぶようになった――は厳格そうな見た目と裏腹に、これ以上望みようがないほどあたたかく客を迎える人だった。クルトが疎外感をいだくことは一度もなかった。何年ものちに、自分がどれだけ幸運だったのかを知ることになる。難民の子供がみなうまくいったわけではない。多くの子は思いやりのない家庭に引きとられるか、近隣住民からのユダヤ人差別やドイツ人差別にさらされるか、その両方を経験した。クルトはニユーベッドフォードを知るにつれ、バーネット家が大きなユダヤ人コミュニティを導く灯火であり、その社会で自分が歓迎されていることを理解していった。

バーネット一家は保守派ユダヤ教徒［アメリカ以外ではマソルティとしても知られる］だ。クルトがこれまでに知っていたのは、礼拝や律法の教義に重きを置かずに軽い宗教儀式しかおこなわない自分の家族と、レオポルトシュタットに多い厳格な正統派だけだった。保守派――政治についての保守派とは一致しない――は両者の中間だ。古くからのユダヤ教のしきたりや儀式や法を守ることを信条にしているが、正統派とちがって、律法は人間の手で書かれたもので、ユダヤ法は人間の必要に応じて変わってきたものだと考える。

ニューベッドフォードに春が近づき、道に並ぶ木々が緑に変わった。目を細めて見れば、ここはプラーターのハウプトアレーで、何ひとつ――ナチスの侵攻も家族の離別も――起こらなかったように感じられそうだ。クルトはすでに――母と父、フリッツとヘルタとエーディトがいないこと、そして背後に途方もなく長い道のりがあったことを除けば――わが家のように感じられるものを見つけたと思いはじめていた。

8 生きるに値しない

אח
弟

フィリップ・ハンバーがなぜ殺されたのかはだれも知らないが、どのように殺されたのかはだれもが知っていた。SSが残虐行為をおこなうのに理由など必要ない。機嫌が悪かったのか、二日酔いだったのか、収監者が怪しい視線を向けてきたと思ったのか、あるいはただ残酷な衝動に駆られたのか。アブラハムSS曹長がフィリップ・ハンバーを地面に押し倒して殺したとき、その行為自体の非道さと、その反響の恐ろしさが目撃者たちの記憶に刻みこまれた。

〝またしても収容所に不穏な気配がある〟グスタフは書いた。[1]このころは、日記を隠し場所から取り出すことがまれになっていた。雪かきをしていた一九四一年一月以来何も書かず、もう春になっていた。そのあいだの数か月のうちに、収監者たちはSSの暴虐に一方的に屈するだけではなくなっていた。

二月末、オランダからの移送列車でユダヤ人数百人がやってきた。オランダでは国内のナチスとユダヤ人のあいだで激しい衝突が起こり、アムステルダムではユダヤの若者たちによってナチスが深刻な打撃を受けた。SSが人質として四百人を逮捕すると、相次いでストライキが発生し、造船所の機能が停止して、ストライキ参加者とSSが戦闘をはじめた。月末、人質となった三百八十九人のユダヤ人がブーヘンヴァルトへ送られた。[2] 第十七ブロックへ入れられた数人と、フリッツはよくいっしょに過ごした。フリッツと仲間たちは収容所の流儀を教えようとしたが、たいした意味はなかった。オランダ人は強く勇気があり、脅迫にたやすくは屈しないので、かつてないほどの残虐さを向けられることになった。全員が採石場で石運びの仕事を与えられ、はじめの数か月で約五十人が殺された。オランダ人がすぐには陥落しないと見なしたSSは、生き残った者たちを残忍さで悪名高いマウトハウゼンへ送った。帰ってきた者はひとりもいなかった。

苦難に負けないオランダ人に感化され、収監者のあいだに反抗精神が芽生えた。フィリップ・ハンバーが殺されたとき、収監者たちの感情は危険なほど沸き立った。

グスタフと同じく、フィリップも運搬隊のウィーン人で、シュヴァルツという別のカポのもとで働いていた。同じチームにはフィリップの弟エドゥアルトもいた。アンシュルス以前、フィリップとエドゥアルトは映画製作者だった。肉体労働には不慣れだったが、ふたりともブーヘンヴァルトで三年間生き延びてきた。春のこの日、ふたりのチームは建設現場への運搬を担当していた。その場に偶然居合わせたのが、ブーヘンヴァルトで最も残虐で、最も恐れられたブロック指導者のひとり、アブラハムSS曹長だった。[3] フィリップの視線がまずいほうへ向いたか、セメントの袋を落とすような失態を犯したか、あるいは風貌や動作にちょっとした問題があったか――何かがそのSS曹長の目に留まった。

怒ったアブラハムはフィリップを地面に押し倒し、蹴りつけた。それから、なす術もない男の襟首をつかみ、建設現場の掘り返された泥の上を引きずって、雨水がふちまで溜まった基礎の溝へ投げ入れた。息を詰まらせてもがくフィリップの後頭部にブーツをめりこませ、顔を土の奥へ押しこむ。エドゥアルトは恐怖に襲われながら、苦しむ兄をほかの収監者たちとともに声もなく見守った。フィリップの手脚の動きが徐々に静まり、体から力が抜けた。

ブーヘンヴァルトで殺人は絶え間なく起こる日常の一部で、収監者たちはそれと共存しつつ、可能なかぎり避けるようにしている。だが、いまは怒りが噴き出していた。フィリップ・ハンバーが殺された知らせは炎のように広まった。

グスタフはずっと放置していた日記を隠し場所から取り出し、フィリップが〝猫のように溺れさせられた〟こと、そして収監者たちがだまってはいないことを書き記した。不安と怒りの多くはエドゥアルトが起点だった。[4] エドゥアルトは兄のために正義を求めていた。

エドゥアルトの申し立ての裏づけとなったのは、殺人がＳＳ居住区内の建設現場で起こり、ある民間人訪問者が目撃していたことだった。そのせいで、コッホ司令官は収容所の記録簿に死亡の事実を書き入れて調査をおこなうしかなくなった。その一方で、エドゥアルトが公式な申し立て書を提出した。身の危険は承知のうえだ。「証言すれば死ぬほかないことはわかっている」エドゥアルトは収監者仲間に言った。「だが、あの犯罪者たちも、告発される恐れがあると知ったら、今後はいくらか行動を慎むかもしれない。そうなれば、ぼくの死も無駄にはならない」[5]

エドゥアルトはＳＳを見くびっていた。つぎの点呼で、エドゥアルトを含め、シュヴァルツがカポをつとめる運搬班にいたフィリップの仲間全員が門塔へ呼ばれた。全員の名前が控えられ、何を見たかと質問された。怯えた収監者たちはみな、何も見なかったと言った。申し立てを貫いたのはエドゥアルトだけだ。ほかの収監者たちがブロックへ送り返されると、エドゥアルトはコッホ司令官と収容所医師からもう一度尋問を受けた。コッホは保証した。「われわれは真実のすべてを知りたい。おまえの身は安全だと、名誉にかけて誓おう」[6] エドゥアルトは、アブラハムが兄に襲いかかって故意に残酷な手口で溺れさせた、という話を繰り返した。

エドゥアルトはブロックへもどされたが、その夜遅くにまた呼び出され、ブンカー――門塔の片翼を占める監房――へ連れていかれた。ブンカーは悪名高い場所で、拷問と殺人がおこなわれ、そこにはいったユダヤ人が生きて出たことはない。看守長兼拷問係のマルティン・ゾマーＳＳ上級曹長は、見た目は少年のようだったが、強制収容所で長く経験を積んでいた。〝馬《ボック》〟行きになった収監者にいつも鞭を振るうので、だれもがよく知る人物だった。

ブンカーへはいった四日後、エドゥアルト・ハンバーは死体となって運び出された。自殺したとされたが、[7]ゾマーが拷問のあげくに殺したことはだれもが知っていた。

ＳＳはそれだけでは満足しなかった。その後数週間にわたって、シュヴァルツ班の目撃者が三、四人ずつ点呼で指名され、ブンカーへ連れていかれた。そこで、収監者たちはレードル中佐（例の音楽好き）と新参のハンス・エイゼルＳＳ医師に尋問された。ほんとうのことを話せば何も恐れることはないと言われた。それが嘘であることはよくわかっていたので、みな何も見なかったと言いつづけた。だまっていれば助かったわけではなく、その面々はひとり残らず殺された。

グスタフは日記のなかで相次ぐ失踪について述べている。男たちがブンカーへ歩かされると、〝ゾマー上級曹長が担当する。ルルというベルリン出身の作業監督［カポの下に位置するやや非公式な役職］や、（カポのシュヴァルツが言うには）ウィーン出身のクルーガーとトロメルシュラガーまでもが犠牲になった。こうして、われらの抵抗はしぼんだ〟[8]

エドゥアルト・ハンバーが英雄的な犠牲を目指したのは、ＳＳを罪に問うことができる、あるいは少なくともその恐れをいだかせられるという前提があったからだった。しかしエドゥアルトが証明したのは、ＳＳは無敵で、無限の力を具えていることだけだった。

ティニはかつて家族そろって食事をしたテーブルについた。〝大好きなクルトル〟ティニは書いた。〝元気で順調に過ごしているようで、とてもうれしいです。夏休みはどんなふうでしょうか。実は、ちょっとうらやましいです。こちらでは、もうどこにも出かけられないから……。あなたといっしょにいられたらいいのに。ここにはもう楽しみなどありません……[9]〟

五月には既存の法律が強化・拡大されることが発表され、ユダヤ人に対する規制はさらにきびしくなった。ユダヤ人はすべての劇場、コンサート会場、博物館、図書館、競技場、レストランへの立ち入りを禁止された。指定された時間以外には、店にはいったり買い物をしたりもできない。これまでも公共のベンチの一部にはすわれなかったが、ついに公園から完全に締め出された。新たな規則もいくつか発表された――ユダヤ人は特別な許可を得ないかぎりウィーンから出ることができず、政府への問い合わせもできない。再定住や移住に関する噂を広めることも固く禁じられた[10]。

ティニはいまもヘルタとフリッツをアメリカへ送ることをあきらめていなかった。とはいえ、状況はこれまで以上にきびしかった。クルトが出ていった少しあと、リスボンが通行困難となったことを理由に、ポルトガルが移住者の受け入れを一時停止した。六月にはローズヴェルト大統領がアメリカからヨーロッパ諸国への資金移動を禁止し、難民支援機関は身動きがとれなくなった[11]。一九四一年の前半にアメリカへ移住できたウィーンのユダヤ人はわずか四百二十九人で、あとには避難を切望する四万四千人が残された[12]。そして七月、アメリカの移民規則において、それ以前に作成されたあらゆる宣誓供述書が無効とされた[13]。

ティニの計画はすべてつぶれた。けれども、それでもティニはあきらめなかった。絶望して疲れ果て、ベッドから出られない日もある。つい最近も、近所のいくつかの家族に、男たちがブーヘンヴァルトで死んだと知らせが来た。みな迫害を受けたすえ、歩哨線を走り抜けて自殺したという。グスタフやフリッツについても似た知らせが届くのではないか、とティニは日々案じていた。夫がどれほど苛酷な労働を課されているかを知って、ティニは苦しんだ――〝もう若くないのに〟ティニは書いている。〝どうやったらそんなことに耐えられるの?〟[14]ふたりからの手紙が遅れるたびに、ティニはパニックに陥った。それでも辛抱強く闘い、少なくともヘルタだけは安全なところへ送るという望みを捨てなかった。苦心して集めたわずかな資金では、必要な手数料や税金や賄賂などはとうてい支払えない。食料品店で短期間働いたこともあるが、ユダヤ人で市民権がないことを理由に解雇された。

〝生活は日に日に悲しいものとなっています〟ティニはクルトへ宛てて書いた。〝でも、あなたはわたしたちを照らす太陽で、幸運の子です。だからどうか、たくさん手紙を書いて、些細なことまで教えてください……。お姉さんのヘルタも、いつもあなたのことを思っていて、何百万ものキスを送っています〟[15]

בן דוד

いとこ

バーネット判事は、クルトが英語を話せないからといって学校へ入れるのを遅らせはしなかった。英語がすぐに身についたのは、その夏いっしょに暮らしたバーネット家の姪、ルーシーに教わったことが大きかった。

ルーシーは大学卒業後に、ニューベッドフォードの川向かいにあるフェアヘイヴンで教師の仕事を得ていた。毎日クルトが学校から帰ると、ルーシーが英語の家庭教師をしてくれた。教えるのがうまく、親切で気さくなルーシーを、クルトは大好きになった。まもなく、ルーシーはエーディトやヘルタの代わりにクルトの姉も同然となった。隣に住む幼いデイヴィッドはクルトの弟となり、ふたりの関係はフリッツとクルトとの絆に近くなっていった。

はじめの数か月は地元の新聞のために写真撮影をしたり、ラジオでインタビューを受けたりし、六月に四年生が終わると、担任の先生にクラス写真の前列中央に立たされた。はじめての夏、クルトはまだ馴染みきれないまま、キャンプ・アヴォダへ送られた。サムとフィリップが創始したサマーキャンプで、ユダヤ人の少年たちを都会の空疎な環境から連れ出して、伝統の価値観を学ばせていた。

キャンプはニューベッドフォードとボストンのあいだにあるティスパキン池のほとりでおこなわれた。そこでは森のなかに宿泊用の実用的な小屋が並び、野球場を囲んでいる。クルトはスポーツをしたり、浅くあたたかい湖で泳いだりして、人生最高のときを過ごした。ウィーンのドナウ運河では、腰に巻いたロープの先を川岸にいる友達に持ってもらってもがいていただけだったが、ここでは正しい泳ぎ方を学べた。フリッツがキャンプ・アヴォダを見たら、マカレンコの『教育詩』で描かれた楽園を思い起こしたかもしれない。

ふだん手紙を書きたがらないクルトも、このときは母にたくさんの手紙を送り、自分が見つけたこのすばらしい新世界のすべてを語った。

ティニはクルトからの便りを隅々まで読みつくし、わが子のうちふたりが危険を免れたことに安堵した（もう二年近く連絡が途絶えているエーディトも無事だと考えていた）。しかし、何かまずいことが起こるのではないか、クルトの平穏な生活が何かの機会に壊されるのではないかという不安はぬぐえずにいた。〝いい子にしてね。おじさんが喜んでくれたら、相談員の人たちもあなたについてよく言ってくれる……。どうかお行儀よくして〟とティニは祈った。バーネット家の子供たちと撮った写真が送られてくると、ティニの心は喜びで満たされた。〝とてもすてき……立派で輝いていて、あ

なただとわからないくらいです〝[16]

新しい生活の光のなかで、クルトは昔の生活を失いつつあった。

אבא

父

エッタースベルクにも夏がもどってきた。〝フリッツルとわたしは、いまでは定期的に家から仕送りを得ている〟グスタフは書いた。少額だが、生き抜く助けにはなった。ティニがときおり送ってくれる服――シャツや下着やセーター――はとても貴重だった。荷物が届くとグスタフかフリッツが事務室へ呼ばれて、受けとりのサインをし、内訳はふたりの記録カードに書きこまれた。[17]

ブーヘンヴァルトで過ごすあいだに、グスタフの心は息子への愛情ばかりになっていた。大人へ近づくフリッツを誇りに思う気持ちもふくらんだ――この六月にフリッツは十八歳になる。〝あの子はわたしにとっていちばんの喜びだ。われわれは互いを力づけている。ふたりはもはや切っても切れない〟[18]

六月二十二日の日曜日、収容所のスピーカーから重大な知らせが流れた。その朝、総統がソ連への侵攻を開始したという。史上最大の軍事行動で、三百万人もの兵士をソ連全土にひろがる前線へ送り、国全体をひとつの巨大な波で沈めようとする計画だった。

〝毎日のようにラジオがとどろく〟とグスタフは書いている。それ以前も、収容所のスピーカーからは不快な騒音が断続的に聞こえてきた――ナチスのプロパガンダやドイツの軍歌、恐ろしい命令や気分を磨り減らすような知らせが大音量で流れた――が、いまではほぼ絶え間なくベルリンのラジオがかかり、東部戦線での勝利の知らせを得意げに知らせている。ドイツの軍事力でボルシェヴィキの防衛体制をみごとに打ち破ったこと。ソ連のいくつかの師団を包囲したこと。都市をつぎつぎに掌握したこと。川を越えたこと。武装ＳＳの軍団や国防軍の将校が勝利したこと。大量のソ連兵が降伏したこと。ドイツは羊のはらわたを抜く狼のように、ソ連という眠れる熊をむさぼり食っていた。

ナチスの支配下にあるユダヤ人――特にポーランドのゲットーにいるユダヤ人――はソ連侵攻にかすかな希望をいだいた。なんと言ってもソ連が勝つ可能性もあるし、そうなればこの惨めな生活から解放される。だが、強制収容所の政治囚は多くが共産主義者で、ソ連軍が負けたという知らせを聞いては意気消沈した。〝政治囚たちはうなだれている〟とグスタフは書いた。

収監者のあいだにはまたしても不穏な空気が漂った。作業班では違反行為や小さな抵抗などの騒動が起こった。ＳＳはいつもどおりに対処した。〝毎日、銃殺された者が収容所へ運ばれてくる〟とグスタフは書いた。毎日、焼却場が使われ、煙突からさらなる煙がのぼった。

七月にブーヘンヴァルトを襲ったのは、未来の予兆となる新たな恐怖だった。それはベールで覆われているべきだったが、そのベールは薄かった。

前年の九月、あるアメリカ人記者がドイツを訪れ、匿名の情報源から得た〝奇妙な話〟を報道した。「ゲシュタポはいま、帝国内の精神障碍者の命を順々に奪っている。ナチスはこれを〝安楽死〟と呼んでいる」[19]Ｔ４という暗号名のついたこの計画にはガス室を具えた特殊な収容施設がかかわり、病院をまわる移動式のガス車も使って、政権が〝生きるに値しない〟と見なした人々を集めているという。社会から、とりわけ教会からの反発を受けて、Ｔ４計画は中止された。代わりに、ナチスはこの計画を強制収容所の収監者たちに適用しはじめた。〈14ｆ13作戦〉と名づけられた新たな計画は、障碍のあるユダヤ人収監者をおもな標的にしていた。[20]ブーヘンヴァルトではコッホ司令官がヒムラーから秘密命令を受けた。知能や身体能力に欠陥のある全収監者、特にユダヤ人を一掃せよ、と。[21]

ブーヘンヴァルトの収監者たちが〈14ｆ13作戦〉のことをはじめて知ったのは、少人数の医師の集団が収容所へやってきて、収監者を検査したときだった。〝診療所へ行くようにと命じられた〟グスタフは書いている。〝わたしはネズミのにおいがする。だが、仕事はできる〟[22]

選ばれたのは精神障碍者、盲人、聾唖者、身体障碍者などさまざまな分類の収監者百八十七人で、事故や虐待で怪我をした者も含まれていた。保養のための特別な収容所へ行き、適切な世話を受けながら繊維工場の軽い仕事を割りあてられると言われた。収監者たちは怪しんだが、多くは――特に世話を受ける必要がある者たちは――希望に満ちた嘘を信じることを選んだ。移送列車がやってきて、百八十七人を連れていった。〝ある朝、収監者たちの持ち物が返ってきた〟とグスタフは書いている。気味の悪いその荷物には、服や義肢や眼鏡がはいっていた。〝どんなゲームがおこなわれているのか、ようやくわかった。全員がガスで殺害されたのだ〟これがはじまりとなり、〈14 f 13作戦〉のもと、移送列車六本ぶんの収監者が殺された。

そのころ、コッホ司令官はこれに付随する作戦にも手をつけていた。結核を患った収監者の排除だ。指揮をとったのはハンス・エイゼルＳＳ医師だった。ユダヤ人への敵意に満ちたエイゼルのことを、収監者たちはシュプリッツェンドクトル――注射医師――と呼んでいた。病気のユダヤ人や厄介なユダヤ人に進んで致死注射をおこなうからだ。〝白い死〟としても呼ばれていて[23]、自分の研究のために収監者を解剖に使ったり、注射の実験をしたり、必要もない手術――手脚の切断も含む――をおこなったりして、結局はその収監者を殺す[24]。エイゼルはブーヘンヴァルトで働いた医師のなかでおそらく最も邪悪な人物として記憶されることになる。

計画がはじまったのは、ダッハウから二度にわたって大量の収監者が送られてきたときだった。五百人が――適切な健康診断を受けることなく、ただの見た目で――結核と診断され、診療所へ送られた。そこですぐ、エイゼル医師によって鎮静剤のヘキソバルビタールを注射されて殺された[25]。

数か月もすると、ブーヘンヴァルトの役割はあともどりできないほど変化した。これからは、人を弱らせるものすべて――怪我や病気や障碍――が死刑宣告に等しい。以前から深刻な危険をはらんでいたが、今後は仕事に不適格、あるいは〝生きるに値しない〟と評価された時点で自動的に名前が排除リストに載るのはまちがいなかった。

そんな折にソ連の戦争捕虜の第一陣が到着し、さらにもうひとつ新たな扉が地獄の新たな一部門へ向かって開いた。

ナチスにとって、ユダヤ人とボルシェヴィキは一心同体だった。ナチスの主張によると、ユダヤ人はみずから作り出した共産主義を広め、主導するために――矛盾した話だが――同じく自分たちが主導する世界の資本主義者と結託しているという。[26] この迷信がソ連侵攻や虐殺計画の動機となり、軍には暗殺団が付き従って、ユダヤ人を何万人も殺した。侵攻開始後一週間で捕虜となった何十万人もの赤軍兵士は、人間としては扱われなかった――ユダヤ人でないとしてもユダヤ人に操られている者たちで、退廃した危険な存在とされた。政治委員や熱心な共産主義者、知識人やユダヤ人は選別され、即刻排除された。捕虜全体にパニックがひろがる恐れがあるので、これは捕虜収容所ではおこなえず、そこでＳＳは強制収容所を使うことに決めた。この計画は〈14ｆ14作戦〉と呼ばれた。[27]

בן 息子

九月のある日、フリッツは第十七ブロックの仲間とともに整列して点呼を受けていた。父は広場の別の場所で、同じブロックの男たちといっしょにいる。[28] これまで何百回と受けてきた点呼と変わらない。番号と返事がうんざりするほどつづき、それから告知があって、いつもどおり一連の罰があり……そのあと、これまで一度もなかったことが起こった。

その日、ソ連捕虜の第一陣がブーヘンヴァルトへ到着した。小さな集団だった。ぼろぼろになった赤軍の軍服を身につけた、怯えとまどいを顔に浮かべた者が十五人いる。フリッツが興味深く見守る前で、アブラハム曹長（フィリップ・ハンバーを殺した男）と四人の監視兵がソ連兵を取り囲み、彼らを広場から出して進ませた。歩いていく面々を何千もの目が追った。そのとき、収容所のオーケストラが席で音合わせをしていた。指揮台から指示を受けると、〈ブーヘンヴァルトの歌〉の演奏がはじまった。

点呼での合唱は習慣としてすっかり染みついていたので、フリッツと仲間たちは無意識に口を開き、声を出した。

「一日がはじまり、太陽が微笑む前に
みな、きょうも仕事に精を出す……」

フリッツが目をどうにか横へ動かして見ると、歩かされているソ連兵たちは焼却場の前を過ぎ、小さな工場――このドイツ装備製造有限会社《ドイツチエ・アウスリユストンクスヴエルケ》（ＤＡＷ）では、収監者たちがドイツ軍のために装備品を製造している――のある区画を越えて、ＳＳの射撃場へ進んだ。戦争捕虜と監視兵の姿が見えなくなった。

「森は黒く、空は赤く
わずかなパンを袋に持ち
心には、心には、ただ悲しみが」

何千もの声が収容所に響いたが、工場の向こうから響く一斉射撃の音は、完全には掻き消されなかった。

そのソ連兵たちの姿を見ることは二度となかった。数日後、さらに三十六人のソ連軍捕虜が収容所へ連れてこられ、またしても収監者たちが歌で銃声を掻き消した。

〝あの人々は人民委員だと言われた〟グスタフは書いている。〝だが、われわれにはすべてわかっている……。この気持ちはうまく言い表せない——衝撃に衝撃が重なる日々だ〟

この効率の悪い処刑方法では、SSが始末しようとしている大量のソ連兵を処理することはできなかった。そこで、射撃場で少人数を殺しているあいだに、新たな施設が準備された。採石場へ至る道の近くの森に、SSが使わなくなった厩舎があり、そこで建設班の大工の一団が懸命に作業していた。この施設は〝コマンド99〟という暗号名で呼ばれ、用途は秘密だったが、すぐに明らかになった。[29]同時に、収容所本体の端にある三つの宿舎ブロックがフェンスで囲われ、何千人という規模で現れるようになったソ連軍捕虜を収容する専用の場所となった。[30]

毎日、殺害の対象に選ばれたソ連兵が一団ずつコマンド99へ入れられ、健康診断を受けると伝えられる。ひとりずつ案内され、医療機器や白衣の男たちのひしめく部屋をいくつも通らされる。歯の検査、心臓と肺の聴診、視力検査。最後の部屋にはいると、壁に身長計がついている。首の高さの目盛りのところに細い隙間が隠されていて、その裏の隠し部屋には拳銃を持ったSS隊員がいる。捕虜の身長を測っているときに案内係が仕切り壁を叩き、隠れている監視兵が捕虜のうなじを撃つ。[31]建物じゅうに大音量で流れる音楽が銃声を掻き消し、つぎの捕虜を連れてくるあいだに、前の捕虜の血はホースで床から洗い流される。

フリッツやグスタフや収監者仲間はみな、もと厩舎でおこなわれている〝裁き〟(処刑のことをSSは公式にはこう呼んでいた)がどんなものなのかをよく理解していた。[32]建物を改装した大工たちはフリッツの作業仲間だった。トラック数台に乗ったソ連兵が毎日やってきては消えていく。そして、扉の閉まったバンがコマンド99から丘をのぼり、広場を抜けて焼却場へ行くとき、血をしたたらせているのをだれもが目にした。しばらくして、内側に金属を貼った箱がバンに取りつけられ、漏れはなくなった。数の多さゆえに焼却場では処理しきれず、移動式の炉がヴァイマールから運びこまれた。炉が置かれたのは点呼広場の片隅で、ほかの収監者たちの目の前で死体が焼かれた。[33]
〝そのあいだも銃殺はつづいている〟とグスタフは記した。

אחים
同胞

驚くべき力を持つ者も、やがてはその力を失う。それは交通量の多い道の石のように磨り減り、道具のように鈍り、手脚のように麻痺する。絶え間なく傷を負ううちに、道徳心は摩耗して硬くなる。そういう人間もいるし、その正反対の者もいる。ＳＳのなかにも、あるところまでしか耐えられない者がいた。収容所の監視兵は順にコマンド99で捕虜の処分にあたり、拳銃を操ったが、周到に準備された虐殺を立てつづけにおこなうことは、ふだん慣れていたひとりずつ殺すこととは次元が異なると思い知らされることになった。多くは大量殺人を楽しみ、そのことで兵士としてユダヤ人ボルシェビキとの戦いに貢献できると考えていたが、その行為によって打ちのめされ、コマンド99での任務を避けようとする者もいた。殺戮を前に気を失いかけたり、精神の衰弱に見舞われたりすることもあった。噂が漏れたとき――いずれまちがいなく漏れるだろう――ソ連のゲシュタポであるＮＫＶＤがドイツ人捕虜に報復するのではないかと恐れる者もいた。[34]
ブーヘンヴァルトの収監者たちは全員が〈14ｆ14作戦〉を目撃し、中にはあと始末をさせられた人もいた。精神をむしばまれる、苦しい経験だ。それでも、まだ終わりにはほど遠かった。

一九四一年の終わりになると、ドイツ人兵士用のワクチンを開発するための医学実験がおこなわれ、収監者たちが実験台として殺されるようになった。

第四十六ブロック——菜園の近くにある石造りの二階建て宿舎——がフェンスで囲われたとき、何かが秘されているとだれもが思った。ある冬の日、点呼が終わると、副官が名簿を取り出し、何列もの収監者たちを見渡してから番号を読みあげはじめた。その場にいるだれもの心臓が激しく脈打った。SSが作った名簿がよい目的のためだったことはない。自分の番号を聞いた男はだれもが青ざめた。

不安を倍増させたのは、エルヴィン・ディングSS医師「のちにシューラーまたはディング＝シューラーとして知られることになる」が待機しているということだった。小柄で神経質そうに身なりを整えたこの元武装SS隊員は、無能なことで知られていた。[35]ディングの副官であるヴァルデマール・ホーフェン大尉も同じだった。顔立ちが端整で、ハリウッドで映画のエキストラをしていたこともあるが、医師の資格は持たず、ディング以上に無能だった。しかし、フェノールの致死注射を打つのは大の得意だった。[36]

番号を呼ばれた収監者たち——ユダヤ人、ロマ、政治囚、緑三角印の寄せ集め——は第四十六ブロックへ歩かされ、中へ消えた。

そこで収監者たちに何が起こったのかがわかったのは、生き延びた者が外へ出されたときだった。ディングとホーフェンは収監者たちに発疹チフスの血清を注射した。全員がすぐに発症し、腹部膨張、頭痛、出血性発疹、難聴、鼻血、筋肉痛、麻痺、腹痛、嘔吐に見舞われた。多くが命を落とし、生き延びても悲惨な状態で放置された。[37]

その後も、さらなる収監者の集団が定期的に第四十六ブロックへ送られ、研究の名のもとに害され、殺された。グスタフのウィーン時代からの仲間も、数人が拷問の対象に選ばれた。だが、収監者たちはＳＳ上層部の判断で救われることになる。ドイツ人兵士の血管へ注射するワクチンを開発するのにユダヤ人の血を使うのは適切ではないと見なされたのだ。実験台となったユダヤ人たちは計画からはずされ、収容所のこれまでどおりの地獄へもどされた。[38]

אם ובת

母と娘

ティニとヘルタは台所の机で針と糸を操っていた。つくろい物はいつでもティニの結婚生活の一部だった。収入がわずかで四人の子供がいると、縫ったりつくろったりするものはいくらでもあった。いまはヘルタやティニ自身の服がしじゅう擦り切れるので、ばらばらにならないよう、以前にも増して針を動かしている。

だが、きょうはつくろい物のために縫っているのではない。一九四一年九月一日、ベルリンの内務省から告知があり、その月の十九日以降、ドイツとオーストリアに住むすべてのユダヤ人は黄色いダヴィデの星を身につけなくてはならないと指示された。ユダヤの星《ユーデンシュテルン》だ。

ナチスはすでに、この時代遅れの習慣をポーランドなどの占領地域で復活させていた。いま、すべてのユダヤ人が、家にいるときも含めて、社会に溶けこむ術を失うことになった。[39]

ティニとヘルタは隣人や親戚とともに地元のＩＫＧの集合場所へ出向き、星を受けとらざるをえなかった。それは工場で作られたもので、ロール状の生地に星が印刷され、その中にヘブライ文字を模した書体の黒い字で〝ユダヤ人（Ｊｕｄｅ）〟と書かれている。[40]支給されるのはひとり四枚までだ。極めつけの侮辱は、代金を払わなければならなかったことだ。一枚あたり十ペニヒだった。ＩＫＧは政府から大きなロール状の布を星ひとつあたり五ペニヒで購入し、利益は管理費にあてていた。[41]

ティニはいまだにあきらめておらず、ヘルタをこの悪夢から抜け出させようと闘っていた。このころはヘルタぐらいの歳や、もっと幼い少女たちまでもが強制収容所へ送られるようになっていた。追いつめられたティニは、アメリカのバーネット判事に手紙を書き、助けを求めた。判事は保証を申し出てくれたが、ヘルタのビザをとろうとすると、例によって障壁が立ちはだかった。〝娘がここから抜け出せないのが残念でなりません。非公式な情報ですが、アメリカ在住の親族ならワシントンにビザの発行を請願できると聞きました。ヘルタのために力を貸していただけないでしょうか。フリッツのときのように自分を責めたくないのです〟[42] サム・バーネットはすぐに行動し、必要な書類に記入して、費用を全額まかなえるよう四百五十ドルを送った。[43] しかし、役所手続きの迷路はあまりに複雑で、壁を乗り越えるのは不可能だった。ヘルタのビザはおりなかった。

ふたりの針は巧みに動き、安っぽい綿生地の黄色い星と、擦り切れた毛織のコートのあいだを抜けた。ティニは娘に目をやった。もうすっかり大人の女だ――いまは十九歳で、もうじき二十歳になる。出ていったころのエーディトと変わらない。絵のようにきれいな十九歳だ。このように何もかも奪われた恐ろしい生活ではなく、よい服を与えてやれたら、どんなに美しくなれただろう。そのとき、ヘルタが母を振り返った。目に映ったのは、心労が刻んだ皺と、飢えでこけた頬だった。

その後の数週間でウィーンのそこかしこに黄色い星が現れると、非ユダヤ人のあいだに大きな反応が見られた。ユダヤ人はほとんどこの国から消えた――多くは移住し、危険そうな者は収容所へ送られた――と思いこんでいたところに、突然何万人もが明らかな印をつけて出現したようなものだった。ナチスの仕打ちを恥じる人もいた。ユダヤ人を公の場から締め出すのは正しく適切なことだが、このようにはっきりと目に見える形で烙印を押すのは、なぜか悪いことに思えたのだ。こっそりとユダヤ人に物を売っていた店主たちは、それをほかの客に知られてばつの悪い思いをするようになった。平然としている店主もいたが、黄色の星をつけた客に扉を閉ざす者もいた。アーリア人として通る外見のユダヤ人はこれまで規制の一部を無視してきたが、これからはそれもできない。市民のなかには、あまりに多くのユダヤ人が周囲に残っていたことに衝撃を受けて、きびしい措置を求める者もいた。[44] 生活はこれ以上ないほど悪くなったように感じられた。

だが、もちろん状況はさらに悪化していった。穴の底が見えるのはまだまだ先だ。

十月二十三日、ベルリンのゲシュタポの長官が、帝国全土の公安警察に命令を伝えた。すぐさま、ユダヤ人の移住が全面的に禁止された。[45] 今後、帝国からのユダヤ人の移住は、東部領土に設けられたゲットーへの再定住にかぎられる。ティニがヘルタに託していた最後の希望は、官僚のペンのひと振りで絶やされた。

十二月、真珠湾攻撃につづいてドイツがアメリカに宣戦布告し、最後の防壁が崩れ落ちた。

9 千のキス

אבא
父

ブーヘンヴァルトにまた春が訪れた。グスタフとフリッツにとっては三度目のことだ。森は若葉に萌え、クロウタドリの歌声がカラスの耳障りな鳴き声と対照を成している。毎朝、日がのぼるとすぐ、のこぎりが木の幹に嚙みつく音や、それを扱う収監者たちのうめき声や、カポや監視兵が罵倒や命令を飛ばす鋭い声が響く。やがて大声があがって、高いブナやオークの木が倒れ、奴隷たちがそれらを手早く丸太の束と葉の絨毯に変えていく。

グスタフはすでに疲れ果て、運搬作業で肩の皮膚が剝けていたが、自分の班とともに収監者の輪へはいって、建設現場へ運ぶ丸太を集めた。ここまで、うまくやっていた――いまでは作業監督となり、二十六人の班をまかされている。〝うちの仲間は忠実だ〟グスタフは書いた。〝われわれは兄弟で、互いに強く結びついている〟。友情は貴重なもので、たいてい長つづきしない。二月にはグスタフの友人たちが、〝みな頑健な者たち〟なのに〝傷病者〟として移送され、翌日にはいつものように服や義肢や眼鏡の山が返ってきた。〝あすの朝は自分の番だ、とだれもが考えている。毎日、毎時間、死は目の前にある〟

同じ月、ＳＳがラビ・アルノルト・フランクフルターを殺した。一九一七年にグスタフとティニの結婚式を執りおこなった人物だ。さんざん鞭打たれ、痛めつけられて、老いた体が耐えられなくなった。残された遺骸は損傷が激しく、恰幅がよくひげを伸ばした懐かしいウィーンのラビの姿はどこにもなかった。命を奪われる前、ラビ・フランクフルターは友人のひとりに対し、妻と娘たちに由緒あるイディッシュ語の祝福のことばを伝えるよう頼んでいた。ザイト・ミル・ゲズント・ウン・シュタークーー〝わたしのために健康で力強くあってくれ〟[1]。グスタフは結婚式の日のことをはっきり覚えていた。式場はウィーンにある立派な兵営ロッサウアー・カザーネにある、こぢんまりした美しいシナゴーグだった。グスタフは礼装軍服で、胸には銀の勇敢勲章が輝いていた。つば広の婦人帽と暗色の上着を身につけたティニは、ふくよかとも言えるほどだった。その後、数十年に及ぶ苦労と母親としての暮らしによって、均整のとれた体へと円熟していく。

グスタフは収容所の帽子を脱ぎ、剃った頭に残った短い髪をなでながら、揺れる葉の天蓋を見あげた。かすかな安らぎを感じ、帽子をかぶりなおしてため息をつく。〝森のなかは最高だ〟日記にはそう書いた。〝これで自由ならよいのだが、目の前にはつねに鉄線がある〟

このころ、労働は以前にも増して苛酷なものになっていた。一月、新たな人物が司令官になった。ヘルマン・ピスターSS准将だ。「これから、ブーヘンヴァルトには新たな風が吹く」ピスター司令官は集まった収監者たちに語り[2]、そのことばどおりにした。新たに採り入れられた運動習慣のおかげで、収監者たちはこれまでより半時間早く起こされて点呼を受け、ろくに着替えもしないまま体操をさせられるようになった。

ヒトラーがユダヤ人へ向ける憎しみはかぎりなく膨張し、制御を失っていた。ソ連侵攻はヒトラーが期待していたような決定的勝利には至っていない。帝国は食料危機に見舞われ、共産主義のパルチザンがフランスからウクライナにかけての各地で問題を起こしている。熱に浮かされたナチスには、そのすべてがユダヤ人の責任に思えた。世界規模の陰謀によって一から戦争を引き起こし、こんどはドイツの進軍を妨げている、と。[3] 一九四二年一月、ＳＳの首脳はついにユダヤ人問題に対する〝最終的解決〟に合意した。集団追放や移住や収容では不十分で、もっと思いきった決定的な手段が必要ということだ。それが正確にはどんなものか、一般には明かされなかったが、強制収容所の体制は様変わりした。ユダヤ人はそれまで以上に間近で監視され、強い敵意を向けられるようになった。ブーヘンヴァルトのユダヤ人は安楽死や餓死や虐待死や殺害によって数が減り、三月には非ユダヤ人が八千人以上いたのに対して、ユダヤ人はわずか八百三十六人となっていた。[4] 残ったユダヤ人がブーヘンヴァルトで生かされているのは労働力として使えたからにすぎず、上層部から〝ユダヤ人抜きの帝国〟を実現するよう圧力をかけられたいま、それすら長つづきしそうもなかった。

　揺れる木々から目を離すと、グスタフのつかの間の穏やかな時間は唐突に終わった。グスタフの指示で、班員たちは丸太を持ちあげて肩に載せた（この作業では荷車を使わず、木々の生い茂る丘の上まで、人の手だけで丸太を運んでいく）。グスタフは慎重に重みを配分した。何人かは疲れ果てていて、木の幹に肩をえぐられながらもう一度丘をのぼれるとは思えない。その班員たちには、ほかの者の近くにいるよう小声で指示した。丸太を持っているように見えるよう気をつけていれば、問題は起こらないはずだ。グスタフが丸太の自分側の端を肩に載せ、班は出発した。

　建設現場が近づき、建設を取り仕切るカポや、監督のグリューエルＳＳ軍曹から見えるところに来ると、一同はなんとか速度をあげた。最後の数メートルは疾走し、全速力で丸太を積みあげる。それは危険な行為であり、急いで積んだ丸太が転がり落ちてきて、死傷者が出たこともあった。[5]

「おい、どういうことだ、豚ども」

　激昂したグリューエル軍曹の顔がグスタフの前に現れた。太い杖が突きつけられる。「何も持ってない獣がいるじゃないか！」[6]

　グスタフは班員たちに視線を向けた。言い聞かせておいたのに、注意を怠ったらしい。責めることはできない。疲労困憊で死にかけているのだから。「申しわけありません。何人か疲れきって——」

　グリューエルの杖が顔を打ち、グスタフは脇へ倒れた。頭を守ろうと両手をあげるが、激しく打ちおろされる杖で何度も指を叩かれる。身をよじると、こんどは背中を打たれた。グスタフがくずおれると、グリューエルはほかの者たちに怒りをぶつけ、班員のあいだを歩きまわって、血が出るまで打ちつづけた。やがて嵐の勢いが衰え、グリューエルは激しく動いたせいで息を切らしながらグスタフに向きなおった。「おまえは監督者だろう」グリューエルは言った。「ユダヤの獣をもっと働かせろ。この失態は報告しておくからな」

　翌日、また同じことが起こった——グスタフと班員たちは働き方が甘いと言って打たれた。点呼のとき、グスタフは門塔へ呼ばれ、連絡指導者《ラポルトフューラー》という、点呼の監視や収容所の規律の管理を担当する曹長から尋問を受けた。その男はＳＳにしては公正で、グスタフの返答に納得してグリューエルの報告書を破り捨てた。

　だが、それでは終わらなかった。グリューエルはサディストで、その残酷さには性的な要因があると考える者もいた。労働に向かおうとする収監者を個別に引き留め、自室で殴打して楽しんだこともあるという。[7] 一度目をつけた獲物はけっして放さない。三日目、グスタフと班員たちは採石場から石を運んでいた。荷車には二・五トンの石が積まれ、二十六人でロープを持っても、丘の上まで一歩一歩引いていくのは死の責め苦だった。それを見ていたグリューエルは、グスタフが班員をじゅうぶんな速さで動かしていないという報告書をふたたび提出した。今回、連絡指導者はさらなる対応が必要だとして報告書を受理した。

　点呼のとき、グスタフはまた門塔へ呼ばれた。職務怠慢の罰として、五週にわたる日曜日に食事抜きで労働するよう命じられた。与えられた仕事は、以前フリッツが経験した〝シャイセトラーゲン〟——糞運びだ。日曜日になると、ほとんどの収監者が少し休むのを尻目に、バケツ何杯もの糞便を駆け足で便所から菜園へ運びつづけた。グスタフは五十一歳であり、体は丈夫だとはいえ、そんな仕打ちに長くは耐えられない。罰の日には仲間たちが食べ物をいくらか差し入れてくれたが、それでもそのひと月で体重は十キロ落ちた。もともと細身だったが、いまでは骸骨同然だった。

やがて罰が終わり、グスタフは作業班に復帰した。運搬隊の監督という地位は失ったが、仲間たちのおかげで診療所での少し楽な運搬作業にまわされ、食べ物や支給品を運ぶことになった。夜の当番のときは運搬隊にはいったが、それでも苦難の経験からは回復しはじめていた。グリューエルの虐待を生き延びただけでも、ほとんど奇跡に近い。強靭な精神と仲間の助けがなければ、ほかの多くの者たちと同じように打ち負かされていただろう。

בן
息子

こういう場所では奇跡すら長つづきしないと、フリッツはすでに学んでいた。確率の輪が毎日ひとりひとりに忍び寄り、残された日数は短く、生き延びる可能性は低くなっていく。

その春、フリッツは大切な友レオポルト・モーゼスに別れを告げた。フリッツを守り、生き延びる術を教えてくれただけでなく、フリッツと父に安全な仕事を与えてくれた人だ。アルザスに建設中のナッツヴァイラー強制収容所へおおぜいの収監者が送られ、レオもそこに加わった。その後、再会することはなかった。[8]

六月のある夜、フリッツは第十七ブロックでテーブルの定位置について、年長者たちの会話に耳を傾けていた。夕食――カブのスープにパンひと切れというささやかな割りあて――が終わると、自然に話がはじまる。フリッツは熱心に聞いていたが、恐れ多くて話に加わることができなかった。あと数週間で十九歳というフリッツは、年齢はもちろんのこと、知性でも世界の理解でも、その男たちと比べればただの子供にすぎない。いろいろ学びとろうと、彼らの政治談義や、ショービジネスに関する話や、ヨーロッパの将来を見据えた壮大な計画に聞き耳を立てていた。

戸口に見慣れた人影が現れ、フリッツの注意を引いた。見あげると、カポのロベルト・ジーヴェルトが手招きをしている。テーブルを離れ、外の生ぬるい夜風のなかに出ると、相手の険しい表情が目にはいった。ジーヴェルトは小声で早口に言った。「郵便局にお母さんから手紙が届いている。検閲官はきみに渡さないつもりだ」

ジーヴェルトは収監者情報網の一員で、信頼された収監者しか働いていない管理局——郵便局もそのひとつ——からも情報を得ている。手紙の内容をどうにか探り出したという。ジーヴェルトのことばを理解するにつれ、夏の暑さは消えていった。「お母さんと、お姉さんのヘルタが移住指示を受けたそうだ。逮捕されて東部への強制移送を待っている」[9]

狼狽したフリッツは父のブロックへと道を駆け抜け、ジーヴェルトもあわててあとを追った。父のブロックの収監者が何人か外にいたので、いますぐ会いたいと伝言を頼んだ（収監者はほかのブロックにはいることを禁じられている）。しばらくして、グスタフが出てきた。「教えてあげてください」フリッツは言い、ジーヴェルトはティニの手紙の概略を繰り返した。

移住指示。強制移送。その意味は推測するしかない。噂はつねに流れているので、父も子もナチスの婉曲表現には敏感だった。SSがポーランド東部にある占領地域オストラントで大量虐殺をおこなっているという話はふたりとも聞いたことがある。[10]確実なことはただひとつ——ティニとヘルタがウィーンを出てソ連だかどこだかわからない土地へ行ってしまえば、もう手紙が来ることはなく、ふたりとのつながりは断ち切られる。

אם ובת
母と娘

ティニは台所のガスコンロの脇に立っていた。フリッツが連れ去られた日、グスタフに対して、逃げて隠れなければガスで自殺すると脅したことを思い出す。なんとよい結果をもたらす脅しだったことか。そしていま、ティニにも迎えが来た。

指示されたとおり、ガスの元栓を締めた。当局からの細かい指示が書かれたリストは台所のテーブルにあり、アパートメントの鍵がついた支給品のキーリングと並んでいる。

隣のヘルタは、胸に黄色の星のついた継ぎあてだらけの上着を身につけ、脇に小さな旅行鞄を置いている。旅行鞄はひとりにつき一、二個しか持っていけない――総重量は五十キロまでだ。移住者への指示書きどおり、服や寝具を詰め、皿や碗やスプーン（ナイフとフォークは許されない）と、三日の旅に足りる食料も持った。移住先の開設や維持に使えそうな道具があれば、それも荷物に入れるよう言われている。結婚指輪は持っていてよいらしいが、ほかの貴重品はすべて手放すことになる。財産と呼べるものがあったことなどなく、いずれにせよ、奪われたり売ったりして何もかも失った。用意できた現金も、オストラントへ持ちこんでよい三百マルクの何分の一にも及ばない[11]。

ティニは自分の旅行鞄と寝具の包みを持ち、アパートメントを最後にもう一度見まわしてから、ドアを閉めて鍵をかけた。階段の手前で、ヴィッカール・ヘルムハッカーが待っていた。ティニは鍵を渡し、顔をそむけた。ふたりの女がゆっくりと階段をおりていくと、悲しみに満ちた足音が吹き抜けに響いた。

警察官に付き添われ、周囲からの視線を感じながら市場を横切った。ふたりがどんな目に遭っているのか、だれもが知っている。もう何か月も前から、一度に何百人ものユダヤ人が定期的に強制移送されていた。正確な目的地はだれも知らず、オストラントにひろがる未知の土地のどこかということしかわからない[12]。移住先からはなんの便りもなく、移住者がもどることもない。おそらく、帝国からあてがわれた土地で、自力で新たな生活をはじめるだけで手いっぱいなのだろう。

市場を通り過ぎたあと、ふたりは地元の学校へ連れていかれた。このあたりの道の敷石を、ヘルタは自分の足の裏のようによく知っていた。この地域の子供たちはみなシュペール校へかよう。エーディトも、フリッツも、クルトも、そしてヘルタ自身も、人生の長い時間をこの学校の講堂や教室で過ごした。生徒はもういない――SSの手で一九四一年に閉鎖され、いまでは強制移送前の待機施設となっていた。

警備員のいる門を抜け、高い建物の隙間にある石敷きの道を進んだ。奥へはいると四階建ての校舎が並び、それらに囲まれてL字形の校庭がある。かつて子供たちが駆けまわって遊んでいた場所で、いまではSS監視兵が見張りをしている。トラックが何台か停まっていて、箱や包みが積んである。ティニとヘルタは書類を見せ、建物内へ通された。

間に合わせの宿泊施設となった教室は人々でごった返していた。移住者は合計で千人余りだ。あちこちに友達や知人、近所の人たちの顔が見えるが、地区内のもっと遠くから来た見知らぬ人々もいる。女と子供、それに四十代くらいの男以外はほとんどいない。若い男の多くはすでに収容所へ行き、六十五歳を超えた高齢者はテレージエンシュタット［現在のチェコ共和国のテレジン］にあるゲットーへ送られる。

ティニとヘルタは部屋のひとつへ入れられ、そこの小さな人の輪に加わった。情報を伝え合い、噂話をし、親戚や親しい友人たちについて尋ねたものの、よい知らせはほとんどなかった。移住は新たな人生をはじめる好機とされていたが、ティニは生まれ育った町から連れ出されるなど考えたくもなく、もともと未来について疑り深い。ナチスに関してはできるだけ悪い事態を想定するようにしていて、これまでのところ、それがはずれたことはない。

フリッツとグスタフへの手紙では、自分たちが選ばれたという衝撃の知らせを淡々と伝えることしかできなかった。しかし、最悪の事態を恐れたティニは、いくつかの持ち物を非ユダヤ人の親戚へ預けていて、そのなかにはフリッツのいちばん新しい写真――ブーヘンヴァルトで撮られたもの――もあった。また、フリッツへ送る服を姉のイェンニに渡してある。イェンニもティニと同じく危うい立場だが、いまのところは移送されていない。[13] ふたりの姉ですでに夫を失ったベルタもそうだ。[14]

ティニとヘルタが待機施設にはいって一、二日経ったころ、移住者たちは出発を告げられた。[15] 全員が庭へ出るよう命じられた。人々は廊下に群がり、ドアから流れ出した。みな旅行鞄と包みを持ち、中には工具や機材を持った人もいた。身分証明書の検査を受け、「一九四二年六月九日退去」というスタンプを押されたあと、待ち受けるトラックに乗りこんだ。

隊列はターボル通りを進み、ドナウ運河沿いの広い大通りを抜けていった。ヘルタが見おろすと、水面が夏の日差しを受けて輝いていた。週末になれば、遊覧船や泳ぎに来た人でにぎわうだろう。フリッツと仲間たちを真似て、父と泳ぎの競争をしたときを思い出す。やさしくてあたたかい、大好きなお父さん。あのころはよかった。夏に水辺の木の下でピクニックをしたものだ。ボートを漕ぐのが好きな母が子供たちを乗せてくれたこともあった。いまとなっては、鮮やかだがはるか遠くの夢のように感じる。ユダヤ人がドナウ運河や緑の岸辺にはいれなくなってから、ずいぶん経った。

運河を越えた隊列は低い音を立てながら通りを進み、やがてアスパング駅で止まった。ウィーンの南側でよく使われている駅だ。入口には小さな人だかりができ、数十人の警察官やSS隊員に押しとどめられていた。大切な友や親族を最後にひと目見ようとする人々もいれば、家畜の群れのように追い立てられるユダヤ人を見物しているだけの者もいる。ティニとヘルタは手を貸し合ってトラックをおり、流れるように進む群衆とともに薄暗い駅のなかへはいった。

男たちが収容所へ連れ去られたときの貨車のひどさはだれもが知っていたので、プラットホームで待っていたのがドイツ帝国鉄道のクリーム色と深紅のしゃれた客車だったことには元気づけられた。これならそう悪くなさそうだ、とみなが思った。

荷物は列車の後部にある貨車へ運ぶよう言われた。食料と薬はすでに積みこまれている。作業は遅く、長い時間がかかった。やがて笛の音が高らかに鳴り、声が響いた。「出発まであと一時間！[16]」そのアナウンスはプラットホームじゅうで繰り返され、人々はめいめいの方向へ急いだ。

ティニがヘルタをしっかりつかんで群衆を掻き分け、指定された場所へ向かうと、名簿を持った車両監督が、忙しげだが堂々と自分の担当する人々を案内していた。警察官でもＳＳでもなく、ＩＫＧに任命されたユダヤ人の職員であり、こういう人がいるのは心強い。この職員の車両に割りあてられた六十人ほどがまわりを取り囲んでいた。イム・ヴェルト通りに住む老婦人、イーダ・クラップがひとりでいる。レオポルト通りに住むティニと同年代の女もいて、こちらもひとりきりだ。女のほとんどは連れがいない。夫や息子は連れ去られ、子供たちは——幸運だった者にかぎるが——イングランドやアメリカへ送られていた。とはいえ、幼い子供も少し残っていた。ティニの知らない六十歳くらいの女が、男の子三人と女の子ひとりを連れている。どうやら孫らしい。いちばん年下のオットーという男の子はクルトくらいの年齢で、いちばん年上の女の子は十六歳ほどだ。[17]まわりには、灰色のひげを生やして皺の目立つ帽子をかぶった男たちや、頬と顎の垂れさがった少年たちが見える。小ぎれいな恰好をして頭にスカーフをかぶった気づかわしげな妻たちや、歳に似合わない皺が顔に刻まれた若い女たちもいる。そして、途方に暮れた子供たち。中には五歳の子もいて、驚きと困惑の混じったまなざしで見つめている。車両監督が名簿にある名前を呼び、移送番号と照合した。

「一二五、クライン、ナータン・イスラエル！」

六十代くらいの男が手をあげた。「はい」

「一二六、クライン、ローザ・ザラ！」男の妻が返事した。

「六四二、クラインマン、ヘルタ・ザラ！」ヘルタが手をあげた。

「六四一、クラインマン、ティニ・ザラ！」

名簿はつづいた。クリンガー、アドルフ・イスラエル。クリンガー、アマリエ・ザラ……。ほかにも十五人の車両監督が、プラットホームのそこかしこで、旅立つ千六人の名簿の自分が担当する部分を読みあげている。

ようやく目的地が明かされた。ミンスク市だ。そこで自分の能力に応じて、ゲットーで地元のさまざまな商工業に従事するか、農地で働くことになる。

全員がそろっていることを車両監督が確認すると、移住者たちはようやく列車に乗りこみ、だまって決められた席にすわるようきびしく指示された。車両は二等車で、コンパートメントに分かれている――少し混み合ってはいるが、快適だ。席にすわったティニとヘルタは、昔にもどったような気分だった。もう長いあいだ、ユダヤ人はウィーンを離れるどころか、居住区から出ることすら法で禁じられていた。外の世界を少しでも見られるなら、楽しいにちがいない。

煙と蒸気がプラットホームにあふれ、列車が車軸をきしませながら動きだした。蛇のようにゆっくりと駅を出て、市内を北へ向かう。プラーター公園の西端にある橋でドナウ運河を越え、プラーターシュテルンやティニが生まれた通りを過ぎたかと思うと、[18]ほどなく北部の駅を走り抜けた。ここから出発したほうがレオポルトシュタットのユダヤ人にとっては便利だったはずだが、アスパング駅のほうが目立たない場所にある。[19]数分後、コンパートメントの窓の下に幅広のドナウ川が見え、それから郊外を抜けると、ウィーン北東部の農地がひろがった。

ときどき駅に停まることもあったが、移住者がおりることは許されなかった。六月の長い一日はゆっくりと過ぎていった。みな本を読んだり、席で眠ったりしている。子供たちは落ち着きをなくして苛立つか、疲れきってうつろな目をしているかだ。一定の間隔で車両監督がやってきてそれぞれのコンパートメントをのぞき、担当する者たちの様子を見た。気分のすぐれない者がいたときに備えて、医師――こちらもＩＫＧが手配した――も待機している。ユダヤ人がこんなに手厚く遇されるのは久しぶりだった。

旧チェコスロヴァキアを抜け、かつてポーランドだった土地にはいった。いまではどこもドイツだ。ティニとヘルタはこの田舎町に特に興味を引かれた。グスタフはオーストリア＝ハンガリー帝国の最盛期にこの地域で生まれた。ユダヤ人が解放され、黄金時代を満喫していたころだ。ティニはその時代をウィーンで経験したが、グスタフはこの美しい景色のなか、山裾の湖のほとりにあるザブロツィー・ベイ・ザイブッシュ［現在はポーランドのジヴィエツ町ザブウォチェ］という小さな村で幼少期を過ごした。列車はそこまで行かなかったが、近くは通った。グスタフなら、この場所に見覚えがあったはずだ。子供時代を過ごしただけではなく、兵役に就いていた戦時中、まさにこの平原や町の帰属をめぐってロシアの皇帝《ツァーリ》の軍と戦ったのだ。

列車はザブロツィーから北へ五十キロほど離れた別の小さな町、オシフィエンチムも通った。ドイツ人がアウシュヴィッツと呼ぶこの町には、少し前に新たな強制収容所ができていた。ウィーンからの列車は西へと大きな弧を描いて進み、沈みつつある太陽を背に、ふたたび北東へ向かった。[20]

その夜は絶え間なく揺れる列車で落ち着かずにまどろみ、背が痛んで手脚がしびれた。翌朝、ワルシャワ市を通った。ビャウィストクを過ぎると、国境を越えて大ドイツ帝国をあとにし、もとはソ連領だったオストラント国家弁務官統治区域へはいった。四十キロほど進んだところで、ヴォルコヴィスク［現在はベラルーシのヴァウカヴィスク］という小さな市に着いた。

そこで列車は停まった。

しばらくは、それまでに停車したときと何も変わらないように思えた。ティニとヘルタはほかの人々と同じように、どこにいるのかと窓の外を見やった。車両監督がコンパートメントをのぞき、それから立ち去った。どことなく、何かがおかしい気がした。廊下の反対側の端から大きな声が響き、車両のドアが開いて両側から重たげなブーツの音が足早に迫ってくるのが聞こえる。突然、武器を持ったＳＳ隊員の姿が見え、コンパートメントの扉が勢いよくあけられた。

「出ろ、出ろ！」ＳＳ隊員が怒鳴った。「全員出ろ！」移住者たちは驚きと動揺に襲われつつ、立ちあがって荷物を持ち、母や祖母たちは子供をしっかりとつかんだ。ＳＳ隊員が汚いことばを浴びせてくる。「おい、ユダヤの豚！　いますぐ出ろ！」ティニとヘルタは廊下へ出て、もみくちゃにされながらドアへ急いだ。遅れると、蹴られたりライフルの銃床で打たれたりする。プラットホームへ出ると、ほかにもＳＳ隊員が待ち受けていた。

ティニがウィーンで見てきた隊員とはまったくちがった。ここにいるのは武装ＳＳ（ヴァッフェンＳＳ）という一段と残忍な戦闘部隊で、襟に強制収容所部隊だと示す髑髏の徽章をつけている。[21] いっしょにいるのはだれもが恐れるナチスの保安警察、ジポＳＤだ。[22] 怒鳴られ、罵られながら、ユダヤ人たちはプラットホームの上を追い立てられた——老若男女全員がだ。つまずく者、倒れる者、進みが遅い者は、蹴られ、殴られる。ひどく痛めつけられた者は意識を失って、地面に倒れている。[23]

追い立てられた先には別の列車があり、それは貨車だった。一同は銃を向けられながら、動く隙間もないほど詰めこまれた。そして扉が閉まった。ティニとヘルタは暗闇のなかで互いにしがみつき、すすり泣きや、怪我をした人のうめき声や、祈りや、怯えた子供たちの泣き声に包まれていた。外からは、貨車じゅうの扉がきしりながら閉まっていく音が聞こえる。

最後の扉が閉まると、真っ暗で身動きできない状態で残された。何時間も過ぎた。一部の者は、突然襲ってきた衝撃に打ちのめされて理性を失い、恐ろしい夜のあいだ、悲鳴やわめき声をあげていた。取り乱した者や具合の悪い者はＳＳの手で引きずり出され、まとめて別の貨車へ入れられて、想像を絶するとっておきの地獄を味わった。

翌日、列車が動き出した。なかなか進まなかった。列車を引いているのはドイツ帝国鉄道の速い機関車ではなく、東部領土を管轄する鉄道本管理局の遅い機関車だった。ウィーンを出てからの二日間で千キロ以上進んだのに、いまはさらに二日かけてその四分の一の距離しか進まなかった。[24]

やがて列車が停まった。外の音を聞くかぎり、駅と思われるところにいるらしい。怯えた人々は扉が開くのを待ったが、開かなかった。恐怖と空腹がはびこるなか、夜が来て去った。さらに一昼夜がつづく。列車は放置され、ジポＳＤの監視兵がときどき見にくるだけだ。着いた日は土曜日で、ミンスクの鉄道労働者は週末は働かなくてよいと決まったばかりだった。[25]

暗闇に押しこまれ、明かりは貨車の壁の小さな割れ目から差しこむ日の光だけだった。食べ物も飲み物もろくになく、トイレは隅にバケツがひとつ置いてあるだけという状態で、怯えた移住者たちは先行きのわからないまま、のろのろと過ぎる時間に耐えつづけた。計画が変わったのだろうか。だまされたのだろうか。快適な客車から追い出されて五日目の朝、囚われた人々は茫然自失の状態から引きもどされた。列車がまた動いている。まったく、いつまでつづくのか。

〝大好きなクルト、お願いがあります〟一年近く前、ティニは手紙に書いた。〝みんなが元気でまた会えるよう、祈ってください〟ティニは再会への希望をけっして捨てなかった。〝お父さんから手紙が来ました……ありがたいことに、健康だそうです……お父さんにとっては、あなたがおじさんによくしてもらっていることだけが喜びです……。クルトル、お願いだから、いい子でいてね……。持ち物もベッドもきちんと整えている、そしてやさしい子だ、と褒めてもらえますように……。楽しい夏を過ごしてください。すてきな日々はすぐに終わるものよ……。こちらにいる子供たちは、みんなあなたをうらやましがるはずです。庭すら見られずにいるのだから〟[26]

鋼鉄と鋼鉄が擦れる甲高い音と、何かがあたる鈍い音がして、貨車がぶつかり合い、列車がまた止まった。沈黙のあと、貨車の扉が大きく開き、囚われた人々はまばゆい光に照らされた。

✡

その日ティニ・クラインマンとヘルタ・クラインマンの身に何が起こったのか、正確なところはわからない。何を目にし、何をし、言い、感じたのかは記録に残っていない。一九四二年六月十五日の月曜日にミンスク駅の貨物ヤードに連れ出されたユダヤ人は千六百人いたが、老若男女のだれひとりとしてその後の行方がわかったものはなく、記録も残さなかった。

だが、概略の記録は残っており、その夏、別の列車でウィーンからミンスクへ移送された人のごく一部が体験談を持ち帰っている。[27]

貨車の扉が開くと、中の人々——傷つき、疲れ果て、痛みと飢えと渇きをかかえていた——は外へ出るよう命じられた。手荒な扱いを受け、ジポSDの男たちにながめまわされたり、技能について訊かれたりした。警察官のひとりが挨拶を述べ、ウィーンで聞いたのと同じ話——工場か農場で働くことになる——を繰り返した。希望を捨てきれないほとんどの人々は、このことばに安堵した。健康そうに見える大人や年長の子供たちが数十人選ばれ、脇へ連れていかれた。残された大多数は駅の改札口へ集められ、そこで手荷物を取りあげられた。ウィーンから持ってきた貨車何台ぶんもの荷物や食べ物や生活物資も没収された。[28]駅の外には大小さまざまなトラックが待っていて、ユダヤ人たちはそこへ乗せられた。

隊列は市を抜けて南東へ進み、ベラルーシの田舎にはいった。大きな空の下に、荒涼とした広い平原と森がひろがっていた。
前年の夏に押し寄せたドイツ軍は、すべてを呑みこむ波のように、この土地をソ連から奪った。そのあとすぐ、第二の波がやってきた。アインザッツグルッペン（特別行動部隊）Bという、前線の後ろに配された七つの部隊のひとつだ。アルトゥール・ネーベSS中将を司令官とするアインザッツグルッペンBは千人ほどの隊員――ほとんどがジポSDなど警察の部署から引き抜かれた者――から成り、さらに小さな分隊であるアインザッツコマンドに分かれている。部隊の役割は、獲得した町や村にいるユダヤ人を片端から見つけ出して皆殺しにすることだった。多くの場合、その任務には武装SSやドイツ国防軍が進んで協力し、ポーランドやラトヴィアなど一部の地域では地元の警察も支援を買って出た。[29]
ユダヤ人全員がただちに殺されたわけではない。何百万人ものユダヤ人が住むこの地域で、そんなことは不可能だ。それにナチスは、ポーランドでの経験から、戦争経済にユダヤ人を役立てる方法を学んでいた。ミンスクにゲットーが作られると、そこでの産業は帝国に貢献し、腐敗した役人の懐を満たした。そしていま、〝最終的解決〟が実行に移され、ミンスクはその中核拠点のひとつに選ばれた。
準備を整える役目をまかされたのは地元のジポSDの司令官であり、元アインザッツグルッペン指揮官でもあるエドゥアルト・シュトラウヒSS中佐だった。シュトラウヒはこの地域を調査し、ミンスクから十キロ余り南東にあるマリー・トロスティネッツに強制収容所を設置した。以前はソ連の集団農場だった、孤立した小さな村だ。収容所は小さく、想定収容人数はせいぜい六百人ほどだった。収監者たちは農業だけでなく、ゾンダーコマンド［特殊労働部隊。処刑前後の人々の扱いをまかされた強制収容所の収監者たち］として、収容所の主目的である大量殺戮にもかかわらされた。[30]
マリー・トロスティネッツへ向かわされたおおぜいの人々――多くがユダヤ人だった――のほとん

どは強制収容所を見ることすらなかった。それぞれの集団でジポSDがごく一部を労働力として選んだあと、残りの何百人もを乗せたトラックはマリー・トロスティネッツの方向へ走る。郊外の草地まで出たところで、トラックは停止する。収容所行きになる者の選別が、ミンスク駅ではなく、そこでおこなわれることもある。[31] 一時間ほどの間隔で一台ずつトラックが走っていき、ほかは草地で待ちつづける。

走りだしたトラックは、収容所から約三キロのところにある、伸びかけのマツが並ぶ造林地へ向かう。囚われた人々の運命は、そこでふたつに分かれる。ほとんどが早いほう、一部は遅いほうだ。しかし、行き着く先は変わらない。林のなかに空き地があり、ゾンダーコマンドが掘った長さ五十メートル、深さ三メートルほどの巨大な溝がある。その脇にはアールトSS伍長が率いる武装SSが待ち構えている。全員が拳銃と二十五発の弾薬を携帯していて、そばにはさらなる弾薬がはいった箱が積んである。[32] 空き地から二百メートルほどのところにラトヴィア警察が並び、囚われた面々が逃げたり、近くを通りかかった者が目にしたりすることがないよう見張っている。[33]

トラックからおりた女や男や子供たちは服を脱いで下着姿になり、持ち物をすべて手放すよう命じられた。銃を向けられながら、二十人前後に分かれて順に溝のへりまで歩かされ、溝のほうを向いて並ばされる。その背後にSS隊員がひとりずつ立った。命令がくだると、人々は至近距離からうなじを撃たれ、そのまま溝へ落ちた。それからつぎの一団がやってくる。全員に対して撃ち終わると、溝の端に置いてある機関砲が砲撃をはじめ、まだ動いているように見える体をめがけて撃つ。[34] しばらくするとつぎのトラックが到着し、同じことが繰り返される。

なぜ人々は服従したのだろうか。はじめに空っぽの溝を見た人も、銃声を聞き、隣人や仲間たちの死体で半分埋まった溝を目にした人も――その場所まで歩き、そこに立って撃たれてもかまわなかったのだろうか。恐怖に屈したのか。運命を受け入れたのか、あるいは自己否定に陥ったのか。それとも、首に拳銃を向けられた最後の一秒に至るまで、自分が撃たれることはない、なんとか刑を免れるはずだ、と希望を持っていたのか。逃走を試みたのは――遠くへは行けなかったが――ごく少数で、圧倒的多数は静かに死を受け入れた。

マリー・トロスティネッツ以外の場所では、怒りや歓喜に身をまかせたアインザッツグルッペンがしばしば規律を欠いた蛮行をおこない、幼児の背骨を折って溝へほうりこんだり、殺戮に興じて歓声をあげたりしたという。ここでは淡々と、時計仕掛けのように処刑がおこなわれた。

それでも、殺人者たちにはひどくこたえた。SSの男たちにも、ある種の良心はある。しなびたちっぽけな良心だが、とめどない血と罪業に擦られてようやく現れた。感情を麻痺させるため、アールトの部下たちはウォッカを与えられたものの[35]、心の傷は癒えなかった。そのため、SSはみずからの手を血に染めることなく一掃を進めようと、別の手段をいくつか試していた。そのすえに行き着いたのが、マリー・トロスティネッツで併用された第二の手法――より緩慢な処刑方法だった。

六月のはじめ、移動式のガス車が導入された。車は三台あった――二台はダイヤモンド社の輸送トラックを改造したもので、もう一台はザウラー製のより大きな家具運送用トラックだった。ドイツ人はSヴァーゲンと呼んでいたが、地元のベラルーシ人たちは〝ドゥクグブキ〟――〝魂窒息機〟と呼んでいた[36]。ほとんどのユダヤ人は溝で撃たれたが、一部の者――一回の移送のうち二、三百人だろう――はこの車へ入れられた。抽選はミンスクの駅でおこなわれ、ふつうのトラックかSヴァーゲンに詰めこまれて、互いに踏みつけたり押しつぶしたりするほどになる。

銃殺がすべて終わると、ガス車が発進して農場へ向かい、死体でいっぱいの溝の脇に停まった。運転手か助手が鉄で裏打ちされたパイプで排気管と車内をつなぎ、そしてエンジンがかかった。中に閉じこめられた人々はすぐさまパニックに陥り、激しい抗いを宿した車はサスペンションの上で揺れ動く。くぐもった悲鳴と壁を叩く音が響き渡る。荒々しい音と振動は十五分ほどかけて徐々に小さくなり、やがて車は動かなくなった。[37]

すっかり静かになると、車のドアがひとつひとつ開かれた。寄りかかっていた死体がいくつか地面に落ちる。ゾンダーコマンドのユダヤ人収監者が中へはいり、残りの死体を引きずり出して溝へ投げこんだ。車内の光景は耐えがたいほど恐ろしく、死体は血と嘔吐物と糞便にまみれ、床には割れた眼鏡や髪束や歯までもが散乱していた。理性を失った犠牲者が脱出しようとまわりの人々を押しのけ、引っかいた跡だ。

車はつぎに使う前に収容所の近くにある池へ運び、中をきれいに洗わなくてはならない。おかげで作業が遅くなったうえ、使える台数はかぎられていて、故障も頻繁に起こり、そのためなおも銃殺隊が使われつづけていた。SSはまだ大量殺戮の方法を工夫しつづけていた。

アールトSS伍長はその日の日誌に〝六月十五日、新たに千人のユダヤ人がウィーンから送られてきた〟と書いた。[38]たったそれだけだ。自分や部下の行為について書こうとはしなかった。それは毎日の日課にすぎず、思慮深くベールをかぶせておくのがいちばんだというのがSSの考えだった。

אמא
母

夏の熱く怠惰な太陽のもとで、ドナウ運河の水面がゆったりと動いていた。子供たちのかすかな歓声が水の上を流れてくる。川岸の芝生でピクニックをしたり、木々の下を散歩したりしている家族連れの声だ。岸辺とのあいだを遊覧船が運行し、手漕ぎボートが通り過ぎていく。

オールを引くティニには、すべてが遠く感じられた――彼方から笑い声が心地よいバックグラウンドミュージックとなって聞こえる。オールの先が水からあがるたびに、跳ねた水しぶきが陽光に輝いて子供たちの顔を照らす。エーディトは落ち着いた笑みを浮かべ、フリッツとヘルタはまだ幼い。いとしい末っ子のクルトは、まだおむつがとれたばかりのおちびさんだ。ティニは微笑んでオールを引き、水を切ってボートを進ませた。[39]ボート漕ぎは得意だ——子供のころからやっている。そして、家族のことは心から愛している。十二歳のころ、年下の生徒の相談役をつとめたことがあった。そうするのが好きだったからだ。人を育て、助けるようとするのがティニの性分で、それがいちばん純粋に発揮されるのが母親でいるときだった。

　ほかのボートの音や対岸からの騒ぎ声は霧がかかったかのように消え去り、ボートは世界から切り離された。オールが水に浸かっては跳ね出し、ボートは滑っていった。

✡

　遠く離れたマサチューセッツ州では、チェストの引き出しのなかに、ティニがクルトへ送った手紙の最後の何通かがしまわれていた。手紙はドイツ語で書かれていたが、その言語は新世界に適応しつつあるクルトの知識から抜けはじめていた。以前はティニの書いていることが理解できたが、気づかないうちに少しずつ、ティニのことばの読みとり方を忘れはじめていた。

〝大好きなクルトル……元気にしているようで、とてもうれしいです……もっと手紙を書いて……ヘルタもあなたのことを思っています……毎日が恐怖です……ヘルタがキスとハグを送っています。ママからも、千のキスを送ります。大好きよ〟

その夜、ゾンダーコマンドが溝を埋めなおしたあと、若いマツの木立に囲まれた空き地に夕闇がおりた。鳥たちがもどり、夜の生き物たちは雑草のあいだで餌をあさったり、溝があった場所の荒らされた地面を走り抜けたりしている。その下には、ウィーンで列車に乗った九百人の亡骸があった。ローザ・カーベルと四人の孫たち——オットー、クルト、ヘレーネ、ハインリッヒ——や、老いたアドルフとアマリエのクリンガー夫妻、五歳のアリス・バロン、ヨハンナとフローラという未婚のカウフマン姉妹、イム・ヴェルト通りから来たアドルフとヴィティーのアプトヴィッツァー夫妻、ティニ・クラインマンと二十歳の美しい娘ヘルタ。

その全員が、オストラントでなんとか新たな生活をはじめ、いつかは収容所や遠い国に散らばった愛する人々——夫、息子、兄弟、娘——と再会できるかもしれないと信じていた。[40] あらゆる道理に逆らい、あらゆる人間的な感情に反して、世界は——ナチスだけではなく、ロンドンやニューヨークやシカゴやワシントンの政治家や市民や新聞記者たちも——その未来を閉ざした。封が開くことはもう二度とない。

10 死への旅

אבא
父

沈みはじめた夏の太陽が木々の枝にオレンジ色の光を投げかけ、森の地面に石炭を思わせる灰色の長い影を落としている。木の幹をのこぎりが切る音と、男たちの苦しげな低い声、そして自分の息づかいと体内を血が流れる音を聞きながら、グスタフは仕事仲間とともに木を持ちあげて荷車に載せた。

ふたたび森へ出て、砂やほこりや泥から離れられるのはそれなりにうれしかったが、カポのヤーコプ・ガンツァーという執念深いサディストの仕打ちはひどいものだった。「遅いぞ、豚ども！　丸太が勝手に積みあがるとでも思ってるのか？　さっさとしろ！」

いまの速さで作業するのは疲れるだけでなく、危険でもある。グスタフと仲間たちは巨大な丸太を持ちあげ、きしむ荷車のいちばん上に積んだ。息をつく暇もなければ、積んだ丸太が安定しているのをたしかめる余裕もない――つぎに持ちあげる丸太が待ち構えていて、ガンツァーが猛烈な勢いで怒鳴ってくる。大きな丸太の一方の端をグスタフが持つと、フリードマンという収監者仲間が肩で支え、ほかの者の手が重みを支えた。筋肉をはじけさせながら、収監者たちは懸命に丸太を側面の板の上まで持ちあげ、積まれた丸太の隙間に置く。ガンツァーが怒鳴り散らした瞬間、だれかがまだ安定していない丸太から手を離した。丸太は転がり落ち、何百キロもある塊がほかの丸太を巻きこんで、勢いよく向かってくる。
グスタフの手の上を丸太が転がった。指に響く痛みを脳が感じる間もなく、丸太はグスタフとフリードマンの体を直撃し、ふたりを押し倒して上に載った。[1]
グスタフは厚紙にピンで留められた蝶のように地面に横たわり、頭上を覆う葉が夕方の陽光できらめくのを見ていた。体は痛みの塊となり、耳は悲鳴とうめき声と叫び声に満たされている。やがて縞模様の収監者服が視界にはいり、いくつもの手が伸びてきて丸太を持ちあげたが、それでもグスタフは動けなかった。まわりを見ると、起きあがろうとする男たちの手や顔は血まみれで、手脚を投げ出したまま苦悶する者もいる。すぐ横にいるフリードマンも動けず、かすれ声をあげて泣いていた。落ちてきた木の重みをまともに胸に受けたらしい。血が口からにじみ出ている。
グスタフの体をいくつもの手が抱きあげ、空き地から運び出した。痛みがひろがるなか、すばやく動く森と薄れて揺らぐ空が見え、自分を運んでいく男たちのうなり声が聞こえる。門塔が過ぎていき、診療所にはいったあと、粗末な寝台に横たえられた。[2]
ほかにも七人の班員がやってきた。運ばれてきた者もいれば、自力で足を引きずってきた者もいる。最後にフリードマンが担架に乗ってやってきた。動けない状態だ。肋骨がつぶれ、背骨が折れている。苦痛に苛まれ、なす術もなく横たわっている。
グスタフも胸にいくらか衝撃を受け、折れた指が痛みで燃えていた。ついにほかの者たちと同様に、はずれくじを引いてしまった。くじを引く機会はあまりに多く、長くやっていれば、悪い結果を招く確率もあがる。大怪我を負った収監者の行く末はきびしい。待ち受けるのはおそらく、医師の針と血管に満たされるフェノールかヘキソバルビタールで、そのあとは——焼却場の煙突からのぼる煙だろう。
フリードマンは幸いにも、怪我ですぐに死んだ。ほかの男たちはほとんどが軽傷で、短期間で診療所を出た。しかしグスタフは残った。日々はゆっくりと過ぎ、やがて第二手術室に併設された小さな病棟へ移された。それが何を意味するのかわからなかったとしても、すぐに知ることになったはずだ。第二手術室は致死注射が打たれる場所で、その病棟は待合室だった。[3]

グスタフはしばらくひとりでほうっておかれた。病気や重傷の者が定期的に選ばれ、第二手術室へ送られる。帰ってきた者はいない。医師は毎回グスタフを一瞥して通り過ぎていった。ここまで傷がひどい者はどうでもいい。いずれ勝手に死ぬ者に注射するのは薬剤の無駄使いだ。医師たちはグスタフ・クラインマンの意志の力と回復力に気づかなかった。

ヘルムートという親切な病棟用務員が、医師のいない隙に用心深く世話をしてくれ、グスタフは昼も夜も痛みに苦しめられながらも、どうにか生にしがみついた。痛みは徐々に引いていき、六週間後、グスタフは退院できるほどに回復していた。それでも安心はできない。運搬班にもどれるほどの力がないばかりか、診療所の荷車すら引けない状態では、無駄飯食いとして第二手術室に送り返され、排除されかねない。

グスタフは友情と自分の技能に救われた。親しいカポたちのあいだでやりとりが交わされ、グスタフはＤＡＷの工場へ移された。そこでは薬莢、兵舎のロッカー、飛行機の部品などの軍用品を作ったり、トラックを移動式の簡易食堂に改造したりしている。[4] グスタフは馬具職人兼家具職人として仕事を与えられた。体は回復へ向かった。

収容所に来てはじめて――アンシュルス以降でもほぼはじめて――グスタフは自分にふさわしい職に就くことができた。幸せだった――いま考えうるかぎり、そうだった。仕事は性に合っていて、よい仲間たちもできた。作業監督はペーター・ケルステンというドイツ人政治囚で、共産党に属する市議会議員だった男だ。〝とても勇敢な人物だ〟グスタフは思った。〝この人となら、うまくやっていける〟さらにグスタフは、運搬隊の仲間でウィーン出身の友人、フレートル・ルスティヒにも仕事を見つけてやった。ふたりは満足を分かち合った。

そんな日々が十月はじめまでつづいた。そして突然、いったん目覚めたあとでつづきがはじまる悪夢のように、すべてがひどく悪化した。

בן 息子

フリッツと仕事仲間は重いコンクリートの横架材を足場から持ちあげ、窓になる部分の上の壁に注意深く取りつけた。フリッツが位置を直し、水平にはめこまれていることをたしかめる。

フリッツは過去二年にわたってロベルト・ジーヴェルトの指導を受け、建築の腕をあげていた。いまでは煉瓦積み、石積み、漆喰塗りをはじめ、建築全般に精通している。最近、ジーヴェルト部隊はSSのガレージ群の向かい、〝血の道〟の脇に新設される大きなグストロフ工場の建設現場で懸命に働いていた。完成すれば戦車砲や高射砲の銃身に加えて、各種装備品を製造する。外壁はほとんどできあがり、フリッツは工場の巨大な窓に取りかかっていた。一日二か所ずつ完成させるという指示のもと、開口部を作って横架材をはめこみ、固定していく。熟練の煉瓦工ならではの技術と細心の注意が必要な作業だ。

仕事仲間のマックス・ウムシュヴァイフはブーヘンヴァルトに来て日が浅く、前年の夏に加わったばかりだった。知識人らしい顔つきのほっそりとしたこのウィーン人は、スペインで国際旅団とともにファシストを相手に戦った。敗北後は仲間たちとともにフランスに抑留された。一九四〇年にウィーンにもどり、反ファシズム主義者としてゲシュタポに逮捕された。フリッツはマックスからスペインでの戦争の話を聞くのが好きだったが、ゲシュタポに狙われることを知りながら自分の意志でオーストリアにもどったという話には当惑せざるをえなかった。

フリッツは金ごての持ち手側で横架材を叩いて位置を決めると、水準器で確認してから、手早く巧みに漆喰を塗って固定した。足場の上で働くのは楽しかった。ＳＳの監督者は煉瓦や漆喰の運搬者をしじゅういじめ、殴っているが、梯子をのぼって足場まで来ることはけっしてない。横架材に満足すると、フリッツは振り返ってしばらく筋肉を伸ばした。この高さからは森がよく見える。十月にはいり、オークやブナの木が美しい金色と赤銅色になった景色は壮観だ。遠くにはヴァイマールの大地がひろがり、そのまわりにはなだらかに起伏する農場がある。

この何か月かで、フリッツはいくつものつらい経験をした――レオ・モーゼスが去り、父が死にかけ、親しい友が何人もＳＳに殺された。しかし、最悪だったのは母とヘルタからの知らせと、ふたりがどうなったのかわからないことだ。

フリッツを物思いから引きもどしたのは下からの声だった。「フリッツ・クラインマン、おりてきな！」梯子をおりると、労働者のひとりが待っていた。「カポが呼んでるぞ」

ロベルト・ジーヴェルトをさがすと、見つかったジーヴェルトの顔には以前と同じ、深刻な表情が浮かんでいた。ジーヴェルトは何も言わずにフリッツを隅へ連れていき、肩に腕をまわして、わが子のように引き寄せた。ジーヴェルトにこんなことをされるのははじめてだ。きっと悪い知らせが待っているのだろう。「記録室に、アウシュヴィッツに送られるユダヤ人の名簿がある」ジーヴェルトは淡々と言った。「そこにお父さんの名があった」

フリッツはかつて感じたことがないほどの衝撃を受けた。アウシュヴィッツの名はだれもが知っている。ＳＳが占領下の国に設置した収容所のひとつだ。ブーヘンヴァルトでは一年じゅう噂が飛び交っていた。遠方からの噂や知らせと、この収容所で見てきた出来事を考え合わせると、どうやらユダヤ人の悲劇は最終幕にはいり、ナチスはついに、まだ移住も死亡もしていない者を処分しようとしているらしい。春先から流れている不穏な噂によれば、いくつかの収容所では何百人も一斉に殺せる特別なガス室が造られているとのことだった。そのひとつがアウシュヴィッツだ。そこへの移送が意味することはひとつしかない。

　ジーヴェルトは自分が知りえたことを話した。名簿は長く、ブーヘンヴァルトで生き残っているユダヤ人のほとんどが載っていた。例外はフリッツのように、グストロフ工場の建設に必要な者だけだ。

　フリッツは驚愕し、茫然としていた。父を失った若者を収容所で何人も見てきて、いつか自分もそうなるのではないかとつねに恐れていたものだ。「気を強く持つんだ」ジーヴェルトは言った。

「でも、父は工場の仕事で役に立っているのに」フリッツは納得しなかった。

　ジーヴェルトはかぶりを振った。工場での仕事など問題ではない。「全員と言っただろう。建設労働者と煉瓦工以外のすべてのユダヤ人がアウシュヴィッツへ行く。きみが幸運だったんだ」ジーヴェルトはフリッツをまっすぐ見た。「生き延びたければ、お父さんのことは忘れるしかない」

　フリッツは懸命にことばをさがした。「そんなこと、できません」そう言ってきびすを返すと、梯子をのぼって足場へもどり、仕事を再開した。

✡

　ブーヘンヴァルトの司令部が作った名簿には四百人余りの名前があった。数日前、ヒムラーの代理人から全収容所の司令官に命令が伝えられた。総統のたっての希望により、ドイツ本土のすべての収容所からユダヤ人を排除せよとのことだ。ユダヤ人収監者は全員、旧ポーランド領の収容所——すなわち、アウシュヴィッツまたはマイダネク――へ移送されることになる。[5]

ブーヘンヴァルトに残っているユダヤ人は六百三十九人だけだった。無差別殺人や移送や安楽死を免れた人々だ。そのうち、工場の建設に従事している二百三十四人はひとまず留め置かれるが、残りはアウシュヴィッツ行きとなる。[6]

フリッツがロベルト・ジーヴェルトと話してから数日経った十月十五日の木曜日の夕方、ユダヤ人収監者全員が点呼広場に集まるよう命じられた。[7]

何が待ち受けているのか、だれもが知っていた。まさにジーヴェルトが言っていたとおりだ。フリッツは熟練建設労働者のひとりとして番号を呼ばれた。呼ばれた者は宿舎ブロックへもどるよう命じられた。父を残して仕事仲間とともに歩み去るフリッツの胸は、恐れと憤りで締めつけられていた。

グスタフら約四百人は、別の収容所へ送られると伝えられた。いまこの瞬間から隔離生活がはじまる。自分たちのために空けてあった第十一ブロックまで行進し、そこに閉じこめられて、ほかの収監者との接触を断たれた。そして、移送がはじまるのを待った。

אב ובן

父と息子

その夜、フリッツは落ち着いていられなかった。死刑宣告を受けた人々に交じった父の姿が頭から離れない。永遠の別れになると思うと耐えられなかった。ひと晩じゅう苦しんだ。ロベルト・ジーヴェルトのことばは賢明で分別があり、気づかいに満ちていた。生き延びたければ、父のことを忘れるしかない。だが、そこまでして生きつづける自分の姿を思い描けなかった。母やヘルタを案じるうちに心に絶望を植えつけられたいま、父が殺されたあとで自分が生きていけるとはとうてい思えなかった。

早朝に、同じブロックの仲間から噂が伝わってきた。第十一ブロックの収監者のうち三人が夜のあいだに診療所へ連れていかれ、致死注射を打たれて死んだという。その噂は誤りだったが、これを聞いたことでフリッツは心を決めた。

朝になると、点呼の前にロベルト・ジーヴェルトをさがし出して懇願した。「人脈をお持ちですよね」フリッツは言った。「管理室で仕事をしているお仲間もいるはずです」ジーヴェルトはうなずく。そのとおりだ、と。「どんな手を使ってでも、ぼくをあのアウシュヴィッツへの移送に加えてください」

ジーヴェルトは驚愕した。「きみが求めているのは自殺行為だ。言っただろう、お父さんのことは忘れるしかない、と」そしてつづけた。「あの人たち全員がガスで殺される」

だが、フリッツは断固として言った。「何が起ころうと、父といっしょにいたいんです。父なしでは生きられません」

ジーヴェルトは思いとどまらせようとしたが、フリッツは譲らなかった。点呼が終わると、ジーヴェルトは副司令官のマックス・ショーベルトSS少佐のもとへ行って話した。収監者たちが朝の作業場へ行進するために集まりはじめたとき、呼び出しがあった。「収監者番号七二九〇は門へ!」

ショーベルトのもとへ出頭したフリッツは、何事かと尋ねられた。もうあともどりはできない。決意を固めたフリッツは父と別れるのは耐えがたいと説明し、いっしょにアウシュヴィッツへ移送してほしいと正式に申し入れた。

ショーベルトは肩をすくめた。ユダヤ人が何人処刑の場へ送られようと、知ったことではない。願いは聞き入れられた。

たったのひとことで、フリッツは救われた者の立場をみずから離れ、死を宣告された者に加わるという常軌を逸したことをやってのけた。それから、監視兵とともに広場を抜けて道をもどり、第十一ブロックへ向かった。ドアが開き、中へ押しこまれた。

二百人程度しか収容できないその宿舎には、はち切れそうなほどの人がいた。縞模様の収監者服を着たおおぜいの人々がいて、立ったり、わずかな数の椅子に腰かけたり、床にうずくまったり、窓から首を伸ばして外の様子を見ようとしたりしている。ドアが音を立てて閉まると、何十もの顔が振り返ってフリッツを見つめた。ほぼ全員が旧友や世話になった人だ――痩身で眼鏡をかけたシュテファン・ヘイマンの、ふだんから驚いたように見える顔が驚愕の表情に変わった。その仲間のグストル・ヘルツォークもいる。勇敢なオーストリア人反ファシズム主義者のエリック・アイスラーに、バイエルン人のフリッツ・ソンドハイム……。フリッツがここに来た理由を知ると、驚きの表情が恐怖に変わった。だれもがジーヴェルトと同じように反対し、説得しようとしたが、フリッツはそんな人々を押しのけて父をさがし……

……そして見つけた。人混みのなかに、痩せて皺だらけの、穏やかでやさしい目をした懐かしい顔がある。ふたりは互いに駆け寄って抱き合い、喜びのあまりむせび泣いた。

その日の夜遅く、ロベルト・ジーヴェルトがフリッツと話しにきた。フリッツはみずからの意志で移送に加わることを認める書類にサインするように言われた。[8] 別れはつらかった。身分や技術が得られたこと、そしてこの二年間生き延びられたことまでもがジーヴェルトのおかげだった。

十月十七日、土曜日の朝、不安な二日間を過ごしたあと、移送される四百五人のユダヤ人たち――出身地はポーランド、チェコ、オーストリア、ドイツ――は、その日に移動すると伝えられた。荷物は持たないようにと指示された。旅の食料としてわずかな食べ物――グスタフには大きめのパン一個――を与えられたあと、外へ連れ出された。

収容所の雰囲気はいつになく暗く、ＳＳまでもがそうだった。出発のとき、過去の移送者は監視兵の罵声の嵐を浴びたものだが、その日のユダヤ人四百人余りは静寂のなかを門まで行進した。まるで、全員がこれはふだんと異なる、軽々しく扱うべきではない重大な事態だとわかっているかのようだった。

　門の外にはバスの隊列が待っていた。席についたフリッツとグスタフは、落ち着いた心持ちで、三年と二週間と一日前に怯えて走った〝血の道〟を進んでいった。あれから自分たちはどれだけ変わったことだろう。どれだけのものを見たことだろう。ヴァイマール駅に着くと、一同は家畜用貨車へ積みこまれた——一台あたり四十人だ。[9] 隙間に板を打ちつけてふさいであり、逃げ道はどこにもない。

　列車が走りだすと、フリッツとグスタフの貨車——シュテファン・ヘイマン、グストル・ヘルツォークら、多くの仲間もいっしょだ——には陰鬱な空気が流れた。壁の割れ目から日の光が差しこむと、グスタフはまわりから見えないように日記を取り出した。移送のことを前もって聞いていたので、隔離ブロックへ移る前にしっかり服の下に隠してあった。この使い古した小さな手帳は自分が理性を保つ術で、いまの生活をありのままに記録するものであり、手放すわけにはいかない。けれども、フリッツといっしょなら、なんにでも立ち向かえる気がしていた。

〝だれもがこれは死への旅[10]だと言っている〟グスタフは記した。〝だが、フリッツルとわたしはうつむいたりしない。死は一度しか訪れないと、わたしは自分に言い聞かせている〟

第三部

アウシュヴィッツ

11 オシフィエンチムという町

אחים
同胞

別の列車、別の時代でのこと……。

グスタフがまどろみから覚めると、陽光がまぶたにさざ波を立て、鼻孔に満ちたにおいには、サージ生地と、汗ばんだ男たちの体と、煙草の煙と、革と、ガンオイルのものが入り混じっていた。耳には列車の規則正しい騒音と男たちの静かな話し声が響いていたが、急にそれが歌声に変わった。行き先は死かもしれないのに、みな元気だ。頭の下に敷いた荷物にふれていたところが痛かったので、グスタフは首を掻いた。それから、床に滑り落ちたライフルを拾いあげた。

立ちあがって細い窓から外をのぞくと、あたたかい夏の風が顔に吹きつけ、一瞬、機関車の煙のなかに草地のにおいが感じられた。起伏豊かな小麦畑が緑から黄金色に変わりかけ、収穫に向けて実りつつある。その隙間から遠くの教会の尖塔が伸びているのが見える。その向こうには緑のベスキディ山脈があり、さらに向こうにかかるかすかなカーテンはバビア・グラ、〝魔女の山〟だ。ここはグスタフが子供時代を過ごした土地だ。ウィーンでの六年間を経て見ると、鮮やかな思い出が突然掘り返されたときによくある不思議な気分になった。

一九一二年、グスタフは二十一歳の春に、オーストリア＝ハンガリー帝国軍に徴兵された。[1] ガリツィア生まれのグスタフは、クラクフ地方［現在はポーランド領］を拠点とする歩兵第五十六連隊に配属された。労働者階級のほとんどの若者にとって、兵役期間はありがたいものだった。待遇がよく、視野もひろがる。無学な低賃金労働者が多く、ほとんどは隣の村より遠くへ行ったことがない。ガリツィアでは大多数がドイツ語すら話せず、時計も読めなかった。[2]ウィーンに住んでいたグスタフは、ほとんどの新兵仲間より多くの世界を見ていて、ポーランド語とドイツ語の両方を話せた。しかし見習い椅子張り職人というのは貧乏なもので、軍にはいればある程度の安定が得られる。それは楽しい環境だった――かつてのオーストリアはヨーロッパ随一の帝国であり、軽騎兵や竜騎兵、色鮮やかなしゃれた礼装軍服、そして果てしない列をなしてはためく双頭の鷲の描かれた旗や幕に至るまで、帝国時代のものがひとそろい残っている。

グスタフにとって、兵役は故郷の地へもどることを意味した。はじめの二年のほとんどを過ごした駐屯地はベスキディ山脈の北にあり、その両側にはグスタフの出身地であるザブロツィー村と、プロイセンとの国境に近いオシフィエンチムという町があった。オシフィエンチムは美しくて栄えてはいるが、特に目立ったところのない町だ。グスタフは二年間兵舎で生活した。閲兵を受け、靴墨を塗り、真鍮を磨き、ときおり野外訓練や演習をする日々だった。そして一九一四年――一九一二年に入隊した者たちがまもなく兵役を終え、一人前の男として農場や工房へもどれると思ったころ――戦争がやってきた。

歩兵第五十六連隊は突然動員され、第十二歩兵師団のほかの連隊とともに鉄道駅まで行進して、要塞都市プシェミシルへ向かった[3]――ロシア領への進軍に向けた出発地点だ。[4]グスタフと仲間たちは重い荷物を背負い、音楽隊が響かせる朗らかな〈ダウンの行進曲〉に合わせてきびきびと行進した。一同は灰色の軍服に鋼のような緑色の襟章をつけ、口ひげをワックスで固めた完璧な姿で、手を振る娘たちに笑いかけては、若者ならではの自己満足に浸っていた。これから、ロシア軍をサンクトペテルブルクまで追っていくのだ。

五日後、足どりははじめより重くなっていた。家畜用貨車での旅を終え、弾薬や駐鋤や何日ぶんもの食料に冬用の外套をくくりつけた五十ポンドの荷物を背負って、長くきびしい強行軍をつづけている。ライフルの紐で皮膚が擦れ、足が痛んだ。グスタフ・クラインマン下級伍長と小隊仲間は、戦闘よりもベッドと酒瓶を求めていた。初日はどちらも得られなかった。目標地点はルブリン市で、そこで北から来るプロイセン軍と合流することになっている。左側面にいる連隊はロシア軍の激しい抵抗を受けて多くの死傷者を出していたが、第五十六連隊は接触すらほとんどしていない。一日じゅうひたすら行進をつづけ、ロシアの領土の奥地へ進むだけだった。[5]

בן　若者

グスタフは負傷した脚を少し楽な位置に移した。外ではガリツィアのきびしい冷気が窓枠のふちに噛みつき、地面には厚い雪が積もっている。

燃えるような夏が過ぎると、恐ろしい秋と悲惨な冬が訪れた。ロシア軍を追い散らしはしたが、オーストリア軍は情けないほど統率力がなく、ドイツ軍は適切な支援を送ってこなかった。ロシア軍はすぐに再結集し、領土奪還にかかった。[6] その結果、総崩れになったオーストリアの連隊が、前線各地で列を乱して撤退している。

民間人はパニックに陥り、駅や道に難民があふれ返った。特に恐怖をいだいたのはユダヤ人だ。ロシア帝国の反ユダヤ法は悪名高い。実のところ、ガリツィアに住むユダヤ人の多くはロシアでの大虐殺を逃れた者たちだった。侵攻してきたロシア軍はユダヤ人から家財を没収し、暴力的な脅しで金を巻きあげた。公職に就いていたユダヤ人は解雇され、人質としてロシアへ連れ去られた者もいた。[7] 難民は西へ南へと流れ、オーストリア＝ハンガリー帝国の中心部へ進んだ。はじめはクラクフへ逃げこんだが、秋にはそこさえも危険になり、ウィーンへ向かった。難民のために、当局はヴァドヴィッツ［現在はポーランドのヴァドヴィツェ］とオシフィエンチムに出発駅を設置した。[8]

やがてオーストリア軍――グスタフと第五十六連隊が先陣を切った――とロシア軍は膠着状態に陥り、前線はクラクフのすぐ手前で動かなくなった。両軍は塹壕を掘り、砲撃と急襲と望みのない攻撃によるおぞましい消耗戦に突入した。年が明けるころには、グスタフと仲間たち――生き残った者――はクラクフの南東約百キロに位置するゴルリツェの町で、郊外の前線にいた。[9] 塹壕は一本の有刺鉄線で守られた浅い溝にすぎず、周囲の開けた地にはロシアの大砲の音が響いていた。敵は町を掌握して、西の町はずれにある丘の上の大きな墓地を拠点とし、町の前にひろがる土地を見おろしている。

そして、身を切るように寒い冬のあいだじゅう、グスタフは仲間とそこにとどまった。[10] 負傷した――左の前腕とふくらはぎを銃弾に貫かれた――ときは、一種の執行猶予を得た気分だった。ザブロツィーの近くにある大きな町、ビーリッツ＝ビアラ［現在はポーランドのビェルスコ＝ビャワ］（十代の前半にこの町でパン職人の使い走りをしていたグスタフには馴染み深い場所だった）の中継病院で短期間過ごしたあと、一月中旬に移された先が、このときいた予備病院のある隣町――輸送拠点であり陸軍基地もあるオシフィエンチム、ドイツ語で言うアウシュヴィッツだった。

この町は子供のころから知っていた。平時には居心地がよく、立派な公共の建物や、絵のように美しく歴史のあるユダヤ人街が観光客を引き寄せる。[11] この町で合流するヴィスワ川とソワ川は、グスタフが生まれた村のそばの湖から流れてきている。オシフィエンチムの軍事病院は町から少し遠く、ソワ川の対岸にある郊外の集落、ザソレにあり、そこには川岸に現代風の兵舎が整然と建ち並んでいた（理想の立地とは言えず、地面はぬかるんで、夏には虫が大量発生した）。もともと、兵舎の横にはガリツィアからプロイセンに流れこむ季節労働者の一時宿泊所があったが、開戦以来、労働者の宿舎はどれも空のままだった[12]。

グスタフにとっては、傷の痛み――もうほとんど治っている――よりも、前線に残った仲間から引き離されていることのほうがつらかった。体が利かないほどの傷ではなく、必要以上には休まないと心に決めていた。細身のグスタフは穏やかな目と大きな耳も相まって華奢にすら見えるが、苦難や傷にも耐えうる驚くほど強靭な若さの持ち主だとこれまでに証明してきた。

だが、いまはここで安らかなときを過ごし、きびきびと動く看護師の足音といくつかのささやき声だけを耳にしていた。

אחים
同胞

銃弾が墓の側面に直撃し、石の破片が顔へ飛んできた。グスタフと部下たちは逃げることなく応戦し、一メートルずつ墓地の奥へ進みつづけた。

病院を出てわずか一か月で、グスタフはすでに戦闘の真っただなかへもどっていた。ゴルリツェの町へ。そこから坂をくだったところにある凍った塹壕へ。ときおり落とされる砲弾と、絶え間ない消耗戦のなかへ。そしてついにこの日――一九一五年二月二十四日――師団は守りの固いロシア軍の陣地を急襲した。

グスタフ・クラインマン伍長の目に、それは特攻作戦のように映った――安全で守りやすい陣地にいる大軍を、真正面の低地から攻撃するなんて。部隊の前にあるのは伝統的なカトリック墓地で、石灰石や大理石の小さな墓石がところせましと並んでいる。ここはまさしく要塞で、はじめに接近したとき、グスタフたちの部隊は散りぢりにされた。軍曹と小隊長が殺されたあと、グスタフと副官のヨハン・アレクシアック下級伍長はこれ以上人命を無駄にしないよう、急遽作戦を立てた。[13] 小隊の生存者――いまはそのふたりと兵長がふたり、それに兵卒が十人――は敵の砲撃を避けるために敵陣の左翼へまわり、そこから前進した。墓地の周縁部から侵入した一同は、墓石のあいだまできたところでロシア軍に気づかれた。すぐさま猛烈な銃撃に見舞われ、懸命に応戦しながら前進した。ロシア軍が手榴弾を投げはじめても、グスタフとその分隊は進みつづけ、敵を押し返した。

敵陣との境界から十五メートルはいったところで、墓石のあいだの小道がせばまって銃撃がきびしくなった。グスタフは部下を止め、銃剣をつけるよう指示した。血をたぎらせた小隊は最後の猛攻撃を開始した。

作戦は成功した。オーストリア軍が銃剣を向けると、ロシア軍は陣地から誘い出された。グスタフが側面から攻撃して敵の防衛の主力を引きつけているあいだに、第三中隊のほかの者たちが墓地へ侵入した。その日、中隊全体で二百人のロシア兵を捕らえ、連隊では計千二百四十人もを捕虜にした。開戦以来敗北つづきのオーストリア軍にとって、ゴルリツェ墓地を奪ったことは大きな功績で、大量の勲章が授与され、フォン・ヘーファー陸軍元帥の報告のなかでも言及されたほどだ。[14] 前にもあとにも例がないわけではないが、このときは下士官の先導によって危うい戦況が逆転したのだった。

בן
若者

ラビ・フランクフルターが結婚式の七つの祝福であるシェヴァ・ブラコットの後半を唱えると、声はウィーンのロッサウアー兵営にあるシナゴーグの礼拝堂に幾度もこだました。仲間たちが掲げる結婚式用の天蓋の下で、グスタフはいちばん上等の礼装軍服を着て、胸には一等勇敢銀勲章を輝かせていた。隣で光を放つのは花嫁のティニ・ロッテンシュタインで、暗い生地のコートやつば広の帽子に、白いレースの襟と絹の花飾りが映えていた。

ゴルリツェ墓地でのあの日から二年が経った。グスタフとヨハン・アレクシアックはふたりとも銀勲章を受けた。オーストリアで最高級の勲章である。指揮官はふたりが〝巧妙かつ前例がないほど勇敢に突入〟し、それをおこなうにあたって〝ずば抜けた活躍をした〟と書いている。[15] 激しい戦闘を経験した第五十六連隊では、百人以上が勲章を受けた。[16] その日以降、オーストリア軍は何度か後退しつつも、ロシア皇帝の軍をヴィスワ川の向こうへ、さらにはガリツィアの外へと追い出し、レンベルク［のちにポーランドのルヴーフとなり、現在はウクライナのリヴィウ］とワルシャワとルブリンを占領した。その年の八月、グスタフはふたたび負傷した。今回は肺をやられ、傷は前回よりずっとひどかった。[17] やがて回復すると、また戦闘にもどった。

「子のない者がみずからの子らに囲まれて喜びと幸せを感じますように」ラビ・フランクフルターの唱える声が部屋を満たす。「聖なる主よ、喜びと幸福と歓声と楽しさを、愛と友情と調和と親和の創造者よ……新郎の喜びである新婦を与えし主よ」そこまで来ると、ラビは伝統のグラスをグスタフの足もとに置き、それをグスタフがブーツの踵で踏んで粉々にした。「マゼル・トフ［〝おめでとう〟またはは〝幸運を〟（ヘブライ語）］！」集まった人々が叫んだ。

ラビは兵士と結婚することの重さをティニにあらためて言い聞かせ、ユダヤ人国民に対するオーストリア＝ハンガリー帝国の寛容さにもふれた。新しい皇帝カールは、ユダヤ人を照らす太陽である。皇帝の祖先たちは昔あったゲットーの壁を取り壊し、自分たちの領地に〝イスラエルを組みこんだ〟。[18] オーストリアにも以前からずっと反ユダヤ主義はそれなりにあったが、ハプスブルク家の皇帝に解放されて以来、ユダヤ人はよい暮らしを送り、多くを成しとげた。いま自分たちの手と心で道を切り開くことができるのは、この土台のおかげだ、と。

その日、シナゴーグを出たグスタフとティニは、新たな時代への日々を歩みだした。グスタフはそれからも戦いつづけた。イタリアの前線でさらに戦闘を経験し、戦争に貢献してさらに勲章を得るが、オーストリアとドイツは避けがたい残虐な敗北へ徐々に近づいていく。だがグスタフは結局生き延び、ウィーンへ帰ってきた。平和が訪れてはじめての夏にエーディトが生まれ、そのあとにも多くの子供が生まれた。旧帝国は勝利した連合国によって分割された。ガリツィアはポーランドへ譲渡され、ハンガリーは独立し、オーストリアは小さな残りかすとなった。それでもウィーンは変わらずヨーロッパの文明国の中心地でありつづけ、そのなかでグスタフは家族の居場所以上のものを築いていた。

しかし、そういう見方をする者は少なかった。オーストリアとドイツの国民たちは敗戦の屈辱を和らげようと、作り話をするようになった。悪いのはユダヤ人だ、と人々は言った。戦時中に闇市でよく儲けていた、と。前線から逃れて押し寄せてきたユダヤ人にも矛先が向き、都市での食料危機を悪化させたと言われた。義務を怠り、兵役を逃れたという話もよく口にされた。それに、ユダヤ人は政府や商業を破壊しかねないほどの影響力を持っていて、ドイツやオーストリアの背にいつでもナイフを向けているという。ウィーンの議会では、ゲルマン民族主義者や保守派のキリスト教社会党が反ユダヤ主義を扇動し、新聞にはユダヤ人大虐殺を予告する不吉な脅しが載るようになった。[19]

それでも約束は守られた。噴き出した反ユダヤ主義は陰口にとどまり、ウィーンのユダヤ人は繁栄しつづけた。グスタフは生計を立てるのに苦労することもあったが、けっして絶望せず、社会主義の政治活動に身を投じて、すべての労働者に明るい未来を保証すること、自分の子供たちに豊かな未来を勝ちとることを目指した。

אבא
父

別の列車、別の時代、別の世界でのこと……だが、同じでもある。

グスタフは闇のなかですわって、列車に揺られていた。まわりの空気には、不潔な体や古びた収監者服やトイレ代わりのバケツの嗅ぎ慣れた悪臭が漂い、力のないざわめきが満ちている。何十人もが押しこめられた空間はせまく、ほとんど身動きできない。小便バケツにたどり着くだけでもひと苦労だった。

ヴァイマールで列車に乗ってから二日が経った。グスタフの目は扉のまわりの隙間や格子窓から漏れ入るわずかな光に慣れ、日記に短い数行を書くぐらいはできるようになった。そろそろ正午だろう。光が最も強くなり、仲間たちの顔が見分けられる。グストル・ヘルツォークがいて、細長くまじめそうな顔のシュテファン・ヘイマンや、グスタフの親しいフェリックス・〝ユップ〟・ラオシュも見える。フリッツは若い仲間たちといっしょにすわり、そこには同い年でウィーン出身のパウル・グリューンベルクもいる。パウルもジーヴェルトの弟子だったが、最後まで訓練を受けなかった。[20] 水も毛布もなく、渇きと寒さのなか、雰囲気はひどく陰鬱だった。

外を見ることもにおいを嗅ぐこともできなかったが、グスタフはいま通っているであろう場所の景色を知っていた。畑がひろがり、遠くには緑の丘や山々があり、古風な小さい村が並ぶ。この地で育ち、祖国のために血を流した。そしていま、この線路で最後にもう一度引きもどされ、この地で死のうとしている。

背後では、あれだけ希望に満ちてはじまった家族が壊れ、散りぢりになっていた。一九一五年、胸に勲章を留められたときの約束。一九一七年、グラスを踵で踏みつけてティニと結婚したときの約束。

そして一九一九年、赤子のエーディトをはじめて抱いたときの約束。オーストリアのなかにイスラエルが造られるという約束は、正気を失って壊れた巨大な機械の車輪で押しつぶされた。機械は愚かにも止まることなく動きつづけ、ありもしないアーリア系ドイツ人の偉大さを揺さぶって、そこに生を吹きこもうとしている。そんなものがありうるはずがない。視野のせまい潔癖主義は、偉大な社会を作るものの対極にあるのだから。金色に塗ったボール紙の冠を俳優がかぶってもったいぶっても王になれないように、ナチズムは偉大になどなりえない。

列車は刈り株の並ぶ畑や黄金色に染まりつつある森を猛然と抜けたあと、速度を落としはじめた。ゆっくりと進みながら南へ向きを変え、小さなオシフィエンチムの町の駅へはいった。[21]

蒸気の波を吐き出しながら、機関車は家畜用貨車を積みおろし場まで引いていった。そこで列車は停まった。中にいるブーヘンヴァルトの男たちは、もう目的地に着いたのかと考えていた。時は刻々と過ぎていくが、何も起こらない。隙間からの光が消えると、一同は真っ暗闇に取り残された。

ありがたいことに、そんなときもグスタフのそばにはフリッツがいて、慰めを与えてくれた。この子がみずから進んで来てくれなければ、いったいどうやって耐え忍んだことだろう。フリッツのなかに、そして父と息子を結びつけ、これまで生かしてくれた絆のなかには、遠い昔についえた約束への思いが生きつづけていた。ほんとうにここで死ぬことになっても、少なくとも自分はひとりではない。

やがて、外で動きがあった。貨車の扉が音を立てて開き、命令の声が響いた。すぐ横の扉がきしみ、まばゆい懐中電灯と電気の手提げランプが目をくらませる。「全員出ろ!」

苦痛と緊張で体をこわばらせたまま列車をおりると、光の輪と番犬のうなり声が待っていた。「整列! 最前列はここだ。急げ!」点呼で何年も訓練されてきたブーヘンヴァルトの収監者たちは、線路の隙間にすばやく隊列を組んだ。いつもどおりの罵倒と殴打を待ち構えていた男たちは、どちらも訪れないことに驚き——そして少し不安になった。武装した監視兵たちはときどき命令を出すが、それ以外は不気味なほど静かで、列のあいだを歩きまわり、新たな収監者たちをじっくり観察している。時間が経つにつれ、男たちの不安は募った。近くに監視兵がいないとき、グスタフは何度も腕を伸ばしてフリッツを抱きしめた。

グスタフが前回この駅に足を踏み入れたのは一九一五年で、退院して前線へもどったころだ。見慣れた光景とはまったくちがう。

午後十時を少し過ぎたころ、積みおろし場の横から響いてきたブーツの足音が、収容所から来たSS分隊の到着を告げた。先頭はいかつい顔をした中年の将校で、口もとが不快そうにゆがみ、鉄縁の眼鏡をかけている。アウシュヴィッツ拘禁局のハインリッヒ・ヨステンSS中尉だ[22]。新たに到着した収監者の名前と番号を漏れなく名簿と照合したあと、声を張りあげた。「時計や高価な物品を持っている者はいないか？　たとえば金《きん》だ。もしあれば渡せ。いまは必要ないはずだ」だれも返事をしない。ヨステンは部下にうなずき、収監者たちに積みおろし場を整然と進ませた。

一同は貨物ヤードからまっすぐで長い道を行進し、軽工業の工場らしき建物や、荒廃した木造兵舎のあいだを抜けた。ここへ来てようやく、グスタフはうっすらと見覚えがある気がしてきた。左へ曲がると、道の少し先にはアーク灯に明々と照らされた門があった。門が大きく開き、遮断棒があがると、ブーヘンヴァルトの収監者たちは中へ進んだ。上には錬鉄のアーチがあり、標語が掲げられている。

ARBEIT MACHT FREI

〝働けば自由になる〟。背後で遮断棒がおり、門が音を立てて閉まった[23]。

ついにアウシュヴィッツ強制収容所のなかにいる。太い道を進むと、脇には刈られた芝地と大きく頑丈そうな二階建ての兵舎ブロックが並んでいた。ブーヘンヴァルトにあったSSの兵舎と似ているが、グスタフはそれとは異なる、もっと遠い記憶を呼び覚まされた気がした。前にもここへ来たことがある。

収容所のいちばん奥の隅にある建物に着くと、ブーヘンヴァルトの収監者は中へはいるよう言われた。そこは浴場棟だった。名前をふたたび移送名簿と照合されたあと、収監者の営む更衣室へ通された。そこで、健康診断のために裸になるよう命じられた。このあとシャワーを浴び、収監者服のシラミを駆除してから収容施設へ行くことになる。[24]

フリッツと父は互いを見やった。ブーヘンヴァルト出身者のあいだでは不安が高まっていた。アウシュヴィッツでのガス殺についての噂では、ガス室がシャワー室に見せかけてあるという。[25]一同は汚れた古い収監者服と下着を脱ぐと、別の部屋へ進んで医師の丹念な検査を受け、さらに先の部屋であらためて頭を剃られた――頭皮ぎりぎりまで剃られ、ふだんわずかに突き出している生えかけの髪すらなくなった。体も陰毛まで剃られた。それからシラミ検査だ。フリッツは白い壁に不吉なドイツ文字で書かれた標語を見つけた。〝シラミ一匹が死を招く[26]〟

つぎはシャワーだ。フリッツもグスタフもほかの収監者たちも、はじめの一団がドアを通されるのを不安な面持ちで見つめた。

数分が経った。収監者たちのあいだに落ち着かない空気がひろがっている。フリッツは小さなざわめきを聞きながら、緊張が高まるのを感じた。自分たちの番が来たら、命令に従っておとなしく死の部屋にはいるのだろうか。

突然、ひとりの男の顔が扉から現れた。濡れて光り、顎から水を垂らして笑っている。「だいじょうぶ」男は言った。「ほんとうにシャワーだ！」

つぎの一団は、はるかにましな気分で進んでいった。最後に、シラミを除去して消毒した服と、新しい下着を渡された。[27] グスタフは、貴重な証言を書いた日記が服のあいだに隠れたままなのを見て安堵した。

服を着ると、ハンス・アウマイアーSS少佐による視察を受けた。アウマイアーは副司令官で、第三局――〝保護拘禁〟を担い、ユダヤ人のほとんどを担当する――の長官だ。酔って機嫌の悪いアウマイアーは、新入りの回収に遅れてきたブロック古参――緑三角印のドイツ人――を平手打ちした。だれもが恐れるSS像そのものだ。しかめ面で規律にうるさく、口は固く閉じられていて、拷問や大量銃殺をすることで知られている。新入りの収監者に満足したアウマイアーは、ブロック古参に命じて宿舎へ連れていかせた。

グスタフやフリッツが入れられたのは、収容所の中央にある第十六Aブロックだった。中へはいるとすぐ、ブロック古参は禁制品をすべて差し出すよう言い、部屋係――全員がポーランド人の若い収監者――に体を調べさせた。紙と鉛筆、煙草入れ、ポケットナイフなどの持ち物から、金やセーターに至るまで、貴重な品すべてが没収された。大胆な者たち――グストル・ヘルツォークなど――はポーランド人に反発して持ち物を渡すのを拒み、ゴムホースで叩かれた。声をあげた者はみな叩かれる。多くの収監者がこれまで大切にしてきたもの――生きる気力を与えてくれた形見の品や、冬のあいだ体に魂をつなぎとめてくれたあたたかい服など――を失った。

ようやく部屋係に連れられて寝室へ行き、場所を割りあてられた――ベッドはふたりにひとつで、毛布はひとり一枚だ。グスタフはどうにかフリッツと同じベッドにしてもらえた。ブーヘンヴァルトに着いた初日、テントで過ごした夜が思い出された。少なくともここには床があり、頭上にはしっかりした屋根がある。だが同時に、アウシュヴィッツでの生活は残酷で短いと確信してもいた。

אבא
父

三日目、体に刺青を入れられた。これは前年の秋に導入された、アウシュヴィッツ独自の習慣だ。登録所に並んで、ひとりずつ左袖をまくりあげ、針で腕に刺青を入れられた。

グスタフの前腕には、一九一五年一月に受けた銃弾の傷跡がいまだに残っている。その隣の肌に68523という数字が青いインクで入れられた。[28] グスタフは〝シュッツ・ジュード〟――ユダヤ人〝保護拘禁者〟――として登録され、出生地と生年月日、そして職業が記録された。[29] 志願して移送されたフリッツは名簿の最後尾近くにいて、六八六二九番を与えられた。職業は建設助手と書かれた。

そして収監者たちはブロックへもどった。何日か過ぎても、ブーヘンヴァルト出身者たちは作業班に入れられることもなく、ほとんど放置されたまま、収容所のふだんの儀式だけを課されていた。広場はなく、点呼はブロックの外の道でおこなわれた。食べ物はポーランド人の部屋係とブロック古参――〝ブロッコーヴィ〟とポーランド人は呼んでいる――が配給した。ポーランド人たちはオーストリアやドイツのユダヤ人を――ドイツ人としても、ユダヤ人としても――憎み、軽蔑していて、アウシュヴィッツで長く生きられる見こみはない、とはっきり言った。殺されるためだけに送られてきたのだ、と。食事の時間になるとユダヤ人は列に並び、順番が来るとブロッコーヴィから器とスプーンを渡されて前へ出る。部屋係がバケツにはいった薄いシチューを配り、その横にはスプーンを持った若いポーランド人が控えていて、器のなかに肉切れを少しでも見つけるとすばやくすくいとる。このやり口にはどんなに冷静なブーヘンヴァルト出身者も腹を立てたが、文句を言えば打たれることになった。

グスタフは公式にはポーランド生まれと見なされ、ポーランド語も話せたので、ほかの者よりいくらかましな扱いを受けた。はじめの数日間で知り合った年かさのポーランド人たちからアウシュヴィッツの流儀を学び、これまでに耳にしたこの場所の恐ろしい存在目的が嘘ではないとあらためて知った。敷地はブーヘンヴァルトよりずっと小さく、七つのブロックが三列並んでいるだけだ。ここはアウシュヴィッツ第一収容所と呼ばれる基幹収容所であることを、グスタフはのちに知った[30]。アウシュヴィッツ第二収容所は、数キロ離れた線路の反対側にあるブジェジンカという村に造られた。ドイツ語ではビルケナウ――〝カバノキの森〟――と呼ばれる（SSは苦難の地に絵のように美しい名をつけるのが好きだった）[31]。ビルケナウは広大で、十万人以上を収容し、その収監者たちを大量に殺せる設備を具えていた。アウシュヴィッツ第一収容所にも殺人のための設備はあった。悪名高い第十一ブロック――〝死のブロック〟――の地下は、毒ガスを使った実験がはじめておこなわれた場所である。最も邪悪なのは第十一ブロックの外にある中庭で、そこにある〝黒い壁〟の前では死刑を宣告された収監者が銃殺された[32]。ブーヘンヴァルト出身者がビルケナウへ送られるのかここで死ぬのかは、まだわからなかった。

　陽光の下で見ると、あたりに見覚えがある感覚は、グスタフのなかでますます強まった――特に、あのしっかりした煉瓦造りの建物群だ。アウシュヴィッツ第一収容所を造ったのはSSではない。それはオーストリア軍が第一次世界大戦前に造った古い兵舎を改築したものだった。一九一八年以降はポーランド軍が使っていたが、いまではSSの手で強制収容所に造り変えられている。ブロックが増設され、まわりを電気柵で囲われているとはいえ、同じ場所なのは明らかだ。負傷したグスタフ・クラインマン伍長が一九一五年に入院していたのは、出生地の村から流れてくるソワ川のほとりの、ちょうどこの場所だった。最後に見たとき、ここには雪が積もり、オーストリア兵がいっぱいで、グスタフは負傷した英雄だった。あのとき治療を受けた弾丸の傷の隣に、いまでは収監者の刺青がある。まるで、広い世界のなかで、この地に捕らえられたかのようだった。自分を生み、育て、殺しかけたこの場所が、断固として引きもどそうとしていた。

בן 息子

　アウシュヴィッツに来て九日目に、ブーヘンヴァルト出身者は収容所の忌まわしい役割を目のあたりにした。二百八十人のポーランド人収監者が、処刑のために〝死のブロック〟へ連れていかれた。何が待ち受けているのかに気づき、数人が抵抗した。衰弱した体で武器もないので、すぐさまＳＳに殺され、残った者は〝黒い壁〟へ連れていかれた。命運の尽きたある男は家族宛ての手紙をゾンダーコマンドのひとりに託したが、ＳＳに見つかって破棄された[33]。

　〝ここでは恐ろしいことがいくつも起こっている〟とグスタフは書いた。〝耐えるにはずいぶんな神経が必要だ〟

　神経が弱りはじめている者もいた。フリッツもそうだ。先が見えないなか、地獄の一歩手前にいるのがわかり、不安はいや増していった。日々建設者として働き、建設班にいたから生き延びてこられたのであり、仕事がない状況に神経は参っていった。近いうちに無駄飯食いと言われ、ほかの者たちと同じく〝黒い壁〟かガス室へ送られる気がしてならない。疑念が不安と恐怖に変わった。生き延びるには権力のあるだれかに自分が何者かを伝え、仕事を割りあててもらうしかない。

　フリッツは父や親しい仲間に考えを打ち明けた。この向こう見ずな案にはだれもが猛反対し、どんな些細なことであれ、ぜったいに注意を引かないのが生きるための鉄則だと言われた。しかし、若く強情なフリッツは、このままでは死ぬことになると確信していた。

　そこでまず、ＳＳのブロック指導者に近づいた。決死の思いで勇気を振り絞り、身分を告げる。

「ぼくは熟練建設者です」フリッツは言った。「仕事を割りあてていただけませんか」相手は信じられないという顔でフリッツを見つめ、収監者服についた星に目をやって笑った。「ユダヤ人の建設者なんて、聞いたこともないぞ」嘘ではないと力説するフリッツを、ブロック指導者――SS監視兵にしては珍しくおおらかだった――は気のよさそうな連絡指導者、ゲルハルト・パリッチュ上級曹長のもとへ連れていった。

　パリッチュは運動能力、整った顔つき、穏やかで落ち着いた物腰というアーリア人の理想を満たす数少ないSS隊員のひとりだった。これは危険なまやかしであり、パリッチュは殺人者として、だれにも劣らない記録を残していた。〝黒い壁〟でパリッチュがみずから銃殺した収監者は数えきれない。好んで使ったのは歩兵銃で、死刑囚のうなじを撃つときの無頓着ぶりには同じSS隊員も驚くほどだった。パリッチュが処刑するところを頻繁に見ていたアウシュヴィッツの司令官ルドルフ・ヘスによると〝あの男が少しでも感情を動かされるところは見たことがない〟うえ、殺すときのパリッチュは〝平然としたまま、無表情で、ゆっくりと落ち着き払って〟いたという。[34] 予定が遅れると銃を置き、ひとりで楽しげに口笛を吹いたり、仲間と雑談をしたりして再開まで時間をつぶす。仕事に誇りを持ち、良心の呵責など微塵も感じていなかった。収監者たちにとって、パリッチュは〝アウシュヴィッツ一のろくでなし〟だった。[35]

　そしてこの男の前で、フリッツは目立つ行為をすることになった。パリッチュはブロック指導者と同じ反応をした――ユダヤ人の建設者など、聞いたことがない。だが、興味は持った。「試してやろう」そう言ってから、付け加えた。「わたしをだまそうとしたとわかったら、即刻撃つ」それから、フリッツに何かを作らせるよう、ブロック指導者に命じた。

　連れていかれた先は建設現場だった。カポは困惑しながら資材を用意し、この図々しいユダヤ人を困らせてやろうと、窓間壁――ふたつの窓のあいだに立つ壁――を作ってみろと言った。煉瓦積みの技術を正しく身につけた者にしかできない仕事だ。

目の前に脅迫をぶらさげられているのに、フリッツはここ数週間なかったほどすっかり落ち着いていた。金ごてと煉瓦を手にとって、仕事にかかった。両手をすばやく器用に動かして、バケツからモルタルをすくって一層目の上にほうり、こての先端を滑らせてどろどろした灰色の液をひろげると、余分をすばやい手さばきで削ぎ落とす。煉瓦をひとつとり、モルタルを塗り、積み、モルタルを落とすと、もうひとつ積み、さらにもうひとつ積む。ＳＳの監督者に見張られながら身につけたとおり、静かに手際よく作業していくと、水平で均等な層がまっすぐに積み重なっていく。きれいに整い、しっかりと安定した窓間壁の基礎が、驚くカポの前でたちまちできあがった。

二時間もしないうちにフリッツは収容所の門へもどってきた。付き添ったブロック指導者は仰天していた。「こいつ、ほんとうに凄腕です」パリッチュに伝えた。

ふだんは感情を表に出さないパリッチュが、顔に苛立ちを浮かべた。ユダヤ人が建設者——実直な労働者——だというのは、何かのまちがいに思えた。しかし、パリッチュはフリッツの収監者番号を控えてからブロックへ帰らせた。

すぐには何も変わらなかったが、十月三十日、到着してから十一日目に、予期していた瞬間がついにブーヘンヴァルト出身者を襲った。

朝の点呼のあと、移送されてきたユダヤ人収監者は整列させられ、ＳＳ隊員による視察を受けた。ブーヘンヴァルトから来た四百人に加え、ダッハウ、ナッツヴァイラー、マウトハウゼン、フロッセンビュルク、ザクセンハウゼンから来た千人を超える男たち、さらにはラーフェンスブリュックから来た女たちが百八十六人いた。総勢千六百七十四人だった[36]。命令に従って裸になり、隊員の前をゆっくり歩いて評価を受けた。年老いて見える者や不健康そうな者は左へ、ほかの者は右へ行くよう言われる。左へ行けばどうなるか、だれもがよく知っていた。選別の割合は半々程度のようだった。

フリッツの番が来た。フリッツが歩いていくと、担当の隊員は全身を見渡し、すぐさま右を指した。フリッツが見ている前で、気の滅入る見世物は進んだ。やがて父の番が来た。グスタフは五十歳を超え、今年になってひどい怪我をしている。グスタフと同年代の――ときには年下の――男たち数百人が、すでに左へ送られていた。フリッツは動悸を感じ、息もつけぬまま、隊員が父を上から下までじっくり観察するのを見守った。手があがり――右を指した。グスタフは歩いてきてフリッツの脇に立った。

結局、六百人以上――ブーヘンヴァルト出身者は百人ほど、ダッハウ出身者はほぼ全員――が不適格となった。グスタフやフリッツの旧友や知人もおおぜいいる。ビルケナウへ行進させられたその人々の姿を見ることは二度となかった。[37]

〝われわれブーヘンヴァルト出身者にとって、これがアウシュヴィッツのはじまりだった〟フリッツはのちに回想する。〝自分たちは死ぬ運命にあると、ついにわかった[38]〟

だが、まだそのときではない。選抜のあと、残った八百人の男たちも収容所の外へ行進させられた。ただし、鉄道やビルケナウのある西ではなく、東へだ。SSは仕事を用意していた。新しい収容所を造らなくてはならない。一同は川を越え、オシフィエンチムの町を過ぎて、田園地帯へと歩いた。

いつものように暴力を受けながら行進するブーヘンヴァルト出身者たちは、状況に見合わないほどの安堵を覚えていた。生きていること。それがすべてだった。フリッツが声をあげ、ユダヤ人にも建設仕事ができるという考えをSSに植えつけたおかげでこうなったのかどうかはだれにもわからないが、グスタフはそうだと信じていた。〝フリッツルは自分の意志でわたしとともに来た〟グスタフは日記に書いている。〝息子は忠実な仲間で、いつもそばにいて、すべてを解決してくれる。あの子にはだれもが感心していて、全員にとって真の同志だ〟少なくとも何人かは、フリッツの大胆な行動のおかげで自分たちもガス室行きを免れたと考えていた。[39]

12 アウシュヴィッツ＝モノヴィッツ

✡

一九四二年十一月に南ポーランド東部の上空を飛んだ飛行機があったとしても、ドイツによる占領の形跡は、搭乗者にはほとんど見てとれなかっただろう。曲がりくねった道や川にまたがって、小さな田舎町や古い商業都市があるだけだ。

クラクフへ向かうと、線路の茶色い線の近くにある土地からひとつの図形が現れる――巨大な長方形で、長辺は一キロ以上、短辺もそれに近く、何列も何列も何列もつづく細長い宿舎で埋めつくされている。まわりを囲むフェンスには監視塔が点在し、少し離れた敷地の端や木々のあいだには煙のあがる建物がいくつかある。

さらに進むと、線路の反対側には建物がところせましと並んでいる――作業場が並ぶ灰色の塊のなかで、煉瓦屋根の宿舎ブロックの建つアウシュヴィッツ収容所ははっきり見分けられる。川は南へ曲がり、濃い緑の森にふちどられた銀の線が、昔は駐屯地だったケンティの町――グスタフ・クラインマンが大戦の前に配置されていた地――やベスキディ山脈へ向かう。さらに先の見えない彼方には、湖と、グスタフが子供時代を過ごした村ザブロツィーがある。

オシフィエンチムの数キロ先へ行くと、風景に新たな傷が現れる。ヴィスワ川の湾曲部にできた広く暗い破壊跡だ。かつて、ここにはドゥヴォリーという活気のない集落しかなかった。いまでは長さ三キロ、幅一キロ超の土地が切り開かれて、道路と線路で格子状に区切られ、端から端までに及ぶ建設現場には、事務所、作業所、工場や、ほかにもたくさんの建設途中の殻が点々と建っていて、それを配管や貯蔵庫や輝く鉄の煙突が取り囲んでいる。ここはブーナ工場と呼ばれる化学工場群で、建設はすでに予定より大幅に遅れている。

そのいちばん奥に隠れて、ＳＳが追い払う前にはモノヴィッツという小さな村があったところに、新たな収容所が造られはじめていた。簡素な長方形がひとつ、畑のなかで際立っている――隣にひろがる工場の建物群と比べるとごく小さいもので、宿舎棟がいくつかと未完成の道路や建設現場があって、そこに重労働を課された収監者たちの姿が点在していた。

בן　息子

フリッツは目の前の作業に集中しつづけていた。まるでほかに何も存在しないかのように。まるでこの壁が世界のすべてで、自分はそれを少しずつ高く長くしていく機械でしかないかのように。正気を保つには、小さなことや達成可能なこと、そしてそれを実現するための技術に気持ちを集中させるしかない。

「テンポ、テンポ！　もっと速く、もっと速く！」ポーランド人のカポ、ペトレック・ポプリンスキーが建設現場じゅうに怒鳴った。ドイツ語は数語しか話せず、〝もっと速く《シュネラー》！〟ばかり繰り返しながら、杖を手に現場を闊歩しては、煉瓦やモルタルを運ぶ者たちを叩いている。収容所の建設は猛烈な勢いで進んでいた。最上層部から急ぐよう圧力がかかっていて、このペースについていけるのはよほど強靭で体力のある者だけだ。飢えかけた収監者のなかにはほとんどいない。

「ピエンチ・ナ・ドゥペ！」「ケツに五回！（ポーランド語）」ボプリンスキーの大声につづいて、杖が哀れな運搬人の尻を五回打つ音が響いた。ほかの者たちは目を伏せたまま速度をあげた。

フリッツと一同がモノヴィッツ補助収容所に着いてから数週間が経った。[1] ブーヘンヴァルトの最もひどいときに劣らぬ生き地獄だ。最初の虐待を生き延びられなかった者も多かった。

アウシュヴィッツ第一収容所から三時間歩かされたあと、新入りの収監者たちはブロックへ入れられた。収容所などないに等しかった——開けた平地に木造の宿舎が数棟あるだけで、フェンスはなく、収監者を閉じこめているのは歩哨線だけだ。[2] 未完成の粗末な宿舎には照明も洗面設備もない。水道は外の平原に給水用パイプがあるだけだ。厨房はまだないので、食料は第一収容所から毎日運ばれてくる。


はじめ、新入りは道路掘りをさせられた。フリッツもだ。モノヴィッツの監督者はフリッツの技術について知らないようだった。ひどい雨でぬかるんだ地面は掘りにくく、手押し車が沈んでしまう。夜、宿舎に帰るころにはいつもずぶ濡れになり、疲労困憊していた。暖房がないのに、ＳＳのブロック指導者と連絡指導者からは、服も靴も乾いてきれいな状態で点呼に臨むよう言われた。そんな日々を送っていたころ、フリッツは仲間のうち年長で体力のない者たち——特に父——を気づかわしく見守っていた。こんな状況には長く耐えられないだろう。

湿った泥を掘りながら、フリッツは収容所の形ができていくのを見ていた。フェンスができ、監視塔の基礎が造られていく。建設班に移れば救われるのはわかっていた。

ある日、モノヴィッツの労働を管理するリヒャルト・シュトルテンＳＳ曹長が近くを通りかかった。ここのＳＳは異様に短気だ。まだ監督者の兵舎はないので、毎日交替でトラックに乗って第一収容所からやってくる。みなモノヴィッツでの仕事をきらい、怒りっぽい。危険を冒す価値はある、とフリッツは考えた。このままでは父が死んでしまう。

フリッツはシャベルを置いてシュトルテンを追い、呼びかけた。「収監者番号六八六二九。煉瓦工です」曹長に反応する間を与えずに早口で言い、仕事仲間を指し示す。「全員、ブーヘンヴァルトから来ました。熟練の建設労働者がたくさんいます」

シュトルテンはフリッツを見つめたあと、カポを呼んだ。「ここのユダヤ人のうち、建設ができるやつをさがせ」シュトルテンは言った。「番号を控えておけよ」

たったそれだけだった。こんなときでなければ叩かれただろうが、事態は切迫していた。ブーナ工場を早く完成させて稼働させるように、とヒムラーやゲーリングから途方もない圧力をかけられている。そのためには、何よりまず収容所を完成させなくてはならない。上層部の焦りはフリッツにも感じとれた。

フリッツの仲間の多くは配置換えに便乗するため、自分が建設関係者だと言った——父もそうだ。グスタフは椅子張り職人として木工技術を身につけていたので、大工だと偽った。フリッツが基礎と床を作る一方、父はプレハブ式の宿舎を建てるのに使う部品作りを手伝った。

オシフィエンチムとモノヴィッツをつなぐ道の向こう側には、造りかけのブーナ工場がそびえている。大手化学会社〈IG・ファルベン〉の工場であり、完成後はドイツの戦争に貢献するために、合成燃料やゴムなどの化学製品を作ることになる。[3]戦争は予想以上に激しく困難をきわめ、燃料やゴムの需要が逼迫していた。SSとの取り決めで、会社は建設や工場労働のためにアウシュヴィッツからいくらでも奴隷労働者を得ることができ、賃金としてひとりにつき一日に三から四マルクをSSに支払う（その金はSSの金庫に直行した）。民間人と比べて安あがりなだけでなく、労働者のための設備や疾病手当てや娯楽といった経費も大いに削減できる契約だった。虐待されてきた収監者たちの健康状態はひどいもので、生産性は低くなるが、それでも会社側は経費削減を選んだ。[4]病気や衰弱で働けなくなった収監者はビルケナウのガス室へ送るだけでよく、代わりの新たな収監者は、ドイツが征服した各地から途切れることなく流れこみつづけている。

やってくる収監者たち——多くは西ヨーロッパやポーランドから直接連れてこられたユダヤ人——は収容所でのふるい分けを経ていなくて、古参の収監者たちほど丈夫ではない。さらに、生存のために欠かせない技術も持ち合わせていなかった。新入りたちは労働のペースや、虐待や、飢えや、病人への看護のなさに耐えきれず、急速に打ちのめされていった。グスタフの計算では一日に八十人から百五十人の哀れな人々がモノヴィッツから消え、だれにも名前や身の上を知られることなくガス室へ送られた。

移送されてきた人たちから、フリッツは悲痛な知らせを受けた。新入りのなかに、ブーヘンヴァルト時代の古い友人がふたりいる——数か月前に一時的にナッツヴァイラー収容所へ移されていたユール・マイクスナーとヨッシ・センデだ。フリッツはふたりからレオ・モーゼスがその収容所で殺されたと聞いた。各地の収容所で八年間生き抜いたレオを、SSはついに仕留めたのだ。あまりに不当で、胸が張り裂けるほど悲しかった。フリッツの脳裏に、採石場ではじめて会ったレオから黒い薬をもらったことや、人脈を駆使して安全なジーヴェルトの班に移してもらったことがよみがえった。強くやさしい心を持った共産主義者で、特別親しい友でもあったレオのことを思い、フリッツは悲嘆に暮れた。

フリッツがレオから学んだことがあるとすれば、それは予期せぬところで思いやりが見つかるということだが、それがここでも証明された。SSがドイツから労働者を雇ってくると、フリッツとグスタフは強制収容所にはいって以来はじめて、民間人とともに働くことになった。民間人たちはSSを警戒し、収監者に話しかけることを禁じられてもいたが、少しずつ口を開くようになった。彼らはナチスに傾倒してはいないものの、ナチスの大義に反対しているわけでもなかった。収監者が残酷にこき使われていることについての感想をくわしく尋ねようとすると、民間人は口を閉ざす。それでも、何人かは同情してくれた。態度は徐々に和らいだ。昼食のあとにはパンの切れ端を放置し、投げ捨てる煙草の吸いさしは以前より長く、吸える部分がかなり残っていた。民間人の監督者は、角張った頭と残忍そうな表情ゆえにフランケンシュタインと呼ばれていたが、実は見た目よりもやさしい。収監者を怒鳴りつけたり罵ったりすることはなく、その態度に影響されたカポのボプリンスキーまでもが付き合いやすくなって、前ほど運搬人に杖を見舞わなくなった。

ようやく宿舎ブロックがいくつか完成すると、グスタフは屋外での労働からしばらく解放された。寝台や干し草の束を積んだトラックが何台もやってくる。グスタフはほかの数人とともに、ジュートの袋に詰め物をしてマットレスを作る仕事をまかされた。マットレスをだれよりも速く、きれいに縫いあげるのはなかなか楽しかった。

小休止はほどなく終わり、グスタフは屋外へもどった。この区画では宿舎の壁が完成していて、また重労働へまわされるかもしれなかった。さらには、ブーナ工場の建設現場に配属される可能性まである。あの現場で働いている男たちは、毎晩死にそうな様子で帰ってきては、恐ろしい話を打ち明ける。ブーヘンヴァルトの採石場に逆もどりしたかのようだった。収監者が担架に乗って帰ってくることもよくある。ペースについていけない者は、みなビルケナウ送りだ。

そうはなるまいと、グスタフは静かに心に決めていた。毎朝、シュトルテン曹長がその日必要な熟練労働者を募ると、グスタフはかならず前へ出た。求められたのが屋根職人でもガラス工でも大工でも、出ていってその技術があると宣言する。そして、なんとかやってのけた。来る日も来る日も、あらゆる建設作業をこなせるふりをして切り抜けた。SSに見破られたらどうなることかとフリッツが心配すると、グスタフはただ肩をすくめた。自分は要領がよくて器用であり、どんな技術だろうと、まぬけなSSをごまかせる程度には習得できる自信がある、と。

できあがった宿舎には新たに到着した収監者が詰めこまれ、工場の建設現場へ送られて働かされた。収容所内の環境は、収監生活の長い者でも想像できなかったほど劣悪だ。人が密集し、凍るように寒く、汚れている。衛生設備も不十分で、赤痢が流行りはじめた。日々、恐ろしい数の収監者が死んでいった。

それでも、ビルケナウで起こっていることに比べたら生ぬるいものだった。モノヴィッツに日に三、四本やってくる列車には、ビルケナウへの選抜を免れたユダヤ人が詰めこまれている。その人々から聞かされたのは、獲物から略奪するSSのひどい話だった。〝ビルケナウのやつらはドル札やポンド紙幣の上で寝ている〟グスタフは怒りをこめて書いた。〝オランダやほかの国々の人が持ってきた金だ。SSは大金持ちで、みなユダヤ人の娘を辱めている。魅力のある者は生かされ、そうでない者はどぶに捨てられる〟

ポーランドの冬はきびしく、地面は凍りついた。モノヴィッツではまだ暖房設備が稼働せず、炊事設備もまともに使えない。クリスマスには加熱機器が壊れ、収監者たちは二日間食事を与えられなかった。民間人労働者は休みなので、いつものようにパンをもらうこともできない。やがて、食料は第一収容所の厨房からトラックで運ばれるようになった。

残念なことに、フリッツと父は別々のブロックへ移された。夜には顔を合わせ、置かれた状況について語り合った。フリッツはすべてがかつてなく悪化しているように感じていた。希望は消えかけている。アウシュヴィッツ＝モノヴィッツに来てわずか二か月半で、ブーヘンヴァルトから来た仲間はほとんど死んだ。オーストリア出身の名士は全員殺された。〈ブーヘンヴァルトの歌〉の歌詞を書いたフリッツ・レーナー＝ベーダは、十二月、勤務態度が悪いという理由で叩かれて死んだ。社会民主主義者である政治家ロベルト・ダンネベルクも同じ運命をたどった。そして、弁護士で作家のハインリッヒ・シュタイニッツ博士も……。死者の名簿はまだまだつづく。いちばんこたえたのは、ブーヘンヴァルトで菜園のカポをしていたボクサー、ヴィリー・クルツの死だった。フリッツや仲間たちが苦難を生き延びられるよう助けてくれた人だ。

夜に父と会ったとき、フリッツは恐怖をすべて打ち明けた。グスタフは希望を失うなと説いた。「うつむくんじゃない」グスタフは言った。「ナチスの殺人者どもになど負かされるものか」

だが、フリッツは自信を持てなかった。仲間たちもみな同じように勇気ある考え方をしていたが、ほとんどが死んだ。

実はグスタフも、自分のことばどおりに生きるのに苦心していた。不安をひそかに日記に書いている。〝毎日去っていく者がいる。胸が張り裂けそうになることもあるが、自分にこう言い聞かせる。うつむくな。いつか自由になる日が来る。まわりにはよき友がいる。だから心配するな――うまくいかないことだってある〟だが、うまくいかないことに耐えられるのは何度までだろう。いつまでうつむかず、死から逃れていられるのだろうか。

最も健康な者ですら、生き延びる可能性はほとんどなかった。〝最終的解決〟が実行に移されたいま、労働者として有用とされる強靭なユダヤ人までもが、労働を通して故意に、そして着実に死へ追いやられている。労働力としての価値など、さして重要ではない。ひとり死んでも、世界を悩ませるユダヤ人がひとり減るだけだ。同じ仕事ができる者はほかに何十人もいる。生き延びるには技術と友情、そして並はずれた運が必要だった。

グスタフには技術と運の両方がちょうどよいタイミングで訪れた。一月、収容所の馬具職人となり、モノヴィッツの馬具と椅子張りに関する仕事――ほとんどがＳＳのための修繕作業――をまかされることになった。屋内での仕事なので残忍な気候からも逃れ、ついに暖房設備が稼働しはじめると、あたたかくすらなった。

安全と言えそうな状況だった。ほかの者たちはそれほど幸運ではないこと、そして、安全は長くつづかないことを、グスタフは痛いほど知っていた。

13 ユダヤ人グスタフ・クラインマンの最期

בן 息子

モノヴィッツ収容所の建物群は高く伸びていった。二重の電気柵ができ、宿舎ブロックは完成間近で、SSの兵舎も建設が進んでいる。一九四三年のはじめの数週間、フリッツは司令部のガレージと、正門の近くにあるSSブロック指導者の指揮所で建設に携わった。

仕事仲間は民間人の煉瓦職人だった。ほかの面々と同じで、この男も収監者とは口をきかなかったが、ただ会話を避けるだけでなく、フリッツなどいないかのようにふるまう。何日か経っても、ひとことも話さない。気味が悪いほど静かな様子に慣れてきたある日、男は唐突に、目を伏せたままつぶやいた。「おれはエスターヴェーゲンの荒れ野にいたんだ」

ほとんど聞こえないほどの声だったが、フリッツは跳びあがった。男は何も言わなかったかのように、途切れることなく仕事をつづけた。

その夜、フリッツはこの謎めいた告白のことを父や友人たちに話した。全員がすぐに理解した。エスターヴェーゲンには以前、ナチスが最初期に造った収容所があった。一九三三年、ドイツ北西部にひろがるほとんど人の住まない荒野にできた収容所群のひとつだ。それらが造られたのは、政敵――ほとんどが社会党員――を監禁するためだった。運営にあたっていたSAの残虐ぶりは混沌をきわめ、それと比べれば一九三四年に引き継いだＳＳのふるまいが穏当に感じられたほどだったという。[1] 収監者の多くはのちに解放された。あの物静かな仕事仲間もそのひとりだったにちがいない。打ち解けようとしないのも無理はない——目をつけられてまた収容されることをつねに恐れているはずだ。

フリッツを信用したのか、男は呪縛を解いた。口をきくことは二度となかったが、フリッツがモルタルを入れるのに使うバットの脇に、毎朝ちょっとした贈り物が置かれるようになった。パンひと切れや、煙草数本だ。ささやかだが心があたたまり、命を救ってくれる可能性すらあるものだった。

自由な民間人とともに働いて、思いやりのある行為を受け、熟練労働者の特権で、ブーナ工場建設現場の奴隷にもならずにいるうち、フリッツは元気を取りもどし、人生をこれまでより軽く受け止めるようになった。三年以上も収容所で過ごしていながら、なんと甘かったことだろう。

ある日フリッツは、建設中のブロック指導者棟の外壁を囲む足場で作業をしていた。頭にはかつて祖父に言われたことばがあった。祖父のマルクス・ロッテンシュタインは速記を専門におこなう銀行員で、皇室にも仕えた名高いウィーンのボーデン＝クレディート銀行で働いていた。[2] 自分の民族の社会的地位について確固たる考えを持った人物で、ユダヤ人は肉体労働などせず、教養を身につけて高みを目指すべきだと信じていた。そのとき、運搬隊の仲間が建築資材を運んできて、フリッツに声をかけた。「おい、フリッツ。変わりないか」

「ああ」フリッツは答え、まわりを示した。「祖父がいつも言ってたんだ。〝ユダヤ人のいるべき場所はコーヒー店であって、建設現場の足場ではない〟って」

フリッツの笑い声は、激怒したドイツ人の声が下から聞こえた瞬間、喉の奥で消えた。「ユダ公！ そこからおりてこい！」

鼓動が速まるのを感じつつ梯子をおりると、そこにいたのはモノヴィッツ収容所の監督官、フィンツェンツ・シェートルＳＳ中尉だった。

シェートルはパン生地のような顔に蛇の目をした、見るからに意地の悪そうな残忍な男だった。いちばんの関心事は闇市を通じて酒や贅沢品を手に入れることだが、気まぐれで激昂しやすい性格の持ち主で、怒るとすさまじく恐ろしい。[3] 以前、数人の収監者にノミが見つかったとき、そのブロックの全員——ブロック古参まで——をガス室送りにしたことがある。そのシェートルがフリッツをにらんでいる。「何を笑ってたんだ、ユダ公」

フリッツは姿勢を正し、帽子をすばやく脱いで答えた。「祖父が以前言っていたことです」

「じいさんはどんなおもしろいことを言ったんだ」

「〝ユダヤ人がいるべき場所はコーヒー店であって、建設現場の足場ではない〟と」

シェートルはじっと見つめてきた。フリッツは息すらできない。突然、パン生地の顔が裂け、ばか笑いを吐き出した。「失せろ、ユダヤの豚！」シェートルは言い、笑いながら去っていった。

フリッツは冷や汗をかきながら、梯子をのぼって上へもどった。充足感の代償を払わされるところだった。安全など、どこにもないのだ。

בן 息子

モノヴィッツに流れこむユダヤ人は増えつづけた。中にはあまりに無邪気な者もいて、収監者生活が長い者は困惑した。人々はまずビルケナウへの選別を受け、ここへ来た者たち——若い男たち——は妻や母や子供や父と別々の方向へ送られた。家族の身に何が起こるのかをまるで知らないまま、また会えることを待ち望んでいた。

真実を告げて希望を砕くことなど、フリッツにはできなかった。いずれ確実に知ることになる——

妻や子供たち、母親や姉妹や父親が残らずガス処刑されたことを。絶望し、無気力になる者もいた。心はすでに死んでいた。感情をまったく持たぬまま動きまわって、自分の面倒が見られなくなる。希望を失って徐々に骨と皮だけになり、傷にまみれて、生気のない目と空虚な魂を持つ人々の仲間入りをする。収容所の俗語では、そういう歩く死体のことを〝ムーゼルマン〟――イスラム教徒――と呼ぶ。ことばの由来は収容所の言い伝えのなかに埋もれ去ったが、一説によると、哀れな人々がもはや立ちあがれずに崩れ落ちた姿が、イスラム教徒が祈っているように見えたからだという。[4] 収監者たちはムーゼルマンになった者から距離を置く。嫌悪すると同時に、自分もああなるかもしれないと恐怖をいだくからだ。

建設の作業が終わると、フリッツは運よくシュトルテンから選ばれ、収容所の浴場ブロックで作業をする六人にはいった。セメントを塗り、暖房器具を設置する作業を監督していたのは、ひどく腹立たしい民間人だった。そのヤーコプ・プロイスは、ＳＳの目の前では騒々しくわめき散らした。収監者をひっきりなしに怒鳴りつけ、監視兵や将校が近くに来ると、敬礼して〝ハイル・ヒトラー！〟と叫ぶ。フリッツは神経を磨り減らされた。

ある日、プロイスは事務室にフリッツを呼び出した。「あんなペースで作業するとはどういうつもりだ」フリッツは面食らった。怠けないだけの分別はあるし、手際に文句をつけられたことは一度もない。プロイスは声を小さくした。「おまえがあんなに速く働いたら、すぐに終わっちまって、おれは前線行きになるじゃないか！」

フリッツは返答に窮した。困った立場になった。ゆっくり作業すれば、収監者全員がＳＳからの危険にさらされる。一方で、プロイスが復讐のために口実を作って上層部へおかしな報告をすれば、こちらの命が危ない。作業を遅らせるほうがまだ安全だ、とフリッツは考えた。プロイスは明らかに愛想がよくなり、自分の労働者のために追加の食料をせしめてくるようになった。これには別の民間人も加担していた。ドイツのブレスラウから来た溶接工、エリック・ブコフスキーだ。ふたりとも、実はナチスが負けることを望んでいるとひそかに打ち明けた。

そうなってもおかしくない状況になってきていた。これまで、ドイツは向かうところ敵なしだった。ところが二月になって、スターリングラードのドイツ軍がソ連軍に降伏したという噂が伝わってきた。ナチスは無敵ではないのだ。

この心強い知らせを、フリッツはフランスから来た民間人から聞いた。ジャンという名だが、ほとんどの人は顔にあるワックスのたっぷりついた飾り物にちなんで、単に〝口ひげ〟と呼んでいる。ジャンはフランスのレジスタンスについても話してくれた。その夜、フリッツはこの話を父や仲間たちに熱く語った。とはいえ、スターリングラードやイギリスやアフリカ――連合軍がドイツを破っている地域――はどこもアウシュヴィッツから遠く離れていた。

אבא
父

一枚の革の上をグスタフの指が巧みに動き、強靭でしなやかな素材を切り抜いて、太い針を通した。心の底からではないにせよ、日々の生活には満足していた。仕事が途切れることはなく、いまでは事実上のカポとして、それなりに腕のいい労働者を何人か率いている。冬のあいだ屋内にいられたのはありがたかったし、五月にはいって、夏が近づくこの時期でも、運搬隊や工場にいるよりはずっといい。

訪れる日々を受け入れて過ごすなかで、グスタフは生き延びる自信を取りもどした。フリッツのほうは、父親が断固として楽観主義を貫いていても、同じようには考えられないらしく、つねにあらゆることを心配している——仲間たちや父や未来のことを。エーディトとクルトのことを案じ、母とヘルタがどうなったのかと悩む。ビルケナウから聞こえてくる噂——特に、焼却場のゾンダーコマンドで働く〝秘密の担い手〟たちが漏らした恐ろしい話——を耳にしていれば、想像するのは吐き気がするほど簡単だ。フリッツのなかで、無力感から生じた怒りがふくれあがっている。父親似の性格とは言えない。グスタフはあれこれ悩まないことを信条としていた。頭を低くして仕事をこなし、日々を生きていく。フリッツはナチスを憎んでいて、気持ちを抑えきれなくなるのも時間の問題だ。そうなったときに何が起こるか、考えたくもなかった。

グスタフの思考は別のほうへ向いた。そうして縫い物をしているあいだに、少し先のブーナ工場内の道路と線路を越えたところで、まずまず快適なこの生活を急に終わらせかねない決断がなされつつあるなどとは思ってもみなかった。

工場の建設はまだ予定より大幅に遅れていて、[5]視察のためにベルリンから将校の一団が派遣された。ヒムラーは答を求めていた。将校たちはシェートル中尉と〈ＩＧ・ファルベン〉の上級職員に案内されて建設現場をまわった。そこで知らされたことに、ＳＳのお偉方はまったく納得できなかった。広大な工場群はまだ半分しかできておらず、生産をはじめられる状態の設備はひとつもない。メタノールの生産設備はもうすぐ稼働できそうだが、それよりずっと重要なゴムや燃料を製造できるようになるのは何か月も先で、一年後になる可能性もある。

不満は募るばかりだった。建設者の約三分の一が収監者で、金で雇われた民間人より見るからに弱々しく、効率が悪そうだったことも指摘された。収監者たちは逃げないようつねに監視する必要があるので、効率はさらにさがる。だが、訪問者が最も嫌悪感をいだいたのは、監督役をつとめる収監者の多くがユダヤ人だったことだ。モノヴィッツにはアーリア人が足りないのです、とシェートルは釈明した。自分のもとへ送られる収監者はほとんどユダヤ人ばかりなので、と。訪問者たちはシェートルをにらみつけ、それではだめだと言った。ユダヤ人を責任ある地位に就けてはいけない。手立てを講じるよう、シェートルは命じられた。

数日後、夕方の点呼の場に、シェートルがハンス・アウマイアーSS少佐を連れて現れた。アウマイアーはアウシュヴィッツに来たブーヘンヴァルト出身者をはじめに迎えた、敵意に満ちた悪魔だ。シェートルの豚に似た顔が深刻そうで、何かとてつもない大仕事をしようとしているように見えた。壇に立ったシェートルは紙を取り出し、十七人ぶんの収監者番号を読みあげて、前へ出るよう言った。収監者番号六八五二三もそのなかにいた。グスタフ・クラインマンだ。全員が監督者の地位にあるユダヤ人だった――ほとんどがブーヘンヴァルトかザクセンハウゼンから来た収監者たちだ。

何が起ころうとしているのか、だれもが想像した。こういう選抜はよくあり、それが意味することはただひとつ、ビルケナウのガス室への出立だ。

アウマイアーは選ばれた男たちをゆっくり観察し、収監者服についたダヴィデの星に不快そうな目を向けた。ほとんどは二色でできている。赤と黄の三角形を重ね合わせたダヴィデの星は、まだナチスがユダヤ人を収容所へ送る口実を必要としていたころのものだ。

「処分しろ」アウマイアーが命じた。

そばにいたカポはグスタフの上着から星をはずし、ふたつの三角形を分けて、赤いほうを返した。ほかの十六人も同じことをされ、赤い三角形を手に、すっかり当惑している。

「おまえたちは政治囚だ」アウマイアーが宣言した。「ここにはユダヤ人が役職に就くことはありえない。覚えておけ。いまこの瞬間から、おまえたちはアーリア人だ」

そういうことだった。当局にとって、もはやグスタフ・クラインマンは公式にはユダヤ人でない。名簿とバッジを変えただけで、公式にはドイツの人々への脅威や重荷である存在ではなくなった。そして、この単純でみずからを嘲るような律儀な儀式によって、ナチスが高々と掲げる人種観の愚かさが露呈した。

このときを境に、モノヴィッツにいるユダヤ人の生活は一変した。アーリア人となった十七人は、いまではより高い地位にいる。罰から解放されたわけではないものの、公然と迫害を受けることはなく、ＳＳの目に獣と映ることもなくなった。

監督者やカポとしての地位を確立したことで、その影響力を駆使して仲間のユダヤ人をよい地位に就かせることもできた（例の儀式が終わってお偉方がベルリンへ帰ると、ユダヤ人に役職を与えることが全面的に禁止されたことをシェートルはすぐに忘れた）。グストル・ヘルツォークは収監者記録局の書記となり、やがて長官として何十人もの収監者職員を率いるようになった。[6] 別のブーヘンヴァルト出身者であるユップ・ヒルシュベルクは、ＳＳ職員の車などを補修するガレージのカポとなり、運転手からあらゆる種類の噂話を仕入れて、収容所のほかの場所や外の世界での出来事についてもよく知るようになる。その他の面々が就いた役職はブロック古参、大工隊のカポ、収容所理髪師などさまざまだった。新たにアーリア人となった者たちは力を合わせ、ほかのユダヤ人たちが置かれた状況を引きあげた。鞭打ちを阻止したり、まともな食料の配給を手に入れたり、緑三角印の残忍なカポに対抗したりするために声をあげたのだ。

グスタフからすれば、快適な労働生活を送っていたところに、さらなる身の安全を得たということだった。いまやガス室行きに選ばれる危険はほとんどなく、注意を怠らなければ、ＳＳによる無差別な暴力行為からも逃れられた。

だが、身分変更には思わぬ弊害もあり、ひどく悲しい経験をした。別々のブロックで暮らすグスタフとフリッツは、夕方の点呼のあとに会うのが日課となっていた。それについては深く考えず、いつもの習慣でしかなかった。ある晩、ふたりは熱心に話をしていた――昔を思い返し、将来のことを考え、収容所に関する知らせを伝え合った。話に熱中するあまり、親しげに話す自分たちをＳＳブロック指導者が疑り深い目で見ていることに気づかなかった。

その男はふたりのあいだに割ってはいり、フリッツを思いきり突き飛ばした。「ユダヤの豚め、カポに向かってそんな口をきくとはなんのつもりだ？」フリッツと父は驚きあわてながら、即座に姿勢を正した。「どういうことなんだ」

「これは父です」フリッツは当惑していた。

前ぶれもなく、ブロック指導者のこぶしがフリッツの顔に激しく叩きつけられた。「そいつは赤三角印だ。ユダヤ人の父親のはずがない」

フリッツは茫然としていた。頭蓋骨に痛みが響いている。こんなふうに顔面を殴られたのははじめてだった。「ほんとうに父なんです」フリッツは言い張った。

ブロック指導者はまた殴った。「嘘つきめ！」

途方に暮れたフリッツは、同じ答を繰り返すしかなく、またしても残忍な一撃を受けた。脇に立つグスタフは恐怖と無力感に襲われていた。割ってはいれば、フリッツにとっても自分にとってもまずいことになるのはわかっている。

フリッツが地面に倒れると、興奮したブロック指導者はようやく落ち着いた。「立て、ユダ公」傷だらけで血まみれのフリッツは体を起こした。「よし、失せろ」

頭をかばいながらフリッツが歩み去ると、グスタフはブロック指導者に言った。「ほんとうに息子なのです」

ブロック指導者は頭のおかしい人間を見るような目をグスタフに向けた。グスタフはあきらめた。実は自分はアーリア人に変えられたユダヤ人なのだと言ったところで、何も変わらないだろう。それどころか、相手がもともとそれを知っていた可能性もある。ナチスの心は測りがたく、まして理解するなどとうてい無理だった。

ようやく完成したアウシュヴィッツ＝モノヴィッツは小規模で簡素な収容所だった。門塔はなく、二重の電気柵に平凡な門がついているだけだ。敷地を端から端まで走る道は四百九十メートルしかない。[7]道沿いには宿舎ブロックが左に三列、右に二列並んでいる。半分ほど進むと点呼広場があり、その脇にあるのが鍛冶工房と厨房ブロックだ。芝生でできた境界線はていねいに手入れされている。境界の草地や花壇の世話は、どの収容所でも怠らないものだ。装飾の区画がそのように手厚く遇される一方で、人間が虐待され、殺されるという矛盾を腹立たしく思う収監者もいた。[8]

さらに少し進むと、道の左手に第七ブロックがあった。外から見ただけではほかのブロックと変わらない。さして立派でもない木造の宿舎だ。だが、内側は特別だった。ここはモノヴィッツの〝名士〟のためのブロックである。〝名士〟といっても、ブーヘンヴァルトで知り合ったような人々とはちがって、ここには著名人や政治家はいない。カポや監督者や、特殊任務にあたる人々——収監者のなかで上流階級にあたる、役職に就いた収監者たちがこれに相当する。[9]新たにアーリア人となった収容所の馬具職人、グスタフ・クラインマンもそのひとりだった。この地へ来たときはまさしく最下層にいたのに、いまや最も特権を与えられた人々の仲間入りだ。

心の安らぎを得たグスタフは、ほかの人たちの苦しみを以前ほど意識しなくなっていった。少なくとも、以前ほど心を乱されることはない。屋内で仕事をしていると、虐待が目にはいることはほとんどなかった。たまに日記を取り出すことがあっても、収容所に平和が訪れ、ガス室送りになる収監者も減ったと書くばかりだ——とはいえ、それはビルケナウへの選抜がこれまで以上に徹底され、弱い者が抜きとられて殺されていたからにすぎなかった。グスタフの計算によると、一度の移送につき、生き延びるのは十から十五パーセントだった――〝残りはガス殺だ。この上なく恐ろしい光景が繰りひろげられる〟。それでも、〝モノヴィッツではあらゆることが以前より平穏になり、まともな労働収容所になった〟と書いている。さまざまな経験をしたグスタフの目には、収監者を殺すことではなく利用することがこの収容所の第一の目的であり、柵のなかで生きる恐怖は、以前に見てきたものよりはましになったと映っていた。まるで、ふつうの文明生活と比較して考える力をついに失ったかのようだった。

それでも、心に重くのしかかっていることがふたつあった。ひとつはフリッツと引き離されたこと。もうひとつは〝名士〟の上を邪悪な吸血コウモリのように飛びまわる男のことだった。ヨーゼフ・〝ユップ〟・ヴィンデックは収容所古参で、カポなどの役職についた収監者全員の長である。これ以上考えられないほどＳＳの理念にかなった監視役だった。

外見にこれといって目につくところはなかった――小柄で痩せ、物腰はいかにも弱々しそうだ。しかし、その見かけが偽りであることは、暴君じみた気性を知れば明らかだった。[10]退屈で個性のない顔に軽蔑と嘲りを浮かべ、ほかの収監者たちに威張り散らしながら、まわりを踏みつけてのしあがるのを楽しんでいる。ドイツ人のヴィンデックは十六歳のころから軽犯罪を繰り返し、一九三〇年代はじめから刑務所や強制収容所を出たりはいったりしていた。着用している黒三角形は〝反社会分子〟という意味で、薬物中毒者やアルコール中毒者、ホームレスや売春斡旋者、失業者や〝不道徳者〟の総称だ。もとは第一収容所の収容所古参だったが、ブーヘンヴァルト出身者と同時に移ってきた。

ヴィンデックはすぐさま、汚職と恐怖と搾取による支配を確立した。〝ユダヤ人にはいろんなものがついてくる〟ヴィンデックはのちに回想している。〝で、おれたちはそれをくすねた。当然だ……カポはいつだっていちばんいいものを奪える[11]〟いちばんの協力者はレンメレというＳＳ連絡指導者で、ヴィンデックの金儲け策の恩恵にあずかっていた。

好きな服を着られるヴィンデックは、濃い色の上着、膝丈ズボン、乗馬ブーツを好んで身につけた――おそらく、SS将校の恰好を真似ようとしたのだろう。気どって収容所を歩きまわり、犬鞭を片時も離さない。年少の収監者たちに性的虐待を加えたという噂もある。目をつけた収監者を殺しても咎められることはなく、死ぬまで殴る蹴るの暴行を加えたり、洗面台で溺死させたりすることもあった。[12]作詞家のフリッツ・レーナー＝ベーダを殺したのはこのユップ・ヴィンデックであり、弱り果てた老人を犬鞭で打ったのだった。[13]ヴィンデックの部下はこう語っている。〝衰弱中や餓死寸前や病気の収監者をぶちのめすのが特に好きだった……。そういう惨めなやつらが倒れているのを見ると、顔や腹やそこらじゅうをブーツの踵で踏みつけたものだ〟ヴィンデックは乗馬ブーツを特に気に入っていて、やたらと自慢していたという。〝神よ、ヴィンデックのブーツを汚す者を救いたまえ。そんなことをすれば殺されかねないのだから[14]〟

グスタフや特権階級の仲間たちは、ユップ・ヴィンデックの残虐行為を食い止め、仲間のユダヤ人を守ってやったことがあった。同盟関係にある共産主義者の収監者たちからも助けが得られた。[15]力の均衡が崩れて悪化したのは、ナチス体制下で最も恐ろしいと言われるマウトハウゼンから六百人の収監者がやってきたときだった。全員が緑の三角印で、中には根っからの残忍な者もいた。ヴィンデックはそういう男たちをすかさず囲いこみ、カポやブロック古参の地位に就かせた。アーリア人となったユダヤ人や共産主義者は反対したが、ヴィンデックと仲間たちはあまりに強力だった。戦おうとしても返り討ちに遭い――殺された者もいた。モノヴィッツの悲惨さは倍加した。

ようやく救いが訪れたのは、ヴィンデックの野蛮な緑三角印たちが自分で仕掛けた罠にはまりはじめたからだった。ある者は大酒を飲んで騒ぎ、ある者は収容所の物品を盗み、またある者はSS監視兵や民間人労働者に喧嘩を売った。そういう収監者は排除され、アウシュヴィッツの炭鉱にある補助収容所――筆舌に尽くしがたいほどの煉獄――へ送られる。[16] 月日が経つにつれてユップ・ヴィンデックの権力は衰え、やがて消滅した。

最後の窮地が訪れたのは、本人の汚職が原因だった。収監者記録局の書記をしているグストル・ヘルツォークが、ヴィンデックが高価なネックレスを入手して、それを妻に送ろうとしているという証拠を見つけた。この情報は第一収容所のゲシュタポへ送られた。ヴィンデックは捕らえられて二週間の地下監獄行きになり、そのあと処罰を受ける者のひとりとしてビルケナウへ送られた。ヴィンデックがモノヴィッツを悩ませることは二度となかった。[17]

グスタフと仲間たちは地位を取りもどした。収監者たちのあいだには、また友好的な雰囲気が流れた。まともな食事の配給を受け、週一回のシャワーと月一回の洗濯ができるようになった。秩序がもどり、残る心配事はいつもどおりの災難――SS、病気、作業中に絶え間なく襲ってくる危険、病気の者や衰弱した者をガス室へ送るための定期的な選抜――だけだ。少し前まで経験していたことに比べれば、文明的とすら呼べそうだった。といっても、地獄の檻のなかに血まみれの指で切り開いた文明ではあるが。

14 レジスタンスと内通者――フリッツ・クラインマンの死

בן

息子

ナチスのシステムという機械は恐ろしいが、いまにも壊れそうでもある。即席で造られ、操業でもたつき、不具合を繰り返し、つまずきながら走り、人間を燃料とし、骨と灰を垂れ流し、吐き気を催す煙を排出する。人々はみな、くすんだ縞模様の服を着せられ、肉体面はもちろん、道徳面や心理面でも機械に押しこめられている。ブロック指導者やカポの向こうには、電流の満ちた鉄線と監視塔、ＳＳ司令官と番犬が控え、その先の道や線路や収容所網やＳＳ組織を越えた向こうには国家そのものがある。システムに動力を供給しているのは獣の感情――恐怖と悪意、そして利益や架空の過去の栄光への渇望――に基づく政府と人間社会である。

収監者さえ閉じこめれば、社会の複雑でねじ曲がった問題はすっきりと簡単に解決できるはずだった。有害な人間――犯罪者、左翼の活動家、ユダヤ人、同性愛者――を取り除けば、国家に栄光の日々がよみがえるはずだった。実のところ、それは治療薬ではなく毒薬で、ゆっくりと、だが着実に国を崩壊させつつある。飢えた収監者は効率のよい労働力にならず、人種ゆえに才能ある人々を排除したせいで科学や産業が弱体化する。そういった要因がからみ合って、国の経済は停滞した。国際社会でも除け者にされ、貿易も低調だ。ドイツはそのような新たな問題を解決しようと征服戦争を繰り返し、さらなる奴隷化を進め、元凶と見なされた人々を殺していった。砕石機は昼も夜も音を立てて動き、磨りつぶし、破壊しながら、少しずつ消耗してきていた。

その機械に囚われたフリッツ・クラインマンは、無力感と絶望感に耐えがたくなっていた。父がいったん安全になったことで、心の重荷はずっと減った。しかしこのシステムは、正気の者が分別を失い、敬虔な者が神を呪うほど不公平で残虐だ。収監者たちはほかの収監者が造ったフェンスと壁のなかで生き、たいてい無駄死にする。フリッツ自身もていねいな仕事をつづけ、何もなかった地にこの監獄を造るのに手を貸した。そもそもフリッツが並べた煉瓦や石は、ＳＳの運営する煉瓦工場や採石場で別の収監者の手によって鋳造され、切り出されたものだった。[1]

フリッツと父のあいだの絆や仲間たちとの結束は、どこにでもあるものとは言いがたい。生き残るためには連帯感や協力が欠かせないが、極限状態にある人々に自然と芽生えることはめったにない。略奪されて飢えた収監者たちのあいだには、ふつうは敵意が生まれ、カブのスープの分け方が不公平だといって喧嘩をはじめるほどで、パンひと切れをめぐって人を殺すことさえしかねない。飢えが限界に達すると、父と息子でさえ殺し合うことがある。それでも、長く生き延びるためには連帯感と思いやりが必要だ。一匹狼やはぐれ者、ドイツ語もイディッシュ語も解さずに孤立した不運な人々は、容赦のない恐怖のなか、けっして長くは耐えられなかった。[2]

利己主義と憎しみが通貨となった世界において、分かち合い、愛し合うには人格の強さが必要だ。それでも、生き延びられる保証はどこにもない。フリッツが見まわすと、どの収監者仲間にも――自分自身にも――虐待や喪失の傷跡や、死が迫る兆しがあった。[3]打ち身、切り傷、骨折、腫れ、かさぶた、青白くひび割れた肌、よく動かない脚、隙間のできた歯。

収監者がシャワーを浴びられるのは週一回だが、それすら試練だった。ブロック古参が残忍な場合、寝室で服を脱がされ、裸でシャワーブロックまで走らされる。シャワーのあと、乾いたタオルを使えるのは早く出てきた者たちだけだ。タオルは使いまわしなので、出るのが遅れると水浸しのぼろ切れと化し、真冬の寒空の下であろうと、水をしたたらせながら宿舎まで歩くことになる。肺炎が流行り、かかった者の多くは命を落とした。収監者用の病院はあり、収監者の職員のおかげで清潔に整えられているが[4]、ＳＳの医師はたいした治療をしないし、たいがい発疹チフスの患者があふれている恐ろしい場所だ。必要に迫られないかぎり、だれも病院へは行こうとはしない。患者は選抜を受けることになり、すぐに回復する見こみがないと判断されたらガス室へ送られたり、致死注射を打たれたりするからだ。

食料は宿舎で配られる。器は数個しかなく、はじめにスープを配られた者は、ほかの者を待たせないよう急いで飲まなくてはいけない。遅すぎると、苛立った者に突かれる。どんぐりコーヒーを配るときも同じ器を使う。なんとか自分用のスプーンを手に入れると、それが宝石のような貴重品に思えた。命懸けで守るべきものであり、ナイフが手にはいらないので、柄を石で研いでとがらせておくとさらに便利になる。便所にトイレットペーパーはないから、紙切れも貴重品だ。建設現場のセメントの袋を破ったものや、ときには民間人の新聞紙も手にはいる――工場に落ちていたものがこっそり持ちこまれたのだろう。紙切れは自分で使うことも、食料と交換することもできる。

ドイツ人はそんな屈辱をこうむった者たちを人間のごみと見なしていたが、国の戦争経済はますます収監者たちの労働に依存するようになっていた。ヒトラーがもたらした新たな栄光の時代――紙くずという通貨が支払いにも尻拭きにも使える有形資産と化した世界だ。

全員の肉体が絶えず衝撃や刺激にさらされた。まともな靴を手に入れるのは絶対不可欠だ。大きすぎても小さすぎても、足を擦りむいて水ぶくれができ、感染症になりかねない。靴下はめったに手にはいらないので、収容所で支給されたシャツの裾を裂いたもので代用する人が多い。ＳＳの物品を傷つけるのは破壊行為と見なされ、二十五回の鞭打ちか一定期間の食事抜きになりうるので、これも危険な手段だった。はさみも爪切りもないから爪は伸び放題で、いずれ折れるか巻き爪になる。

頭髪は収容所理髪師が二週間ごとに剃った。シラミを防ぐためだが、縞模様の服と同じく、収監者だと見分けやすくするためでもある。理髪師は石鹸も消毒も使わないので、みな頭も顔も剃刀負けし、にきびや膿疱ができたり、埋没毛になったりしている。感染症になることも多く、入院することすらある。少なくとも、フリッツは試練の半分を免れていた――もう二十歳だが、ひげはたいして生えていない。

収容所には歯科医もいるが、収監者はできるだけ近づかなかった。詰め物がゆるいと虫歯や歯周病になり、粗末な食事のせいで壊血病になると歯が揺れる。金歯は命を救ってくれることも、死の危険をもたらすこともある。金歯のために収監者を殺すカポもいるが、金歯を自分で取りはずす意志の力があれば、贅沢品と交換することもできた。民間人の闇商人のあいだでは交換率が決まっている。金歯ひとつにつき、ポーランドの高級ウォッカ、ヴィボロヴァがひと瓶だ。もしくは、大きなコミスブロート［発酵生地から作った保存期間の長い軍用の配給パン］五個とマーガリンひと塊でもいい。こういったものはさらに別のものと交換できる。いまが最後の一週間、最後の一日、場合によっては最後の一時間になりうる世界で、より崇高な目標のために富を蓄えてもほとんど意味がない。この瞬間に少しでも慰めや快適さや満腹感をくれるものなら、なんであろうとじゅうぶんな値打ちがある。

〈IG・ファルベン〉の経営者や役員にとって、奴隷労働者の犠牲は利益によって正当化できた。罪悪感をいだく幹部もいるが、数は少なく、変化を起こすほどではなかった。一方、会計士や取締役は、自社製シラミ駆除剤のツィクロンBをSS――特にアウシュヴィッツのSS――が大量に買って、その有毒な煙をガス室に供給しても、見て見ぬふりをしていた。

悪の根源がどこにあるか、フリッツ・クラインマンは確信していた。〝この事態をもたらした責任が高位の収監者にあると結論づけるべきではない。役職に就いた収監者のなかには、自分の利益のためにＳＳの流儀に迎合した者もいたが、すべての責任はＳＳがアウシュヴィッツで完成させた殺人機械にある[6]ビルケナウへの選抜を乗り越えても、収監者が生き延びられるのは平均三、四か月だ。[7]フリッツと父はすでに八か月以上粘っていた。ブーヘンヴァルトから来た強靭で経験豊かな仲間四百人のうち、まだ生き残っているのは四分の一にも満たなかった。

アウシュヴィッツは一種の産業として完成したものの、機械としては不完全で効率が悪く、故障しやすかった。まさにその残虐さが一部の者の心に抵抗心を生み、その腐敗が生んだ亀裂や欠陥が抵抗勢力の成長をもたらした。

アウシュヴィッツ＝モノヴィッツでのはじめての夏、ユップ・ヴィンデックの権力が絶頂にあったころ、フリッツは自分に具わった反抗心と義憤に導かれて、レジスタンスにかかわりはじめた。それは命を危険にさらす行為だったが、毎日生きているだけでも同じことだった。小さな傷を作ったり、まずいほうへ目を向けたり、凍てつく寒さのなかで働いたり、病気にかかったりすれば、そこからの連鎖反応によって不能や死に至りかねない。レジスタンスに加われば、すべてを賭けてでも何かを成しとげられるかもしれなかった。

בן 息子

宿舎の静かな片隅で交わされた会話から、新たな仕事がはじまった。

収容所内の建設作業は一九四三年の夏には完了することになり、ブーナ工場で必要とされる建設者も減っていた。このまま行くと、フリッツは役立たずになりかねない。一部の仲間が、フリッツを救うことができ、かつ自分たちにとっても有益な手立てを思いついた。フリッツは脇へ連れていかれ、ごく内密に話を聞かされた。

話を持ちかけてきたのは、フリッツが何年も前から知るブーヘンヴァルト出身者たちだった。シュテファン・ヘイマンは、元軍人で共産主義者でもあるユダヤの知識人で、フリッツたち若者にとっては第二の父のような存在だ。ほかにグストル・ヘルツォークや、オーストリアの反ファシズム主義者エリック・アイスラーもいる。彼らはフリッツにある任務を与えようとしていた――重要で危険をともなう任務だ。

この人々はいくつかの収容所で過ごした何年ものあいだ、ＳＳに対抗してユダヤ人と共産主義者が結成した秘密の同盟にかかわってきた。抵抗活動の中心は、影響力のある地位を得て、同胞の生活改善と生存のために有用な情報を集めることである。かつてフリッツとグスタフが比較的危険の少ない作業班に移ったときも、ロベルト・ジーヴェルトが建築学校を立ちあげたときも、フリッツが母からの最後の手紙の内容を聞いたときも、父がアウシュヴィッツ行きの名簿に載ったことを事前に知ったときも、この情報網がひと役買っていた。

レジスタンスはモノヴィッツで再結成され、グスタフらアーリア人に変じた仲間たちのおかげで、メンバーを重要な役職に就かせていた。しかし、そろそろ活動の範囲をひろげようと彼らは考えていた。ちょっとした妨害行為はうまくいっていて、フリッツも建設現場でそれに参加したことがあった――セメントの袋を思いきり落として破裂させたり、セメントを積んだトラックの側面にこっそりゴム管を引っかけたりした――が、レジスタンス組織はもっと大きなことを求めていた。

鍵となるのは情報である。役職に就いた収監者たちは、アウシュヴィッツにあるほかの補助収容所や、収監者の移送や選抜や大量殺戮に関して、あらゆる情報を入手していた。[8] いま彼らはフリッツに、貴重な情報源――民間人労働者――を新たに取りこむことを求めた。この任務を果たすため、ブーナ工場内の作業班に移ることになる。フリッツはこれまでに、民間人の友達を作るのがうまいところを見せてきて、工場では民間人が何千人も働いているからだ。シュロッサーコマンド90――建設部隊の錠前部門が目当ての場所だ。

そんなわけで、ある朝、フリッツはモノヴィッツに来てはじめて収容所の境界線を越え、ほかの労働者やＳＳ監視兵とともに門を出たあと、大通りを横切って、ブーナ工場へつづく小道を進んだ。

敷地内にはいって、ようやくその広さに気づいた。工場全体が道路と鉄道の引きこみ線で格子状に区切られている。東西に伸びる大通りは三キロ近くあり、一方の端に立っても他方の端はほとんど見えないほどだ。それと交差して南北に走る道も一キロ以上ある。長方形に区切られた敷地には工場の施設、煙突、作業場、倉庫、石油や化学薬品の貯蔵タンクがひしめき、遊園地の乗り物の一部を切りとったような、パイプでできたおかしな構造物もあった。工場群はいくつかの区画に分かれている。合成石油の生産施設とその補助作業場、ブーナ・ゴム工場、発電所、そして化学薬品の製造や処理をするための小区域などだ。ほとんどの区画はまだ半分休止していた――建物はできているが、内部の作業は完了にはほど遠い。

工場では数千人の男女が働いていた。三分の一ほどが収監者で、残りは民間人だ。錠前部門――実際には自分たちの作業場だけでなく工場全体のさまざまな金属加工を引き受けている――は友好的でのんびりした班だった。ほとんどのカポは収監者に親切で、〝目を使って働け〟、つまり、ゆっくり働きながらも、きびしくこき使う者には目を光らせるよう言っていた。[9] フリッツのカポはダッハウから来た親切な政治囚で、レジスタンスのためにフリッツを配置換えしてくれたのもその男だった。

フリッツは主要な生産現場のひとつにある小部門でさまざまな仕事の助手をすることになった。[10] そこにはドイツから来た民間人が多くいた――ほとんどがエンジニアや技術者や監督者だ。労働者のほとんどはポーランドやソ連から来た収監者で、ドイツ語の指示がなかなか理解できず、カポからひどい扱いを受けていた。民間人監督が収監者労働者の仕事に不満を持つと、その収監者は〈ＩＧ・ファルベン〉社によって第一収容所へ送り返され、〝再教育〟を受けさせられる。ドイツ語を話すフリッツにとってはずっと楽だったので、民間人監督のあいだでよく知られるようになり、信頼を得た。

特に、あるひとりから同情を勝ちとった。フリッツはここでもひそかに贈り物をもらえるようになり、パンや煙草、ときには新聞を受けとった。そのドイツ人とはときどき短い会話を交わし、戦争についての知らせを熱心に聞いたが、その内容はプロパガンダとは相反していた。どの前線でも、戦況はドイツ軍にとって悪化している。スターリングラードで敗北したあと、東部でもひどい打撃を受けていて、ドイツ軍を北アフリカから追い出したイギリス軍とアメリカ軍は、まもなくイタリアに到達してドイツへ北上する見こみだ。そのドイツ人がナチス支持者でないことは明らかだった。早くドイツが敗れて戦争が終わることを心から望んでいる。毎日、フリッツは仲間たちに口頭の報告を（パンや新聞といった貴重な贈り物といっしょに）持ち帰った。

フリッツは任務の重要性も危険も承知していたが、どれほどの規模の活動にかかわっているのかはほとんどわかっていなかった。当初まとまりのなかったアウシュヴィッツの収監者によるレジスタンスは、いまや効率がよく協調のとれた組織網となっていた。一九四三年五月一日――ナチスの休日で、SSの人員が最小限になる日――に第一収容所で秘密の会議が招集され、ふたつのレジスタンス組織が協力することになった。この話を進めたのはユゼフ・ツィランキェヴィチの率いるポーランドのグループで、軍の将校だった者たちを多数かかえている。ツィランキェヴィチはユダヤ人や、オーストリアやドイツの政治囚たちと協力するよう仲間を説得した。おかげで両グループは互いの強みを組み合わせられるようになった――情報収集にはドイツやナチスを理解しているドイツ人が欠かせない。ポーランド人収監者には郵便の受けとりが許可されているので、物資を得たり、地元のパルチザンと連絡をとったりできた。

みずからアウシュヴィッツ戦闘団と称する――闘志の強さの表れだ[11]――レジスタンスは、まもなくシュテファン・ヘイマンらモノヴィッツのレジスタンスとも交流するようになった。収監者たちや作業班は絶えず敷地内を移動しているので、収容所間の連絡はたやすい。モノヴィッツのグループが加わったことで、民間人と関係を築いたり、ブーナ工場の生産を妨害したりできるようになった。大規模な妨害行為はしじゅうあった。電気技術班の収監者たちは発電所のタービンでショートを起こした。別の班は五月一日、監視が減った隙に完成しかけの合成石油生産施設で爆発を起こし、別の者たちは車両五十台を破壊した。[12] そういった行為に加えて、作業全般をわざとゆっくりおこなうことで、いくつもの工場で完成を遅らせていた。

　民間人との接触は、レジスタンスの活動のなかでも最も危険な部類だった。収容所のゲシュタポは抵抗行為を見抜き、その指導者やメンバーを暴こうとつとめていた。そのため、情報提供者を見つけて追い出そうとする試みが終わることはない。危険な抵抗行為をおこなうときは、逃亡の計画と実行がとりわけ不可欠だ。

　フリッツは日々工場と収容所を行き来して情報の断片を運んでいたが、この組織網との関係や、自分が担う役割の重要性についてはぼんやりとしか理解していなかった。

בן　息子

それは六月のある土曜日、仕事が終わったあとのことだった。収監者たちは夕方の点呼で姿勢を正していた。あすは休日とは言えないが、労働も危険も少ない日だ。

　自分の位置についたフリッツは、きっちりとボタンを留めた収監者服を着て、まっすぐにかぶった帽子の片側を規則どおりベレー帽のように平らにし、〝脱帽！〟の号令を聞いたら機械的にすばやく脱げるよう準備していた。何もかも、ふだんと同じだった。一九三九年十月から毎日二回、ほとんど変わることなくつづいてきた、ゆっくりした単調で退屈な日々の点呼だ。

仕事を終えた連絡指導者は、隊列を解散しようとしたところで、広場に小さな人影がいくつかはいってくるのに気づいて動きを止めた。人影がフリッツの視界にはいってきた。SS隊員ふたりの前を、足を引きずってよろめく男が無理やり歩かされている。フリッツは興味を引かれ、顔を正面へ向けたまま横目でのぞき見た。男は曹長たちに突き飛ばされ、殴られているが、収監者服は着ておらず、頭も剃っていない。民間人らしいが、ひどく痛めつけられ、顔は出血して腫れあがっている。一団が近づいてくると、フリッツは男がだれなのかに気づいて恐怖に襲われた。工場のドイツ人情報提供者だ。男を連れているSS隊員は、収容所ゲシュタポのモノヴィッツ部門を率いるヨハン・タオテ曹長とその部下、ヨーゼフ・ホーファー伍長だった。

恐怖を募らせながら、フリッツは静かに見守った。その民間人は集まった収監者たちのほうを向かされ、工場で接触のあった収監者をひとり残らず特定するよう命じられた。

男は目の前にある何千もの顔に目を凝らした。人混みに埋もれたフリッツのほうを見てはいない。男はSS隊員ふたりに押されて列のあいだを行き来し、間近でひとりひとりの顔を見ていった。フリッツの列まで来た。フリッツは激しい鼓動を感じつつ前へ目をやっていた。痣に囲まれて血走った目がおずおずとフリッツに向けられ、手があがって指さした。「こいつです」

フリッツは捕らえられて、その民間人とともに歩かされ、友や仲間たちの前を、そして父の怯えたまなざしの前を通って広場から出ていった。

フリッツはトラックの荷台へほうりこまれ、収容所から連れ去られた。トラックは数キロ先の第一収容所まで行ったが、中にははいらず、フェンスの外にあるゲシュタポの建物の前に停まった。向かいにはSSの病院、隣には小さな地下ガス室がある。フリッツはタオテとホーファーとともに廊下を進み、大きな部屋へ押しこまれた。

吐き気を催すほどの恐怖に襲われながら、フリッツは部屋の質素な備品をながめた。紐のついたテーブルがあり、頭上にはフックが埋めこまれている。これだけ長く収容所にいれば、なんのためのものかはわかる。

しばらくして、SSの将校がはいってきた。フリッツに向ける目は生き生きとした笑みをたたえ、顔はやさしげで、態度が洗練されている。歳の割に薄い白髪交じりの頭をしたマクシミリアン・グラブナーSS少尉は、恐ろしそうには見えない。大学教授か、穏やかな聖職者に思えるほどだ。これほど見た目と性格が相反する者も珍しい。温厚そうな顔をしたグラブナーはアウシュヴィッツのゲシュタポの長官で、大量殺戮を命じるときの冷酷無情さにかけては、ここでもほかの収容所でも随一の評判を誇る。グラブナーは定期的に病院や地下監獄を一掃――自分では〝ほこり払い〟と言っていた――して、収監者たちをガス室や〝黒い壁〟へ送っていた。ポーランド人の妊婦を皆殺しにする計画を考案したこともあり、二千人以上の死を招いたとされる。マクシミリアン・グラブナー以上に恐れられる者など、アウシュヴィッツにはほとんどいない[13]。SS隊員からも恐れられているほどだ。

グラブナーは少しのあいだフリッツをながめてから口を開いた。声は気味が悪いほど柔らかく、訛りにはウィーン郊外の田舎を思わせる、素朴で無学な響きがある[14]。

「聞いた話では」グラブナーは淡々と言った。「きみ、収監者番号六八六二九は、アウシュヴィッツ＝モノヴィッツ収容所からの大規模な脱走計画にかかわっていて、共謀したドイツの民間人に告発されたということだ。あの民間人はタオテ曹長の部下が見張っていた。行動が不規則だったから目に留まったらしい。そうだな、曹長」

タオテがうなずくと、グラブナーは親しげなまなざしをフリッツにもどした。「それについて、きみの言い分は？」

フリッツはどう答えればいいかわからなかった。その民間人が知り合いであることは否定できないが、脱走の件はまったく知らない。

グラブナーはメモ帳と鉛筆を取り出した。「では、この計画にかかわった収監者全員の名前を言ってもらおう」

フリッツが茫然と黙したままでいると、それを拒否と見なしたグラブナーはタオテとホーファーにうなずいた。

ホーファーの棍棒は最初の一撃でフリッツの体をふたつに折り、息を詰まらせた。それから二度目、三度目がつづいた。

だが、自白は出ない。グラブナーは驚いた。少年と言ってもいいほどなのに、収監者番号六八六二九はあの民間人よりも手ごわいらしい。グラブナーの合図でふたりはフリッツを机にうつ伏せにし、体に紐をまわして締めつけた。振りあげられた杖が風切り音を立てておろされ、尻を強打した。何度も何度も直撃し、引き裂かれた背中が痛みに燃える。極度の恐怖と苦痛のなかでさえ、フリッツは打たれた回数を数えつづけた。二十回痛みに焼かれたあと、紐がはずされ、フリッツは立たされた。

「自分のしたことを認めなさい」グラブナーは言い、メモ帳を指さした。「だれの脱走を手伝おうとしたのか言うんだ」

否定しても無駄なのはわかっているので、フリッツは何も言わなかった。ふたたびテーブルに押し倒され、ふたたび紐を締められ、ふたたび杖が風切り音を立てる。

何度縛られたかはわからなくなったが、打たれた回数は意地でも数えつづけた。体に焼きついたみみず腫れは計六十本だ。

男たちは紐をはずし、フリッツを引っ張ってまた立たせた。自力では立っていられない。グラブナーが顔を近づけた。「名前を言いなさい」

遅かれ早かれ——この悪夢に閉じこめられた人間の常として——崩れるときは来る。やめさせるために、何かを言うことになる。真実か嘘か——拷問が終わるなら、そんなことはどうでもいい。レジスタンスにかかわっている仲間の名前なら言える。簡単なことであり、人間なら誘惑に負けて当然だ。レジシュテファンやグストルやユップ・ラオシュら、友であり師でもあるレジスタンスの仲間たち。彼らを拷問と死へ追いやることはできる。そんなことをしても自分の命は助からないとわかるだけの理性は残っていたが、少なくともいまの苦しみは終わらせられる。

フリッツは何も言わなかった。グラブナーはタオテとホーファーにうなずき、天井に並ぶフックを指さした。

フリッツは手首を後ろへまわされ、血流が止まるほどきつく縛られた。ロープの長いほうの端がフックへ投げかけられて、それをふたりの隊員が引っ張る。フリッツの腕は背後でねじられ、目がくらむほどの痛みとともに引きあげられた。爪先が床から数十センチ浮き、ねじれた肩が体の重みではずれそうで、頭には悲鳴のような痛みが響いている。哀れな人々が〝ゲーテのブナ〟にこうやって吊られているのを何度も目にしたが、これほど恐ろしい体験だとは想像もしていなかった。

「名前を言え」グラブナーは何度も何度も繰り返した。フリッツは一時間近く吊されたが、口から出たのは意味をなさない金切り声と唾液だけだ。「逃げきれるはずがないさ」グラブナーの声が耳もとで静かに響く。「名前を言いなさい」

グラブナーがうなずくとロープがはずされ、フリッツは床に崩れ落ちた。グラブナーはさらに繰り返した。名前を言えば終わりにしてあげよう、と。それでもフリッツは黙していた。隊員たちはまた体を起こさせ、ロープで引っ張って、悲鳴をあげるフリッツを宙に浮かせた。

三回吊しても何も得られなかった。グラブナーはしびれを切らしていた。ちょうど土曜の夜で、帰りたがっていたからだ。この尋問のせいで、貴重な余暇が削られている。フリッツは合計一時間半吊されたあとで縄を解かれ、三たび床へ崩れ落ちた。朦朧とした意識のなかで、グラブナーが部屋を出ていきながら、ふたりの隊員に対して、収監者を収容所へもどせと告げるのが聞こえた。尋問のつづきは後日になる。[15]

בן 息子

フリッツが連れ去られたあと、シュテファン・ヘイマンらレジスタンスの仲間は、不安に苛まれながらどうするべきか話し合っていた。フリッツが屈服して、ゲシュタポがほかの者を捕らえにくるまでにどれだけ時間があるだろう。迫りくる大惨事に備えて計画を立てようと、夕方いっぱい話し合った。

フリッツが収容所にもどったと知らせがきたとき、グストル・ヘルツォークはまだ眠らずにいた。急いで見にいくと、フリッツはブーヘンヴァルトからの長年の仲間ふたり――運搬班でグスタフといっしょだったフレートル・ルスティヒと、悪名高い発疹チフスの実験で犠牲になりかけたマックス・マッツナー――に運ばれてやってきた。

フリッツは立てなかった。一見してわかる傷や出血のほかに、関節や背中も激しい痛みに襲われている。グストルはルスティヒとマッツナーにフリッツを病院へ連れていくよう言い、それからほかのレジスタンス仲間をさがしにいった。

病院は収容所の北東角にあるブロック群を占めていた。内科、外科、感染症科、療養科がある。全体を指揮することになっているのはSS医師だが、顔を出すことはめったになく、働いている者の多くは収監者だ。[16] 収容所にしてはまともな病院だが、医療物資はほとんどない。

フリッツは一般内科病棟の一室へ連れていかれた。体が半分麻痺した状態で、感覚のない両腕は使い物にならない。背中はみみず腫れだらけでいまも出血し、体じゅうが痛みに襲われている。チェコ人の医師はフリッツに強力な痛み止めを与え、腕を揉んだ。

しばらくして、グストル・ヘルツォークがエリック・アイスラーとシュテファン・ヘイマンを連れてはいってきた。三人とも、同情と懸念の混じった視線をフリッツに向けている。医師が去ると、三人は不安げな口調でゲシュタポに何を訊かれたのかと尋ねた。フリッツは、逃亡計画なるものについてグラブナーから問いつめられたと説明した。

「何か漏らしたか？」シュテファンが訊いた。

「まさか。何も知らないんですから」

ゲシュタポと同じで、仲間たちもそんな答では納得しなかった。

「名前は？　ひとつでも言ったか？」

フリッツは痛みに耐えながら首を横に振った。

ひどい状態のフリッツを、仲間たちは何度も問いつめた。ひとりの名も漏らしていないのか？　漏らしていない、とフリッツは言い張った。グラブナーには何ひとつ言わなかった、と。仲間たちのほうは、フリッツが収容所へもどる許可を与えられたことを怪しんでいた。グラブナーはフリッツが何かの拍子に共犯者の名を漏らすのを期待したのかもしれない。あるいは、単に第一収容所の〝死のブロック〟がいっぱいだった（たいがいそうだ）ということもありうる。

やがて、フリッツは裏切っていないと全員が納得した。仲間に危険はない――いまのところは。とはいえ、シュテファンとエリックは、グラブナーがこの件をここで終わりにするはずはないと確信していた。尋問はあす再開され、フリッツを自白するか死ぬまで拷問することだろう。なんとかしないといけない。

ひとまず、フリッツを感染症病棟へ移してもらうことになった。死体安置所と並んで収容所のいちばん端に建つ、発疹チフスや赤痢の患者が入れられる施設だ。SS医師やその部下が立ち入ることはめったにない。フリッツは隔離室へ入れられた。感染症にかからないかぎり、当分は安全だ。しかし、いつまでもここに隠れてはいられない。翌朝の点呼にいなくても追跡されないようにするには、病院の記録簿に名前を載せる必要がある。ただ、そうなるとゲシュタポが捕らえにくる。どう考えても、行き着く解決策はひとつだけだ。フリッツ・クラインマンは死ぬしかない。

そこで、病院の管理にあたる収容所古参ゼップ・ルガーが、記録簿に収監者番号六八六二九の死亡を記入した。詳細は必要ない。記録は患者ひとりについてわずか一行で、入院番号、収監者番号、名前、入院日、退出日、退出理由が書かれる。退出理由の選択肢は三つだけだ。エントラセン（退院）、ガス室行きに選ばれたことを意味するナーハ・ビルケナウ、そして、死亡を意味する黒い十字架のスタンプだ。グストル・ヘルツォークはフリッツの死が一般の収監者記録局でも登録されるよう手を打った。[17]

真実は共謀者しか知らない極秘事項となる。フリッツの数多くの仲間たちには、傷のせいで死んだと知らせるしかない。グスタフにすら秘密は明かされず――危険が大きすぎるからだ――最愛のフリッツルがゲシュタポに殺されたという、つらく胸が張り裂けそうな知らせを受けることになった。深い悲しみに沈んだグスタフは、この出来事について書く気にすらならず、日記は何週間も放置された。

グスタフがフリッツを悼んでいたころ、共謀者たちは、生きて呼吸するフリッツをどうするかという難題に直面していた。怪我からは回復しつつあるが、病院での隔離はつづいている。SS医師や部下の男性看護師が視察に来ると、そのたびにフリッツは病院洗濯室で働く長年の友ユール・マイクスナーの手を借りてベッドを離れ、物置に並ぶ寝具の束の陰に隠れた。

これからどうなるのか、フリッツには見当もつかなかった。あたりを見ると、赤痢患者は体を引きずりながら病室の外にある便所代わりのバケツへ向かい、発疹チフス患者は汗まみれのベッドで身悶えしている。怪我があろうとなかろうと、ここに長くはいられないのは明らかだ。

やがて、モノヴィッツのゲシュタポから知らせが届いた。グラブナーはフリッツの死を理由に調査を打ち切ったという。動くべきときが来た。

フリッツは新たな身分を与えられた。死んだ発疹チフス患者のものだ。哀れな男の名前を覚えていられなかった――わかるのはベルリン出身のユダヤ人で、一一二〇〇〇番台という、比較的最近やってきた収監者だったことだけだ。すでに入れてある刺青を消したり、死んだ男の番号を新たに入れたりはできないので、前腕に包帯を巻き、だれにも見せろと言われないことを期待するしかなかった。シュテファン・ヘイマンはフリッツと長い時間を過ごし、これからどう進めるかや、作業班に割りあてられたとき何に用心するべきかについて助言した。

フリッツにとっては、どうでもいいことだった。あまりの苦難を経たせいで無気力になり、もはや見つかろうが見つかるまいがかまわなくなっていた。悲しみと飢えと絶望に長くむしばまれて、ついに抵抗する力が失せ、ムーゼルマンへと通じる無力感に浸かりはじめている。シュテファンには気持ちを明かした。さっさと終わりにしてしまいたい――収容所外での作業中に歩哨線へ走るか、収容所を囲む電気柵に身を投げるだけでいい。銃の一発――ほんの一瞬――で、苦しみも惨めさもすべて終わる。[18]

シュテファンはそんな考えを許さなかった。「きみが自殺したらお父さんがどうなるか、わからないのか」シュテファンは言った。「いまのところ、息子は死んだと思っていらっしゃるが、そのうち――きっと近いうちに――真実を知ることになる。ずっと生きていたのに自殺したという知らせを聞いたらどうお思いになるか――考えてみなさい」

これには反論できなかった。あれだけのことをいっしょに乗り越えてきたというのに、フリッツがSSに屈し、結果として最期を迎えるのは――あまりにむごい。「こんなやり方でわれわれを磨りつぶすことはできない」と父はいつも言っていた。忍耐がすべてであり、苦難はいっときのもので、希望と活力は滅びない。

病院で安全にいられるよう、できるだけのことをする、とシュテファンは約束した。働けるところまで回復したら、気づかれずにすむよう収容所外の作業班をさがすという。収監者の死亡率は高く、入れ替わりが激しいため、他人についてくわしく知ることはめったにない。

フリッツは承諾し、シュテファンに命を預けたものの、疑念はぬぐえなかった。自分は顔を知られている――SSの数人にもだ。それに、遅かれ早かれ父にも伝わるだろう。レジスタンスには秘密を知る者が七人はいて、全員が父とも親しい。父はいまや収容所の重要人物で、そんな立場にいながらこれほど重大な秘密をかかえるのはあまりに危険だ。

三週間が経ち、フリッツは退院できるところまで回復した。仲間たちはフリッツを第四十八ブロックにもぐりこませた。ブロック古参のハイム・ゴスワフスキーはレジスタンスの仲間だ。ブロックにいるのはほとんどがドイツ人とポーランド人で、フリッツのことは知らない。

翌日、労働に出た。フリッツは錠前班の別の部門にはいり、倉庫で働くことになった。カポのひとり、パウル・シュミットは秘密を知っていて、フリッツを気にかけてくれる。朝夕の行き帰りで門を抜けるときは、監視兵や敵意を持つカポに気づかれるのではないかと、いつも息が詰まるほどの恐怖に襲われた。人混みの真ん中を歩き、目をまっすぐ前へ向けて無表情を保ちながらも、心臓は激しく打っていた。

だれにも気づかれずに数週間が経ち、少し落ち着いて仕事ができるようになった。いまのところ、秘密は守られているようだった。

אבא
父

ある夜、グスタフが第七ブロックの談話室にいるとき、ブロック仲間のひとりが肩を叩いた。「グストル・ヘルツォークが外にいる。あんたに用があるらしい」

グスタフが外に出ると、長年の友は興奮を抑えているようだった。〝ついてこい〟と身振りで伝えたあと、ヘルツォークは建物の横にある小道を進み、もとの道路から離れる方向へ先導した。一列目の宿舎ブロックの奥にはもっと小さな建物がいくつかある――便所、ゲシュタポの貯蔵庫、そして小さな浴場だ。ヘルツォークがグスタフを浴場ブロックへ連れていくと、中の暗がりから浴場の管理人が出てきた。ブーヘンヴァルトから来た若者で、フリッツの友人だ。管理人はあたりを見まわしてだれもいないのをたしかめてから、グスタフに中へはいるよう促した。

不思議に思いつつひとりで建物へはいると、石鹸もない浴場には、嗅ぎ慣れた黴くさい湿ったにおいが漂っていた。薄暗い照明の下で、グスタフは奥のボイラー室の暗闇に立つ人影に気づいた。人影が前へ進み出て、見えたのはフリッツの顔だった。

信じられない。奇跡だ。どんなに苦しい状況でも希望を失わないことを信条とするグスタフでさえ、驚きをことばにできなかった。まさか、ふたたび息子を腕に抱き、そのにおいを嗅ぎ、声を聞けるとは夢にも思っていなかった。[19] ともに生き延びてきたことは無駄ではなかったのだ。

こうして再会したあと、ふたりはなるべく頻繁に顔を合わせるようにした。会う場所は浴場で、いつも夜だ。悲しみと喪失感が去ったいま、グスタフはふたたび父親として息子を案じていた。フリッツがかつてないほどの危険にさらされているのだから、懸念は倍増している。グストル・ヘルツォークらはフリッツのためにできるかぎりの安全策を講じていると言っていたが、それでじゅうぶんなのだろうか。

אב ובן

父と息子

秋になって、第一収容所からすばらしい知らせが届いた。SSが突然、マクシミリアン・グラブナーを収容所のゲシュタポの長官から解任したという。

それもただの免職ではなかった。ずいぶん前から、ベルリンではグラブナーの行動が問題視されていた。SSの基準に照らしても、グラブナーが命じた数々の処刑は目を覆いたくなるほどだった——問題は数の多さではなく、無秩序になされたことである。ヒムラーにとって〝最終的解決〟——そして殺人全般——はひとつの産業であり、すっきりと効率よく体系立てておこなうべきものだった。娯楽ではないし、個人の趣味でもない。グラブナーの加虐趣味や残忍さは悪評を招いていた。しかし、失脚したのは汚職のせいだった。

収容所にいるほかの上級将校と同じく、グラブナーも自分の立場を利用して、ビルケナウで殺されたユダヤ人の財産を奪っていた。SSの利益になるはずのもので私腹を肥やしていたわけだ。ほかの者たちとちがったのはそれが桁はずれの規模だったことで、横領品を詰めこんだ旅行鞄をいくつも家へ送っていた。この規模の汚職となると、ＳＳの調査は免れない。グラブナーは停職となり、仲間数人とともに逮捕された。そのなかには、多くの収監者を無頓着に殺したゲルハルト・パリッチュもいた。[20]グラブナーを幇助したアウシュヴィッツ司令官、ルドルフ・ヘスも解任された。

一九四三年十一月、新たにアルトゥール・リーベヘンシェルが司令官となった。[21]リーベヘンシェルはアウシュヴィッツ全体の大改革に着手した。幹部は入れ替わり、ＳＳ内の秩序と規律はさらに強化された。

フリッツにとって重要だったのは、身の安全に対する最大の脅威が思いがけず取り除かれたことだ。グラブナーが去って、かなりの混乱が生じているので、モノヴィッツのひとりの収監者がゲシュタポの目に留まる可能性はきわめて低い。それから少し経った十二月七日の夜、第一収容所にあるゲシュタポの建物で火災が起こり、グラブナーの悪事の記録は消え去った。[22]

やがて、グラブナーの件がすべて闇に埋もれ、隠れる必要がなくなると、フリッツ・クラインマンは静かによみがえった。収容所名簿にふたたび名前が載り、発疹チフスで死んだベルリンのユダヤ人は忘れ去られた。

だが、極秘にする必要がなくなっても、油断はできなかった。自分の死を知るＳＳ監視兵——特にゲシュタポ隊員のタオテやホーファー——に見つかれば面倒なことになる。だが、モノヴィッツには何千人もの収監者がいて、何十万人もがアウシュヴィッツの収容所間を移送され、何万人もが殺されている。そのなかでひとりがこっそり生き返ったところで、気づく者がいるだろうか。

冬が近づくと、グスタフは地位を利用してフリッツを自分のいるＶＩＰブロックへ移した。夜にいっしょにいられるようになったいま、危険を冒して外で会う必要はもうない。微妙な立場にはなった。身分の低いフリッツは談話室にはいれないので、グスタフが友人と話しにいくと寝台にひとりでいるしかないが、寝台は寝るときしか使ってはいけないので、厳密にはそれも規則違反だ。

とはいえ、そこはあたたかく安全なブロックだった。死の前にいたブロックよりましなのはまちがいない。以前のブロック古参はパウル・シェーファーという名で、寝室に漂う収監者の体臭に我慢できず、どんな天気の日もすべての窓をあけさせた。そのうえ、収監者をいじめるためだけに、湿った服が乾かないよう暖房を切った。暖をとるため収監者服のまま寝ようとすると、シェーファーに殴られて食料を取りあげられた。

〝こうして一九四三年は過ぎていく〟グスタフは書いた。また冬が訪れていた。雪が降りはじめ、地面が凍りつつある。グスタフとフリッツが家から連れ去られて五度目の冬となる。容赦ない悪夢も五年目だ。しかし、これだけのことを経験し、耐え抜いたというのに、最悪の事態が訪れるのはまだこれからだった。

15 見知らぬ者の親切

אחים

兄弟

「とれ！」

フリッツは空中へ跳びあがり、頭上を飛ぶボールに手を伸ばした。ボールは人のいない露店のひとつにあたり、道路へ転がった。駆け寄って拾いあげたとき、レオポルト通りの角を曲がってやってくる巡査が見えた。巡査の視線を受けたフリッツは、ボール——実際にはぼろ布を固く縛ったもの——を背後に隠しながら立ちあがった。路上でのサッカーは禁止されている。巡査がいなくなると、フリッツは身をひるがえして市場へ駆けもどり、ボールを落として友人のほうへ蹴った。

もう夕方で、最後に残った農家の人たちは売れ残りを片づけていた。みな荷馬車に乗って手綱を鳴らし、ひづめの音を響かせながら道を去っていく。フリッツと友人たちは空になった露店のあいだを駆けまわり、ボールを蹴り合った。まだ残っているのは果物を売っているカペックさんだけだ。いつも、暗くなるまでぜったいに店をたたまない。夏になると、彼女は実をとったあとのトウモロコシをくれる。子供の多くは貧しく、ただでもらえるならどんな残り物でも受けとった——精肉店からはソーセージの端を、〈アンカー・パン店〉のケーニヒさんからはパン屑を、学校から角を曲がってすぐのグローセ・シュペール通りにあるライヒェルトさんのケーキ店からはホイップクリームを。

フリッツが自分のほうへ飛んできたボールを受け止め、蹴り返そうとしたとき、遠くから聞き慣れたラッパの音が聞こえてきた。ターラー、ターラー。消防車の出動だ！　子供たちは興奮に駆られ、道行く人々を避けながら走った。買った品物をかかえた年配の主婦や、黒い服を着てひげを伸ばした正統派ユダヤ教徒たちが、シャバトがはじまる夕暮れの前に帰ろうと道を急いでいる。「待って！」フリッツが振り返ると、後ろから小さな人影が脚を振り動かして走ってきた。クルトだ！　すっかり忘れていた。フリッツは立ち止まり、弟が追いついたときには友人たちの姿は見えなくなっていた。

クルトはまだ七歳だ――十四歳のフリッツとはずいぶん歳が離れているが、ふたりは仲がいい。フリッツはいつもクルトを仲間に入れ、ふだんの遊びや通りでのふるまいを見せてやった。クルトには同年代の幼い遊び仲間がいて、フリッツたちはその保護者代わりだ。

ふたりは大戦で視力を失ったレヴィさんの脇を通りかかった。老いたレヴィさんが横切ろうとしている道にはトラックが何台も走り、体格のいいピンツガウアー種の馬に引かれた燃料店や醸造所の重たげな荷車も行き交っている。フリッツは老人の手をとり、往来が途切れるのを待って、道を渡るのを手伝った。それからクルトに手招きし、いっしょに友人を追いかけた。

ふたりはターボル通りをもどってくる友人に出くわした。顔はクリームと粉砂糖にまみれている。火事は見つからなかったが、通りかかったグローセ通りの菓子店で余り物のケーキを大量にもらったという。フリッツは同級生のレオ・メットがとっておいてくれたミルフィーユひと切れをクルトと分けた。

菓子を頬張りながら、子供たちはカルメリター市場へ向かった。フリッツは砂糖でべとついたクルトの手を握った。仲間といるのは心地よい。仲間の一部がほかとちがうなどとは思わなかった。自分の親はシナゴーグへ行かないが、教会へ行かない親もいれば、クリスマスを大事にする友達もいる――そんなことが重要だとは思えず、それほど些細なことで自分やレオらユダヤ人の子供たちがほかの仲間と別れることになるとは考えもしなかった。

その夜はあたたかく、翌日は土曜日だった——ドナウ運河へ泳ぎにいくのもいいだろう。一七番地の地下で劇場ごっこをする女子たちを見にいってもいい。建物を管理するドヴォルシャックさんはフリッツの遊び仲間、ハンスの母親で、よく部屋の蠟燭を点けさせてくれる。あさってきた服を着たヘルタたち女子は、モデルのように行ったり来たりしてファッションショーの真似事をする。二ペニヒの入場料を払った客を前に、みんなで『ヴィルヘルム・テル』の劇をしたこともある。フリッツはそういう風刺喜劇が大好きだった。

あたたかい夏の夕暮れに、フリッツとクルトは家に着いた。きょうはいい日だった。いい日がずっとつづいている。ウィーンの子供たちは木からリンゴをとるように通りから楽しみを得る。とれるものに手を伸ばすだけでいい。人生は時の流れに乱されない堅牢なものだった。

בן 息子

フリッツを楽しい夢から引き離したのは、収容所古参が吹く笛の甲高く鋭い音だった。目を開くと暗闇があり、鼻孔は三百の汚れた体と、三百の黴くさく汗まみれの収監者服に反応した。幸福感から不意に引きもどされた脳は、いまの周囲の状況に打ちのめされている。夜明け前に目覚めた日はいつもこうだ。

下の寝台にいる男がおりて、コーヒー当番であるほかの十数人とともに上着を着た。フリッツは毛布をきつく体に巻きつけてから、目を閉じて藁のマットレスに顔を押しつけ、夢の切れ端を追いかけた。

一時間十五分後に寝室の明かりがつき、フリッツはまた目を覚ました。「全員起きろ！」部屋係が怒鳴った。「起きろ、起きろ、起きろ！」つぎの瞬間、三段の寝台から脚や腕や寝ぼけた顔が生え、互いに踏み合いながら這い出して、縞模様の収監者服を身につけた。フリッツと父はマットレスをおろして振り、それから毛布をたたんでまっすぐに敷いた。洗面場――周辺にある六ブロックの住人たちでごった返している――で冷たい水をかけて顔を洗ったあと、ブーナ工場であさってきた油っぽい靴クリームで靴を磨き、巨大な三十リットルの保温瓶から自分のぶんのどんぐりコーヒーを受けとるため、寝室で列を作る。飲むときは立ったままだ（寝台にすわるのは禁じられている）。前の晩にパンを少し残しておいた者はこのときに食べ、甘く生ぬるいコーヒーで腹へ流しこむ。部屋係が寝室と収監者服と靴を点検する。

ここの雰囲気は、フリッツがこれまでいたどのブロックよりも和やかだった。第七ブロックの〝名士〟たちはうまくやっている。

五時四十五分、まだ暗いなかを駆け足で外に出て、建物の前に列を作った。道じゅうに収監者があふれ出て、ブロック古参が人数を数える。病人も死人も免除はされない――どのブロックでも、毎朝ひとつふたつの死体が出るのがふつうだ。ブロックから運び出された死体は横たえられ、ほかの者とともに数えられた。

何千人もの収監者は道を進み、投光照明のともった点呼広場へはいった。ブロックごとに決められた位置につき、そのなかでさらに決められた場所に収監者が並んで、整然と隊列を組む。病人と死人も最後尾に置かれて、いっしょに運ばれた。

SSのブロック指導者が列のあいだを行き来し、決められた位置にいない者や列の乱れたところをさがしながら自分のブロックの収監者を数え、死者を記録していく。手順が完璧に進まなければ――特に、数えまちがいを生むような失敗があれば――収監者が殴られる。満足すると、ブロック指導者は前方の演壇にいる連絡指導者に報告する。収監者たちが――寒くても雨が降っていても――身動きせずに立ち並ぶ前で、連絡指導者はすべての数を細かく確認する。

シェートル中尉が広場へ来るころには、一同は一時間近く姿勢を保って立っていた。シェートルが演壇に立つのを、フリッツは警戒して見ていた。気づかれて見つかるのではないかという恐怖は、まだ完全には消えていない。

最近起こったいくつかの出来事のせいで、フリッツの不安はこれまで以上に増していた。九月、グラブナーが権力を失う数週間前に、収監者のなかに密告者がいたことが発覚した。[1]ゲシュタポは破壊活動分子をつねにさがしていて、レジスタンスの仲間は警戒を怠らない。モノヴィッツのゲシュタポで事務仕事をしている収監者のおかげで、ボレスワフ・〝ボレック〟・スモリンスキー――偏屈な反ユダヤ主義者で、共産主義者を特にきらっている――がタオテSS曹長のために働く密告者だとわかった。

この重要情報はレジスタンスの仲間のなかで議論の的になった。ブーヘンヴァルト出身のクルト・ポーゼナー（クポと呼ばれていた）は、スモリンスキーが病院担当の収容所古参と親しくしていることを指摘した。病院はレジスタンスの中枢であり、この点を突かれるとまずいことになる。そのことを、クポはエリック・アイスラーとシュテファン・ヘイマンに話した。アイスラーは、スモリンスキーに話して自分の誤りに気づかせようと言った。この危険な案にシュテファンとクポは猛反対した。それでもアイスラーは警告を無視し、スモリンスキーと話をした。反応はすばやかった――スモリンスキーはゲシュタポのもとへ直行した。エリック・アイスラーとクルト・ポーゼナーは即刻捕らえられ、ほかの六人とともに第一収容所へ連れていかれた。六人のなかには、役職に就いた収監者としても尊敬を集めるレジスタンスの仲間、ヴァルター・ペツォールトとヴァルター・ヴィントミュラーもいた。全員が〝死のブロック〟の地下監獄へ連れていかれ、何日も尋問と拷問を受けた。スモリンスキーもいっしょに捕まった。

やがて、クルト・ポーゼナーともうひとりがモノヴィッツへもどったが、殴られてひどく負傷していた。ふたりともフリッツと同じように拷問に耐え、情報をまったく漏らさずにいた。スモリンスキーも解放され、もとの地位に復帰した。ヴァルター・ヴィントミュラーは怪我に屈して、地下監獄で死んだ。哀れなエリック・アイスラーは、スモリンスキーに話した時点でレジスタンスのメンバーであることを明かしていたため、〝黒い壁〟へ連れていかれて銃殺された。[2]アイスラーは人々の幸福のために身を捧げた。自分が収監者となる前にも社会主義者の組織、ローテ・ヒルフェ（赤色救援会）のために働き、収監者の家族の生活を支援していた。[3]結局、その心やさしい性格が仇となり、スモリンスキーのような男を説得して改心させられると考えたせいで破滅へ追いやられた。

「気をつけ！　脱帽！」軍曹の声がスピーカーから響き、五千本の手が帽子をもぎとって脇にしっかりはさんだ。集まった収監者の名簿にシェートルが目を通し、新入りや死者や選抜された者や作業の配置を確認するあいだ、収監者は姿勢を保った。

ようやく声が響いた。「着帽！　作業班、移動！」

隊列が崩れて無秩序が生まれ、各人が割りあてられた班へ移動して集団にまとまると、カポが人数を数えた。道を歩いていくと正門があり、それが大きく開いた。多くの者は弱って無気力になり、最後の力を振り絞っている。ビルケナウ送りになるか、点呼に運ばれてくる死体のひとつとなるのも時間の問題だ。

隊列が過ぎ去るかたわらで、門の隣にある小さな建物のなかから、収監者オーケストラが心を奮い立たせる曲を演奏した。演奏者たちを率いているのはオランダ人の政治囚で、バイオリンを弾くのはドイツ人のロマだ。残りは各国から来たユダヤ人だった。フリッツはドイツの曲が演奏されないことに気づいた――いつもオーストリアの帝国時代の行進曲だ。父はかつて、こういう曲に合わせてウィーンやクラクフの閲兵場を行進し、この軍隊らしい旋律を伴奏として戦争へ行った。収容所オーケストラは腕のいい音楽家ぞろいで、日曜日にはシェートルの許可を得て、特権階級の収監者たちのためにコンサートを開くこともあった。それは現実とは思えない光景だった——さまざまな出自の音楽家たちがクラシック音楽を演奏し、立ちっぱなしの収監者たちと、隅の椅子に腰かけたSS将校たちがそれを聴いた。

空が白みはじめるなか、収監者たちは行進をつづけてブーナ工場の門にある検問所へ向かった。どの隊列にもSS軍曹ひとりと歩哨たちがついている。働く工場の場所によっては、最大でさらに四キロを歩き、十二時間の労働のあと、四キロ歩いてもどり、寒さと雨のなか、投光照明のもとでまた数時間の点呼を受けることになる。

フリッツが倉庫の仕事場へ行くと、在庫品を移動する退屈だが安全な一日がはじまった。その日が新たな生活のはじまりになることを知る由もなかった。

フリッツが別のユダヤ人収監者と話していると、たまたま近くにいたドイツ人の民間人溶接工が会話にはいってきた。

「またドイツ語が聞けてうれしいよ」男は言った。「ここで働きはじめてから、ドイツ人にはあんまり会えなかったから——きみらはほとんどがポーランド人か、ほかの外国人なんだろ」

フリッツは驚いて男を見た。かなり若いが、不自由な脚を引きずっている。

男は収監者服に目をやった。「なんで入れられたんだ?」

「というと?」

「なんの罪で?」

「罪?」フリッツは言った。「ぼくらはユダヤ人です」

話が通じるまで、フリッツは何度か繰り返した。男は当惑している。「でも、総統は何も悪いことをしてないやつを閉じこめたりしない」男は言った。

「ここはアウシュヴィッツ強制収容所ですよ」フリッツは言った。「アウシュヴィッツがなんのためにあるのか、知らないんですか」

男は肩をすくめた。「軍隊にはいってて、東部にいたんだ。故郷で何が起こってたかなんてぜんぜん知らないよ」脚が不自由なのはそういうことだ。傷を負って退役したのだろう。

フリッツは自分のバッジを指さした。「ほら、ユーデンシュテルン——ユダヤの星です」

「それが何かは知ってるさ。でも、それだけで収容所行きになんてなるわけがない」

驚きだった。腹立たしくもある。「もちろんなりますよ」

男は信じられないと言いたげにかぶりを振った。フリッツは我慢の限界に近づいていた。これほど無知とはあきれたものだ——前線にいたのなら一九四一年以降に事態が悪化したことは知らなくても無理はないが、迫害がはじまった一九三三年や、〝水晶の夜〟があった一九三八年にはどこにいたというのか。ユダヤ人全員がみずからの意志で移住したとでも思っているのか。

ドイツ人と口論するのは危ないので、フリッツは説得をあきらめた。

その日、男はまた近づいてきた。「おれたちは力を合わせなきゃいけない」男は言った。「祖国を守って、公共の利益のために働こう——きみらにだって果たすべき役目はある」

フリッツはことばを呑みこんだが、男が義務や祖国について長々と話しつづけたので、ついに我慢の限界が来た。「ここで何が起こっているか、わからないんですか」怒りをこめて言い、工場を、アウシュヴィッツを、システム全体を指し示す。そして歩き去った。

その民間人の男はフリッツの態度にとまどい、なおもあきらめなかった。一日じゅうフリッツに付きまとった。義務と祖国について何度も話し、収監者は正当な理由があって収監者となると言い張っている。だが、しつこさとは裏腹に、繰り返すたびに自信を失っていくようだった。

やがて男は静かになり、そのあと数日間は口を閉じて溶接の仕事に徹した。そしてある朝、フリッツのもとへ来たかと思うと、パンと大きなソーセージをこっそり手渡して去っていった。

そのパンはとても細かい粉で作ったオーストリアのヴェッケンの半切れだった。フリッツはひと切れちぎって口に入れた。至福のおいしさだ。収容所で配給される軍用のコミスブロートとはまったくちがう。わが家と天国の味だった。一日の終わりに友達と〈アンカー・パン店〉へ行き、このパンをもらったことを思い出す。フリッツは残りをソーセージとともに隠し、収容所へ持ち帰って父や仲間たちと分けることにした。

一、二時間して、例の男はまたフリッツの前に来て、立ち止まった。「ここにはドイツ人があんまりいない」男は言った。「話し相手がいるのはうれしいよ」それからためらい、いつになく困ったような顔をした。「あるものを見たんだ」言いづらそうだ。「けさ、仕事に来る途中で……」男は明らかに動揺した様子でことばを詰まらせながら、収監者の死体がモノヴィッツ収容所の電気柵に引っかかっているのを見た、と語った。東部戦線で戦い、残虐行為には慣れているが、それでも衝撃を受けたという。「あれは自殺だと言われた。ときどきあることだと」

フリッツはうなずいた。「よくありますよ。SSは死体を何日かほうっておくんです。ほかの者を怖じ気づかせるために」

男の声が震えた。「あんなことのために戦ったんじゃない」目に涙をためている。「まちがってる。あんなことにはかかわりたくない」

フリッツは驚いた――ドイツ人兵士が強制収容所の収監者の死に涙を流している。これまでに出会ったドイツ人は――兵士も警察官もSSも緑三角印の収監者も――みな同類だった。例外は社会主義者の政治囚だけで、ほかはみな冷たく偏屈で残虐だった。

男は身の上を語りはじめた。名前はアルフレート・ヴォッヒャー。バイエルン生まれだが、ウィーン人の女と結婚し、家はウィーンにある――だからパンがヴェッケンだったのだ。フリッツは自分もウィーン出身であることは伏せていた。話に耳を傾けていると、ヴォッヒャーはドイツ国防軍にはいって東部戦線で戦い、鉄十字勲章を与えられて軍曹にまで昇進したと語った。大怪我を負ったあと、無期限休暇と称して家へ帰された。除隊になったわけではないが、戦地勤務にもどることは一生ないだろう。溶接ができるので〈ＩＧ・ファルベン〉へ送られ、民間人として働くようになったという。

　ヴォッヒャーはいい連絡員になるかもしれない、とフリッツは思いついた。その夜、収容所にもどると病院へ行き、シュテファン・ヘイマンに相談した。アルフレート・ヴォッヒャーがどういう人物かを語り、ヴォッヒャーが言ったことをすべて繰り返す。シュテファンはそのすべてについて懐疑的だった。注意しなさい、とフリッツに言った――ドイツ人、特にヒトラーの軍にいた者は信用できない、と。スモリンスキーのことがあってから、レジスタンスは密告者の可能性について以前より慎重になっていた。それに、以前民間人と親しくなったとき、フリッツは危うく命を落としかけ――当然ながら、仲間たちや父をひどく悲しませた。

　フリッツにもよくわかっていた。ヴォッヒャーを信用してはいけない。だが、どういうわけか――ウィーンのパンをもらったからか、死んだ収監者を見てまちがいなく心底動揺していたからか――抑えられなかった。作業場へもどったフリッツは、シュテファンの助言にも自分の理性にも逆らって、ヴォッヒャーと話しつづけた。

　避けづらい男だった。向こうからフリッツのもとへやってきては、アウシュヴィッツについての疑問など、胸にかかえたものを吐き出すことが多い。いかにも探りを入れているかのようで疑わしく、背を向けて耳を貸さないのが賢明だ。それなのにフリッツは返答し、詳細は避けながらもアウシュヴィッツの現実を語って聞かせた。ヴォッヒャーはドイツで何が起こっているかを見せようと、ナチス党の機関紙《フェルキッシャー・ベオバハター》を持ってくるようになった。フリッツは迷惑だとは思わなかった――収容所で新聞紙は貴重だし、ユダヤ人の尻を拭くのは《ベオバハター》紙のあらゆる使い道のなかで最高だと言うほかない。それ以上にありがたいのはパンやソーセージの差し入れだった。そんなある日、ヴォッヒャーが突然、フリッツのために手紙を運ぶと言ってきた。外の世界に連絡をとりたい人がいるなら、だれであろうと届けてやるという。

ついに来た――罠だ。少なくとも、そう思えた。まだウィーンにいる親戚と連絡をとりたい――そして、できるものなら母とヘルタがどうなったかを知りたい――という気持ちはあまりにも強い。フリッツはとっさに、なんらかの手立てでこの男を試せないかと考えた。しかし、なんのために？　仮にヴォッヒャーがナチスの密告者だとして、それを証明してなんになる？　自分が地下監獄行きになることに変わりはない。

この件について、フリッツはまたしてもシュテファン・ヘイマンに相談した。フリッツが結局いつもどおり我を通すことをシュテファンはお見通しで、自分で決めろと言った。この件では何もしてやれないという。

その後まもなく、ヴォッヒャーがもうすぐ出かけると言ってきた。フリッツにとっての好機である。先日、ヴォッヒャーがウィーンへ行く途中にブルノとプラハを通ると言っていたので、フリッツはつぎの日にチェコの両都市の架空の住所を書いた手紙二通を仕事場へ持っていき、そこに親戚がいるのだと言った。ヴォッヒャーはうれしそうに手紙を受けとり、自分の手で届けると約束した（中をのぞき見されるので、郵便制度を信用していなかった）。もしヴォッヒャーがだますつもりなら、手紙を届けようとするはずがないから、住所が偽物だと気づくこともないだろう。

数日後、職場に現れたヴォッヒャーは憤然としていた。手紙を二通とも届けようとしたが、どちらの住所も見つからなかったという。フリッツにからかわれたのだと考え、怒るだけでなく傷ついてもいた。フリッツは喜びと安堵を隠して謝った。これで、ヴォッヒャーが工作員でないことはほぼまちがいない。

フリッツはアウシュヴィッツの実態についてこれまで以上にヴォッヒャーに打ち明けるようになり、ユダヤ人がドイツやポーランド、フランスやオランダや東の国々から移送されてくると話した。ビルケナウへの選別のこともだ。子供や年寄りや労働に適さない者、それにほとんどの女がガス室へ送られ、残りは奴隷になる。ヴォッヒャー自身もその一端を目にしたことがあった。密閉された貨車を連ねた長い列車がときどき南東の線路をやってきて、モノヴィッツを通り過ぎ、オシフィエンチムに向かう理由がようやくわかったという。工場でも民間人たちがそういう話をしているのを聞き、前線にいたあいだに多くのことを見逃したと気づきはじめていた。[4]

いま目の前で起こっていることは、見逃すほうがむずかしかった。アウシュヴィッツは転移癌のようにひろがり、増殖している。大規模な変化や拡張がはじまり、いまやアウシュヴィッツ第三収容所モノヴィッツは、ブーナ工場のある田園地帯につぎつぎと現れる補助収容所を管理する中枢となった。シェートル収容所長のさらに上に立つ司令官も置かれた。顔が青白く、うつろな目をしたハインリッヒ・シュヴァルツ大尉だ。収監者を殴り殺すのが好きで、その途中で泡を吹いて怒る。〝最終的解決〟に心を捧げ、アウシュヴィッツへ流れこむユダヤ人が途絶えるたびにベルリンへの怒りを募らせた。[5]

〈IG・ファルベン〉の補助収容所へ送られる予定の人々は、いまではモノヴィッツに直接やってくることもあり、フリッツはこれまで話に聞いていた光景をはじめて目にした——当惑した人々が貨車から追い立てられ、旅行鞄を持ったまま収容所の近くにおろされていく。男も女も子供も、再定住させられるために来たと思っている。[6]怯えている者が多いが、中には息の詰まる貨車で何日も過ごしたあと、人混みで友達を見つけて、喜び安堵している者もいた。健康な男たちは選別されて収容所へ歩かされ、女や子供や老人は列車へもどされてビルケナウへ向かった。

モノヴィッツに来た男たちは点呼広場で裸にされた。貴重品を手放そうとしない者は多いが、見つかるのはほぼ確実だ。物品はすべて〝カナダ〟（金持ちの住む土地だと信じられていた）と呼ばれる倉庫ブロックへ運ばれ、分類と物色をされる。略奪品を扱う収監者班は、ＳＳに間近で監視されながら、土塊を選り分ける探鉱者のように隅々まで物品を調べ、縫い目まで裂いて、隠された貴重品をさがした。[7]

フリッツが特に興味を持ったのは、テレージエンシュタットのゲットーから到着した新入りたちだった。多くがもとはウィーンに住んでいた人々である。フリッツは故郷からの知らせを聞きたがったが、向こうはたいしたことを知らないらしい。最近の知らせが届くようになったのは、ウィーンから直接送られた人々が到着しはじめたころだった。ユダヤ人として登録された者のほとんどが市を去ったいま、ナチス当局は〝ミシュリング〟――ユダヤ人とアーリア人の結婚により生まれた、どちらでもありどちらでもない人々――の強制移送をはじめていた。もどかしいことに、残った親戚や友人の近況や生死について知っている人はいなかった。

ウィーンへ行くのでしばらく休むとアルフレート・ヴォッヒャーから聞いたとき、フリッツはよい機会だと考えた。ヴォッヒャーのことはもう信じてよいと思い、その信頼が報われることを願っていた。フリッツはウィーンのデブリングに住むヘレーネおばの住所を教えた。レオポルトシュタットからドナウ運河を越えたところにある、裕福な者が住む郊外だ。ヘレーネはアーリア人と結婚し、洗礼を受けてキリスト教徒となった。夫がドイツ国防軍の将校になったので、いまのところナチスから守られている。息子のヴィクトルは、クルトの手もとにあった狩猟用ナイフの持ち主だ。フリッツがヴォッヒャーに託したのは手紙ではなく伝言だった――自分と父はまだ生きていて元気だということと、それをほかの生き延びた親戚に伝えてもらいたいということだけだ。ヴォッヒャーは住所を控えて、出発した。

ヴォッヒャーがもどったのは数日後だった。成果は前回とたいして変わらなかった。住所は本物だったが、玄関に現れた女性ははっきりとよそよそしい態度をとった――クラインマンという名の人など知らないと言い張り、ヴォッヒャーの目の前で勢いよくドアを閉めたという。

フリッツは当惑し、ヴォッヒャーを問いつめた。まちがいなく正しい住所へ行ったのか？　やがて、フリッツは過ちに気づいた。工場から離れると、アルフレート・ヴォッヒャーは軍服にもどる。玄関先に現れてユダヤ人の親戚のことを尋ねたヴォッヒャーを見て、かわいそうなおばのヘレーネは心底怯えたことだろう。実際には、フリッツの想像よりもひどい状況だった。将校だった夫が戦死し、夫の身分に守られなくなったヘレーネは恐ろしく無防備になったと感じていたのだ。

少なくともひとつ、いいことがあった。いまやアルフレート・ヴォッヒャーは完全に信頼できる。クリスマスが来ると、休暇でふたたびウィーンへ旅立つヴォッヒャーに、フリッツはほかの住所を教えた。カルメリター市場のまわりに住んでいる父の友達で、ユダヤ人でない人たちの家だ。さらに、以前住んでいたイム・ヴェルト通りのアパートメントの住所も教え、母宛の手紙を託した。[8]これまでのことがあっても、フリッツは希望を捨てきれずにいた。母とヘルタが無事で、元気にしているとどうしても信じたかった。だれかが知っているにちがいない。

חברים
友人たち

レオポルトシュタットの町は心臓を失っていた。ユダヤ人の店があったところは借り手がつかず、事業所には板が打ちつけられ、民家は空になっている。アルフレート・ヴォッヒャーがイム・ヴェルト通り一一番地にあるアパートメントの階段をのぼると、部屋の半数が空だった。[9]ナチスは真のドイツ人が使うべきわずかな生活空間をユダヤ人が占領していると主張するが、とんでもない言い草だった。

一六号室をノックしても、返事はなかった。そのドアはおそらく、ティニ・クラインマンが一九四二年六月に鍵をまわして以来、一度も開いていなかったはずだ。ヴォッヒャーはほかの部屋も見てまわり、カール・ノヴァーチェクというグスタフの友人の名に行き着いた。映写技師のカールは、ナチスが迫害を進めてもクラインマン一家に誠実だった数少ない非ユダヤ人の友達のひとりだ。[10] グスタフとフリッツが生きていると知って、カールは大喜びした。

カールだけではない。同じ通りにはほかにも忠実な友がいた――隣の建物に住む商店経営者オルガ・シュタイスカルと、鍵職人のフランツ・クラールである。ふたりの反応はカールと同じだった。知らせを聞くと、三人の友はすぐに通り向かいの市場へ行き、アウシュヴィッツへ持っていってくれと言って、ヴォッヒャーに数個のかごに詰まった食料を渡した。知らせは、通りを数本隔てたところに住むフリッツのいとこ、カロリーネ・ゼムラック――リンチーという愛称で知られていた――にも伝わった。リンチーは結婚してアーリア人キリスト教徒となったが、デブリングに住む哀れなおばのヘレーネとちがって、ユダヤ人とのつながりを明かすことをためらわなかった。食料を用意し、手紙を書いて自分の子供たちの写真を同封した。オルガ――友人からはオリーと呼ばれていた――もグスタフに手紙を書いた。オリーは以前からグスタフのことを好いていて、グスタフもオリーに同じ感情を持っていた。グスタフが既婚者でなければ、ふたりのあいだに何かが輝いていたかもしれない。

このとき起こったのは、信じがたいほどおかしな出来事だった。アーリア人の友達と改宗したユダヤ人が、アウシュヴィッツにいるユダヤ人ふたりのために愛のこもった贈り物を用意して、ドイツ国防軍の軍服を着たバイエルン人兵士に渡す。そこには奇妙な美しさがあったが、ヴォッヒャーはひとつ問題をかかえた。食料の包みは旅行鞄ふたつぶんある。無事にすべてフリッツのもとへ届けるのはかなりの難題となるだろう。

アウシュヴィッツへもどったヴォッヒャーは、贈り物を何回にも分けて工場へ持ちこみ、フリッツに渡した。食料はありがたかったが、フリッツにとってはリンチーや友達からの知らせがさらに貴重だった。母とヘルタについても勢いこんで尋ねたが、ヴォッヒャーはかぶりを振った。だれに訊いても返事は同じだったという——ティニ・クラインマンと娘はオストラント行きの強制移送に加えられ、その後は消息不明だ。フリッツはひどく落胆した。しかし、それでもふたりは死んでいないというわずかな可能性にしがみついた。おばのイェンニとベルタは前年の九月に、ウィーンからミンスクへの最終期の強制移送に加えられた。イェンニの家族はことばを話す猫だけだったが、ベルタの家族では娘のヒルダ（非ユダヤ人と結婚している）と孫息子が残された[11]。

フリッツは食料のほとんどを仕事仲間に分け与え、その残りと手紙を持って父のもとへもどった。グスタフはティニとヘルタについての知らせに落胆しながらも、大切な友人たちからの連絡に元気づけられた。希望を捨てないのがグスタフの性格で、親しい人々と今後文通できると考えるとうれしかった。

フリッツはグストル・ヘルツォークとシュテファン・ヘイマンにもいきさつを報告したが、ふたりの反応はずっと冷たかった。フリッツ自身はアルフレート・ヴォッヒャーが信頼できると確信していたが、特にシュテファンは強い不信感をいだいていた。そのドイツ人とはこれ以上かかわるな、というのがシュテファンの忠告だった。

フリッツは自分の意志を貫いた。シュテファンのことは尊敬しているが、以前いた土地や家族への思いはそれ以上に強かった。

16 家を遠く離れて

אבא
父

〝親愛なるオリーへ〟グスタフは書いた。

手紙をくれて、ほんとうにありがとう。こんなに長くわたしやフリッツルからなんの連絡もできず、すまないと思っているが、そちらに迷惑をかけないよう用心せざるをえないのだよ。親切な贈り物にもとても感謝している……。わが家を遠く離れていながら、こんなにも親切ですばらしい友がいてくれるのはうれしいかぎりだ。[1]

一九四四年にはいって三日が経ったその日、あたりにはかすかな希望の香りが漂っていた。方眼罫のスケッチ用紙の上を、グスタフの鉛筆がすばやく動きまわった。

オリー、ほんとうに、この何年ものあいだ、きみやきみの大切な人たちと過ごしたすばらしい時間を、いつも思い返していたよ。きみたちを忘れたことは一度もない。わたしとフリッツルにとっては苦難の年月だったが、強い意志と活力のおかげで、つねに前へ進むという選択をしてきた。

またみんなと連絡をとれるようになったら、これまで失ってきたものの埋め合わせになるだろう――二年半、家族についての知らせは何もなかった……。だが、そのせいでただ老けこむつもりはないし、いつかはふたりと再会できるだろう。オリー、わたし自身は以前のグストルのままで、これからも変わらずにいる……。ともかく、どこにいようと、いつもきみと仲間たちのことを思っている――では、心からの祈りとキスをこめてこの手紙を終えよう。グストルとフリッツより。

グスタフは紙をまとめてたたみ、封筒へ入れた。あすの朝、フリッツがこっそり工場に持ちこんで、ドイツ人の友達に渡してくれるだろう。息子はまたしても自分をしのぐ勇気と決断力を見せた。フリッツをとどめるものはない。自分にできるのは、息子が二度と面倒に巻きこまれないよう祈ることだけだ。

数週間が経ち、フリッツはウィーン出身のほかの収監者たち――大半が家にアーリア人の妻を残してきたユダヤ人――からの手紙もフレートル・ヴォッヒャーに託すようになった。途中でゲシュタポに奪われても差出人や受取人が罪に問われないよう、みなが書き方に気をつけた。

בן 息子

手紙の受け渡し以外にも、フリッツが仲間を助けるために体制に逆らったことがあった。特別配給券の取り引きだ。

このころ、アウシュヴィッツでは模範労働者に特別配給券を支給するようになった。高い地位に就いた非ユダヤ人収監者だけが与えられる券で、[2]収監者用の売店へ行くと煙草やトイレットペーパーなどの贅沢品と交換できる。この制度——ヒムラーが発案した——の目的は生産性を高めることだったが、実際にカポが券を渡すのはたいがい、仕事の出来のよさではなく自分に便宜を図ったことへの褒美としてだった。[3]

多くの者にとって、配給券の魅力は収容所内の売春宿での支払いに使えることだった。この施設もヒムラーが生産性への報奨として発案したものだ。厨房の近くにある鉄条網に囲まれた建物で、〝女性ブロック〟と遠まわしに呼ばれていた。[4]そこにいる女たちはビルケナウから来た収監者たち——出身地はドイツやポーランドやチェコで、ユダヤ人はいない——で、いずれ自由にしてもらえるという約束のもと、〝志願〟してきた者だった。売春宿では順番待ちが必要で、特別配給券を持ったアーリア人収監者だけが利用できる。許可がおりると、利用者は性病の予防接種を受け、ＳＳ隊員が女と部屋を割りあてた。売春宿が閉まっている日中は、女たちがブロック指導者に付き添われて収容所周辺を散歩していることもあった。

グスタフも公式にはアーリア人なので特別配給券を与えられたが、使う機会はほとんどなかった。悪趣味なシェートル収容所長は、収監者に女たちとの行為を事細かに語らせては、自分が経験したかのように興奮していた。グスタフもシェートルから売春宿へ行けと勧められたことが何度かあったが、年齢のことを悲しげに持ち出して毎回ことわった（まだ五十二歳だが、収容所の基準ではまちがいなく老人だった。その歳まで生き延びた者はほとんどいない）。

煙草も吸わないので、配給券にたいした使い道はなく、そこでフリッツに託して闇市で交換させた。フリッツは厨房を管理するカポとも、収監者からの略奪品があるカナダ倉庫を管理するカポとも知り合いになっていた。どちらの男もすっかり堕落し、売春宿にのめりこんでいる。フリッツは配給券と引き換えに、食料庫からはパンやマーガリンを、カナダ倉庫からは貴重な衣類――セーターや手袋やマフラーなど、とにかく暖をとれるもの――を手に入れた。戦利品はブロックへ持ち帰り、父や仲間と分け合った。

自分の取り引きが売春宿で搾取される女たちのおかげで成り立っていることには、不快ながら納得していた。こういう敵意に満ちた場所でだれかが人助けをすると、代償として別のだれかが苦しむしかない。やがて、新たにやってきた若いポーランド人の娘たちがその役をつとめることになった。自由を約束されて何か月も辱めに耐えてきた最初の女たちはビルケナウへ送り返された。結局、解放されることはなかった。

✡

一九四四年の春から初夏にかけて、アウシュヴィッツの性質は明らかに変わってきた。グスタフの日記によると、モノヴィッツには新たな収監者が絶え間なく流れこみ、ほぼ全員がハンガリーから来た若いユダヤ人だった。うつろな目をした陰鬱そうな新入りたちは東部からの知らせを持ちこんできて、それを聞いたグスタフは、ドイツにとって戦況がずいぶん悪化していると感じた。

三月、ドイツはかつて同盟国だったハンガリーに侵攻した。東部戦線ではドイツ軍が着実に崩壊しつつあり、北西ヨーロッパには英米が攻めこもうとしていると考えたハンガリー政府は危機感をいだき、ひそかに連合国に和平を申し入れていた。ドイツからすれば、これは手ひどい裏切りだった。一気に怒りを爆発させたヒトラーは、ハンガリーに侵攻して軍を掌握した。

ハンガリーには七十六万五千人ほどのユダヤ人がいた。[6] これまでも排斥や反ユダヤ主義に苦しめられてきたとはいえ、危害を加えられた者はごくわずかだった。[7] それがいまや、一瞬のうちに地獄の底へほうりこまれた。

計画的な迫害がはじまったのは四月十六日だった――神の手で奴隷の身分から解放されたことを祝うユダヤ教の伝統的な祭日、〝過ぎ越しの祭〟の初日のことだ。[8] ハンガリーの憲兵から増援を得たアインザッツグルッペンの部隊が、おおぜいのユダヤ人を間に合わせの収容所やゲットーへ送りはじめた。迅速で、効率的で、残酷だった。SSは特に経験豊かな将校ふたりを担当者として送りこんだ。ウィーンでユダヤ人強制移送の経験を積んだアドルフ・アイヒマンと、アウシュヴィッツの元司令官ルドルフ・ヘスだ。

ハンガリーからアウシュヴィッツへの移送がはじまったのは四月末で、列車には三千八百人のユダヤ人男女が乗っていた。到着後、ほとんどがガス室行きになった。[9] それを前ぶれとして、人の洪水が押し寄せた。効率をあげるため、オシフィエンチムの〝旧ユダヤ人積みおろし場〟の代わりとしてビルケナウ収容所内へつづく引きこみ線が急遽設けられ、五百メートル近くの長さがある積みおろし場ができた。

グスタフはのちに、アウシュヴィッツに来たとき新しい積みおろし場を使ったハンガリー人の女たちと知り合いになり、そこでの様子をくわしく聞かされた。

五月十六日の火曜日、ビルケナウ収容所全体が封鎖された。収監者たちは監視つきでブロックに閉じこめられた。例外はゾンダーコマンドと、なぜか収容所オーケストラだった。少しして、長い列車が蒸気を吐き、甲高い音を鳴らしながら線路をやってきて、煉瓦でできた門番小屋のアーチ道をくぐり、積みおろし場まで来て停まった。ドアが開くと、どの貨車からも百人ほどがあふれ出た。老人も若者も、女も男も、幼児も赤子もいる。どういう場所に来たのかわかっている者はほとんどなく、多くが軽やかな心で列車をおりた。疲れて混乱しながらも、希望をいだいていた。[10] 縞模様の収監者服を着たゾンダーコマンドがあいだを歩きまわっても、恐れることはなかった。オーケストラが奏でる音楽も、危険のなさそうな雰囲気にひと役買っていた。

それから選抜がはじまった。五十歳以上の者、障碍や病気のある者、子供やその母親や妊婦は全員片側へ。十六歳から五十歳の健常な男女――全体の約四分の一――は反対側へ。時間が経ち、ハンガリーから列車があと二本やってきた。さらに二回の選抜を経て、何千人もが右か左へ進まされた。労働に適した者は〝通過ユダヤ人〟とされ、収容所のある広い区画へ送られた。残りは線路沿いに森へ進まされたが、その先には低い建物群があり、煙突から昼夜を問わず悪臭のする煙が流れ出ていた。[11]

その日、ハンガリーからビルケナウに来たユダヤ人は一万五千人ほどだった。殺害された人数を正確に知るすべはない。そのだれひとりとして――死のうが奴隷になろうが――アウシュヴィッツの収監者として登録されも番号を与えられもしなかったからだ。[12] 労働収容所に配属された者ですら、長く生きるとは想定されていなかった。

これが発端となって状況は恐ろしいほど深刻化し、アウシュヴィッツは絶滅の地としての頂点――というよりどん底――となる。一九四四年の五月から七月にかけて、アイヒマンの組織は百四十七本の列車をアウシュヴィッツへ送った。[13] ビルケナウには最大で一日五本が到着し、いまの仕組みはもう限界だった。休止していた予備のガス室が再稼働した。計四か所が休みなく動きつづけている。過労とトラウマをかかえたゾンダーコマンドの隊員九百人は、恐慌状態の男女や子供を裸でガス室へ入れ、あとで死体を運び出す。カナダ班は略奪した衣類や貴重品、旅行鞄にはいった持ち物などでブロックをつぎつぎといっぱいにした。死者が多すぎて焼却場では処理しきれなくなり、死体を焼くための穴が掘られた。ＳＳは狂乱状態だった。殺戮を急ぐあまり、ガス室ではまだ息をしている者がいても、新たな一団が着くとたいがいドアが開かれた。身動きしている者は撃たれるか棍棒で殴られる。まだ息があるのに炉へ入れられる者もいた。[14]

選抜に合格した男女はほとんどがモノヴィッツへ送られた。グスタフは新入りが到着するのを同情混じりの暗澹たる思いでながめていた。〝多くの者にはすでに親がいない。親はビルケナウに残されたからだ〟グスタフは書いている。自分とフリッツのように、父と息子、母と娘が離れずにいるのはごく少数だった。自分たちのように生き延びる力と運を持ちつづけられるだろうか。あの打ちひしがれた様子では疑わしい。多くはすでにうつろでふさぎこんだ様子を見せていて、それはムーゼルマンになる兆しだった。〝なんとも悲しい章だ〟グスタフは書いた。

אבא
父

一九四四年の半ばに、グスタフの椅子張り班はブーナ工場の敷地内へ移った。いまやグスタフは、フリッツを自分の作業班へ移せるほどの影響力を持っていた。[15]

今年にはいって数か月は苛酷だった。きびしい冬で、雪が厚く積もり、発熱と赤痢が広まった。グスタフとフリッツも病気になり、つねに排除される危険にさらされながらも病院で過ごした。先にかかったのはグスタフで、二月にほかの数十人とともに入院した。八日後に回復してどうにか選抜を免れたが、同時に入院した者のうち数人はガス室へ送られた。三月末にもまた流行がひろがり、フリッツは二週間以上入院した。[16]

工場に拠点を移したグスタフは、ついにフレートル・ヴォッヒャーに引き合わされた。この恩人には、すでにグスタフも全幅の信頼を寄せるようになっていた。

フリッツにとって、父の工房で働くということは、一九三八年のアンシュルスで中断した椅子張りの訓練を再開できるということだった。ふたりはルートヴィヒスハーフェンから来た民間人職人のもとで働いた。〝いい人だ〟とグスタフは書いている。〝われわれのためにできるかぎりの支援をしてくれる。ナチスらしさはまったくない〟

戦争の展開が見えてきて敗北の可能性が高まり、ナチス政権がおこなったことの現実が直視されはじめるなかで、ドイツ人の愛国心はますます限界に近づいていた。六月六日、長く望まれていた連合軍によるフランス侵攻がはじまった。一方、東からは赤軍が容赦なく迫っていた。

七月にはソ連軍がオストラントへなだれこみ、ミンスクを包囲してマリー・トロスティネッツの残骸のある地域を勝ちとった。役目を終えたこの小さな収容所は一九四三年十月に廃止になり、取り壊されていた。七月二十二日には、ポーランド東部に進攻した部隊がルブリン近郊のマイダネクにある巨大な強制収容所を占領した。連合国の手に落ちた最初の大規模収容所だった。ほとんど損なわれておらず、ガス室も焼却場も犠牲者の死体もそのまま残っていた。目撃証言は世界じゅうをめぐり、〈プラウダ〉から〈ニューヨーク・タイムズ〉にいたるまでさまざまな新聞で報じられた。ソ連のある従軍記者はその恐怖を〝想像もしなかったほどのおぞましい惨状だった〟と表現している。[17]

連合国政府――アウシュヴィッツをはじめとする収容所について、すでに非常にくわしい情報を持っていた――に対する圧力が強まり、救助に直結する策が求められた。収容所の施設や鉄道網に爆撃をおこなうべきだと主張する者もいた。連合国の航空司令官たちは、その意見を検討したうえで却下した。資源の有効活用とは言えない、というのが司令官たちの見解であり、戦略爆撃と進攻する軍の上空援護で手いっぱいである、ということだった。[18]

だが、いくつかの収容所には戦略上重要な産業施設が隣接していて、そちらは爆撃の危険性が高いことをＳＳはよく承知していた――たとえば、アウシュヴィッツのブーナ工場は連合軍の長距離爆撃機の射程にぎりぎりはいっている。アウシュヴィッツのＳＳは空襲対策を講じることにした。[19]ブーナ工場には防空壕が設置され、アウシュヴィッツ全体で灯火管制が敷かれた。それに対応するために工場の設備を整える仕事はグスタフ・クラインマンにまかされ、椅子張りの仕事からはずれて遮光カーテンの製造を指揮することになった。ミシンの並ぶ作業場が用意された。まかされた班には二十四人の収監者がいて、その多くがユダヤ人の娘――〝みな行儀がよく頼もしい〟――だった。グスタフの班がカーテンを作る一方、フリッツはそれを設置する民間人の整備工を手伝った。

グスタフたちを監督していたガンツという名の民間人は社会主義者で、作業場に立ち寄って雑談しては昼食を分けてくれた。工場のこの区域にはガンツとはまったく異なるタイプの監督者もいて、彼らはＳＳを日々畏れ敬い、総統の行動を強く支持していた。根っからのナチス支持者も数人いて、収監者と親しげにしている者を見ると、ヒトラーに忠実なほかの上級技術者に報告した。

隣の絶縁体工場で働くポーランド人の女たちのなかには、灯火管制工房のユダヤ人収監者にこっそりパンやジャガイモをくれる人もいた。自分たちの配給もじゅうぶんではないはずなのに、どこで食べ物を手に入れていたのかは謎だ。チェコ出身のユダヤ人のために連絡員をしているチェコ人のカーテン取付工ふたりからも贈り物がもらえた。ふたりはアルフレート・ヴォッヒャーがフリッツにしてくれているように、ブルノにいる友人への手紙を収監者から受けとって、ラードやベーコンなどの差し入れを持ち帰っていた。

そういう気づかいはすばらしいが、何千人もが物資を必要としている状況では、あまりに量が少なかった。ベーコンのようにコシェルでない食べ物も、正統派ユダヤ教徒の多くを除けば、みなありがたく受けとった。みな、厳格な信仰はとうの昔に捨てていた[20]。フリッツと同じく、ユダヤ人を気にかける神がいるとは思えなくなり、宗教を完全に手放した者もいる。

グスタフの工房にいる女たちはビルケナウにいたことがあり、そこで起こったことを残らず話してくれた。カーテン班に配属されたハンガリー出身の四人の仕立て人は、ブダペストでおこなわれた一斉検挙についてくわしく語った。さながら竜巻で、ウィーンのときよりもはるかにすばやく激しかったという。ハンガリーのユダヤ人はこれまで反ユダヤ政府のもとで生活してきたが、安息日を守り、シナゴーグへ行くことは許可されていたので、ドイツから聞こえてくる迫害の話は誇張だと信じていた。そこへナチスがやってきて、自分の目でたしかめることになった。

グスタフはもう二年近くもビルケナウの話を聞いてきたが、現状はこれまで以上に野蛮だった。〝焼けた死体の悪臭は町にまで達する〟グスタフは書いた。毎日列車が南東からやってきて、モノヴィッツの脇を通っていく。貨車はどれも固く閉ざされている。〝何が起こっているのか、われわれはすべて知っている。あれはみなハンガリーのユダヤ人だ――こんなことが二十世紀に起こるなんて〟

בן 息子

フリッツの助けを借りて、シューベルトが事務室の窓に最後のカーテンを取りつけていた。カーテンの使い方を監督者に教えようとしていたが、なかなかうまくいかない。シューベルトはドイツ系だがポーランド出身で、ドイツ語をほとんど話せない。

シューベルトとフリッツは道具を片づけた。そのとき民間人がひとり通りかかり、シューベルトにパンの端をほうって、フリッツにうなずいた。シューベルトはそれを慎重に拾いあげ、フリッツの道具箱へ滑りこませた。フリッツがカーテンの山を肩にかつぎ、ふたりは隣の建物へ移動した。意思の疎通はむずかしいが、どうにかうまくやっている。シューベルトはビーリッツ＝ビアラ出身で、それはグスタフが世紀のはじめにパン職人の使い走りをしていた町だった。外をまわるのをフリッツはけっこう楽しんでいた――自由になったかのような気分だ。工房に帰り着くころ、ふたりの道具箱にはいつもパンの切れ端が詰まっていた。

リストに載っているつぎの建物は工場の正門の近くにある。そこの検閲所にいるSS伍長は、燃えるような赤毛とそれに見合った怒りっぽさにちなんで、収監者たちからロートフクス——赤ギツネ——と呼ばれている。通り過ぎざまにフリッツが目をやると、ロートフクスは門の内側に漫然と立っているギリシャから来たユダヤ人の一団を苛立たしげに見ていた。何かが起こると察知して、フリッツは歩みを遅らせた。怒りに突き動かされたロートフクスは、検閲所を離れてギリシャ人たちに歩み寄り、仕事にもどれと叫びはじめた。ドイツ語を解する者はひとりもなく、何を言われているのかまったくわかっていない。ロートフクスはライフルの銃床で収監者たちを激しく殴りはじめた。

フリッツは自分を抑えられなかった。手にしていたものをすべて落とし、ロートフクスとその標的のあいだに割ってはいる。「検閲所にもどってください」フリッツは大きく開いた門を指さした。「収監者が逃げるかもしれませんよ」

ほかのSS隊員なら、職務に気づかされてわれに返っただろう。たとえ指摘したのがユダヤ人収監者でもだ。しかし、ロートフクスはちがった。痣のある青白い顔が怒りで紫に染まった。「おれはおれの好きなようにする！」ロートフクスは怒鳴った。ライフルの撃鉄を起こすシュッ、カチッという油っぽい音がして、銃口がフリッツへ向けられた。

もはやこれまでなのか。これほどの年月を生き延びてきて、一瞬のやみくもな怒りのせいで、見ず知らずの収監者のために人生が終わるのか。

ロートフクスが引き金を引こうとしたとき、騒ぎを聞きつけてやってきた上級技術者のエルドマンがライフルを脇へ押しやった。フリッツはためらうことなくきびすを返し、毅然とした態度で近くの資材庫へはいった。その場にとどまらないだけの分別はあった。

どう転んでもおかしくない立場だった。罰として銃殺されるか、少なくとも鞭打ちにはなるだろう。

ところが、そうはならなかった。エルドマンが〈IG・ファルベン〉に宛ててロートフクスに対する抗議を提出し、伍長は配置換えになった。モノヴィッツの収監者たちがロートフクスを見かけることは二度となかった。

　エルドマンのこの行動は当時の多くのドイツ人が感じていたことを代表していた。ナチス政権の権威は失墜し、ヒトラーのせいでドイツが置かれた状況がさらに悪化するなか、なけなしの敬意すらむしばまれていた。多くのドイツ人が将来を案じ、アウシュヴィッツの内部や周辺で働く人々はSSがしてきたことの実態を徐々に知るようになって、嫌悪を募らせていた。

　フリッツはカーテン設置の仕事のためにブーナ工場を動きまわれるので、フレートル・ヴォッヒャーとも頻繁に会っていた。あるときヴォッヒャーから、境界線の外に配備されたドイツ空軍《ルフトバーフェ》の高射砲隊に属する仲間たちを紹介された。その人々は食料なら余っているからと言って、肉や魚の缶詰、ジャム、合成蜂蜜などをくれた。

　食べ物の差し入れはこれまで以上に重要になっていた。物資不足に苦しむドイツでは、何もかもが前線の軍隊にまわされている。銃後の市民は配給を減らされ、強制収容所の収監者はほとんど何も与えられない。ムーゼルマンが増え、病気や飢えで死ぬ者も多くなり、ガス室行きの選抜も頻繁になった。与えられた食料だけでできることには限界があるが、それでも何人かは救える。フリッツや食の苦労が少ない仲間たちは、収容所からの配給を飢えた者たちにすべて譲っていた。

　これだけ多くの人々にどう食料を分ければよいのかとフリッツは悩みつづけ、きびしい選択を余儀なくされて苦しんだ。〝これだけたくさんの人で分けたら、ひとりひとりにとっては焼け石に水だ〟数日以内に死ぬのが一目瞭然のムーゼルマンに食料を与えても無駄に思えた。[21]

　フリッツは死ぬほど弱った者や瀕死の者への同情を押し殺し、余分な食料は若者にまわした。同じブロックに少年が三人いて、全員が親をガス室送りにされていた。ひとりはウィーンでフリッツの遊び友達だったレオ・メットで、フランスへ送られて当初はナチスから逃れたが、ドイツがヴィシーとその周辺を併合したせいで、結局網にかかった。フリッツは自分のぶんのパンとスープのほか、工場の面々がくれたソーセージなどもレオにやった。そうすることで、無力だった十六歳のころにブーヘンヴァルトで年長者から受けた親切への恩返しをしているつもりだった。

グスタフも、助けを必要とする若い収監者のために力を尽くしていた。ある日、新人たちが登録に来たとき、ゲオルク・コプロヴィッツという名前が聞こえた。グスタフの母はコプロヴィッツというユダヤ人一家のもとで働いていたことがあり、母は一家を好いていて、一九二八年に死ぬまでずっとその家に勤めた。興味を引かれたグスタフが問いただすと、この若者はなんとその一家の息子で、ビルケナウへの選抜をただひとり逃れたということだった。グスタフはゲオルクを保護して毎日余分の食料をやり、安全な病院助手の仕事に就けるよう手配した。[22]

親切心の輪を完成させたのは、アウシュヴィッツの収監者とともに工場で働かされていたイギリス人捕虜たちだった。捕虜はE715収容所から来ていた。これはスタラグⅧBという捕虜収容所の労働に特化した補助施設だ。SSが管理するアウシュヴィッツに属するが、ドイツ国防軍の収監者なので、労働に付き添って監視するのはドイツ国防軍の兵士である。捕虜たちは国際赤十字から定期的に援助物資の包みを受けとっていて、アウシュヴィッツの収監者たちにもその中身を分けてくれた。また、自分たちの収容所にこっそり設置したラジオでBBCニュースを聴いていて、そこで拾った戦況についても教えてくれた。フリッツが特にありがたく思ったのはチョコレートと紅茶、それに〈プレイヤーズ・ネイビー・カット〉の煙草だった。それがイギリス兵たちにとってどれだけ貴重だったかを考えれば、分け与えるのはこの上なく寛大なふるまいだったとわかる。捕虜たちはSSによる虐待を目にして驚き、自分たちの監視兵にも苦情を申し立てた。〝われわれに対するイギリス人捕虜の行動は、すぐに収容所じゅうで話題になった〟フリッツは思い返す。〝捕虜たちの援助はほんとうに貴重だった〟

食料の贈り物はありがたかったが、それを持っているところを見つかると、鞭打たれるか、〝死のブロック〟の地下監獄にある起立式独房――すわることすらできないほどせまい、閉所恐怖症になりそうな部屋――で何日も飢えることになる。特に注意が必要なＳＳ隊員がひとりいた。ブーナ工場で収監者の作業班を運営するベルンハルト・ラケアスＳＳ上級曹長は、小さな王国を治めるかのごとくブーナ工場の収監者作業班を取り仕切り、私腹を肥やしたり、女性労働者に性的ないやがらせをしたり、残酷な罰を実行したりしていた。[23]不正に手に入れた食料を道具箱に入れて歩きまわっているフリッツは、いつでもラケアスに出くわす危険にさらされていた。ラケアスはしじゅう収監者の身体検査をし、禁制品が見つかるとその場で罪人を二十五回鞭打つ。それは正式に報告されなかった――そして禁制品はラケアスのポケットへ直行した。

フリッツたちは食料を手に入れるため、別のもっとよい方法を模索していた。あるハンガリー人ふたりが思いついたのは、上着を作って売るという巧妙な手だった。

イエネー・ベルコヴィッチとラーツィ・ベルコヴィッチはブダペストから来た兄弟で、熟練の仕立て職人としてグスタフの灯火管制班に配属されていた。[24]ある日、ふたりは興奮した様子でフリッツのもとへやってきて、大胆な計画をかいつまんで説明した。カーテンを作るのに使う黒い生地は厚く丈夫で、片面に防水加工が施してある。これを使えばすばらしいレインコートが作れ、闇市でよい値で取り引きできるだろう。食料と交換してもいいし、民間人に売って現金に換える手もある。

フリッツは明らかな問題点を指摘した。カーテンの生地は在庫がきびしく管理され、できあがったカーテンの数と計算が合わないとまずい。不合格品までガンツに渡すことになっているほどだ。イェネーとラーツィはその懸念を一蹴した。生地の一部を流用することくらいできる。腕のよい仕立て人なら生地の使い方を工夫して、ふつう無駄になるような生地でコートを作れる。これだけたくさんカーテンを作っているのだから、コートもたっぷりできるだろう。フリッツは父に相談し、やってみようという話になった。

兄弟はふたりで一日に四枚から六枚のコートを作ったが、全体で見ると、生地の使用量が際立って増えることはなかった。そのあいだもカーテンの生産速度を落とさないよう、工房にいるほかの労働者はふだん以上に懸命に働いた。

計画ははじまったとたんに頓挫した。兄弟は大切な要素をひとつ見落としていた。ボタンがなく、代用品になるものも手もとにない。兄弟が尋ねてまわると、チェコから来たカーテンの取りつけ職人が、つぎにブルノへ行ったときに持ってきてくれることになった。問題が解決すると、ふたたび生産がはじまった。

売るのはフリッツの役目だった。フリッツは隣の絶縁体工房にいるダヌタとステパという女たちと親しくなっていた。ポーランドから来た民間人だ。ふたりは完成したコートをひそかに持ち出し、労働者の居住区へ持ち帰って仲間に売った。ほかに、工場にいる民間人に売ったものもある。コート一着の対価は、ベーコン一キロかシュナップス半リットルだ。シュナップスのほうも、あとで食料に交換できる。

コートはよくできていて使いやすかったので、すぐに人気が出た。こうなると、民間人たちがみな突然同じ黒い服を着ているとSSが感づく危険が大きくなる。ドイツ人技術者や管理人たちもコートを入手しはじめると、その不安はやや弱まった。そういう影響力のある者たちが作戦に目をつぶる理由を得たということだからだ。こうして、フリッツや仲間たちが助けることができた収監者は増え、さらなる命が救われた。

17 抵抗と裏切り

אח 兄弟

命を救うためにあれこれ働きながらも、フリッツはもっとはっきりした形の抵抗をしたいと切望していた。真の望みは戦うことであり、そう思っているのはフリッツだけではなかった。武力でSSに抵抗するには武器と支援が要る。この状況でそれを実現するには、ベスキディ山脈にいるポーランド人パルチザンと連携するしかない。ひそかに伝言を送るだけならまだ簡単だが、確たる関係を築くには直接会う必要がある。となると、だれかが脱走するしかない。

まずはパルチザンに伝言を送り、五月はじめにレジスタンスの指導部が脱走団の五人を選んだ。ひとり目は三十四歳のユダヤ人精肉店主カール・ペラーで、ブーヘンヴァルトから来た収監者だった。つぎに、ハイム・ゴスワフスキー。第四十八ブロックのブロック古参で、フリッツが死を偽装したときに世話をしてくれた。この地域の出身なので、パルチザンのところまで道案内をするのにこれ以上の適任者はいない。ほかにもうひとり、ベルリンから来たユダヤ人がいたが、フリッツは名前を知らなかった。あとはフリッツが〝ジェネック〟と〝パヴェル〟としてだけ知っていた、収容所の厨房で働くポーランド人ふたりだ。[1]

フリッツを作戦に引き入れたのはゴスワフスキーだった。フリッツの役目は脱走者のためにカナダ倉庫から民間人の衣服を調達することだ。
すべての準備が整ったある朝のまだ暗い時分、点呼前にやってきたゴスワフスキーから、パン一個ほどの大きさの小さな包みを渡された。「カール・ペラーに渡してくれ」ゴスワフスキーは小声で言い、暗闇へ消えていった[2]。フリッツは収監者服の下に小包を隠し、点呼へ向かうブロック仲間のもとにもどった。作戦を立てている少人数の輪には加わっていなかったが、脱走の瞬間が迫っているのは見当がついた。

その朝、カーテンを取りつけてまわる途中で適当な理由をでっちあげ、ペラーが働いているブーナ工場の建設現場を訪れて、そっと小包を渡した。正午になり、シェネックとパヴェルが収監者の昼食のスープを持ってブーナ工場へやってきた。ゴスワフスキーも口実を作ってふたりに同行した。収容所よりずっと監視のゆるいブーナ工場に、このとき脱出者全員がそろっていた。

フリッツは仕事をしていたので、それ以上は何も見なかった。夕方の点呼のときには、五人全員——ペラー、ゴスワフスキー、シェネック、パヴェル、ベルリン人——がいなくなっていた。フリッツが調達した民間人の服を着て変装し、ブーナ工場からただ出ていって姿を消したのである。SSは捜索に乗り出し、収監者たちはずっと点呼広場で見張られた。

時間は刻々と過ぎていった。真夜中が来て去り、未明が過ぎて朝になっても、収監者たちは武装した歩哨に囲まれたまま姿勢を正して立っていた。朝食の時間が過ぎた。隊列のなかに不安げなささやき声がひろがった。SSは消えた五人だけでなく、前日の朝、建設現場でカール・ペラーと話していた正体不明の収監者のこともさがしているらしい。

フリッツの心臓は縮んだ。もし自分だと発覚したら、こんどは自分が地下監獄へ、そして〝黒い壁〟へ送られる。とはいえ、恐怖だけでなく喜びも感じていた。脱走は成功したのだ。

やがて、収監者たちは仕事へ向かうよう命じられた。その場を去る収監者たちは空腹で疲れていたにもかかわらず、気持ちは高揚していた。数日が経ったが、あの噂を聞いても、ペラーと話していた謎の人物がフリッツだと言いだす者はいなかった。知らせがないまま三週間が過ぎ……そして、なんの前ぶれもなく衝撃が訪れた。

ポーランド人のふたり、シェネックとパヴェルが、ベルリン人とともに収容所へ連れもどされた。痛めつけられて悲惨な状態だった。レジスタンスの指導部が知ったところでは、三人がクラクフを巡回した警察官に捕まったらしい。[3]不思議な話だ――クラクフはベスキディ山脈から近くない、というより、ほぼ逆方向だ。それに、ゴスワフスキーとペラーはどこにいるのか。パルチザンとは合流できたのだろうか。

捕らえられた三人は夕方の点呼で〝馬〟に乗せられ、鞭打たれた。そして驚いたことに、罰はそれで終わりだった。しばらくして、ポーランド人たちがまとめてブーヘンヴァルトへ移送されたとき、シェネックとパヴェルもいっしょに送られた。[4]ベルリンのユダヤ人はモノヴィッツに残った。

やがて全容が明らかになった。ポーランド人ふたりが収容所にいたときには恐怖で口を閉ざしていたベルリン人が、脱走後の出来事を仲間に語ったのだった。元凶となったのは、フリッツがゴスワフスキーからカール・ペラーへ受け渡した小包である。中身はカナダ倉庫から盗んだ現金や宝石類で、パルチザンの協力を取りつけるための対価だった。待ち合わせ場所はあらかじめ決まっていたが、ゴスワフスキーとペラーがそこへたどり着くことはなかった。初日の夜にシェネックとパヴェルがふたりを殺し、金品を強奪したのだ。ベルリン人は恐ろしくて割ってはいれなかった。

戦利品を手にした三人は逃げるのではなく、予定どおり待ち合わせ場所へ向かうことにした。そこではパルチザンが待っていた。その面々はいい顔をしなかった。五人来ると聞いていたのに――残りふたりはどこだ？　シェネックとパヴェルは知らないふりをしたが、口実にも言い抜けにもパルチザンは納得しなかった。三人を一週間かくまったものの、ゴスワフスキーとペラーが現れないのを見て、取り引きを中止した。三人は車でクラクフへ連れていかれ、そこでおろされた。道も知らず知り合いもいないまま道をさまよい、警察官に拾われたという。

ベルリン人の告白は収容所古参に伝わり、そこからSSの管理局へ報告された。

数週間後、SSの命令でシェネックとパヴェルがブーヘンヴァルトから送り返され、ふたたびモノヴィッツにやってきた。点呼広場に絞首台が現れ、収監者たちは出てきて整列するよう命じられた。

フリッツたちが広場へ歩いていくと、絞首台の前にSS隊員が並んで機関拳銃を構えていた。収監者たちが隊列を作って静かになると、シュヴァルツ司令官とシェートル中尉が壇上にあがった。「脱帽!」スピーカーから命令が響いた。フリッツら八千人は帽子を脇にはさんだ。目の端に、歩いてくるポーランド人ふたりが映る。シェートルがマイクを通して刑を読みあげた。脱走と二件の殺人によって、ふたりは死刑を宣告された。

まずシェネックが絞首台へ連れていかれ、つぎがパヴェルだった。SSの絞首台には落とし戸がないのがふつうだ。細い縄でできた輪が首にかけられたかと思うと、一気に引きあげられて宙吊りになった。脚を蹴り、体をよじって痙攣するが、少しずつ力が弱まっていく。数分が経ち、やがてふたりは動かなくなった。[5] 収監者たちに教訓を伝えた司令官は隊列を解散した。

一連の悲惨な出来事のせいで、モノヴィッツのレジスタンスは弱体化した。ゴスワフスキーとペラーを失っただけでなく、ポーランド人とドイツのユダヤ人のあいだにはふたたび緊張感と不信感が生まれた。

また、SSの猜疑心も一気にふくらんだ。この少しあと、SSは屋根作業班内の脱走計画が発覚したと言った。容疑者らはゲシュタポの地下監獄へ連れていかれ、恐ろしい拷問を受けた。シュヴァルツ司令官の命令で三人が絞首刑となり、あのおぞましい儀式が繰り返された。[6] 絞首刑はさらにつづいた。

アウシュヴィッツで過ごした年月で、フリッツがこれほど気力をくじかれた時期はほとんどない。だが、最悪のものを目にするのはまだこれからだった。

אחים
同胞

八月二十日の日曜日の午後、晴れ渡った空からはじめて爆弾が落ちてきた。百二十七機のアメリカ軍の爆撃機がイタリアの基地から飛来し、アウシュヴィッツの五マイル上空に飛行機雲で櫛を描きながら、二百五十キロの鋼鉄と高性能爆薬から成る千三百三十六個の爆弾を投下した。[7] ブーナ工場の中央から東端までが爆破された。

ＳＳは防空壕に隠れたが、収監者たちは外に残り、爆弾の轟音のなかで衝撃に体を震わせて幸運を祈るしかなかった。囲いの外では高射砲隊が応戦し、爆音を響かせていた。工場で働く収監者たちは、床に伏せて身を守りながら、喜んでいた。〝爆撃の日は幸せだった〟ある収監者は回想している。〝相手は自分たちのことをすべて知ってくれている、解放に向けて準備をしている、と考えたものだ〟。別の者は言う。〝われわれは爆撃を心から楽しんでいた……。一度でいいから、死んだドイツ人を見たかった。口答えできない屈辱をずっと味わってきたが、そうなればよく眠れるだろうと思った〟[8]

爆撃のあと、ブーナ工場とその周辺には煙ののぼる弾孔がいくつも残った。直撃した場所は少なかったが、合成石油やアルミニウムの製造施設の一部が粉々になり、ほかにも倉庫や工房や事務所が破壊された。目標をはずれた爆弾のいくつかは工場群の近くの収容所に落ち、モノヴィッツを襲ったものもある。その爆撃で収監者のうち七十五人が死亡し、百五十人以上が負傷した。[9]

怯えるＳＳを見たユダヤ人収監者の多くは大喜びしたが、正反対の感情をいだく者もいた。二月にモノヴィッツへやってきたプリーモ・レーヴィという若いイタリア人は、爆撃のせいでＳＳが意志を固め、ブーナ工場で働くドイツの民間人とも結束を強めたと考えていた。また、爆撃の被害で収容所への水や食料の供給が一時止まった。[10]

レジスタンスの面々は落胆した。爆撃機が現れたときには、連合軍がパラシュートで兵士や武器を投下すると考えていた。しかし、それ以降も何度かアメリカ軍の飛行機が上空に見えることがあったのに、爆弾もパラシュートも落ちてこなかった。それは偵察飛行で、〈ＩＧ・ファルベン〉の工場やアウシュヴィッツの建物群を細かく写真におさめていたのだった。

レジスタンスでよく議論されていたのは、東から容赦なく進んでくる赤軍についての懸念だった。収監者たちの解放をきらって、いずれはＳＳが皆殺しにするかもしれない。そう考える根拠はあった。マイダネクで実際にそういうことがあったからだ。

脱走の試みはつづいていた。十月、収容所外の作業班にいた四人がＳＳ監視兵ひとりを襲撃し、ライフルを奪って破壊してから逃走した。[11]別の者は、盗んだＳＳの軍服に身を包んで収容所を脱出した。この男はウィーンまでたどり着いたところでナチスに追いつかれ、ゲシュタポとの銃撃戦で死んだ。

個人の行動には勇気づけられたが、ユダヤ人レジスタンス――フリッツもだ――はそれ以上のものを求めていた。ポーランド人との関係が険悪になったいま、パルチザンと連携するのは無理だろう。代案として、赤軍と連絡をとろうという話が出た。そのためには、モノヴィッツの別区画に閉じこめられたソ連兵捕虜と関係を築く必要がある。知り合いのソ連出身のユダヤ人を通して話を持ちかければいいが、簡単ではないはずだ。捕虜には熱心な共産主義者もユダヤ人もいない――そういう者は捕まったとたんに銃殺される――ので、レジスタンスとの結びつきはほとんどない。それでも、フリッツと仲間たちは試さずにはいられなかった。やがて、アーリア人となったユダヤ人のひとりがソ連兵数人とともに脱出した。だれもが不安な思いでその後の知らせを待ったが、何も起こらないので、再逮捕を免れたと考えられた。

　おかげでレジスタンスには希望が芽生えたが、かすかなものだった。会合の場で、フリッツは焦りを募らせていた。最後の殺戮がはじまったら抗戦しようという考えはまだ捨てていない。ソ連兵の協力をあてにするのは無駄で、不十分に思えた。〝もし殺されるとしても、SS隊員を何人か道連れにするべきだ〟そんな考えが何度も頭をよぎったが、どうすれば実行できるのかわからず、胸に留めておいた。

אבא
父

　九月になるとアメリカ軍の爆撃機がもどってきて、ブーナ工場の合成石油製造施設を狙った。数機が進路をそれて第一収容所に爆弾を投下し、たまたまSSの兵舎群を直撃した。別の一発は縫製工房に落ち、収監者四十人が即死した。数発はビルケナウに命中し、焼却場の近くの線路にわずかな被害が出たほか、三十人ほどの民間人労働者が死亡した。[12] 合成石油製造施設にたいした被害はなかったが、収監者は例によって防空壕にはいれなかったので、三百人ほどが負傷した。

　危険など物ともしない収監者も中にはいた。[13] ガス室行きの選抜はいまや毎週あり、多いときには一度に二千人がモノヴィッツから送り出される。アメリカ軍の爆撃はきっと解放の前兆だ。あとどれだけ待たされるのか。

　〝また冬が近づいている――もう六度目だ〟霜がおりはじめると、グスタフは書いた。〝だが、われわれはまだここにいて、まだ昔の自分のままだ〟収容所外からの知らせによると、ソ連軍はクラクフの近くで足止めされているらしい。〝ここでの暮らしはもうすぐ終わる、とわたしはずっと信じている〟

　こんな状態はいつまでつづくのだろうか。

ב　息子

「銃を手に入れてもらいたい」

　フレートル・ヴォッヒャーは面食らった。フリッツとは日中によく会っていて、ふだんは食料を渡すことが多く、あとはたまにウィーンへ行ってきたときに手紙や小包を渡す程度だ。

「何がほしいって？」

「銃だ。頼める？」

　ヴォッヒャーはためらったが、目的は尋ねなかった。知りたくない。「考えてみる」しぶしぶ答えた。「危険だぞ」

「これまでもいろいろやってくれたじゃないか」フリッツは言った。「今回だけ特別危ないわけじゃない」

　ヴォッヒャーは納得しなかった。勲章を受けたドイツ人兵士がユダヤ人の収監者のために銃を調達する？　危険どころか、異常きわまりない。

　フリッツは友が渋っても説得をつづけた。アウシュヴィッツで最後の大虐殺がおこなわれるなら——その可能性はますます高まっている——少なくとも自分と父の身を守りたい。じゅうぶんな数の銃が手にはいれば、レジスタンス全員が武装することもできるかもしれない。

　数日後、ふたりは工場のなかの人気《ひとけ》のない一角でまた会った。ヴォッヒャーは興奮気味だった。

「手にはいった?」フリッツは勢いこんで尋ねた。

ヴォッヒャーはかぶりを振った。「いや。もっといい案が浮かんだんだ。いっしょに逃げよう。おれときみで」

フリッツの心は沈んだが、ヴォッヒャーは反論する間もなく早口で先をつづけた。計画はできあっていた。収容所を出たら、南西に進んでオーストリアのチロル地方の山中を目指す。バイエルン出身のヴォッヒャーには馴染みのある地域なので、山に住む農家の人たちにかくまってもらえるだろう。チロル地方は連合軍の前線ふたつのちょうど中間にある。アメリカ軍とイギリス軍はイタリア北部へ猛進していて、パットンの率いる第三軍は西からライン川に向かっている。近いうちに両軍がチロル地方にたどり着き、ふたりは自由になれるはずだ。「ここに残って、生き延びたいと祈ってるだけよりましだろ」ヴォッヒャーは言った。東部戦線では情け容赦のない残虐行為を目にした。赤軍がSSに劣らず無慈悲であることは知っている。

友の主張はもっともで、フリッツは心を揺さぶられた。それでも、首を横に振った。「だめだ」

「なんでだよ」

「父を置いてはいけない」

「じゃあ、いっしょに連れていこう」

「あの歳じゃ、歩いてそんな旅をするのは無理だ」正直なところ、確信は持てなかったが、体力の面で可能だったとしても、父が脱走に同意するとは思えなかった。あれだけ多くの人たちに頼られている身で、みんなを見捨てることはしまい。それに、もうひとつ問題があった。父を置いていけば、フリッツのカポとして父が逃亡の責任を問われるかもしれない。

「無理だよ」フリッツは言った。「ぼくに必要なのは銃だ。手に入れられそうかな」

ヴォッヒャーはやむなく屈した。「金が要るぞ。ライヒスマルクじゃだめだ——アメリカドルかスイスフランだな」

בן　息子

現金を手に入れるためにまずあたったのは、カナダ倉庫で働くグストル・トイバーだった。倉庫は一度行くと忘れられない場所だ。空気がよどみ、棚には外套や上着、たたまれたズボン、セーター、シャツ、未分類の品々の山、靴や旅行鞄などが詰まっている。どれも名前と住所が記されている――グスタフ、フランツ、シュロモ、パウル、フリーダ、エマヌエル、オットー、ハイム、ヘレン、ミミ、カール、クルト。姓はラオフマン、クライン、レブシュトック、アスキーフ、ローゼンベルク、アブラハム、ヘルツォーク、エンゲル。そして、何度も何度も目にはいる、イスラエルとザラ。ウィーンやベルリンやハンブルクの住所が略称で書かれているものもあれば、番号や誕生日だけのものもある。棚にはさまれた通路には、品々から放たれる汗や香水、防虫剤や革、サージ生地や白かびのにおいが満ちている。

　グストル・トイバーはブーヘンヴァルト出身で、歳はグスタフと同じくらいだった。シロンスク［ポーランド西部］から来たユダヤ人で、ドイツ帝国の最盛期に生まれた。[14] フリッツは以前からトイバーがあまり好きではなかった。トイバーは仲間意識の薄い数少ない収監者のひとりで、他人のために何かしようとはしない。それでも、フリッツにとってはいちばんの希望だった。トイバーはしばらく前からフリッツと特別配給券の取り引きをしていて、ウォッカを買ったり、（アーリア人となったため）売春宿へ行ったりするのに配給券を使っている。衣服によく金がはいっていることも、手にはいるものすべてを懐に入れることも、フリッツは知っていた。少し分けてもらえないかと頼んだが、老人は首を横に振った。懇願しても譲ろうとしない。フリッツがレジスタンスとつながっているのを知っていて、自分の特権を危険にさらしたくないと言う。フリッツは苦々しく思った。売春宿やウォッカ瓶のためなら、危険な取り引きにも喜んでかかわるくせに、と。

衣類倉庫を出ると、フリッツは主浴場へ向かった。新入りの収監者は消毒と髪剃りのためにここへ連れてこられ、カナダの捜索者から隠しおおせた現金や貴重品は、たいていここで取りあげられる。浴場の案内人は別のブーヘンヴァルト出身者で、ベルリンでセールスマンをしていたダーヴィット・プラウトだ。[15]トイバーとちがって、プラウトはいい仲間だ。浴場で取りあげたものは収容所カポのエミール・ヴォルグルに没収されるが、その場で仕事をしているプラウトなら、現金を少しぐらいくすねることもできるはずだ。フリッツは、仲間を楽な作業班へ移してやるための賄賂としてウォルグルに渡すウォッカを買う必要がある、という話を長々と語った。うまくいった。プラウトは隠し場所へ行き、小さく巻いたアメリカドルの束を持ってきた。

翌日、フリッツはフレートル・ヴォッヒャーと会って、金を渡した。それから数日は不安な思いで待った。そしてある朝、ヴォッヒャーが恐怖と達成感の入り混じった表情で待ち合わせ場所にやってきた。

外套の下から出てきたのは軍用のルガー拳銃だった。どうやって手に入れたのかは言わなかったが、ドイツ空軍の高射砲隊にいる友人からもらったのだろう。ヴォッヒャーが使い方を説明した――弾倉をはずして弾をこめる方法、撃鉄を起こしたり安全装置を操作したりする方法。弾薬の箱もいくつかついていた。[16]銃を扱いながら、手のひらにその殺傷能力を感じ、フリッツは興奮と胸騒ぎを覚えた。

つぎの課題は銃を収容所へ持って帰ることだった。銃器は禁制品の食べ物とはわけがちがう。フリッツは隠れ場所へはいるとズボンを脱ぎ、ルガーを太腿に縛りつけた。弾薬はポケットに入れた。その夕方、落ち着かない気分で収容所へもどった。

点呼が終わるとまっすぐ病院へ向かい、シュテファン・ヘイマンをさがした。シュテファンについてくるよう合図し、汚れた洗濯物の山の陰でルガー拳銃を見せた。

シュテファンは震えあがった。「正気か？　そんなもの、捨てろ！　持っているのを見つかったら、自分が殺されるだけじゃすまない――レジスタンスの作戦すべてを危険にさらしているんだぞ」

フリッツは傷ついた。「ぼくをこんなふうに育てたのはあなたですよ」憤慨して言う。「生き延びるために戦え、といつも教わりました」

シュテファンは反論できなかった。その後、ふたりは数日にわたって何度も話し合った。フリッツが自分の考え――ここで激しい戦闘が起こりかねないこと、ソ連軍が残虐さで知られること、SSが収監者の大虐殺をおこなう可能性が高いこと――を説明すると、シュテファンは少しずつ引きさがった。フリッツは言った。「お金があれば、もっと銃を手に入れてみせます」

シュテファンは思案した。「わかった」ついにそう言った。「できるだけのことをしよう。だが、すべて計画的にやるんだ。単独行動はもう許さない」

シュテファンは二百ドルを掻き集め、それをフリッツがフレートル・ヴォッヒャーに渡した。またしばらく待ったあと、ある日、ヴォッヒャーがフリッツを工場の目につかない場所へ連れていき、ルガーがもう一挺と、MP-40――各地のドイツ兵が使っている、特徴のある形の短機関銃――が二挺隠してあるのを見せた。どの銃にも弾薬が数箱ずつついている。

これを収容所に持ちこむのはさらに大変だ。フリッツは注意深く計画した。何往復かすることになるだろう。収監者の昼食のスープを運ぶための巨大な缶を手に入れ、上げ底をして、その下に弾薬を隠した。ルガーはまた太腿に縛ったが、機関銃はそうはいかない。ヴォッヒャーから使い方と手入れの方法を教わっていたので、一挺をできるだけ細かく分解して、胴に直接縛りつけた。

冬にはいって日が短くなり、労働時間が終わるころには外が暗かったので、いつになく太っていると監視兵が気づくことはないだろう。とはいえ、重い部品を縛りつけたまま点呼の場に立っているのは、胃が痛くなる経験だった。

点呼が終わった瞬間、フリッツは急いで病院の洗濯室へ向かった。そこでユール・マイクスナーが待っていた。フリッツが手早く収監者服を脱ぎ、銃の部品をはずして渡すと、ユールがそれを隠した。安全のため、どこへ隠したかはフリッツに知らされなかった——拷問を受けても、そもそも知らないことは漏らしようがないからだ。その後の数日間、フリッツは危険な任務を繰り返し、銃三挺と弾薬をすべて収容所へ持ちこんだ。

フリッツは満足していた。ルガーを収容所へ持ちこんだことで、シュテファンを動かすことができた。自分がいなければ、レジスタンスは何も変わらなかっただろう。もしマイダネクでの出来事がここで繰り返されても、いまなら返礼にＳＳの血をいくらか流すことができる。

אבא
父

十二月のあいだ、グスタフの工房では灯火管制のためのカーテンとコートを並行して作りつづけた。直接レジスタンスとかかわっていないグスタフは、フリッツがどれだけ危険な試みに乗り出したのかを知らなかった。ヴォッヒャーがまたウィーンへ行くクリスマスを心待ちにしていた。

工房でふだんどおり全力で生産をつづけていたある月曜日の午後、ミシンの落ち着いた音をさえぎって、空襲警報のサイレンが突然うなり声をあげた。[17] すぐさま、そこかしこでドアが閉まる音が響き、人の駆ける足音や大声が聞こえてきた。ＳＳと民間人が防空壕へ向かっている。部下たちはグスタフに目を向けた。グスタフは逃げる許可を出し、どこでも好きな場所に隠れるよう言った。自分はその場にとどまった。爆弾が近くに落ちれば、どこに隠れてもたいした意味はない。

　数分して、あわてた足音が聞こえなくなったころ、飛行機の低い音と高射砲を撃つ音が響いた。音はだんだん大きくなり、地を揺るがす爆弾の衝撃がやってきた。グスタフは腹這いになった。この恐怖は目新しいものではない。以前、砲撃を受けながら塹壕で何か月も過ごしたことがあり、こういうときは砲撃が去るか、自分に命中して忘却の彼方へ送られるまで、おとなしく待つしかないとわかっていた。あわてふためいても無駄で、危険でもある。いちばん心配なのは、取りつけ作業をしに出かけているフリッツのことだった。建物のあいだに息子の隠れ場所があり、あそこなら飛び散った破片からは身を守れるだろう。

　爆撃機はまたしても合成石油の製造施設を狙っていたが、ほとんどはやみくもにばらまかれているようだった――遠くからも、不安なほど近くからも聞こえてくる。突然大爆発が起こり、体の下にある床が揺れた。窓が砕け、金属や煉瓦が引き剝がされる不快な音がする。グスタフは頭を覆ってじっとしていた。やがて揺れがおさまった。塵が舞い、まわりを取り囲む沈黙の泡の向こうから、かすかな悲鳴と叫び声が聞こえる。大砲の音は止まり、爆撃機のうなりは去りつつある。警報解除のサイレンが鳴りはじめた。

　グスタフが立ちあがると、工房はあまりにも乱れていた。ミシンは振動ではずれて作業台から落ち、椅子はひっくり返り、どこも塵にまみれて、窓ガラスの破片が散っている。グスタフといっしょに残っていた者たちも立ちあがり、咳をしながら目をしばたたいた。

　だれも怪我をしていないことをたしかめると、真っ先にフリッツのことが頭に浮かんだ。外へ出ると、そこには煙と火の混沌があった。建物のいくつかは破壊され、地面の上にも瓦礫のなかにも収監者の死体が点々と横たわっている。負傷した人たちは仲間に助けられていた。[18]

　フリッツはどこにも見あたらない。グスタフは早足で煙のなかを抜け、いやな予感を募らせながら息子の隠れ場所へ向かった。角を曲がり、目的の場所に着いた。隠れ場所は消えていた。砕けて崩壊した瓦礫と、よじれた金属の山があるだけだ。グスタフは衝撃を受け、信じられない思いで見つめつづけた。

しばらくして、悲しみで茫然としながら力なく道をもどりはじめた。フリッツルが――誇りであり喜びでもある、いとしく、かわいく、誠実なフリッツルが――逝ってしまった。

ＳＳ隊員と民間人が防空壕から出てきた。持ち場にとどまっていた者はほとんどいない。フェンスはところどころ倒れ、収監者が数人脱走していた。グスタフは一瞬立ち止まり、秩序を取りもどそうとするＳＳを見やった。去ろうとしたとき、煙のなかから縞模様に身を包んだふたつの人影が出てきた。ひとりは大きな道具箱を持ち、見慣れた足どりで進んでくる。自分の目が信じられなかった。グスタフは駆け寄って、フリッツを抱きしめた。「わたしのフリッツル、生きていたんだな！」むせび泣きながら、とまどいを浮かべた息子の顔にキスをして抱擁し、何度も繰り返す。「生きていた！息子が！　奇跡だ！」

フリッツの腕をつかみ、煙のあがる隠れ場所の残骸まで連れていった。「奇跡だ」まだそう言いつづけていた。グスタフを長く生かしてきたのは、自分たちの幸運と不屈の精神を信じる気持ちだった。その正しさがまたしても証明された。

אב ובן

父と息子

クリスマスの翌日、ブーナ工場をふたたび空襲が襲った。アメリカ軍はこの工場を主要な目標に定め、壊滅させようと決意していた。だが何度試みても、建物をいくつか壊し、少数のナチスを負傷させ、何百人もの収監者を殺傷し、生産力を落とすことしかできなかった。瓦礫を片づけ、修理と再建にあたったのは奴隷の集団だった。爆撃を受けたことに加え、収監者たちが故意に手を休めて作業を遅らせたせいで、ブーナ工場ではゴムがまったく生産できず、ほかの施設もフル稼働することはなかった。

一九四五年一月二日、ウィーンからもどったフレートル・ヴォッヒャーが、オリー・シュタイスカルとカール・ノヴァーチェクからの手紙と小包を持ってきた。〝故郷にまだよき友がいるのを知って、ほんとうにうれしく思う〟グスタフは日記に書いた。

そして、グスタフとフリッツにとって、フレートル・ヴォッヒャー自身も最高の友人だった。すでに数えきれないほど何度も、さまざまな形でそれを証明していた。赤軍がクラクフのすぐ反対側に陣どったいま、フリッツはヴォッヒャーに対し、ソ連がここに到達して現況を目のあたりにする前に脱出すべきだと説いていた。

ヴォッヒャーはその必要を感じていなかった。「おれはやましいことなんてしてない」ヴォッヒャーは言った。「ぜったいにな。それに、おれはただの民間人労働者だぞ。何も心配ない」

フリッツは納得せず、なおも言い聞かせた。ソ連兵はすべてのドイツ人を憎んでいる——ヴォッヒャー自身も、前線にいた経験からいやと言うほど知っていることだ。それに、アウシュヴィッツにいる何千人ものソ連軍捕虜も、機会があればすぐに報復に乗り出すだろう。復讐の波が収容所を襲えば、ヴォッヒャーが見逃してもらえる保証はない。だが、ヴォッヒャーは頑固だった。これまで脱走したことなどないし、これからはじめるつもりもない、と。

終わりの日がいつ訪れてもおかしくない、とフリッツは確信していた。準備は二か月前に終えていて、フリッツのおかげでレジスタンスには武器があった。また、さらなる用心として、自分と父が逃げるための準備も整えていた。チロルへ逃げるという案は捨てたものの、戦うという選択にもたしかに無理がある。そのため、フリッツの提案で、父子ともに毎週の髪剃りを逃れ、ふつうの長さまで髪を伸ばしていた。収監者がＳＳの前で帽子を脱ぐのは点呼のときだけで、冬のあいだはいつも暗い時間帯におこなわれる。フリッツはさらに、浴場のダーヴィット・プラウトから民間人の服を手に入れて、収容所の道具小屋に隠していた。自分と父とごく親しい仲間数人に行き渡るだけの上着とズボンはある。

一月十二日、赤軍がポーランドで待望の冬季攻撃を開始した――周到に計画された大規模攻撃が各地の前線で実行され、三つの軍の約二百二十五万人の兵士が参戦した。ドイツ軍を自国へ追い返すための最後のひと押しだ。人数で四分の一未満と圧倒されたドイツ国防軍と武装ＳＳは、猛攻撃を受けて後退し、ポーランドのいくつかの要塞都市で抗戦していた。じれったいことに、クラクフ付近の前線はほかと比べて動きが遅かった。アウシュヴィッツの収監者たちにとって、遠くから日々聞こえるソ連軍の銃声は、解放までのときを刻む時計のようだった。

一月十四日、アルフレート・ヴォッヒャーがグスタフとフリッツに最後の別れを告げた。国民《フォルクス》突撃隊《シュトゥルム》に徴兵されたのだ。死力を尽くして帝国を守るという任務を課せられた、老人や未成年者や、障碍のある退役軍人から成る急ごしらえの軍だ。そのため、ヴォッヒャーがアウシュヴィッツでソ連軍に見つかることはなくなった。祖国のための最後の任務をヴォッヒャーは喜んで引き受けた。国家の悪行についてどう感じていようと、ドイツは自分の故郷であり、そこには女や子供もおおぜい住んでいる。ソ連軍を放っておけば、容赦なく引き裂かれることだろう。

本格的な冬が訪れ、天候が悪化していた。雪が深く積もり、ヴォッヒャーが出ていった翌日の一月十五日月曜日、アウシュヴィッツは朝から濃い霧に覆われた。モノヴィッツの収監者たちは、仕事に向かわせても問題ないとＳＳが判断する程度に霧が晴れるまで、数時間にわたって点呼の場で立たされた。[19]

工場では全速力で作業が進められていた。前の夜、アメリカ軍の飛行機が上空に現れ、一帯を照明弾で照らして撮影した。その二十四時間前に撮られた写真では、工場の敷地に千個近くの弾孔があり、建物四十四棟が破壊されていることがわかるが、夜の写真を見ると修理がはじまっていて、合成燃料工場――最も重要な目標――はほぼ無傷だった。[20]

水曜日、収監者たちはまた点呼の場に引き留められた。午前中いっぱい立ちつづけ、工場へ行ったのは午後になってからだった。そして、わずか二時間半しか仕事をしていないのに、また収容所へもどされた。

ＳＳは神経質になっていた。大砲の低い音は毎朝少しずつ近づいてくる。十七日の夕方にはさらに迫り、アウシュヴィッツ司令官のリヒャルト・ベーア少佐は、ついに収容所からの撤退を開始するよう命じた。傷病者は置き去られ、反抗したり遅れたり逃げたりした収監者は即刻銃殺される。[21] 第一収容所のレジスタンスの指導者は、クラクフにいるパルチザンの連絡員にこう警告した。〝こちらでは撤退が進められている。大混乱だ。酔ったＳＳが恐慌状態に陥っている[22]〟

その夕方、モノヴィッツの収監者病院では全患者が医師の診察を受けた。行進に加われる程度に元気な者は患者名簿から消され、それぞれのブロックへもどされた。残りの者――八百人以上――は置き去りにされ、その世話は志願した医療職員十九人にまかされた。[23]

翌日の一月十八日、木曜日、骨身に染みる寒さのなかで、モノヴィッツの収監者八千人全員が一日じゅう点呼広場に立たされた。終わりが迫っていることに気づいたフリッツとグスタフは、収監者服の下に民間人の服を着て、機を見てすぐに逃げられるよう準備していた。少なくとも、重ね着しているおかげで、仲間たちより寒さを和らげることができた。やがて日が沈みはじめた。

ついに午後四時三十分、ＳＳ監視兵が収監者たちを数列に並べはじめた。四肢がしびれ、関節が動かなくなるのを感じながら、軍隊の師団のように並べられた収監者が約百人ずつ中隊に編成され、さらに約千人の大隊規模の部隊にまとめられて、そこからより大きな、ひとつ三千人ほどの部隊三つが造られた。ＳＳ将校やブロック指導者や監視兵らがそれぞれの部隊の指揮をとった。[24] 混乱が起こることを見越して、どのＳＳ隊員もライフルや拳銃や機関拳銃を手にし、安全装置を解除していた。フリッツは病院の洗濯室のどこかに隠してある銃のことを思って悔やんだ。いまとなっては近づくことすらできない。

気になるのは、悪名高いオットー・モールＳＳ上級曹長が待機していることだった。モノヴィッツの監視兵部隊には所属していない――ビルケナウのガス室の監督だ――というのにここにいて、食料が配られるのを待つ隊列のあいだを歩きまわり、パンやマーガリンやジャムを受けとる収監者たちを罵倒している。モールはずんぐりとした小男で、首は太くて短く、顔の縦横の長さが同じだ。何万人もの血で手を染めてきたモールが、この状況でここにいるのはひどく気がかりだった。モールはグスタフの風貌に気になるところがあったのか、隣で足を止めて上から下までながめまわしたあと、顔を左右に平手打ちした。グスタフはよろめいたが、立てなおした。モールは何も言わずに先へ進んだ。[25]

ついに命令がくだり、隊列は動きはじめた。一日じゅう立ちっぱなしですでに疲れ果てた収監者たちは、五人一列で広場を出たあと、左へ曲がって敷地内の道へ進んだ。宿舎ブロックや厨房や、収容所オーケストラが使っていた小さな無人の建物の脇を抜け、収監者の集団は開いた門の外へ向かった。この門を通るのもこれが最後だ。

一部の者にとって、いま去ろうとしている場所は二年以上にわたって自分の家だった。長く生き延びてきたグスタフやフリッツら――特にフリッツ――は、草原にこの施設を建てるのに手を貸した。建物には仲間たちの血が染みこんでいて、この地の無慈悲な日常にはずっと苦痛と恐怖が付き物だった。それでも、ここが家だった。自分が食べ、眠り、排泄する場所に帰属意識と愛着を持つのが動物の本能だ。どれだけ憎かろうと、ここは仲間のいる場所であり、石材や木材のひとつひとつに至るまで、すべてよく知っていた。

　これから行く先は未知の場所だ。ソ連軍と逆方向だということしかわからない。モノヴィッツ補助収容所の全員が移動させられていた——三万五千人以上の男女が[26]オシフィエンチムという町を出て、西へ向かう雪の積もった道を進んでいった。

第四部

生存

18 死の列車

אב ובן《父と息子》

フリッツは父に寄り添って地面にすわったまま、震えを止められずにいた。まわりには仲間たちがいる。いまは早朝で、寒さは想像を絶するほどだ。泊まるところも、食べ物も、火もない。自分たちがいるだけだ。疲労と寒さで死にそうだった。この休憩が終わるころ、二度と立ちあがれない者もいるだろう。

モノヴィッツを出てはじめの数キロは、フリッツとグスタフを含めて、まずまず健康な収監者たちが弱った仲間を助けながら進んでいた。遅れればＳＳのライフルの銃床で殴られ、急き立てられる。集団のなかで倒れると、後ろから来る意識朦朧の仲間たちに踏みつけられた。フリッツたちはできるだけのことをしたが、仲間意識にも限界はある。オシフィエンチムを越えたあたりで体力が尽き、あまりに弱った者は置いていくしかなくなった。みな上着をきつく体にまとい、列の後尾で遅れた者がときおり殺されるときの銃声には耳をふさいでいた。

フリッツとグスタフにとっては、何年も前、ブーヘンヴァルトの〝血の道〟で体験した強行軍が再現されているかのようだった。もっとも、今回のほうがはるかにひどく、信じられないほどだ。ふたりは身を守るためにうつむいて寄り添い、踏み固められた雪と氷の上で一歩一歩足を進めた。心も魂も麻痺したまま、白い薄片の舞う闇を何時間も進む。フリッツのそばを、拳銃を手にしたブロック指導者が歩いていた。その男からは残虐さと、迫りくるソ連軍への恐怖とが伝わってくる。

グスタフの計算で四十キロ歩いたころ、朝日のなか、ある町の郊外に着いた。隊列は道をはずれ、使われなくなった煉瓦工場へ向かった。SS監視兵も収監者と同じくらい休息を必要としていた。収監者たちは煉瓦の山のあいだで風をしのげる場所をどうにかさがし、身を寄せ合って暖をとった。眠った者は二度と目覚めまいと思い、フリッツと父は、疲労に苛まれながらも眠らずにいた。列のほかの場所にいた仲間と話していて、何人かのポーランド人――そのうち二人はフリッツの友達だった――が逃げたと知った。

「われわれも逃げよう」グスタフはフリッツに言った。「逃げたほうがいい。ポーランド語なら話せるから、道はわかるはずだ。パルチザンをさがしてもいいし、ただ家へ向かってもいい」

これだけ準備してきて、抵抗の意志を固めていたというのに、脱走すると言われてフリッツの心はひるんだ。ひとつ大問題がある。自分はポーランド語など話せない。はぐれたらおしまいだ。

「ドイツに着くまで待ったほうがいいよ」フリッツは言った。「それならふたりともことばがわかる」父はかぶりを振った。「ドイツはまだずっと先だ」まわりの疲れきった仲間を見まわす。「たどり着けるかどうか、わかるものか。SSがそれまで生かしておく気だとしてもな」

出発の命令がくだり、議論は打ち切られた。ふたりはなんとか立ちあがったが、眠った者たちはその場から動かなかった。低体温症に命を奪われ、死体はすでに凍りはじめている。まだ生きていても、弱りきって立てない者もいる。SSは収監者のあいだをまわって蹴りつけ、急き立てても動かない者を銃殺した。[1]

隊列の足どりは重かった。背後には踏み固められた雪と散在する死体が悪夢のようにつづき、その向こうにあるアウシュヴィッツではまだ撤退の仕上げが進められていた。撤退に加われない弱ったユダヤ人は、ガス室のまわりに積まれた死体を焼かされていた。焼却場はダイナマイトで爆破され、記録はSSの書記が燃やした。カナダ倉庫でも罪の証拠となる山積みの略奪品が燃やされていて、そこで盗みを働く者もいた。しかし、この地でおこなわれた数々の犯罪はあまりに重く、どれだけ力を尽くしても、証拠を消し去ることはついにできなかった。

夕方になり、隊列はグライヴィッツの町［現在はポーランドのグリヴィツェ］に着いた。アウシュヴィッツ収容所群に属する補助収容所がいくつかあるところだ。モノヴィッツの収監者たちが入れられたのは使われなくなった囲い地で、そこはわずか千人しか収容できない。以前いた収監者は前日に撤退していた。[2] モノヴィッツの収監者に食べ物は与えられなかったが、寝場所があるだけでもありがたかった。

グライヴィッツで過ごした二日二晩のあいだに、SSは旅のつぎの段階の準備をしていた。アウシュヴィッツから来た多くの哀れな面々とちがい、モノヴィッツの収監者は列車で進むことになる。

小屋から追い出されて向かった先は町の貨物ヤードで、そこに列車が待っていた。よくある扉つきの貨車と異なり、四本の長い列車には石炭や砂利を運ぶのに使われる屋根のない貨車が連なっている。食料――ひとりにつきパン半切れとソーセージ一本――が配られたあと、乗車がはじまった。フリッツとグスタフは百三十人以上の男たちとともに垂直な壁をよじのぼり、貨車に乗りこんだ。鋼鉄の床におりる足が立てる硬い音は徐々にくぐもり、最後の数人はほかの者のあいだに体を押しこむことになった。

一台おきにブレーキ室――貨車の上に突き出した小さな小屋――があり、ライフルか機関拳銃で武装したSS隊員がひとりずつ配置されていた。「壁より上に頭を出したら撃つからな」乗車を監督するブロック指導者が忠告した。

列車が震えはじめた。機関車が吐き出す蒸気と煙が、凍てつく空気に濃い霧をかける。ついに動き出した列車は、連結器のぶつかる音や車輪のきしむ音を響かせながら、そこに乗った四千人を引きはじめた。[3] 速度があがると、氷点下二十度の凍てつく風が音を立てて無蓋貨車に吹きつけた。

אבא

父

ホロコーストはいくつもの旅から成る犯罪であり、その旅はヨーロッパを横断して、抗議する機械が奏でる無旋律の音楽を伴奏とする。車輪と線路がこすれる音。連結部がうめき、ぶつかる音。金属の線路を進む鋼鉄の車輪つきの箱がこすれ、きしみ、ふれ合い、衝突する音は、永遠につづく悪夢の音楽だ。

グスタフの体は列車の動きに合わせて左右に揺れた。膝を胸につけてすわり、すぐ横のフリッツと抱き合ってすさまじい寒さに耐えていた。

グライヴィッツを出たあと、この列車は南へ向かうほかの三本と別れて、西へ進んだ。[4] 翌朝停車し、シャルロッテングルーベ補助収容所から撤退してきた収監者をさらに何百人も乗せてからチェコスロヴァキアへはいった。ブロック指導者の警告を無視し、グスタフは何度か壁の上に顔をのぞかせて、どこまで進んだかを見定めようと、通り過ぎる町を覚えておいた。列車が停まることはなかったが、進みはあまりに遅く、チェコスロヴァキアを横断するあいだに凍えそうな夜を二度、昼を一度経験した。

行き先はマウトハウゼン強制収容所だと聞かされていた。オーストリア人としては、その名前に期待と恐怖を同時に覚えた。マウトハウゼンでの暴力行為については恐ろしい噂を聞いている。だが、その収容所が建つのはオーストリアのリンツ近郊にある美しい丘陵地帯だ。オーストリア！　グスタフとフリッツはまもなく、五年以上離れていた故郷の地を踏むことになる。

そして、きっとそこで死ぬのだろう。マウトハウゼンでは、アウシュヴィッツで築いてきたような支援組織もないまま、いっそう苛酷な体制のもとに置かれるはずだ。

しかも、そこまで生き延びられればの話だ。こう考えているあいだにも、まわりの仲間たちが騒がしくなった。またひとり逝った。衰弱や病気や低体温症が着々と収監者たちを殺していく。死んだ男の仲間ひとりが死体の上着とズボンを脱がせ、自分の服の上から着て寒さをしのいだ。死体は貨車のなかで移動され、ほかの死体とともに隅に積まれた。どれも服を脱がされて、下着姿で硬く凍りついている。その隅は便所としても使われていて、寒さのなかですらひどい悪臭を放っていた。

せめてもの救いは、死んだ者のおかげですわる場所が増えることだった。まわりの顔はどれも痩せ衰えて目の下に濃い隈ができ、飢えに削られた頬骨は尾根を思わせた。食料をなんとかもたせてきた者は、グライヴィッツを出て四日目が過ぎるなか、最後のパン切れを少しずつかじっている。グスタフとフリッツのぶんは残っていない。グスタフはすでに体力が失われていくのを感じていた。ゆっくりとした引き潮が意志の力を浸食している。いま頭にあることはただひとつ。脱出だ。

「そろそろ行かなくては」グスタフは言った。「手遅れになっては困る」夜のあいだに壁を越えれば、監視兵に気づかれないかもしれない。もうすぐオーストリアに着くから、言語の問題はない。変装したままウィーンまで行って、隠れ家をさがせばいい。「オリーかリンチーが面倒を見てくれるはずだ」

「わかったよ」フリッツは言った。

その夜、ふたりは監視兵の注意力を試した。仲間数人の助けを借りて死体の山からひとつを持ちあげ、壁のへりまで持ちあげて外へ押し出す。死体が手脚を振りながら落ちていくあいだ、ふたりはブレーキ室から叫び声と銃声が響くのを待った……が、何も起こらなかった。これならたやすそうだ。あとはオーストリアへはいるのを待てばいい。

朝になり、列車はルンデンブルク［現在はチェコ共和国のブジェツラフ］に着いた。オーストリアとの国境まではわずか数キロだ。腹立たしいことに、列車はそこで停まった。時が刻々と過ぎたが、何も起こらない。側壁から外をのぞくと、列車全体がSSに囲まれていた。夕暮れになってようやくまた列車は動き出し、チェコの田舎が過ぎ去ってオーストリアにはいった。いまだ。貨車のなかの状況は一キロ進むごとに悪化し、野蛮さが増していた。仲間のなかには、ひと口のパンのために友人の首を絞めた者までいる。寒さと飢えと殺しのせいで、一日に八から十ほどの死体が隅に積みあがっていった。

フリッツは父をつついた。「父さん、起きてくれ！　行く時間だ」

グスタフは眠りから覚め、体を起こそうとした。できなかった。凍りついた筋肉はあまりに弱っている。フリッツの急かすような顔に目を向けた。「わたしには無理だ」

「行かなきゃ。逃げられるうちに逃げるしかないよ」

だが、何を言われてもグスタフは起きあがれなかった。「ひとりで行きなさい」力ない声で言う。「わたしを置いて行くんだ」

そんなことを考えただけで、フリッツはぞっとした。〝生き延びたければ、お父さんのことは忘れるしかない〟あの日、ブーヘンヴァルトでロベルト・ジーヴェルトから言われたことだ。そのときも、そしていまも、そんなことはできない。

「行きなさい」グスタフは言い張った。「わたしには無理だ――もう歳《とし》で、体力がない。いますぐ行きなさい――お願いだ」

「いやだ、父さん。ぜったいに行かない」フリッツはまた腰をおろし、父に腕をまわした。

夜明けになると、あたりには雪をかぶったよく知るウィーン近郊の田舎がひろがっていた。列車はドナウ川の北岸に沿って進み、明るい陽光のなか、北の郊外から川を越えて、レオポルトシュタットへはいった。ほとんどのぞき見ることもできないまま、悲しいほどわが家の近くを通り過ぎた。プラーターの西端を抜けた列車は低い音を立ててドナウ運河を越え、西の郊外を抜けて、ふたたび開けた田舎へ出た。

ザンクトペルテンの町を午前の遅くに通り過ぎ、午後にアムシュテッテンに着いたところで列車は停まった。マウトハウゼンまであと四十キロと少しだ。

暗くなると、また旅がはじまった。

グスタフはもう一度、フリッツに逃げるよう頼んだ。「行くんだ、手遅れになる前に。頼むから行ってくれ、フリッツル。お願いだから」

フリッツは屈した。この痛みを忘れることは一生ない。〝五年も運命をともにしてきたのに、自分から父と離れることになるなんて〟フリッツはのちに苦しげに回想している。

列車は最高速度に達していた。フリッツは立ちあがり、ユダヤの星と収監者番号のついた憎い収監者服を脱いで帽子を投げ捨てた。最後にもう一度父を抱きしめてキスし、それから仲間の手を借りて壁をのぼった。

氷点下の風が力強く吹きつけ、フリッツの体を槍のように刺した。列車は揺れ、轟音を立てている。ブレーキ室をおそるおそる盗み見た。監視兵の警戒心を試したときよりも月が明るい。満月の二日前の月が、白い景色と飛び去る木々を不気味な光で照らしている。

グスタフは最後にもう一度手が握られるのを感じた。それからフリッツは宙へ飛び出した。一瞬のうちに、息子は消えた。

ひとりで貨車の床にすわったまま、月光を頼りにグスタフは日記に書きつけた。〝主よ、息子をお守りください。わたしは行けない。弱りすぎている。あの子は撃たれなかった。逃げ延びて、親しい者たちにかくまってもらえるとよいのだが〟

速度があがり、機関車までもがこの忌むべき旅の終わりを切望するかのように騒音を立てていた。暗闇のなかで列車はリンツを抜け、ドナウ川を横切ってから東へ折り返して、小さなマウトハウゼンの町へ向かった。

בן
息子

フリッツは宙を落ちていき、一瞬、空間も方向もわからなくなった。地面に激しく打ちつけられて骨に衝撃が走り、息ができなくなる。深い雪のなかを何周も転がったすえに止まったが、列車の車輪が音を立てて顔の横を通っていくあいだ、身動きひとつしなかった。

最後の貨車が過ぎ去り、彼方へ消えると、フリッツは星空に包まれた沈黙のなかに取り残された。あたりを見まわす。体の下に厚く積もった雪が落下の衝撃を和らげてくれたのがわかった。手脚は痛むが、どこも折れてはいない。気を落ち着けたあと、線路に沿ってアムシュテッテンの方角へもどりはじめた。[6]

町が近づくと、フリッツは怖じ気づいた。もう夕刻とはいえ、どうも町にはいる気にはなれない。土手を滑りおりると、平野を横切っていった。腰の高さまで雪が積もって、進むのが大変だったが、やがて町はずれの細い裏通りに着いた。人通りはない。フリッツは慎重に進んだ。

だれにも会わずに小さな町の北部までまわりこむと、すぐに線路と平行に東へ延びる田舎道に出た。小さな村や集落をいくつか通り抜け、少しずつザンクトペルテンのほうへもどる。道が滑りやすくてゆっくりとしか進めず、体力が失われていった。

数時間後、小さなブリンデンマルクトの町に着いた。道はここで線路と合流している。きのう列車で通った場所だ。リンツとウィーンを結ぶ旅客列車が停まる小さな駅があった。疲労がたまり、ポケットにはライヒスマルクがいくらかある――モノヴィッツで貯めたわずかな緊急用の金だ。危険を冒すべきだろうか。

衝動に身をまかせて大通りを離れ、駅へ向かった。まだ暗いので、空の家畜用貨車が線路にあるのを見つけて、中へもぐりこんだ。眠るには寒すぎるが、風よけにはなる。

夜明けが近づき、駅舎に光が差しこんできた。フリッツは数分待ってから勇気を奮い起こし、貨車からおりた。

建物は静かで、切符売り場に窓口係がひとりいるだけだ。フリッツはためらった。最近はどうするのが正しい手続きなのか、よくわからない。身分証を見せろと言われないだろうか。売り場に近づき、つとめて軽い口調で、ウィーンまでの切符がほしいと言った。こんなに朝早く移動する人は珍しいので、窓口係は驚いたような（そして疑っているようにも見える）目をフリッツへ向けた。それでも、何も言わずに金を受けとり、切符を渡した。

フリッツは人気《ひとけ》のない待合室にはいり、腰をおろした。数分経ったころ、窓口係がはいってきてストーブをつけた。フリッツはストーブに近づいた――モノヴィッツを出て以来、はじめて感じるあたたかさだ。骨の髄まで冷えた体に命と熱が流れこむ感覚は、天にものぼるほどだが拷問でもあり、死んだ神経を無数のピンや針で突き刺して、旅の痛みが目覚めた。

疲れきってまどろみ、どれだけ時間が経ったかわからなくなったころ、ついにウィーン行きの列車が窓の外に停まった。フリッツはプラットホームへ出て――まだ自分しかいない――三等車のひとつに乗りこんだ。

ドアを閉めるなり、恐怖に襲われた。車両はドイツ兵で埋めつくされている。民間人はひとりもいない――ドイツ国防軍の灰緑色の軍服を着た集団がいるだけだ。運よく、兵士たちは会話や煙草やトランプに集中するか、居眠りをしていて、フリッツに注意を向けることはなかった。いまさらおりることもできず、フリッツは空いている席にすわった。

列車が走りだすと、フリッツはこっそりとあたりへ目をやった。自分の故郷にいるのに、外国人のような気分で、法律も作法も知らず、ふつうの民間人らしいふるまい方もよくわからない。兵士たちはフリッツに見向きもしなかった。会話を聞いたかぎりでは、休暇のために前線からもどってきたところらしい。

数時間が経ち、いくつかの駅に停車した（フリッツのほかにはだれも乗ってこなかった）あと、列車はザンクトペルテンに着いて止まった。ふたりのドイツ兵が乗ってきた。どちらもフェルトゲンダルメリー——ドイツ国防軍憲兵——であることを示す三日月形の鉄のプレートを首からさげている。

ふたりは通行証を出すよう言いながら通路を歩いてきた。フリッツのまわりにすわった兵士たちは、胸ポケットから身分証と通行証を出している。フリッツは唯一持っている切符を取り出した。兵士たちは全員の書類をまとめて近くにいる憲兵に渡した。フリッツは隙を見て自分の切符をまぎれこませた。

憲兵は兵士ひとりひとりに目をやり、書類を返していった。それから一枚だけまぎれこんでいた切符に行きあたり、眉をひそめた。フリッツを見て、急かすように手を振る。「書類をお願いします」

鼓動を速めながら、フリッツはポケットを探るふりをした。それから困ったように肩をすくめる。

「なくしました」

憲兵はさらに大きく眉をひそめた。「では、ついてきてください」

フリッツの心は沈んだが、抗弁すべきではないとわかっている。立ちあがると、憲兵につづいて列車をおりた。

「お願いです。ウィーンへ行かなきゃいけないんです」連れ出されながら、フリッツは言った。

「身分が確認できるまで、先へ進むことはできません」

駅を出ると、近くにあるドイツ国防軍の駐屯地へ連れていかれた。軍曹の尋問は強引ではないものの、きびしかった。

「どうしてあの列車に乗ったんだ」

「ウィーンへ行きたいんです」フリッツは答えた。

「だが、なぜあの列車にしたんだ。前線臨時列車だとわかっていただろう。すぐあとにふつうの列車もあったのに」

「し……知りませんでした」

「民間人の恰好をした若者が、身分証も持たずに軍用列車に乗っている。おかしな話じゃないか。きみ、名前は？」

「クラインマン。フリッツ・クラインマンです」嘘をつく理由はなかった。ごくふつうのドイツ語名で、特に珍しくもない。

「なぜ身分証がないんだ」

「なくしたようです」

「住所は？」

フリッツはとっさにヴァイマール近郊の町の住所をでっちあげた。軍曹はそれを書き留めた。

「ここにいなさい」そう言うと、軍曹は部屋を出ていった。

長い時間どこかへ行っていた軍曹は、上官といっしょにもどってきた。「きみの言った住所を調べた。そんな場所はない。ほんとうはどこに住んでいるんだ」

「すみません」フリッツは言った。「記憶が混乱していて」別の住所を教えた。

出ていったふたりは、また偽の住所だと知った。いまやフリッツは時間を稼ごうと必死だった。同じ芝居をもう一度繰り返し、三つ目の偽住所を聞き出したところで、憲兵たちはついに我慢の限界に達した。

護衛兵がふたり呼び出された。「クラインマンさんを兵営へ連れていけ」軍曹が命じた。「保安部だ」

フリッツは車で通りを抜けて小さな兵舎群へ送られ、事務室と監房のある留置所のような建物に連れていかれた。

将校が憲兵からのメモに目を通し、フリッツに身分をしっかり証明するよう言った。「嘘をついたら監禁する」

ほかにどうにもできまい？　フリッツは四つ目の住所をでっちあげた。その住所が調べられたあと、正式に逮捕された。将校は穏やかで静かだった。叫んだり怒り狂ったり拷問すると脅したりはせず、クラインマンさんを監房へ入れろ、と部下に指示しただけだ。「そこにいれば、ほんとうのことを思い出すかもしれないな」将校のことばは不吉だった。

監房は広く、軽犯罪を犯した三人——全員が兵士——がすでにいて、軍法会議を待っていた。好奇の目を向けられたフリッツは雑談に交じり、自分は民間人で、身分証をなくしたので確認を待っているとだけ話した。

監房はあたたかくて心地よかった。ベッドはひとりひとつで、机がひとつと椅子が数脚あり、隅には洗面台とトイレがある。もう何年も、こんなに快適な部屋で過ごしたことはない。当番兵が夕食——あたたかい食べ物はほぼ一週間ぶりで、まともな食事を食べたのは記憶にないほどの昔以来だ——を運んできたとき、フリッツは犬のようにむさぼり食うのをこらえて、ふつうにひと口ずつ食べようと懸命だった。

食事のあと、ベッドの毛布をめくったフリッツは、自分の目が信じられなかった——シーツが敷いてある。シーツ！　いったいどういう監房なんだ？　疲れきった体をベッドに埋めると、まるで天国のようで、幸せに満たされながら朝までぐっすり眠った。

信じられないことに、翌朝はさらにすばらしかった。当番兵が持ってきた朝食は質素だったが、フリッツはめまいを覚えた。あたたかい本物のコーヒーに、パンとマーガリンとソーセージがたっぷりある。監房仲間が他愛もない会話をしているあいだも、フリッツは頭をあげずに夢中で腹を満たした。

やがて、また将校の前へ連れていかれ、ほんとうの身分を教えるよう言われた。取り調べのなかで、将校がフリッツを脱走兵ではないかと考えているのがわかってきた。無理もない。年齢や外見や訛り、さらに逮捕されたときの状況まで、それで説明がつく。将校はこの収監者が小さな嘘をついていると信じこみ、大きな嘘――民間人の服を着た、ウィーン訛りのある、彫りの深い顔をしたこの若者が、実はＳＳから逃れたユダヤ人であること――を探ろうとすらしていない。

それ以上の質問に答えるのを拒否すると、フリッツは監房へもどされた。この場所には満足していた。安全であたたかく、食事もたっぷりもらえる。昼食は、質素だがとびきりおいしいシチューに、パンがひと切れだった。そう、じゅうぶん満足だ。

だが、これだけの贅沢をしながらも、自分がどれだけの危険にさらされているかはよくわかっていた。これまで収容所を生き延びてきたのは、そういう感覚のおかげだった。遅かれ早かれ、将校は真実を知るだろう。その日、フリッツは解決策を模索しつづけた。夕食が終わると、同じ房の仲間たちが会話に夢中になっているあいだに、ひとりが持っていたひげ剃り用石鹸を一本、こっそりくすねて食べた。翌朝にはひどく体調を崩していた。発熱して汗だくになり、激しく下痢をしている。[7]監房仲間が護衛兵を呼び、フリッツは運び出された。

運ばれた先は軍病院だった。診察――激しい腹痛と高熱以外に深刻なものは見つからなかった――のあいだも、アウシュヴィッツの刺青を隠しておくだけの分別はあった。フリッツはひとりきりで隣の病室へ入れられ、監視下に置かれた。

そこは監房よりさらに快適だった。シーツや枕カバーは真っ白で、女性の看護師が飲み物や薬を持ってきてくれる。しばらくすると食事はできるようになったが、下痢はつづいていた。取り調べを先送りにするための小さな代償だ。三日目に様子を見にきた医師が、ドアの外に機関拳銃を持った見張りがいると言っていたので、逃げないほうがいいだろう。

やがて熱はさがり、下痢もおさまった。フリッツはすぐに保安部へ送り返された。出迎えたのはあの将校で、忍耐の限界に来ているようだった。「この件はそろそろ終わりにしよう」将校は言った。「白状しないとゲシュタポに引き渡すぞ」

この恐ろしい脅迫を聞けば屈すると思っていたようだが、フリッツは何も言わなかった。期待どおりに進まずに苛立った将校は、フリッツに監房へもどるよう言った。「あと二日やる」将校は断じた。「それでおまえとはおさらばだ！」

申し分なく快適な二日間ののち、フリッツは取り調べ室へもどされた。

「おまえの正体がわかったと思う」将校のことばに、フリッツは不安になった、「脱走兵ではないな。敵の工作員で、イギリス軍のための任務に就いているんだろう。パラシュートでおりてきて、秘密工作にあたっているわけだ」この驚きの見解を述べたあと、将校はきっぱりと言った。「今後はおまえを工作員として扱う」

フリッツは戦慄した。これでは強制収容所から脱走したと知られるよりひどい。懸命に疑惑を否定したが、将校は聞く耳を持たなかった。こんなふうにこそこそ動きまわってドイツ兵とかかわるのは敵の工作員しかいない。それに、これほど長く取り調べに耐えられるのは訓練された工作員だけだ。脱走兵にできることではない。

何度も否定したが、フリッツは監房へ連れもどされた。監房が突然、そう心地よく感じられなくなった。自白するべきか？　だめだ。ＳＳのもとへ送り返されて処刑される。だが、工作員だと思われたままでも結果は同じだ。とはいえ、仮に自白したとしても、いまさら信じてもらえるだろうか。将校はフリッツをドイツ領オーストリアの亡命者だと信じて疑わず、イギリスの工作員と見定めた自分を得意に思ってもいるようだった。たとえ刺青を見せても、それすら変装の一部だと考えかねない。

翌日、フリッツはふたたび将校の前へ出された。武装した兵士が三人待機していた。「否認にはもううんざりだ」将校は告げた。「おまえの件からは手を引く。マウトハウゼンへ送ることにした。SSに処分をまかせる」

19 マウトハウゼン

בן 息子

手錠が閉じ、フリッツの手首は鋼鉄に絞めつけられた。「逃げようとしたら、即刻銃殺する」将校が言った。

護送にあたる三人――下士官がひとり、兵卒がふたり――に歩かされて駅まで行き、リンツ行きの列車に乗った。このよく知った道のりも三度目だ。ザンクトペルテンからブリンデンマルクトを経由して、アムシュテッテンへ。貨車から跳びおりた場所も通ったはずだが、昼日中で雪が溶けかけたいまとなっては、どこかわからなかった。あのときのことはすべて鮮明に覚えている。もっとも、それ以上によく覚えているのはザンクトペルテンでの平穏な小休止だ。それは幸せに満ちた休暇も同然であり、当時を思い返すとき、フリッツはいつも一週間余りだったと言うが、実際には三週間近かった。[1] よく食べ、安全な場所で休み、健康を取りもどした三週間だった。

リンツで地元の路線に乗り換えると、マウトハウゼンまではすぐだった。ドナウ川の岸辺にある美しい小さな町で、そばには畑と林に彩られた緑の丘がひろがっている。フリッツは二歩後ろを歩く護衛兵にライフルを向けられながら町を進んだ。町の人々は丘の上にある収容所の陰で生活することに慣れ、フリッツたちにはまったく注意を払わなかった。

曲がりくねった道路が谷から上へつづいている。目的地が目にはいったが、これまでに見た強制収容所とは大きく異なっていた――収容所というより要塞で、高く厚い石壁の上に歩行路があり、砲台が点在している。壁は一か所が突き出していて、そこに巨大な石の門塔があり、一方の脇には低い円筒状の塔が、反対の脇には四階建ての四角い大きな砲塔が建っている。この壁の奥のどこかに父や仲間たちがいる。少なくとも、そう願っていた。こんな収容所でどれほどきびしい選抜がおこなわれているかは、たやすく想像できる。だが、フリッツは父の強さを信じていた。心の底では、きっとまた会えると思っていた――予想よりずっと早くはなったが。いい土産話を持っていけるのはまちがいない。

護衛兵たちは威圧感のある門を通るのではなく、向きを変えて壁と平行に走る道を進み、果樹園の隣を抜けた。角まで来ると、道は突然右へ曲がった。片側が低くなり、広い渓谷のように荒削りの岩肌を持つ急斜面となっている。

いま見おろしているのが、マウトハウゼンという邪悪な名の由来になった花崗岩採石場だ。ブーヘンヴァルトの石灰石採石場より広く、何倍も深い。底では奴隷の大群がせわしなく動きまわり、つるはしや鑿を石に打ちつけて音を響かせている。反対側の岩壁には幅広で急な階段が刻まれ、百八十六段が穴の底からふちまで一直線に連なっている。その階段を、何百人もの収監者たちがそれぞれに四角い花崗岩の塊を背負ってのぼっている。〝死の階段〟と呼ばれるこの階段は、マウトハウゼンの忌まわしきもののすべての象徴だ。

ここで採掘された花崗岩はヒトラーの大規模建築計画にまわされる。途方もない量の石材を必要とする、壮大な構想だ。採掘では何千人もの収監者が命を落とした。〝死の階段〟はＳＳの考え方を体現している――犯罪者やユダヤ人を労働力として使えば安く、罰を与える満足感まで得られるのに、もっと効率のよい運搬機など導入する理由がどこにある？　死傷者は出つづけた――少し足を踏みはずすだけで人と石がほかの者の上に転がり、ドミノのようにまわりを巻きこんで、四肢を折り、体を押しつぶすことになる。

採石場のふちに沿って道を進み、フリッツと護衛兵たちは低い兵舎ブロックが並ぶ区画に着いた。ドイツ国防軍の兵士たちはそこでフリッツを引き渡し、去っていった。

尋問されて殴られるだろうとフリッツは思っていたが、どちらもなかった。相手はフリッツをどう扱うべきか、まだ測りかねていたのだ。SS軍曹に連れられて行った正門には、またしても花崗岩でできた巨大な門塔があり、ふたつの塔の上に投光照明と機関銃を据えつけた見張り台があった。それが収監者区画の正門だった（先ほど見た門塔はSSの車庫へつながっていた）。

要塞にはいると、中は驚くほどせまくて地味だった。モノヴィッツより小さく、細長い点呼場の片側に、モノヴィッツにもあったような簡素な木造の宿舎が並んでいる。軍曹はフリッツに壁際で待つよう言い、門塔へ消えた。

あたりを収監者が何人か歩きまわっていた。ひとりが近づいてきて、フリッツが着ている民間人の服に目を向けた。「あんた、だれだ」男は訊いた。「なんでここへ来た」

「フリッツ・クラインマンといいます。ウィーン出身です」

男はうなずいて歩み去った。しばらくしてもどったときには、別の威厳のある収監者を連れていた。何かの役職に就いているにちがいない。

「ウィーン出身だそうだな」その男は言った。「わたしもだ。ここへ来て数年になる」男はフリッツをじっと見た。「ここはひどい場所だが、何より望まれていないのはユダヤ人だ。ユダヤ人は一瞬でおしまいだ」それだけ言うと、男は去った。

しばらくして軍曹が門塔から出てきて、驚いたことに、アウシュヴィッツの刺青はあるかと訊いてきた。最近アウシュヴィッツからの移送が何度かあり、はぐれた者たちをさがしているのだという。

「いいえ」フリッツは言い、右の袖をめくった。「ほら、何もありません」髪が伸び、健康そうな見た目になっていたこともあり、軍曹は納得したようだった。フリッツは役職のある収監者に預けられ、浴場へ連れていかれた。

そこで先ほどのウィーン出身の収監者に会った。今回はきちんと自己紹介をしてきた。男はヨーゼフ・コールという名前だが、まわりからはペピと呼ばれている。重要人物なのは明らかだった。のちに、ペピはマウトハウゼンのレジスタンスの指導者だとわかる。フリッツはすぐに心を許し、こんどこそ真実を——一部だけだが——語った。ブーヘンヴァルトとアウシュヴィッツにいたこと、移送中に脱走したこと、そして逮捕されたこと。そこまでだった。政治囚だ、とフリッツは言った。ここで生き延びるには、ユダヤ人であることを隠すしかないだろう。

新入りの収監者としての儀式はこれで三度目だった。シャワーを浴び、服と所持品を奪われる。バリカンが頭をなぞり、新たに生えていた髪が束になって落ちたとき、また終わりなき悪夢にもどったことを実感した。

「住所を言わなかった報いだな」フリッツの情報を書き留めながら、ゲシュタポの書記官が言った。フリッツは問いかけるように相手を見た。「それだけでここへ入れられたんだろう」書記は机に置かれたドイツ国防軍将校のメモを顎で示した。フリッツの表情を見て付け加える。「いまさら言っても遅いぞ」

まだ工作員だと思われているのだろうか。フリッツは恐ろしい板ばさみに陥っていた。真実を言えば、この状況を抜け出す望みはない。あの採石場の光景が、これまで耳にしたマウトハウゼンの不吉な噂をすべて証明している。だが、無言を通せば拷問を受け、おそらく銃殺されるだろう。

口を開いたほうがまだ安全だと考えたフリッツは、ペピ・コールに語ったのと同じように、真実の半分だけを話すことにした。アウシュヴィッツからの移送中にはぐれたことを認め、左腕をめくって刺青を見せた。「収容の理由は？」書記が尋ねた。

「保護拘禁囚です」フリッツは答えた。「アーリア人ドイツ市民で、政治囚です」

書記は眉ひとつ動かさなかった。フリッツは登録され、三つ目の収監者番号を与えられた。一三〇〇三九だ。[2] 仮にゲシュタポがフリッツについて照会しようとしても、それは不可能だ。アウシュヴィッツはもはや存在しない。一月二十七日――フリッツがブリンデンマルクトの軍用列車に乗ったのと同じ日――に、ついに赤軍の手に落ちたからだ。モノヴィッツで見つかったのは病院にいた瀕死の数百人だけで、多くは解放後、長くは生きられなかった。[3]

フリッツは近親者として、いとこのリンチー――公式にはアーリア人――の名をあげ、ウィーンのほんとうの住所を言った。フレートル・ヴォッヒャーから聞いたかぎりでは、フリッツとの関係によって危険にさらされる人はだれも住んでいないはずだ。職業についてはどう答えるべきか思案した。収容所ではさまざまな技術を身につけてきたが、どれを言うべきだろうか。ここでは建設者が求められているようには見えないし、余った労働者は採石場行きになりそうだ。そこでフリッツは暖房設備の技術者だと言った。[4] 半分はほんとうだった――暖房設備の製造や取りつけを手伝ったことはある。それに、職業をごまかして切り抜けるのがどれだけ簡単かは父から学んでいた。

脱走の試みは失敗したが、小休止のおかげで健康と体力が蓄えられた。それが生き延びるうえでどれだけ大きな強みになるかはよく知っている。フリッツが理解していなかったのは、それがまさに命運を決めるということだった。成人して以来ずっと地上の地獄で暮らしてきたにもかかわらず、最悪の経験はまだこれからだった。

割りあてられたブロックは収容所の地下監獄に近く、フリッツは落ち着かなかった。地下監獄にはガス室があり、焼却場が併設されている。壁に隔てられた隣の区画では、何百人ものソ連軍捕虜がおぞましい環境に閉じこめられ、飢えと死ぬほどの重労働に苦しんでいた。二週間前、ソ連兵たちは濡れた毛布で電気柵をショートさせ、おおぜいが脱走した。多くは機関銃で殺されたが、四百人が逃げおおせた。その後、ソ連兵は追われてつぎつぎ殺され、地元民たちは森からの銃声を何日も耳にしたという[5]。

収容所は過密状態で、定員三百人のブロックにその何倍もの収監者がはいっていた。帝国内のほかの収容所と同様、マウトハウゼンもアウシュヴィッツからの撤退者であふれ返っていた。

フリッツは父や仲間たちと再会するのを待ち望んでいた。この群衆のどこかにいるはずだ。しかし、尋ねてまわっても、彼らの居場所を知る者も、名前に心あたりがある者も見つからなかった。フリッツが聞いたかぎりでは、アウシュヴィッツからの移送は何度かあったが、一月二十六日ごろに到着した者のことはだれひとり知らないようだった。

結局、父はここにおらず、来たことすらないと考えるほかなくなった。だが、それならいったいどこにいるのか。ポーランドやオストラントで残虐行為があったという噂は聞いていた——移送されたユダヤ人全員が森で殺されたことも何度かあったらしい。アウシュヴィッツからの移送者もそうなったのか。自分はそんな運命を逃れたのだろうか、とフリッツは思った。

אבא
父

グスタフは貨車の壁に背を預けてすわっていた。フリッツは壁を越え、凍てつく夜のなかへ飛び出して消えた。あの子が安全な家へたどり着けますように。グスタフはひどく弱り、疲れきっていた。食べ物はもう何日もなく、ひと口ぶんの雪以外は水分もとっていない。〝パン切れひとつのために他人を殺す〟グスタフは書いた。〝われわれはまさに飢えの達人で……紐につけたマグカップを貨車からさげて雪を釣りあげている〟

その夜遅く、死にかけの男たちと死体を積んだ貨車はマウトハウゼンの積みおろし場に着いた。SSの哨兵たちがまわりを取り囲んだ。時間が過ぎていった。夜明けが来て、やがて午前が終わる。貨車のなかで、まだ理性の残っている収監者たちは、何が起こっているのかと不思議がっていた。何やら揉めているらしい。

収容所から来た収監者の一団が列車へやってきて、パンと缶詰を配った。たいした量ではない――五人でパン半切れと缶詰ひとつだ。食料は恐ろしいほど野蛮にむさぼられた。

やがて、夜が近づいたころ、列車はうなり声をあげて動きだし、もと来た道をもどりはじめた。マウトハウゼンの司令官は収容所がはち切れんばかりに満員だと言い、受け入れを拒否した。[6]列車はまたドナウ川を越えて西へ曲がり、ドイツとの国境へ向かった。ほんの数時間でバイエルンにはいるだろう。このまままっすぐ進めばミュンヘンに着くはずだ。それが意味するものはただひとつ。ダッハウだ。

グスタフは差し迫った議論が交わされているのに気づいていた。十人余りの仲間――ブーヘンヴァルト出身者も何人かいる――がフリッツの例に勇気づけられて、脱走について話し合っていた。グスタフや、ブーナ工場でフリッツのカポだったパウル・シュミット——死を偽装したフリッツをかくまってくれた男——も誘われたが、グスタフはフリッツに説得されたときと同じで、行ける状態ではなかった。シュミットも行かないと言った。列車がリンツから走りだすと、その十人余りは壁をのぼって外へ跳んだ。おおぜいが出ていっても、撃たれることはなかった。ＳＳは気にも留めていないようだった。体力のある収監者がもっといれば、目的地に着くころ、列車には死体しか残らなかったかもしれない。

バイエルンにはいると、列車は北へ方向を変えた。となると、ダッハウではないのか。夜が昼に変わり——それが何度も何度も繰り返されたが、グスタフは命にしがみついていた。マウトハウゼンを出て五日目には、ヴァイマールにほど近い、ドイツのチューリンゲン州まで来た。列車は北へ進みつづけ、二月四日の日曜日——グライヴィッツを出た二週間後——になって、ハルツ山地の南麓にある産業都市ノルトハウゼンの貨物ヤードに着いた。[7]

出迎えたのはＳＳ監視兵と、近くにあるミッテルバウ＝ドーラ強制収容所から来たゾンダーコマンドだった。グスタフは側壁をのぼるのにひどく苦労した。生存者が助け合いながらおりたあと、死者が運び出された。下車が終わるころ、積みおろし場には七百六十六人の死体が置かれていた。

多くの惨状を見てきたグスタフにとっても、これは最悪の部類だった。〝餓死した者や殺された者〟日記に書いている。〝凍死した者もいて、どれも筆舌に尽くしがたい〟生き残った者も死者とたいして変わらない状態だった——旅を生き延びた三千人強のうち、六百人ほどが到着後二日で死んだ。[8]

ミッテルバウ＝ドーラ強制収容所は、町の北にある森に覆われた尾根の折れ目に隠れるように建っていて、大きさはブーヘンヴァルトと同じくらいだった。人がいっぱいで、建ち並ぶ宿舎ブロックに一万九千人以上が押しこまれている。

到着した新入りは登録手続きをおこない、グスタフは一〇六四九八という収監者番号を与えられた。[9]

ブロックが割りあてられると、ようやく食事が出た――〝十四日に及ぶ長旅に出て以来、はじめてのあたたかい食事だ〟グスタフは書いた。ひとりにつきパン半切れとマーガリンひとかけら、そしてソーセージ一本だった。〝われわれは飢えた狼のようにむさぼった〟

収容所に着いてわずか二日で、グスタフはより小規模な補助収容所のひとつへ移されることになった。移送列車はないので、徒歩で基幹収容所のある丘の裾をまわり、谷を北西へたどってエルリッヒ村まで移動した――十四キロの行程だ。

エルリッヒ強制収容所は、グスタフがこれまでに経験したなかでも際立ってひどい場所だった。広くはなく、約八千人が惨めなほど不衛生な環境に押しこめられている。よそから収監者を受け入れているにもかかわらず、飢えや病気による死亡率が高いせいで、人の数は減りつづけていた。洗面や洗濯ができる設備はなく、シラミが蔓延している。秋にあったシラミ駆除計画は失敗したが、そのときに何百もの収監者服が破棄され、追加はされなかった。到着したグスタフたちが目にした収監者たちは不潔で、多くがぼろぼろの服を着ていた。下着だけの者までいる。〝服なし〟は労働を免除されるが、食料を半分に減らされるため、すぐに餓死した。[10]

グスタフらは休養日を二日与えられたあと、労働にまわされた。

歳を重ね、五年半も収容所で暮らしたせいで弱り、アウシュヴィッツからの旅でさらに苦しんできたグスタフだったが、エルリッヒという純然たる地獄にすっかり打ち砕かれた。これほど苦しく感じたのははじめてだった。

日々の起床時刻は午前三時で、寒い冬には真夜中のように感じられた。[11]とんでもない早朝に起こされる理由はすぐにわかった。例によって長い点呼のあと、作業班は収容所の脇にある鉄道まで歩かされ、列車でヴォッフルベン村まで移動した。おもな労働場所は、その丘陵地帯の麓にいくつも掘られたトンネルのなかにあった。[12]

空爆を受けつづけたドイツは、多くの兵器を地下で生産するようになっていた。ヴォッフルベントンネル――収監者がおびただしい人数を失いながら掘った――では、ヒトラーの秘密兵器のなかで最も先進的で最も恐ろしいV2ミサイルが製造されていた。その場所は採石場に似ていて、丘の斜面が削られてできた切り立った崖肌に、航空機格納庫の入口のように巨大な穴がくり抜かれていた。トンネルの外側は足場で覆われ、巧妙に隠されている。内部の地中深くでは極秘の作業がおこなわれ、そこで働かされた者たちは想像を絶する地獄を経験した。

グスタフはおもなトンネル群のすぐ西に新たなトンネルを掘削する作業班に選抜された。同じ班にいるのはほとんどがソ連軍捕虜で、トンネルに線路を敷くという骨の折れる作業に従事していた。カポや技術者たちはまさに悪魔のように奴隷をこき使い、目についた者にはだれかれ構わず杖を見舞った。ブーヘンヴァルトの採石場以来だ、とグスタフは思った。友がいないなかで苦しむのだから、このほうがひどい。そのうえ、一日の配給は薄いスープ二杯とパンひとかけらという、寝たきりの病人すらやっていけない量だった。パンの配給が二週間止まったときには、水っぽいスープだけで夜明けから夕方七時半までの労働を耐え抜いた。不潔な環境で暮らしたグスタフは、数週間でほかの者と変わらないほど弱り、シラミだらけになった。

エルリッヒを運営しているのはオットー・ブリンクマンSS曹長だった。ずる賢いサディストで、司令官には向いていない。ミッテルバウ＝ドーラ強制収容所の司令官はエルリッヒをごみ溜めのように扱い、気に入らないSS隊員や生き延びそうもない収監者をほうりこんだ。ブリンクマンは夕方の点呼で、倒れそうなほど疲れ果てた収監者に対し、舗装されていない点呼場の角張った石の上に寝転んで体操をするよう命じることがあった。

グスタフの見積もりでは、毎日五十から六十人が飢えや虐待で死んでいた――〝完璧な骨挽き機〟だ。それでも、グスタフはなおも屈服しない気概を保っていた。〝体を引きずっていくだけで精一杯だ〟グスタフは書いた。〝だが、わたしは最後まで生き延びると自分自身と約束した。範とすべきはインドの自由の戦士ガンディーだ。彼はあれだけ痩せても生き抜いた。そして、わたしは毎日自分にこう言い聞かせている。グストル、絶望するな。歯を食いしばれ——ＳＳの人殺しどもに負けてたまるものか、と〟

五年前に書いた「採石場という万華鏡」の一節が頭に浮かんだ。

バン！　腹這いになろうと
しかし犬はまだ死なないぞ！

当時の抵抗心を思い返しながら、グスタフは書いた。〝犬たちは最後まできっと生き抜くと思うようにしている〟その結末を信じる気持ちは岩のように固かった。そして、息子が無事でいることも強く信じていた。フリッツはもうウィーンに着いたにちがいない。

בן　息子

食事を見て、フリッツは落胆した。自分の手とたいして変わらない大きさのパンがひとつと、カブの水っぽいスープが一杯。ほかにどんぐりコーヒー一杯だけで、まる一日の労働を乗りきることになる。スープを多めにもらえることもあったが、それだけでは心も体も長くはもたない。ここに着いてまだ一か月と少しだが、手首は見るからに細くなり、顔の骨も鋭く感じられた。友情も支援もなく、これほど見放された気持ちになったのははじめてだ。ブーヘンヴァルトやアウシュヴィッツでの生活を支えてくれた絆はもうここにはない。列車から跳びおりたときに断ち切ってしまった。
いまはマウトハウゼンから四キロ離れたグーゼン村の補助収容所にいた。ここに来ることになった経緯は、ある意味で、そもそもマウトハウゼンに来ることになった経緯よりさらに奇妙だった。国の存続をかけて戦うドイツはひどい人員不足に陥り、収容所司令官のフランツ・ツィライスSS大佐が、ドイツやオーストリア出身のアーリア人収監者を、SSに志願することを条件に解放すると発表した。志願兵は特殊部隊を編成し、軍服と武器を支給されて、正規のSS隊員とともに祖国の命運をかけて戦うことになる。[13]
マウトハウゼンのレジスタンスの会合で、ペピ・コールら指導者たちは一部の仲間に志願させようと決めた。SSはそういう部隊を大砲の弾並みに扱うか、仲間の収監者と敵対させる魂胆だろう。[14]そこへレジスタンスの仲間をもぐりこませれば、SSの目論見を跳ね返すことができる。ここぞという瞬間に、志願兵たちが正規のSSに武器を向けるのだ。
ペピが〝志願者〟として選んだ百二十人のひとりがフリッツだった。フリッツは公式にはアーリア人で、健康で、戦闘員らしく見える。目的がなんであれ、SSの軍服を着ると考えただけで吐き気がするので、フリッツはひどく渋った。だが、ペピは異を唱えられて簡単に引きさがる人間ではなく、どうしても聞き入れなかった。そんなわけで、ウィーン出身のユダヤ人フリッツ・クラインマンは司令官の事務室へ行き、SSの〝髑髏特殊部隊〟に登録した。[15]
志願兵は近くのSS訓練所へ連れていかれ、教化と教育のための訓練をあわただしく受けはじめた。ほかの者たちは目標に集中し、それと目の前の作業とのあいだで折り合いをつけようとしていたが、フリッツには無理だった。すべてが大きな誤りである気がして、ついに出ていくと決めた。志願を取り消すことはできないので、追放されることを期待して問題行動を起こしはじめた。後頭部に銃弾を受けかねない、危険な作戦だった。結局、何度か軽い違反で罰を受けたあと、部隊から追い出された。

フリッツは収容所へ送り返され、ＳＳとしての経歴はまともにはじまりもせずに終わった。

それから、グーゼンにある補助収容所へ送られた。いっしょに移送された二百八十四人の熟練労働者はみな赤の他人で、たいした連帯感を持つこともなかった。選抜のとき、国籍は考慮されなかった——帝国じゅうから来たユダヤ人や政治囚たちの寄せ集めだ。ポーランド人、フランス人、オーストリア人、ギリシャ人、ロシア人、オランダ人。電気技師、取りつけ工、配管工、塗装工、金属加工職人、一般機械工、それにウクライナ人の航空整備士ひとりだ。[16]

グーゼン第二収容所には一万人ほどの収監者がいて、その多くが丘の下にある極秘の飛行機工場で働く技術者だった。[17] フリッツが配属された労働大隊ＢａⅢは、ザンクトゲオルゲンの近くにあるトンネル内のＢ８〝ベルククリシュタル〟飛行機工場で働く部隊の暗号名だった。この工場では〈メッサーシュミット〉社が超高性能ジェット戦闘機Ｍｅ２６２を製造していた。[18]

友人もなく、フリッツはひどく孤立した気分だった。モノヴィッツで一時期感じたのと同じ絶望感に支配された。日々が過ぎるのにもほとんど頓着しないまま、三月と四月が終わった。このころのことはぼんやりした地獄としてしか記憶にない。

飢えで痩せ細っていくトンネルの収監者たちを、ＳＳや緑三角印のカポたちは好き勝手に殺していた。三月だけでも、三千人近くが労働に不適格だとしてマウトハウゼンへ送られ、ほとんどがそこで死んだ。赤十字国際委員会からの食料を積んだトラックが到着すると、ＳＳがよいものを横どりし、余った缶詰やコンデンスミルクには穴をあけて、中身の漏れた缶を笑いながら収監者たちに投げつけた。しかし、死亡率がいくら高くても、人は急速に増えていった。オーストリアじゅうの収容所から撤退してきた〝死の行進〟をつぎつぎと受け入れていたからだ。[19] 何千人、何万人単位で死んでいく収監者たちは埋められることもなく、収容所に積まれていった。

フリッツは気持ちだけでなく体形も変わっていった。マウトハウゼン＝グーゼンの環境はフリッツをむしばんでいた。二か月前にザンクトペルテンのドイツ国防軍兵舎を出た細身の若者は、骨から肉を削ぎ落とされ、四月にはムーゼルマンのような骨と皮だけの亡霊と化していた。いま住む世界はこれまで見たなかで最悪だった。やがて——まもなく——山積みの痩せこけた死体に加わることだろう。だが、そこまでの絶望に陥っても、ムーゼルマンのように完全にあきらめることはなかった。終わりはすぐそこに迫っている。それを見届けるまでどうにか耐えたかった。戦いの音が近づいていた——遠くで聞き慣れた大砲の音がする。向かっているのはアメリカ軍だ。

SSはこの事態に備えていた。ナチスは極秘のジェット戦闘機製造工場を奪わせるつもりなど毛頭なかった——それに、何千人もの収監者もだ。四月十四日、ハインリッヒ・ヒムラーはすべての強制収容所司令官に電報を送った。〝生きた収監者をひとりたりとも敵の手に渡してはならない〟[20] ヒムラーが想定していたのは撤退で、電報にもそう書いていた。しかし、マウトハウゼンのフランツ・ツィライス司令官はそれを一斉殺害と解釈し、そのとおりに計画を立てた。

四月二十八日の朝、グーゼンでは全収監者が仕事に出るのを止められた。十時四十五分に空襲警報が鳴った。SSとカポはすぐにおおぜいの収監者をグーゼンで二番目に造られた地下作業場、ケラーバウトンネルへ誘導しはじめた。[21] 収監者たちは三つある入口のひとつを抜けて進んだ——幅も高さも、鉄道のトンネルと変わらないほど大きかった。

花崗岩とコンクリートの壁は、ベルククリシュタルトンネルの砂岩の壁より冷たく湿っていた。これほど硬い壁を掘削するには金がかかり、そのうえ洪水にも弱いので、ケラーバウトンネルが完成することはなかったが、[22] 収容所の防空壕としては便利だった。

フリッツは湿っぽい冷気のなかに立ち、爆撃機や爆弾の音に耳をそばだてた。数分待っても、何も聞こえない。

フリッツがケラーバウトンネルに来たのははじめてだったが、前に来た者なら、三つある入口のふたつが煉瓦でふさがれて、このひとつしかあいていないことに、はいってすぐ気づいたかもしれない。どれほど敏感な者も知らなかったのは、収監者がはいったあと、機関銃を持ったＳＳ隊員が外で配置についたことだった。収監者たちはまた、過去数日のあいだにツィライスの命令でこの残った入口に爆薬が仕掛けられたことも知らなかった。この作戦の暗号名はフォイアーツォイク——ライターという意味だった。

　仕事をまかされたのは、トンネル工事を担当する民間人監督者パウル・ヴォルフラムだった。ヴォルフラムと同僚たちは、不手際があったり秘密を漏らしたりすれば自分と家族の命が危険にさらされると言い渡されていた。[23]ヴォルフラムは手もとにあった爆薬すべてを入口に仕掛けた。それでも足りなかったため、航空爆弾を十個ほどと、トラック二台ぶんの機雷を追加した。空襲警報が鳴る前の夜、爆薬の設置が完了した。

　収監者全員が中へはいり、逃亡を防ぐ機関銃隊も位置についたいま、トンネルの入口を爆破する準備が整った。閉じこめられた収監者たちは窒息死することになる。

20 最後の日々

אבא

父

エルリッヒに着いて一か月半が経ち、三月の終わりになると、グスタフを取り巻く状況は少しましになった。なんとか意志を保ち、体に魂をつなぎとめておけそうだった。

グスタフは線路敷きの仕事からはずされ、トンネルで大工として働いていた。カポはエリックという穏やかな男で、秘密の食料供給源があるので、配給のスープをグスタフにくれた[1]——おかげで飢えの進行を遅らせることはできたが、改善するほどの量ではなかった。そのあいだも、体は日に日に不潔でシラミまみれになっていった。

日中、グスタフは地下にいた。まるでダンテが描いた地獄の第四圏であり、働く奴隷のほとんどが死の淵に立っていて、強者が弱者を食い物にしてわずかな食料を奪っている。死体だけはあり余っているので、人肉食も見られた。三月には千人以上の収監者が死に、千六百体の歩く骸骨がノルトハウゼンにある兵舎へ送られた。使い古されて役立たずになった者の掃き溜めとなっている場所だ[2]。

四月になると、アメリカ軍がわずか数日の距離まで近づき、ＳＳは見切りをつけはじめた。労働は停止し、撤退に向けた準備がはじまった。まさにその夜、イギリス空軍がノルトハウゼンに焼夷弾を投下し、砲撃を浴びた宿舎群では弱った収監者が何百人も死んだ。空軍はつぎの夜も町を破壊し、さらなる収監者を死者数に加えた。[3]

エルリッヒからの撤退には二日かかった。グスタフや移動に耐えられる収監者たちは家畜用貨車に乗せられた。四月五日、最終の列車が出発の準備をするかたわらで、最後に収容所を出るSS隊員が、残った病気の収監者十人前後を銃殺した。一週間後にアメリカ軍第百四歩兵師団がエルリッヒに着いたとき、生存者はひとりも見つからなかった。[4]

אבא
父

グスタフはアウシュヴィッツからの旅を思い返した。いまの天候はあのときより穏やかで、すわる場所もあり、多少の食料まである。とはいえ、手にはいるはずだった量と比べるとずっと少ない。エルリッヒを出たとき、列車の最後尾に食料を積んだ補給車がつながれていたが、どこかではずれてしまった。列車が停まった町にパン工場があったときは少し安堵した。[5] イギリス人捕虜のひとりが、小麦のパンとライ麦でできたプンパーニッケルを二キロぶんもくれた——これだけあれば、自分とまわりの仲間たちも三日はやっていける。

列車はドイツ北部へ分け入ってハノーファーを越え、四月九日に最終目的地へ着いた。小さなベルゲンの町。ベルゲン＝ベルゼン強制収容所の積みおろし場だ。

敵の包囲の輪がますますせばまり、ヒムラーは生き残った収監者たちにしがみついていた。収監者には最後の役割があった——人質である。ベルゲン＝ベルゼンはドイツ領の土地に最後まで残った強制収容所のひとつだった。グスタフが着いたころには、数千人のために造られた収容所が良識も道理も無視してふくれあがり、飢えや病気で毎月何千人もが——二月に七千人、三月に一万八千人、四月のはじめだけで九千人――死んでいたが、それでも生存人口は六万人以上にのぼり、発疹チフスが蔓延するなか、死体の山の上で生活していた。ヒムラーはその異常な思考のなかで、収監者たちを救っている気になっていた。ユダヤ人にどれだけ慈悲深いかを見せて連合国に取り入ろうとしているつもりで、大量虐殺を主導しているとは自覚していなかった。[6]

グスタフをはじめとするエルリッヒの生き残りは、その煮えたぎる人混みのなかへ追いやられた。旅を生き延びられなかった者も多く、いつものように列車から死体の積み荷がいくつもおろされた。生き延びた者が駅から収容所へ行進していたとき、驚くべきことが起こった。恐ろしくもあり、すばらしくもある出来事だ。亡霊の隊列が、同じ方向へ行進する別の隊列と出くわしたのだった。それはハンガリーのユダヤ人たちで、男も女も子供も、みな飢えてひどい状態だった。エルリッヒの生存者も多くがハンガリー人であり、驚くグスタフの目の前で、ひとり、またひとりと、つぎつぎに互いの列のなかに知り合いを見つけていった。人々は隊列を崩して駆けだし、名前を呼んでいる。友人、母、姉妹、父、子供。長く引き離され、死んだと思いこんでいた愛する人々との、ベルゼンへの道での再会。幸せでありながらも悲痛な出来事で、グスタフは目にしたものをことばで表現できなかった――〝あのような再会が現実に起こりうるなんて〟。ティニやヘルタやフリッツとまた会えるなら、なんでも差し出す。だが、ここではそれはありえなかった。

もはや錨も試金石もなく、たしかなものなど何ひとつない。収容所網までが崩壊していた。ベルゼンはほじけそうなほど人であふれ返り、ミッテルバウの収容所群から到着した一万五千人は追い返された。護送にあたったSSが収監者のために見つけた宿所は、近くのベルゼンとホーネのあいだにある、ドイツ国防軍機甲部隊の訓練所内に位置していた。訓練所の兵舎は、あふれた収監者のための臨時の収容所としてベルゼン第二収容所と呼ばれ、移送に同行していたフランツ・ヘスラーSS中尉が指揮をとった。[7] 顎が突き出して口もとがくぼんだ、悪党のような風貌のこの男は、ミッテルバウに来る前、アウシュヴィッツ＝ビルケナウの女性用区画のひとつを指揮し、選抜やガス処刑や数えきれないほど多くの個別の殺人にかかわっていた。モノヴィッツの売春宿へ〝志願〟する女たちを選んだのもヘスラーだった。[8]

機甲訓練所に来たことで、収監者たちの置かれた環境は改善された。森のなかに、清潔で風通しのよい白い建物が、舗装された広場を囲むように並んでいた。ドイツ国防軍の面々――いまではハンガリーの一連隊――が、収監者たちを管理するＳＳの補助にあたった。

食料の配給は質の面では向上したものの、量は惨めなほど不足していた。グスタフたちは兵舎の厨房の外にあるごみ入れからジャガイモやカブの皮をあさることまでした――〝空腹が和らぐならなんでもいい〟と日記に書いている。

これまでの収容所生活で、ここまで詰めこまれた人々も、ここまで大規模でどうしようもない飢えも目にしたことがなかった。あれだけのことを乗り越えてきたというのに、ここベルゲンで、グスタフを支えつづけてきた信念がついに揺らぎはじめた。自分の何が特別だというのか。何百万人もが脱落しているのに、自分が最後までたどり着けるはずがあろうか。

ＳＳとは別の意味で、ハンガリー軍は同じくらい残虐だった。将校たちの多くは身だしなみがよく、髪をポマードでなでつけていて、その一方で部下のほとんどは無学だ。将校たちはそういう者たちに、ＳＳとは比べ物にならないほど濃厚な反ユダヤ主義のファシスト思想を吹きこんでいた。冷酷な兵士たちは遊びで収監者を銃殺した。おもな任務は厨房の警備で、兵舎のあいだにある広場に立っては、ごみをあさりにきた収監者に発砲し、何十人もを殺した。[9]ナチスの思想に不可解なほど傾倒している者もいた。ある兵士はユダヤ人の女に、ユダヤ民族を絶滅させる仕事が成しとげられなかったのは残念だと語り、ヒトラーがかならず復帰して〝ふたたびわれらと肩を並べて戦う〟と告げたという。[10]

ベルゼン第二収容所での最初の夜、グスタフは建物の上階でひと晩じゅう起きていた。南では、暗い空がオレンジ色に輝いている。町――二十キロほど先にあるツェレかもしれない――が燃えているらしい。見ているあいだにも光がひらめき、爆発が起こった。あれは空襲ではない――前線の戦闘だ。[11]沈んでいた心が浮き立ちはじめた。〝もうまもなく解放が訪れると思うようになった――そして信念を取りもどした。神はわれわれを見捨てはしない、となおも自分に言い聞かせた〟

二日後の四月十二日、地元のドイツ国防軍の司令官たちがイギリス軍に連絡をとり、ベルゲン＝ベルゼンの平和的降伏について交渉した。蔓延する発疹チフスを封じこめるため、収容所のまわり数キロの区域が中立地帯となった。

兵舎にいたグスタフは、ハンガリー軍の兵士たちが中立を示す白い腕章を着けはじめたことに気づいた。ＳＳのなかにまで同じようにしている者がいる――グスタフがアウシュヴィッツで〝闘犬のひとり〟として知っていた収容所指揮官のゾマーＳＳ伍長もだ。収監者は無血でイギリス軍へ引き渡されるようだった。〝もう頃合だった〟グスタフは書いた。ＳＳは〝イギリス軍の明かりの下でわれわれをサン・バルテルミの夜のように虐殺しようとしていたが、ハンガリー人大佐はそんなものに手を貸したいと思わず、われわれを放っておいた〟

四月十四日、彼方にあるイギリス軍の戦車がはじめてグスタフの目に留まった。知らせは兵舎じゅうに広まって喜びを巻き起こし、お祭り騒ぎはひと晩じゅうつづいた。

חברים

友人たち

ヴィンゼンの町を進む戦車が金属音と低いとどろきを響かせるなか、イギリス軍のデリック・シントン大尉は懸命に声を届けようとしていた。第二十三軽騎兵連隊の装甲車に追いつこうと急いでやってきて、ようやく連隊の情報将校を見つけ、行軍の喧騒に負けじと声をあげて、特別任務のことを知らせようとしている。

デリック・シントンは軍の諜報部隊に属する第十四拡声部隊の司令官だった。拡声器を積んだ軽トラックを擁するこの部隊の役目は、情報やプロパガンダをひろめることだ。シントンが受けた命令は、ベルゲン＝ベルゼン収容所を囲む中立地帯の設置にあたる第六十三対戦車連隊の先遣隊に同行せよというものだった。収監者たち――イギリス軍は公式には〝被収容者〟と呼んでいた――は病気の可能性ゆえ、この地帯を離れることは許されない。シントン大尉の差し迫った任務は、収容所を見つけて必要な告知を収監者たちに伝えることだ。ドイツ語が話せるので、中立地帯の総指揮にあたる第六十三連隊のタイラー中佐のために通訳もしていた。[12]

車輪の騒音とエンジンの轟音のなか、戦車の砲塔から身を乗り出して耳に手をあてた軽騎兵隊の将校に向かって、シントンはできるかぎりの大声で以上のことを説明した。将校はうなずいて、シントンに隊列に加わるよう言った。シントンは急いで座席にもどって運転手に合図し、道へ出て装甲車の流れに加わった。

隊列はヴィンゼンを越えて、開けた田舎を通り、やがて深いモミの森にはいると、木々の強烈な香りが排気ガスや焦げくさいにおいと混じるのを感じた。歩兵隊が火炎放射器で道端の下草を燃やしている。ドイツ軍の対戦車兵器や狙撃手が隠れているのを警戒してのことだ。

道の少し先に、はじめて警告の看板――〝発疹チフス危険〟――が見えた。中立地帯との境界線の目印だ。ふたりのドイツ軍下士官が、へたな英語で記されたメモを渡してきた。ベルゲン＝ベルゼンでドイツ国防軍の司令官と会うようにと書いてある。

道が東へ曲がると、収容所が見えた――道路脇の森のなかに、高い鉄条網と監視塔の囲いがある。門で出迎えた小さな一団は敵の将校たちで、みな上等な服を着ている。ひとりはドイツ国防軍の灰緑色の軍服姿だ。ひとりはカーキの軍服にたくさんの勲章をつけたハンガリー軍の大尉。そしてもうひとりは大柄で肉づきのよい顔のSS将校で、サルのような顎と頰の傷跡から、元収容所司令官のヨーゼフ・クラマーSS大尉だとわかった。

タイラー中佐の到着を待つあいだに、シントンはクラマーと礼儀正しく会話をはじめ、収容所には何人収監者がいるのかと尋ねた。クラマーは四万人と答え、さらに一万五千人が道の先にある第二収容所にいると言った。それはどういう収監者なのですか？　〝累犯者と同性愛者ですよ〟そう言いながら、クラマーはイギリス人を盗み見た。シントンは何も言わなかったが、のちに〝それは不完全な物言いだと信じられる根拠があった〟と述べている。[13]

幸いにも、タイラー中佐のジープが到着し、ふたりの会話は打ち切られた。中佐はシントンに中へはいって告知をするよう命じ、それから轟音を立ててベルゲンへ向かった。シントンはクラマーを誘って拡声器つきトラックの踏み板に乗せ、門を抜けて奥へ走った。

強制収容所のなかはどんな様子かとシントンは何度も思い描こうとしてきたが、そこは想像とまったくちがっていた。中央を一本の道が通り、両側に分かれた収容区画には木造の宿舎ブロックが並んでいる。敷地には〝排泄物のにおい〟が満ち、シントンは動物園の〝サル小屋のにおい〟を連想したという。〝低い建物のあいだには悲しく気の滅入る煙が、地を這う霧のように流れていた〟興奮した収監者たちが〝鉄条網に集まっていて……頭部を剃られ、忌まわしい縞模様の受刑者服を着て、人間性を奪われたように見えた〟シントンはノルマンディー以来、さまざまな人々が解放に感謝するところを見てきたが、この衰弱して骸骨と化した亡霊たちから歓声を浴びたときについてはこう述べている。〝かつてポーランドの将校、ウクライナの農民、ブダペストの医師、フランスの学生だった人たちが悲惨な状態で寄せ集められているのを見ていると、感情を掻き立てられ、涙を抑えなくてはならなかった〟[14]

シントンはときどきトラックを停めて、拡声器で告知を伝えた。収容所区域はイギリス軍の管理下で隔離される。ＳＳは支配権を放棄し、このあと撤退する。ハンガリー連隊は残るが、イギリス軍の直接指揮下にはいる。収監者は発疹チフスを蔓延させる危険があるため、この地域を出てはならない。食料と医療品は大至急収容所へ運ばれていた。

　喜びに満ちた収監者たちが収容区画からあふれ出し、トラックを囲んだ。クラマーは怯え、ハンガリー兵のひとりは収監者たちのすぐ頭上に発砲しはじめた。シントンはトラックから跳びおりた。「撃つな!」リボルバーを抜きながら命令すると、兵士はライフルをおろした。ところがそのとたん、驚いたことに、収監者服を着て棍棒を手にした男たちの一団が駆けてきて、群衆のあいだで恐ろしいほど残忍にその兵士を打ち据えはじめた。

　正門にもどったシントンはクラマーに言った。「みごとに地獄を作ったものですね」[15] この短い視察でシントンが目にしたのは生き延びた群衆だけで、一日か二日経ってからようやく、埋葬穴や焼却場や、何千もの痩せ細った裸の死体が積みあげられた場所に出くわすことになる。

　シントンは門から出ると、同じ告知を繰り返すために、トラックを第二収容所へ向かわせた。

אבא
父

　グスタフが遠くに戦車を見つけてから一日経った。イギリス軍の隊列はようやくベルゲンの大通りをやってきたが、収容所には見向きもせず通り過ぎていった。たいしたことは起こりそうもない。その後、拡声器を積んだトラックが第二収容所へやってきた。収監者たちは集まってイギリス軍将校の告知を聞き、将校の声を掻き消すほどの歓声をあげた。

第二収容所の収監者たちはひどい状態にあったが、基幹収容所の者たちと比べればずっとましだった。まだ力が残っていて、怒りをかかえている。シントン大尉のトラックが去った瞬間、リンチがはじまった。

怒りの強さでも数でもまさる何百人もの男たちが、自分たちを拷問してきた者たちを見つけ出した。グスタフ――この上なく親切で穏やかな人間――は、SS監視兵や緑三角印のブロック古参たちが吊られ、殴り殺されるのを冷めた目でながめていた。アウシュヴィッツ＝モノヴィッツから来た殺人者が少なくともふたり殺されるのを見かけたが、憐れみも良心の呵責も感じなかった。ハンガリー兵たちも止めにはいろうとはしない。その午後に何人かが殺されると、生き残ったSSは自分たちの手で死体を運ばされ、翌日にみずからの手でそれを埋めさせられた。

イギリス軍は少しずつ管理の主導権を握るようになり、生き残った収監者全員を国籍ごとに記録した。ベルゲン＝ベルゼン収容所は難民キャンプと化し、収監者たちは送還に備えるよう言われた。グスタフはハンガリーのユダヤ人たちとともに残った。よい仲間がたくさんでき、部屋の代表にも選ばれた。

それは解放でありながら、解放ではなかった。収監者たちはもう、SSに虐げられてはいない。イギリス軍がもたらした食料と医療品のおかげで食には不自由せず、健康を回復しつつある（ただし、収監者の状態があまりにひどかった基幹収容所では、解放後の数週間で何千人もが死んだ）。だが、まだ収監者であることに変わりはなかった。だれひとり外へ出すなというイギリス軍からの命令を、ハンガリー兵たちは忠実に遂行した。第二収容所にかぎって言えば、隔離はばかげた仕打ちだった――発疹チフス患者などいないし、収監者を閉じこめる必要もない。グスタフは長年経験していなかった自由を待ち焦がれ、苛立ちはじめた。

ベルゼンの解放は世界じゅうで大きく伝えられた。ニュース映画やラジオで報道され、新聞にはこの話が満載となった。ヨーロッパ各国やアメリカでは、ナチスに囚われた人々の親族が情報を求めて懸命に嘆願を送った。第二収容所にもときどきシントン大尉の拡声器つきトラックがやってきて、家族から問い合わせがあった者の名前を知らせてまわった。[16]

グスタフはエーディトとクルトのことを思った。娘とは一九三九年はじめにイギリスへ去って以来会っておらず、開戦以降はなんの便りもない。クルトとも一九四一年十二月以降は音信不通だ。グスタフは居場所とブロック番号を書いた手紙をエーディトに宛てて書き、それを——ほかの何万の収監者の手紙とともに——イギリスの管理局に託した。[17]

基幹収容所では医療スタッフがひとりでも多くの命を救おうと奮闘していた。目にしただけで心を打ち砕かれる光景がそこにあった。数えきれないほど積みあげられた死体を材木か何かのように踏みつけながら、半死半生の者たちが歩きまわり、死体の山に背を預けて腰をおろして残飯を食べていた。[18]何十メートルもある深い溝が掘られた。SS監視兵たちは生存者からの悪態や罵声を浴びながら死者を手で運び、穴へ入れさせられた。数人のSSが森へ逃げようとしたが撃ち殺され、その死体もほかのSSが引きずりもどすことになった。死んだSSも収監者の犠牲者といっしょに穴へはいった。[19]やがて、とうてい無理な作業だと判明した。死体はあまりに多く、腐敗したものはブルドーザーで穴へ押しこむしかない。最後の死体が埋められるまで、二週間近くかかった。[20]

第二収容所は病院となり、その清潔で造りのしっかりした建物へ第一収容所の生存者が移されてきた。不潔で老朽化した第一収容所の木造宿舎は、無人になったあと、火炎放射器で焼き払われた。

医療団にいたあるイギリス人看護師は、恥ずかしさと自責の念をいだいた。このような収容所があることは一九三四年にはすでに聞いていたのに、これほどのものだとはまったく思わなかったし、思いたくもなかった。その看護師と同僚たちは、〝ベルゼンにいると、いちばん責めを負うべきドイツ人たちへの冷たい怒りが日々強まっていった〟と語っている。[21]虐待され、尊厳を傷つけられるなかで、多くの生存者が獣同然になっているのを見て衝撃を受けた者もいた。人々は食べ物をめぐって争い、便器として使う器をぼろ布で拭いて食事に使っていたという[22]。

基幹収容所から収監者が流れこんだせいで、グスタフたちミッテルバウの生き残りは問題に直面した。すぐ近くに発疹チフスが持ちこまれたのだ。感染者のいる建物は封鎖されたが、新しい収監者が来たことで兵舎じゅうに感染がひろまる危険性が増したのはたしかだった。

グスタフは、この呪われた恐ろしい場所からなんとしても抜け出したい、とますます強く思うようになった。

解放から十日後、送還者を乗せた列車が出発を許され、フランス、ベルギー、オランダ出身の生存者の一部を運んでいった。すでに解放された国だけを通って帰れる人々だ。ドイツやオーストリアなど、交戦地帯やまだドイツが掌握する土地の出身者は、なおも待つほかない。グスタフは去っていく者たちを見てうらやましく思いながら、日に日に忍耐を磨り減らしていった。それが無意味なのもオーストリアがまだ解放されていないのもわかっていたが、何が起ころうと帰郷すると心に決めていた。いまごろフリッツは、ウィーンで自分を待っているにちがいない。どうにかしてフリッツのもとへ帰りたい、少なくとも監禁からは解き放たれたいと願っていた。

四月三十日の朝、グスタフは機を見て出発した。わずかな所持品と少しの食料を持って建物を抜け出し、舗装された小道をたどって広い道へ向かった。

ひとりのハンガリー兵が前に立ちはだかって、ライフルを構えた。

「どこへ行く気だ」

「家へ」グスタフは言った。「帰らせてもらいます」兵士の目に浮かんだ表情は、これまで何百人ものSS監視兵に見てきたものと同じだった――反ユダヤ主義者がユダヤ人収監者を見るときの表情だ。二週間前まで、この兵士はナチスと肩を並べて戦っていたのだから。グスタフは兵士の脇を通り過ぎようとした。兵士はライフルを振りあげ、銃床でグスタフの胸を打った。グスタフはよろめき、あえいだ。

「もう一度やったら撃つぞ」兵士は言った。

相手が躊躇しないのはじゅうぶん見てとれた。自由を求めることはかなわず、自分は囚われの身だった。

肋骨の打ち身をかばいながら、自分のブロックへもどった。ベルゼンを出るのは思ったよりむずかしそうだ。この問題について、グスタフはウィーン出身の仲間と相談した。ヨーゼフ・ベルガーという男も、なんとかして家へ帰りたがっていた。

その午後、ふたりはひそかに建物を出て、あたりをぶらつきながら歩哨を見守った。ついに待ち望んでいたときが来て、監視兵の勤務時間が終わり、つぎの監視兵と交替した。兵士たちの注意がそれた隙に、グスタフとヨーゼフは駆けだした――今回は道へではなく、収容所の北西端にひろがる林へ向かっていた。

歩哨と歩哨のあいだまで来たとき、ハンガリー語が響き渡り、ライフルの銃声が聞こえた。弾はふたりの頭上をかすめた。もう一発がそばを飛び、ふたりは地面に身を投げ出した。銃弾があたりの芝生を打つ。グスタフとヨーゼフは匍匐《ほふく》前進で先へ進んだ。射撃が途切れると、ふたりはすぐに跳び起きて林へ逃げ、木々を避けたり押しのけたりしながら反対側へ出た。収容所のソ連兵区画を駆け抜けたふたりは、はるか先の森へはいった。

肌寒く水のしたたるケラーバウの穴にはいって数分が経ったが、飛行機の音も爆弾の音も聞こえない。フリッツのまわりにあるのは何万人もの収監者の息づかいと、小声の会話だけだった。時は刻々と過ぎた。トンネルの外では、SSの機関銃隊がいまにも起ころうとしている爆発を待って警戒していた。

数分がやがて数時間になった。このような立ちっぱなしには長い点呼で慣れていたので、収監者たちは気にも留めなかった。たぶん誤報だろう。何はともあれ、労働は免れた。多くの収監者はこのトンネルへ入れられたほんとうの理由を知ることがなく、これほど長く立たされる原因となった問題に気づくこともなかった。収監者たちの頭上で起こっていた出来事はひっそりとベールで覆われ、全貌が明らかになることはなかった。

入口のまわりに仕掛けられた爆薬は反応しなかった。のちに責任者のパウル・ヴォルフラムは、起爆装置をはずした爆弾や機雷を部下に設置させ、殺害計画をわざと妨害したのだったと述べた。けれども、それではほかの爆薬についての説明がつかない。ツィライス司令官は――作戦のあいだ、ほぼずっと酔っぱらっていたのに――この一連の仕事に疑念を持っていたと主張している。だが、生きて帰った者たちの一部が聞いた噂では、ポーランド出身で電気技師のヴワドフスワーファ・パロンカという収監者が起爆装置の導線を見つけて切断したということだった。[23]

午後四時、警報解除のサイレンが響き、知らぬ間に死へ歩み寄った収監者たちはふたたび外へ歩み出て――頭上に死の宣告があったなどとは思いもせずに――収容所へもどった。計画が成功していたら二万人以上が殺されていた――一度の殺戮の規模としてはヨーロッパ史上最大級となる。[24]

ふたたび点呼と労働の日々がやってきたが、五月一日火曜日、収監者たちは仕事へ送られなかった。いまSSのあいだに流れる空気は、一月半ばにモノヴィッツで感じたのと同じだった。今回、パニックはさらに大きい。SSにはもう、帰還できる帝国は残っていない。マウトハウゼンからの撤退はおこなわれないだろう。

二日後、監視兵全員が収容所から消えた。ナチスの狂信者たちが山中で最後の抗戦に出る一方、残りは軍服を脱いで、各地の都市で民間人のあいだに隠れた。マウトハウゼン＝グーゼンの指揮権はウィーンの民間警察組織へ公式に譲られ、収容所の管理はドイツ空軍にまかされた。手伝いのため、一九四四年に政治囚としてここへ来たウィーン消防隊のひとつの班が駆り出された。[25]

南ではアメリカ軍、イギリス軍、ポーランド軍、インド軍、ニュージーランド軍と、ユダヤ旅団の一部隊からなる軍隊が、イタリアとオーストリアにはさまれた山岳地帯にある国境へ進攻していた。

東では赤軍がオーストリアの国境を越え、四月六日までにウィーンを包囲した。ウィーンに残っていたドイツ軍はとうてい市を防衛できる規模ではなく、包囲戦はすぐに終わった。ソ連軍は四月七日には中心市街地の南部へはいり、三日後にはドイツ軍がレオポルトシュタットから引きあげた。ドナウ川にかかる橋をいくつも奪われ、四月十三日、最後のSS機甲部隊が市を去った。[26] そしてウィーンは解放された。ヒトラーが国民投票をおこない、アンシュルスが承認されてからおよそ七年が経っていた。いまやヒトラーはベルリンの地下壕に閉じこもり、壮大な帝国は血のにじむごく小さな切り株にまで縮んでいる。

連合軍の三つ目の先鋒隊は北西からやってきた。アメリカ軍がバイエルンでドナウ川を渡ったのは四月二十七日のことだ。パットンがドナウ川以北のオーストリアへ送った第十二軍団だった。ドイツ軍は脱走兵を道端の木に吊すほどの覚悟で、[27] 猛然と抵抗した。アメリカ軍はドナウ渓谷を進んでいき、先陣を切ったのは第四十一騎兵偵察大隊の分隊と、第五十五機甲歩兵大隊の小隊だった。リンツの東を探ろうとザンクトゲオルゲンとグーゼンの村にやってきたとき、はじめて収容所を目のあたりにした。

純然たる恐怖という面で、マウトハウゼンとグーゼンはベルゲン＝ベルゼンに匹敵していた。どちらも、あちらこちらの強制収容所から流れ出た汚水の溜め場所になっていた。マウトハウゼンの死者数は月九千人以上にのぼった。解放しにきたアメリカ軍を出迎えたのは歩く死体たちであり、何万もの埋められた、あるいは埋めかけ、燃やしかけの死体のなかで暮らしていた。GIたちの心にいまも残っているのは、その悪臭である。〝死者や死にかけた人間が放つ悪臭、飢えた者たちが放つ悪臭〟ある将校は回想する。〝そうだ。あのにおい、あの悪臭のせいで、死の収容所は鼻孔と記憶に焼きついているよ。マウトハウゼンのにおいは一生鼻に残るだろう〟[28]

アメリカ軍の白い星印のついたオリーブ色の戦車が、雨風にさらされて傷んだ姿で収容所の敷地にはいってきた。グーゼン第一収容所では、シャーマン戦車の上で軍曹が立ちあがり、痩せ細った収監者に向かって英語で叫んだ。「兄弟よ、あなたがたは自由だ！」[29]群衆から各国の国歌が沸き起こり、ドイツ人監視兵の指揮をとっていた国民突撃隊の将校は、自分の剣を軍曹へ差し出した。

フリッツは近くのグーゼン第二収容所にいて、アメリカ軍が到着するのを安堵と満足を覚えながら見ていたが、喜びに包まれることはなかった。祝えるだけの体力も意志の力も残っていない。健康と言えるかどうか、ぎりぎりの状態でここへ来たフリッツは、どれだけ元気な新入りでも平均余命は四か月というこの地獄を三か月も耐え抜いていた。かろうじて生きているような状態で、骨と皮だけになり、疱と傷に覆われている。マウトハウゼン＝グーゼンに仲間と呼べるような者はなく、ただともに苦しむ人たちがいるだけだった。〝あそこでは完全に打ちのめされた〟フリッツはのちに書いている。[30]ひどく衰弱し、病んでいたフリッツは家へ帰れる状態ではなかった――もし帰る家があったとしても。だれよりも恋しいのは父だが、別れたあとにどうなったか、見当もつかなかった。

אבא
父

一キロほど行ったところで、グスタフとヨーゼフは立ち止まって息をついた。耳を澄ましたが、追ってくる者の音はなく、鳥の歌声と森のくぐもった静けさがあるだけだ。ふたりは腰をおろして休んだ。グスタフはあたりを見まわし、空を仰いで、モミの木のにおう空気を吸いこんだ。その香りだけでうれしくなった。解放の香りだ。〝ついに自由だ！〟グスタフは日記に書いた。〝このあたりの空気は、ことばでは言い表せない〟もう何年も感じたことのない、死や重労働にも、不潔な人々の悪臭にも穢されていない空気だ。

まだ安全とは言えない。東には前線があるので、しばらくは故郷に背を向けて、森を北西へ進むことにした。

午後から夜にかけて歩きつづけ、森に散在する小さな集落の横を何度か通り過ぎた――住んでいるのはドイツ人だから、こちらから助けを求める危険は冒せない。二十キロほど歩いてようやく森を抜け、小さなオスターハイデ村に出た。村はずれの大きな捕虜収容所――スタラグXI――は、イギリス軍によってベルゼンの翌日に解放されていた。[31] 数日前に退去がおこなわれていたが、まだソ連兵捕虜が残っていて、旅するウィーン人たちをひと晩泊め、食事をくれた。

翌朝、グスタフとヨーゼフはバートファリングボステルに着いた。気持ちのよいその温泉町は、難民と兵士でごった返していた。ふたりはイギリス軍当局に出向いたが、すぐには何もできないので難民キャンプへ行くように言われた。ドイツ人市長のもとへ行くと、事がむしろうまく運び、ホテルの部屋を割りあてられて、食料の配給も手に入れた。

グスタフはブロックマンという地元の椅子張り職人のもとで馬具職人として一週間働くことになった。賃金はまずまずで、七年ぶりにまともな市民として扱われた。苦難の経験から回復する第一歩だ。ホテルの部屋で、グスタフは最初期から携えてきた小さな緑の手帳を取り出した。はじめのページにこう書かれている。〝一九三九年十月二日、ブーヘンヴァルトに着く。列車で二日間の旅だった。ヴァイマール駅から収容所まで走ってきて……〟

グスタフの収容生活の記録はそうはじまっていた。いま、グスタフは解放について書いていった。〝ようやく自由な人間として、思いどおりのことができる〟グスタフは書いた。〝唯一気がかりなのは、故郷の家族の消息がわからないことだ〟

その悩みは、ナチス政権の残党が故郷とのあいだで戦いつづけているかぎり、グスタフを苦しめつづけることになった。

21 故郷への長旅

משפחה
家族

エーディトは正面の窓の前に立ち、郵便配達人が自転車で坂をのぼってくるのを見つめていた。このスプリング・マンションという立派な名前の屋敷——三階建ての上品なヴィクトリア様式の邸宅で、いまはいくつかのアパートメントに分かれている——は、クリックルウッド地区のゴンダー・ガーデンズ通りの角にあり、ロンドンの半分が見渡せる。線路の向こうにあるキルバーン街道はウェストミンスターまでまっすぐつづいている。

隣で景色をながめているのは幼いピーターだ。少し前までグロスターの近くの農場へ疎開していたが、両親のもとへもどってきた。ピーターがいないあいだに両親と妹のジョーンはリーズを離れ、ロンドンのこの小さな部屋へ引っ越してきた。母から見ると、ピーターはまるで他人だった——生まれも話し方も完璧なイギリス人だ。この国ではドイツにまつわるすべてが敵視されるので、エーディトとリヒャルトは、家でも英語しか話さなかった。

郵便配達人は自転車を垣根にもたせかけ、郵便受けへ手紙の束を入れた。エーディトは下へおり、マットから手紙を拾った。ほかの住人宛の封筒をめくっていくと、〝Ｆｒ・エーディト・クラインマン〟宛の手紙が一通あった。リーズのブロストフ夫人宅にはじまり、いくつかの住所が線で消されている。エーディトは封筒を破ってあけた。

ピーターの耳に、母が階段を駆けあがる音と、息を切らして父を呼ぶ声が飛びこんだ。なぜあんなに興奮しているのか。母はただ何度も繰り返していた。お父さんが生きていた、生きていた、と。信じられないような話だった。もう長いあいだ、エーディトは家族に何が起こったのかを知らずにいた。父とフリッツがブーヘンヴァルトへ行ったことはクルトから聞いていたが、それだけだった。ベルゼンを撮った恐ろしいニュース映画はだれもが観ていて、ＢＢＣの放送でも聞いていた——お父さんがあんな場所で生き延びたなんて！

エーディトはすぐにクルトへ手紙を書いた。サム・バーネット判事がふたりのために政界のあらゆる人脈を駆使し、父と連絡をとる方法を探ってくれた。[1] 数週間が経っても、それ以上グスタフから連絡が来ることはなかった。まるで、自分がいることを知らせたきり、忽然と消え去ったかのようだった。

בן　息子

解放のあと、アメリカ軍はマウトハウゼンとグーゼンの生存者に医療支援をおこなった。はじめの何日かで、手の施しようがなかった人々が数えきれないほど死んでいった。

フリッツ・クラインマンは深刻な状態にあったが、命にしがみついている者のなかにいた。健康診断がはじまったとき、フリッツの面談を担当したアメリカ軍将校は、自分もウィーンのレオポルトシュタットの生まれだと言った。このつながりに気をよくした将校は、フリッツを緊急後送の優先枠に入れてくれた。

送られた先は、バイエルン南部のレーゲンスブルクだった。この古く美しい都市に、アメリカ軍は軍病院を設置していた。フリッツの到着と同時に、ドイツ降伏の知らせが届いた。ヒトラーとヒムラーは死に、ヨーロッパの戦争は終わった。

第百七後送病院のあるテントや建物は、レーゲン川がドナウ川に流れこむ場所に位置していた。到着手続きをしたフリッツはかろうじて生きているという状態で、体重は三十六キロと記録されている。[2] これまで惨事や奇跡や災難を経験しつつ五年半にわたって死を逃れてきたが、ついに命が消えかかっていた。

病院のテントで簡易ベッドに横たわったフリッツは、一九三八年三月のあの日、ドイツ空軍がウィーンじゅうにビラの吹雪を降らせたときにはじまった苦難が終わったことを実感した。

とはいえ、ほんとうの終わりではない。あの日はじまった旅を完全に終えるには、ウィーンへ帰ってたしかめなくてはならない。まだそこは自分の故郷なのか——そして何より、父が生き延びたかどうかを。悪夢については——そう、命と記憶が残るかぎり終わるはずはない。死者が生き返ることはなく、生還者は傷を負っている。その数と歴史は永遠の記念碑として残るだろう。

未来のことは脇へ置き、フリッツは体力を取りもどすことに専念した。医師たちがくれた食べ物はクッキーとミルクプディングと、力をつけるための得体の知れない混合物だった。体重は二週間で十キロ増えた。まだひどい痩せ方だが、旅に出られるだけの力はついた気がするし、故郷が呼んでいるのも感じていた。病院は移転の準備中で、退院したいという願いは聞き入れられた。フリッツはレーゲンスブルクの市役所へ行って民間人の衣服を支給され、オーストリアへの送還者名簿に登録した。

五月末、フリッツはリンツを抜けてアメリカ軍とソ連軍の境界線に着いた。ドナウ川の南側で、マウトハウゼンやグーゼンとは反対側にあたる。ザンクトファレンティンで列車に乗った。またしても、アムシュテッテンとブリンデンマルクトとザンクトペルテンを抜ける列車の旅だ。今回は何にも邪魔されなかった。

一九四五年五月二十八日の月曜日、ついにフリッツはウィーンの地を踏んだ。ブーヘンヴァルト行きの列車に乗って以来、五年七か月二十八日ぶりである。列車が停まったウィーン西駅は、ちょうどフリッツが出発した場所だった。のちにフリッツは、あのとき列車にいた千三十五人のユダヤ人のうち、二十六人しか生き延びなかったことを知る。

そのころの戦闘で、ウィーンはベルリンほど大きな被害は受けなかった。包囲戦は短く、無差別な破壊行為も起こっていない。ほぼ過去のまま残っている区域もいくつかある。だが、駅から市街地へ向かったフリッツは、たまたま特に激しい攻撃を受けた道筋を通り、ウィーンは破壊しつくされたのだと錯覚して胸を痛めた。

夏の夜闇が通りを覆いつつあるころ、ドナウ運河に着いた。レオポルトシュタット側の岸にある建物は爆撃でひどく損傷し、かつて立派だったザルツォール橋もぎざぎざの根元が岸から突き出しているだけだった。フリッツは別の場所で運河を渡り、やがてカルメリター市場に着いた。

露店は片づけられ、何も置かれていない石畳は、遠い昔の夕方、フリッツと遊び友達が警察官の目を盗んでぼろ布のボールを蹴ったり、街灯にのぼって点灯係に追い払われたりしていたころのままだった。クリームケーキや、ピンクの包みにはいったマンナーシュニッテンというウェハースや、パンの耳やソーセージの切れ端を、フリッツは覚えていた。ユダヤ人と非ユダヤ人が肩を並べて店や露店を出し、憎しみも敵意も持たずに商売を営んでいたものだ。子供たちは駆けまわり、笑い合うひとつの集団として遊んでいた。いまや、この土地に活気を与えていたものの半分が失われた。灰となった者がアウシュヴィッツの炉からヴィスワ川を流れてくる。骨となってマリー・トロスティネッツの松葉に覆われた土に埋もれた者もいれば、世界各地――パレスチナ、イギリス、南北アメリカ、極東――へ散った者もいる。フリッツのようにカルメリター市場へもどれた人間はひと握りしかいない。[3]

フリッツがイム・ヴェルト通りの古いアパートメントへもどると、外の扉には鍵がかかっていた。ソ連の当局が午後八時以降の夜間外出禁止令を出したせいだ。フリッツが扉を叩くと、出てきたのは建物の管理人のツィーグラーだった。ツィーグラーは驚いた顔でフリッツを出迎えた。だれもが、フリッツと父は死んだものと考えていた。

中へはいれたものの、以前の部屋へあがらせてはもらえなかった。そこには爆撃で家を失った新しい人たちが住んでいる。クラインマン家の人はもうここにはいない。

ウィーンにもどった最初の夜、フリッツはツィーグラーの家の床で寝た。翌朝起きて外へ出ると、帰還の知らせが伝わっていた。「クラインマン家の息子が帰ってきた」人々は驚いて教え合った。

その朝、オルガ・シュタイスカルをはじめとする父の友人とは会えなかったが、オリーのアパートメントがある建物の管理人、ヨーゼファ・ヒルシュラーと出くわした。ヨーゼファはフリッツをあたたかく迎え、ウィーンでのはじめての朝食を彼女と、そしてフリッツの友人でもある子供たちといっしょにとらないかと誘った。オーストリアを横切る旅で体が汚れていたフリッツは、ヨーゼファに言われて裏庭で全身を洗うことにした。そこでは湯のはいった容器がフリッツを待っていた。

顔を洗い、首をこすっていると、新たな人生がはじまるのが感じられた。しかし、それは家族もなく、ひとりきりで送る人生だ。弟はアメリカ、姉はイギリスにいる。母とヘルタは去り、東部で死んだのはほぼまちがいない……。父も別れた時点で死が近そうだったから、望み薄だ。〝お父さんのことは忘れるしかない〟……ロベルト・ジーヴェルトのことばがついに、道の終わりまで来たいま、現実になるのだろうか。もし何かの奇跡で父が生き延びていたとしても、いったいどこにいるのだろうか。

グスタフはバートファリングボステルでの生活に満足していた。仕事があり、しっかり食べられる。アーヘン出身のドイツ人の女と仲よくなり、その女から追加の食べ物をもらってもいた。また、グスタフは元捕虜のセルビア軍将校たちのためにリュックサックを作っていた。補給品がたっぷりあるらしく、将校たちは煙草を大量にくれた。[4]

〝ずいぶん力がついた気がする〟そう書きながら、こうも書いた。〝ああ、息子のいるウィーンへ帰れたらよいのに〟列車から跳びおりたフリッツが家に帰り着いたと信じて疑わなかった。

バートファリングボステルには、ほかにもウィーン人が何人か流れ着き、小さな共同体ができた。戦争がついに終わると、グスタフと新たな友人たちはようやく故郷への長旅に出た。

ゆっくりと進みながら、適当なところで食べ物と宿を見つけ、ヒルデスハイムの南にある山がちな森林地帯を抜けた。グスタフはのんびりした旅を楽しみ、自由と美しい景色を味わった。アルフェルトの町では、ブーヘンヴァルトで政治囚だった旧友と偶然出くわした。いまでは、なんと警察署長になっているという。この先に待つ長旅のことを話すと、旧友は自転車をくれた。

進みは速まり、五月二十日、一行はザクセン州のハレに着いた。そこにもモノヴィッツやブーヘンヴァルトでの元収監者仲間が何人もいた。ブーヘンヴァルト出身者のなかには、よき友でありフリッツの師でもあったロベルト・ジーヴェルトもいた。ジーヴェルトは終戦まで生き延び、懐かしの故郷で共産党の再建をはじめるべく帰ったのだった。

ハレは強制収容所の生還者の集合場所も同然になっていたので、グスタフはしばらく滞在することにした。よく面倒を見てもらえ、食べ物もじゅうぶんで、オーストリア人委員会も昔からある。ロベルト・ジーヴェルトがブーヘンヴァルトの実態についての公開講演をおこなった——記憶を存続させるという、生涯をかけた大仕事のはじまりだった。

ハレで一か月過ごしたあと、一行は旅を再開した。バイエルンを自転車で走りながら、グスタフは自然の美しさに歓喜した。〝このあたりはすばらしい〟たびたびはさまった休憩のときにこう書いている。〝どちらを向いても山しかない。生まれ変わった気分だ〟

六月下旬にレーゲンスブルクに着き、七月二日にパッサウでドナウ川にかかる橋を渡った。正午を知らせる教会の鐘の音に迎えられた。

流浪の身のオーストリア人たちがリンツに着いたころには、日が暮れて雨が降っていた。宿をさがすには遅すぎたので、その夜は防空壕で過ごした。配給カードを受けとった一行は、市内で数日過ごした。

故郷の国に足を踏み入れ、ウィーンまで列車一本というところへ来たにもかかわらず、グスタフの足どりはまた遅くなっていた。ここまで長旅をしてきたのだから、急いで帰らなくてもよい気がしてきた。旅は楽しかった。それに、日記には書かれていないが、つらい知らせが待っているかもしれないという不安も心の奥にあったにちがいない。ティニやヘルタの身に何が起こったのかがわからないのもあるが、もし自分の信じるところがまちがっていて、フリッツがウィーンにいなかったらどうする？

何より、グスタフは自由を楽しんでいた。すべてから解放されて、責任も不安も恐怖も感じずに好きなところへ行き、好きなだけ景色や花の香りを満喫できるのは——収容所へ行ってからだけでなく、これまで生きてきたなかでも——はじめてだった。

ある日、天気がよかったので、仲間のひとりとともに日帰りで山々へ出かけた。[5] ふと気が向いてマウトハウゼンの村へ行くと、そこにはアウシュヴィッツ収容所の元収監者仲間ヴァルター・ペツォールトがいて、ここでもまた警察署長をしていた。丘をのぼって強制収容所を見ると、いまや打ち捨てられたものものしい石の囲いがあった。グスタフはアウシュヴィッツからの移送列車が追い返された場所を見たいと思っていた。フリッツが三か月近くもそこで過ごし、死にかけたことを仮に知っていたら、見え方はちがっていたかもしれない。

七月十一日にはじめて〝緑の境界線〟を越え、アメリカ軍の占領区からソ連軍の占領区へはいった。ソ連兵たちは〝われわれ強制収容所からの生還者に非常に親切〟だった。七月の後半から八月にかけてはオーストリア中央部にとどまり、夏が終わりに近づくころになってようやく、故郷へ向かう最後の道のりへと自転車を進めた。

九月のある日、グスタフ・クラインマンはウィーンへはいった。破壊の跡があり、美しい公園には高射砲塔がそびえているが、よく知っている場所はすべて見える。カルメリタ―市場はまだそこにあり、その隣のイム・ヴェルト通りにはアパートメントのはいった建物が並んでいる。以前グスタフの工房があった一一番地の一階には新しい借り手がついていた。グスタフは九番地へ行き、三階まであがって、オリーのアパートメントの扉を叩いた。すると、そこにオリーがいた。大切な真の友はグスタフを驚愕の目で見つめ、それからわれに返って、大喜びで家へ迎え入れてくれた。

あと足りないのはひとつだけだったが、その問題もすぐに解決した。最も会いたかった人物は、同じ建物の一室でひとりで暮らしていた。グスタフの誇りであり喜びでもある、いとしい息子。グスタフはフリッツを抱きしめ、いっしょに喜びの涙を流した。

故郷に帰り、ふたりは再会を果たした。

エピローグ　ユダヤ人の血

ウィーン、一九五四年六月

ひとりのアメリカ軍ＧＩが、ドナウ運河の向こうのレオポルトシュタットを見つめていた。礼装軍服に身を包み、袖には上等兵の山形袖章をつけている。所属する第一歩兵師団は、Ｄデイ〔ノルマンディー上陸作戦が開始された一九四四年六月六日〕にオマハ・ビーチへ最初に上陸した部隊のひとつだ。この兵士はまだ若く、あの日、あの場所にはいなかった。一九四四年当時はまだ学生だった。いまでは背が伸び、アメリカ兵の典型そのものだ。バイエルンに駐在するこの兵士は一週間の休暇を利用し、自分の生まれ故郷であるウィーンを見にやってきた。

市街には見覚えがあるが、以前のままではない――息を吹き返し、傷を癒やしつつあるところだ。兵士はソ連軍の検問所へ行き、身分証を見せた。通るよう手を振られて外へ出ると、幅の広いアウガルテン橋を渡った。橋のすぐ先にあるロッサウアー兵営は帝国時代の堂々たる施設で、両親は一九一七年にここで結婚した。

見覚えのある建物の多くに傷跡があり、修復中で足場に覆われたものもある。だが、レオポルトシュタットはまだ原形をとどめていた。この場所は、ここを出た日に劣らず鮮やかに脳裏に残っている。あれからどれだけ人生が変わり、どれだけ人生によって変えられてきたことか。高校を出たあと、大学へ進学して薬理学を学び、一九五三年に徴兵された。そしていま、クルト・クラインマン上等兵はここへ帰ってきた。

　クルトはいまや、ウィーン育ちであるのと同じくらいアメリカ育ちでもあった。アメリカには家族がいる――苗字以外のあらゆる面で家族となったバーネット一家はもちろんだが、いまではエーディトもコネチカット州に住んでいる。エーディトとリヒャルトは戦後三年間ロンドンで暮らしたあと、ついに陰鬱で貧しいイギリスを捨て去った。パルテンホッファー一家がアメリカの生活に馴染むのは早かった。到着したとき、ピーターとジョーン――八歳と六歳――は（ニューベッドフォードの新聞によると）〝オックスフォード訛り〟で話すイギリスの子供たちだったが、それも長くはつづかなかった。新天地に溶けこむと心に決めたリヒャルトとエーディトは、名前をパルテンホッファーからパッテンに変え、その年、クルトが海の向こうで従軍しているあいだに、アメリカ合衆国市民となった。[1]

　オベレ・ドナウ通りからグローセ・シフ通りへと進みながら、クルトは何もかもをよく覚えていることに驚いた。記憶にあるとおりに左へ右へ曲がっていくと、目の前にカルメリター市場がひろがった。露店が何列もあり、中央には細長い時計塔があって、両脇のレオポルト通りとイム・ヴェルト通りには店やアパートメントのはいった建物が並んでいる。昔とまったく同じだ。

　どれだけ親しみを覚えても、クルトはここではよそ者だった。外国にいるという感覚は手でふれられそうなほど強い――いまはもう、この地のことばすら話せなくなった。

　クルトは階段をあがり、オルガのアパートメントの扉をノックした。ドアをあけたのは父だった。老いて皺が増え、白髪も多くなっているが、整った口ひげのある痩せた顔に、昔と同じ懐かしい笑みを浮かべている。そこにはいっしょに、オルガその人、忠実なすばらしいオリーもいた。いまではクラインマン夫人となり、クルトにとっては義母だ。

　その夏、クルトは何度もここへやってきた。台所のテーブルに着き、四人――グスタフとオリー、ひとりだけ軍服姿のクルト、そしてフリッツ——は話せるかぎりの話をした。時が経つにつれ、クルトはドイツ語を少し思い出したが、なんとか間に合う程度で、実のある会話ができるほどではなかった。

失った年月を取りもどすのはむずかしかった。父は収容所で過ごしたころの話をしたがらず、クルトとフリッツの関係もすっかり変わった。純然たるアメリカ人として育てられたクルトは、共産主義を支持する兄にとまどった。フリッツの政治観は、社会主義者の父や、ロベルト・ジーヴェルトやシュテファン・へイマンのような収容所の英雄たちから受け継いだものだ。ソ連の支配する戦後オーストリアで労働者として生活するあいだに、その信念はさらに強まった。そのうえ、宗教のちがいもある。クルト以外の家族は敬虔な信者であったことなど一度もなく、フリッツはアウシュヴィッツの旅路で完全に信仰を捨てていた。[2]

「政治と宗教の話はなしだ」グスタフが宣言し、みな安全な話題にとどまった。

משפחה
家族

一九四五年にウィーンへもどったあと、グスタフとフリッツは新生活への適応の問題に何度か直面した。爆撃で破壊されたソ連支配下の都市では、住む場所をさがすだけでもひと苦労だった。グスタフはオリー・シュタイスカルの家にとどまり、やがて一九四八年に結婚した。椅子張りの商売を再開したのも同じ年のことだ。

反ユダヤ主義は残ったが、表立った行為はなくなり、せいぜい不平や当てこすり程度だった。一九三八年三月の時点でウィーンに住んでいたユダヤ人十八万三千人のうち、三分の二以上がほかへ移住した。約三万千人がイギリスへ、二万九千人がアメリカへ、三万三千人が南アメリカやアジアやオーストラリアへ、九千人強がパレスチナへ。そして、二万千人以上がのちにナチスの支配下にはいるヨーロッパ各国へ移住し、ほぼ全員が収容所へ送られた。四万三千四百二十一人がウィーンから直接アウシュヴィッツやウッチやテレージエンシュタットやミンスクへ送られ、フリッツやグスタフのように、ダッハウやブーヘンヴァルトへ送られた者も数多くいた。[3]

大虐殺《ショアー》のあとも残っていたウィーンのユダヤ人コミュニティは、徐々にもとの姿を取りもどし、伝統を継承していたが、かつての姿と比べればほんの断片にすぎなかった。シナゴーグはどれも破壊されたか荒れ果てていて、再建されたのは数か所だけだ。クルトが幼いころに歌っていた、古いユダヤ人居住区に建つシュタットテンペルは、そのひとつだった。

当初、フリッツは働ける健康状態でなかったので、しばらく障碍年金で生活していた。フリッツと父はクルトをどうすべきか話し合った。家へ呼びもどすほうがいいのだろうか。クルトはまだ子供で、ふたりは恋しくてたまらなかった。しかし、ここで何をしてやれるというのか。母は死に、父は老いて貧しい。結局、いまいる場所のままがよいという話になった。グスタフとフリッツは、残ったふたりで互いに支え合って、数々の困難を乗り越えていった。

戦後にあったうれしいことのひとつは、アルフレート・ヴォッヒャーとの再会だった。たくましく勇敢なこのドイツ人は帝国最後の抗戦という地獄を生き延び、アウシュヴィッツでの旧友の行方を追ってウィーンまでやってきた。ヴォッヒャーは何度もふたりのもとを訪れた。〝われわれ強制収容所の収監者たちのために、ヴォッヒャーは義務を果たす以上のことをしてくれた〟フリッツは回想する。〝実践を通して勇気と信念を与えてくれ、そのおかげでわれわれはアウシュヴィッツを生き抜くことができた。こちらからの報酬などなかったのに。生き延びたわれわれはヴォッヒャーにまちがいなく借りがある〟

父は収容所で見たものや受けた苦しみを忘れようとしていたが、フリッツはまったくちがう性分だった。経験したことを鮮やかに、意識的に、怒りとともに記憶し、まだウィーンに住んでいる元ナチスにも憎悪を燃やしていた。年配の者たちが父の陰口を叩いた――〝見ろ、ユダ公のクラインマンが帰ってきた〟――のも耳にしている。ナチスの協力者とも平和にやっていこうとする父とちがい、フリッツはナチス側についた者たちとは口をきこうとしなかった。相手は困惑し、ふたりをナチスに売り渡したある隣人は、グスタフに〝あんたの息子はおれたちに挨拶もしない〟という苦情まで言った。ショアーについての無知ゆえに、自分がしたことの非道さに気づいていなかった。

ときどき、若いユダヤ人がナチスの協力者に報復することがあり、フリッツもそこに加わるようになった。近所に住むアーリア人、ゼップ・ライトナーは、ウィーンを本拠地とする第八十九SS連隊の一員で、〝水晶の夜〟のシナゴーグ破壊にかかわっていた。フリッツはライトナーと対決し、叩きのめした。この暴行で警察に捕まったが、ソ連当局はファシストに対する即決裁判を容認していたので、釈放の命令が出された。

フリッツは自分の国が変わっていく道筋に納得できなかった。ブーヘンヴァルトでオーストリア人の〝名士〟たちが思い描いたナチス崩壊後のオーストリアは、社会民主主義者にとっての理想郷であり、フリッツもそんな未来を心待ちにしていた。一九五五年にオーストリアが独立を回復すると状況はましになったが、労働者の楽園が実現することはなかった。フリッツは夜間講座にかよい、会社の労働組合で活躍するようになった。家庭生活は不安定だった。二度結婚し、息子ペーターと義理の息子エルンストができた。イスラエル国が成立すると家族といっしょに移住したものの、心の平穏は得られなかった。イスラエルでは兵役が義務だが、強制収容所の生活を経験したフリッツにとって、戦争へ行くのは耐えがたかった。義務である二年間の兵役を終えると、フリッツはウィーンへもどった。

そのあいだ、グスタフは復帰した仕事やオリーとの結婚生活に満足していた。一九六四年に引退したときには、七十三歳という老境に達していた。グスタフとオリーはアメリカへも出向いた。英語は一語も理解できないと言っていいが、いまではアメリカ人の孫が五人、曾孫が三人いる。子供たちを膝に乗せて写真に映ったグスタフは、ふたたび愛と家族に囲まれて満足げに微笑んでいる。

グスタフ・クラインマンは一九七六年五月一日、八十五歳になる前日に死去した。しばらく前から重い病気を患っていたが、最後まで並はずれて強靭な精神に支えられていた。

二年後、フリッツは五十代半ばで早めに引退することになった。アウシュヴィッツにいたころ、ゲシュタポの地下監獄で拷問を受けたときの傷のせいだった。背中の傷は癒えることがなく、脊髄の手術を繰り返したものの、結局は部分麻痺を引き起こした。それでも父の強靭さを受け継いだフリッツは長生きし、二〇〇九年一月二十日、八十五歳でこの世を去った。

✡

ショアーを忘れようとした父とちがい、フリッツ・クラインマンは世界がけっしてショアーを忘れないよう気を配りつづけた。終戦後、連合国は一九四五年から一九四六年にニュルンベルクで、一九四五年から一九四七年にダッハウでナチスの高官たちを裁判にかけた。その多くが死刑か禁固刑になり、〝ジェノサイド〟や〝人道に対する罪〟という概念が国際法で規定された。

だが、裁判が終わると、ナチスの残虐行為は陰に隠れた——特にドイツ国内ではそうだった。あの時代を生き、ナチスに加担した人々は過去を覆い隠したがる。一九五〇年代の終わりには、ドイツ人のまるひと世代が嘘のクッションの上で育てられていた——ユダヤ人のほとんどは移住しただけだった、戦時中はどの陣営でも残虐行為があり、ドイツがおこなったことなど連合国とたいして変わりはしない、と。そういう若いドイツ人はホロコーストの知識をほぼ持たず、アウシュヴィッツやソビボル、ブーヘンヴァルトやベルゼンという名前もおぼろげに知るだけか、あるいはまったく知らない。SSの殺人者たちは大部分が野放しで、いまだにドイツで暮らしている者も多かった。

変化が起こったのは一九六三年、フランクフルト在住のユダヤ人州検事フリッツ・バウアー——アドルフ・アイヒマンをアルゼンチンまで追跡するのに尽力した人物——が二十二人の元SS隊員に対して、アウシュヴィッツでの残虐行為にまつわる訴訟を起こしたときだった。フランクフルトでの裁判では、生き延びた収監者が二百人以上証言し、そのうち九十人はユダヤ人だった。[4] グスタフ・クラインマンとフリッツ・クラインマンもそのなかにいて、一九六三年の四月と五月に検事たちへ供述書を提出している。[5] ほかに、シュテファン・ヘイマン、フェリックス・ラオシュ、グスタフ・ヘルツォークらも証言した。裁判にかけられたのは収容所ゲシュタポの隊員、ブロック指導者、長官などだった。無罪となった者もいたが、それ以外は三年から終身の刑を宣告された。

個人の判決より重要だったのは、フランクフルト・アウシュヴィッツ裁判——と、一九六一年にエルサレムでおこなわれたアイヒマンの裁判——によってドイツの目がこじあけられ、自国——と世界——がホロコーストを忘れないと誓うようになったことだ。

フリッツ・クラインマンは自分の役割を果たしつづけた。一九八七年には、友達のオーストリア人政治学者ラインホルト・ゲルトナーから声をかけられ、アウシュヴィッツ＝ビルケナウへの研究旅行に発つ一団のために自分の経験を語る公開講演をおこなうことになった。話したのはフリッツを入れて四人の生還者だ。〝講演の前数日は眠れなかった。強制収容所に囚われていたころの情景が、かつてないほど強烈に湧きあがった〟その催し——ウィーン人俳優がフリッツの父の日記の一部を朗読する場面もあった——にフリッツは大いに感動し、聴衆は圧倒された。フリッツは十年以上にわたって、新たな団体に向けての講演をつぎつぎとおこなった。

記憶をさらに掘りさげるよう説得されて書いた短い回顧録は、のちに書籍に収録された。[6] 何十年経っても、自分や自分の民族を襲った非道な行為に憤りと苛立ちを燃やしていたが、それに劣らず、ロベルト・ジーヴェルト、シュテファン・ヘイマン、レオ・モーゼスら、生き延びるのを助けてくれたすべての人々への愛も強く感じていた。フリッツはとっておいた古い資料を掘り返した。一九三九年にJカルテ身分証のために撮った写真が残っていた。そして、一九四〇年にブーヘンヴァルトで撮られた写真もだ。マリー・トロスティネッツへの移送列車に乗る前に、母が親戚に預けてくれていた。

そして、父の日記だ。日記のことを父から聞かされたのは、ウィーンで再会してすぐのことだった。角の折れた表紙をめくると、黄ばんだ一ページ目に父のとがった筆跡があった。鉛筆で書かれた文字は、長い年月を経て薄れていた。〝一九三九年十月二日、ブーヘンヴァルトに着く……〟鮮やかな情景がフリッツの心を焦がした。採石場で、石を積んだ荷車を線路に沿って引っ張ったこと。泥のなかの死体。歩哨線を踏み越して走り、背中に銃弾を受けて倒れた男。ゲシュタポの地下監獄で梁に吊られ、腕がはずれそうになったこと。手にしたルガーの重み。グライヴィッツからアムシュテッテンへ行く無蓋貨車で寒さに苦しんだこと……。そして、父の詩「採石場という万華鏡」と、その中核をなす忘れがたい光景。

砕石機は動く、朝も夜も
ひたすら石を噛み砕く
砂利になるまで何時間でも
ひと口ひと口食いつくす
骨折り精出し餌を入れても

碎石機はなお食べつづける
石が終わればつぎはおまえも

だが、全員が打ち砕かれたわけではない。詩に登場する背の高い収監者のように、機械より長く耐え抜いた者もわずかながらいた。砕石機が貪欲さのあまり喉を詰まらせて壊れ、音を立てて停止しても、彼らは進みつづけた。

クラインマン一家は生き延びただけでなく、のちに繁栄した。勇気と愛と結束と幸運のおかげで、自分たちを滅ぼそうとした者たちより長く生きた。各地にひろがった一家は子孫を増やし、暗黒の時代を乗り越えさせてくれた愛と団結心を、世代を越えて伝えつづけた。彼らは過去に背を向けなかった。生者こそが死者の記憶を集め、安らかな未来へと運ぶ義務があると知っているからだ。

戦後のフリッツ（左）とグスタフ

謝辞

この本は、もとになった一次資料――グスタフ・クラインマンの強制収容所での日記と、フリッツ・クラインマンの回顧録――がなければ書けなかった。これらはインスブルック大学のラインホルト・ゲルトナー教授を介してわたしのもとへ届いたものだ。ラインホルトは、フリッツ・クラインマンがこれらふたつの資料を *Doch der Hund will nicht krepieren*（「それでも犬はまだ死なない」Innsbruck University Press, 2012）という本として出版できるよう援助し、わたしが本書のために調査をはじめたときにも、かけがえのない協力をしてくれた。感謝している。

クルト・クラインマンにも大変感謝している。アンシュルスとナチス占領下のウィーンを経験したクルトは、何時間ものインタビューと何か月もの問い合わせに付き合ってくれた。そのように寛大かつ粘り強く協力してもらえなければ、この物語はずっと深みのない、漠然としたものになっていただろう。グスタフの孫であるピーター・パッテンも、とても親切にインタビューや問い合わせに応じてくれた。アメリカ側の親族と連絡をとるのを手伝ってくれたレイチェル・シーンにも感謝している。オーストリア側からも助力が得られた。ペーター・クラインマン、ヴィクトル・ツェートバウアーとその父エルンスト、そしてリヒャルト・ヴィルツェクからは大きな励みをもらった。

わたしをこの物語と引き合わせてくれたのは、ジョン・リーによる *Doch der Hund* の英訳草案で、わたし自身がグスタフの日記とフリッツの回顧録を英訳したときにも、この原稿が重要な基盤となった。節ごとのヘブライ語の標題を用意した際には、ケレン・ジョーゼフ＝ブラウニングから専門家としての助言をもらった。リヒェンダ・トッドが綿密に校閲をしてくれたおかげで、数々の小さいが恥ずかしい誤りから救われた。ハンガリー語版の訳者、ユリア・モルドヴァからは、初版で重要な史実が抜け落ちているとの指摘をもらった。この版では修正してある。

多くの文書保管局やその職員たちが相談に乗ってくれ、文書や画像を提供してくれただけでなく、問い合わせにも辛抱強く回答してくれた。全員に感謝している。以下はその一部だ。グスタフ・クラインマンの第一次世界大戦での記録を提供してくれた、ウィーンのオーストリア州記録保管局。フリッツ・クラインマンが一九九七年におこなったインタビューの文字起こしと写真を提供してくれた、南カリフォルニア大学ショアー財団映像の歴史および教育研究所の利用責任者、ダグラス・ボールマンとジョージアーナ・ゴメス。アウシュヴィッツ＝ビルケナウ博物館にある元収監者情報局のエヴァ・バザン局長。フランクフルト・アウシュヴィッツ裁判でのフリッツとグスタフの証人陳述書を提供してくれた、フランクフルト・アム・マインのゲーテ大学にあるフリッツ・バウアー研究所の文書係、ヨハネス・ベアマン。ケンブリッジ大学図書館。マサチューセッツ大学ダートマス校のクレア・T・カーニー図書館の文書および特別コレクション担当図書館員、ジュディ・ファーラーはサミュエル・バーネットについての情報を、イギリスのリーズにある西ヨークシャー記録保管局記録係助手のハリエット・ハーマーはエーディト・クラインマンとリヒャルト・パルテンホッファーに関する文書を、シンシナティのアメリカ・ユダヤ人記録局ジェイコブ・レーダー・マーカス研究所の文書係兼特別企画責任者イライザ・ホーはマリー・トロスティネッツについての文書を提供してくれた。ウィーンのマウトハウゼン強制収容所記念研究所のカタリーナ・クニーファクツからはフリッツ・クラインマンの収監者記録を、ダッハウ強制収容所記念館の文書係、アルバート・クノールからはリヒャルト・パルテンホッファーについての情報を、ブーヘンヴァルト強制収容所記念館のボランティア、キンバリー・クワンからはクラインマン親子とリヒャルト・パルテンホッファーについての情報を、ドイツのバート・アロルゼンにある〈国際追跡サービス〉のハイケ・ミュラーからは各地の収容所にいたころのクラインマン親子に関する資料を提供してもらった。ウィーンにあるイスラエル文化協会文書館の部局長ズザンネ・ウスル＝パウアー、そしてロンドンのウィーナー図書館にも感謝している。

最後に、このクラインマン家の物語のことを教えてくれた出版エージェントのアンドリュー・ロウニー、そして、この本を信じてプロジェクトに熱意を注いでくれた〈ペンギン・ブックス〉のダン・バンヤードとゼナー・コンプトンにも感謝したい。それから、いつものことながら、パートナーのケイトにも。ここまですべての作品を書いてこられたのは、つねに辛抱強く心の支えとなってくれたおかげだ。

ジェレミー・ドロンフィールド、二〇一八年六月

訳者あとがき

アウシュヴィッツの収容所を舞台としたノンフィクション作品は、これまで日本でもさまざまな題材のものが翻訳出版されてきた。そういうなかで、この『アウシュヴィッツの父と息子に』をわたしがなんとしても日本で新たに紹介したいと考えたのには、ふたつの大きな理由がある。ひとつは、この作品に登場するユダヤ人一家、とりわけ父と長男の歩んできた人生が、とうてい事実とは信じがたいほど波瀾に富んでいたにもかかわらず、まぎれもなく現実のものであり、しかもここでは当時の光景や人々の心情がこの上なく鮮やかに描かれていること。もうひとつは、それを書き記したのが意外にもあのジェレミー・ドロンフィールドだったということで、これについては後述する。

一九三八年、ナチス・ドイツによって併合されたオーストリアでは、ユダヤ系市民の人生が激変した。椅子張り職人グスタフ・クラインマンと妻のティニ、そして四人の子供たちも、ナチスによる反ユダヤ政策に翻弄され、過酷な運命をたどることになった。本書はそんな一家を、可能なかぎり事実に即しつつ小説風に描いたノンフィクション作品である。

作中では家族ひとりひとりの歩みが描かれるが、特に父グスタフと長男フリッツが話の中心となる。ふたりはナチスがユダヤ人の強制収容に着手して間もない一九三九年十月にブーヘンヴァルト強制収容所へ送られ、複数の収容所を転々としながら、五年半にわたる年月を生き抜いた。親子がともに生還しただけでも驚くべきだが、それ以上に信じがたいのは、長きにわたる苦難の日々をグスタフがていねいに日記に綴っていたことだ。グスタフは収容所内で起こった残虐な事件や自分の心情を、隠し持った手帳に鉛筆で記しつづけた。作中では、偶然が過ぎるのではないかと疑いたくなる出来事もたびたび起こるが、巻末の注釈を見れば、そのすべてが史料によって裏づけられた事実であることがわかる。

優秀な職人であり、強靭な心身を持つグスタフと、機転が利き、逆境に抗う闘志を持ったフリッツは、互いを助け、励まし合いながら、死と隣り合わせの収容所生活を送る。ふたりの絆が最も鮮明に描かれるのは、ブーヘンヴァルト収容所で三年を過ごしたあと、グスタフだけがアウシュヴィッツへ送られると決まったときのことだ。フリッツは父と離れたくない一心で、確実に死が待つと噂されるアウシュヴィッツへの移送をみずから志願する。ナチスの非人道的な残虐さと対照をなす愛情に満ちた親子の姿は、極限状況に置かれても人間性を失うことなく闘いつづけた人々の生き方を力強く伝えている。

一方、強制収容所での生活を経験しなかったユダヤ人の姿も、同じように克明に描写されている。クラインマン一家のうち、長女のエーディトと次男のクルトは、それぞれイギリスとアメリカに移り住んでナチスから逃れたが、ふたりがたどった道もけっして平坦なものではなかった。母のティニと次女のヘルタの運命についても、作者は可能なかぎりの調査をおこなっている。

その作者、ジェレミー・ドロンフィールドの名前を見て仰天したのは、海外ミステリーを長年愛好してきた読者だろう。ドロンフィールドのデビュー作『飛蝗の農場』は、英国推理作家協会（CWA）の最優秀デビュー長編賞の最終候補となったのち、日本ではその独特の構成や異様なまでに濃厚な描写が「快作」というより「怪作」として高く評価され、《このミステリーがすごい！》の海外編と《IN★POCKET》文庫翻訳ミステリー・ベスト10の両方で第一位に選ばれた。つづく『サルバドールの復活』もさらなる怪作として支持されたが、邦訳されたのはその二作にとどまった（いずれも創元推理文庫から、わたしの訳書として刊行された）。

ドロンフィールドは前述の二作を含むフィクション四作を執筆したあと、長く出版の表舞台から姿を消していたが、十年以上を経た二〇一五年に歴史ノンフィクションの共著者として復活した。その後はノンフィクションの執筆に徹していて、共著で計四作を発表したのち、初の単著として本書を刊行している。

作家としてデビューする前、ドロンフィールドは考古学研究に携わっていたという。綿密な調査をもとに過去を解き明かした経験は、本書の執筆にあたっても存分に生かされている。当初はグスタフの日記を英訳出版したいという相談を持ちかけられたが、その記述は断片的で、歴史家ですら解読に苦労する部分もあり、とうていそのまま出版できるものではなかったらしい。そこで、日記に書かれたグスタフの経験を、フリッツが戦後に書いた回顧録の記述などを参考にしつつ、ドロンフィールドが小説形式に書きなおすことになった。下調べなどの準備に二年を費やし、執筆にさらに一年をかけたとのことだが、その甲斐あって、本書は膨大な記録をまとめたノンフィクションでありながら、読み物としてもきわめて完成度の高い作品に仕上がっている。刊行後、本書はイギリス国内外でベストセラーとなり、数年後には小中学生向けにリライトした書籍も出版された。

偶然ながら、デビュー作『飛蝗の農場』は今年のはじめに創元推理文庫から新装版として復刊された。読み比べると、あまりの作風の変化に最初はとまどうかもしれないが、執拗なまでに克明な描写やサプライズを醸成する手法など、共通する特徴もいくつか見られるので、ぜひこの機会にそちらも手にとっていただきたい。

第二次世界大戦の終戦から八十年という節目が迫りつつあるいま、ホロコーストを実際に経験した世代はますます少なくなっている。本作の原書が刊行された時点では存命だったクルト・クラインマンも、二〇二二年三月に九十二歳で他界した。しかし、戦争が過去のものになったわけではないことは、今日の世界の動向に目を向ければ明らかだ。平和とは何か、幸福とは何かを真摯に考えるうえで、本書で語られるクラインマン一家の人たちの生き方が貴重なヒントを与えてくれるにちがいない。

《ジェレミー・ドロンフィールド作品リスト》

フィクション

1 *The Locust Farm* 1998 『飛蝗の農場』創元推理文庫
2 *Resurrecting Salvador* 1999 『サルバドールの復活　上・下』創元推理文庫
3 *Burning Blue* 2000
4 *The Alchemist's Apprentice* 2001

ノンフィクション

1 *Beyond the Call : The True Story of One World War II Pilot's Covert Mission to Rescue POWs on the Eastern Front* 2015（Lee Trimble との共著）
2 *Queer Saint: The Cultured Life of Peter Watson* 2015（Adrian Clark との共著）
3 *A Very Dangerous Woman: The Lives, Loves and Lies of Russia's Most Seductive Spy* 2015（Deborah McDonald との共著）
4 *Dr James Barry: A Woman Ahead of Her Time* 2016（Michael du Preez との共著）
5 *The Boy Who Followed His Father into Auschwitz* 2019 本書（*The Stone Crusher* 2018 を改題）
6 *Hitler's Last Plot: The 139 VIP Hostages Selected for Death in the Final Days of World War II* 2019（Ian Sayer との共著）
7 *Fritz and Kurt* 2023（David Ziggy Greene によるイラスト入り）

8　*The Boy Who Followed His Father into Auschwitz: A True Story Retold for Young Readers*　2023

※　7と8は本書のヤングアダルト向けリライト版

二〇二四年秋

越前敏弥

戦争が終わるまでウィーンやその周辺にとどまった。11人は戦時中にドイツ国防軍で戦い、そのうち3人だけが生還した。
4　グスタフはアウシュヴィッツを出たあとに喫煙をはじめたらしい。
5　グスタフはこの男を“G”とだけ呼んでいる。

エピローグ

1　リヒャルト・パッテンとエーディト・パッテンの帰化記録、1954年5月14日。コネチカット州地方裁判所帰化者名簿、1851年から1992年、NARA マイクロフィルム出版物 M2081。
2　1963年のフランクフルト・アウシュヴィッツ裁判での証言で、宗教についてグスタフは“モーセの教えに従う者”（ユダヤ教徒）であるとし、フリッツは“無宗教”としている（Abt 461 Nr 37638/84/15904-6、Abt 461 Nr 37638/83/ 15661-3、FTD）。
3　統計データは Gold, *Geschichte der Juden*、133から134ページ。
4　Devin O. Pendas, *The Frankfurt Auschwitz Trial, 1963–1965*（2006年）101から102ページ。
5　ブルガーらの裁判およびムルカらの裁判、フランクフルト、1963年。グスタフ・クラインマンの証言（Abt 461 Nr 37638/84/15904-6、FTD）およびフリッツ・クラインマンの証言（Abt 461 Nr 37638/83/15661-3, FTD）。グスタフはおもに死の行進と収容所古参のユップ・ヴィンデックについて尋ねられた。フリッツの証言はほとんどがヴィンデックとベルンハルト・ラケアス SS 上級曹長に関するものだ。
6　フリッツの回顧録は、父の日記やラインホルト・ゲルトナーによる注釈とともに *Doch der Hund will nicht krepieren*（Innsbruck University Press、1995および2012年）に収録されている。

17　手紙の原本は残っていないが、エーディトが受けとったのはまちがいない。エーディトが知ったのは、父が生きていて、ベルゲン＝ベルゼン強制収容所の第83ブロックにいることだけだった（サミュエル・バーネット、レヴェレット・サルトンストル議員への手紙、1945年6月1日、戦争難民局0558 Folder 7: Requests for Specific Aid、FDR）。
18　モリー・シルヴァ・ジョーンズの証言、"Eyewitness Accounts"（Bardgett and Cesarani, *Belsen 1945*、57ページ）より。
19　Major Dick Williams, "The First Day in the Camp"、Bardgett and Cesarani, *Belsen 1945*、30ページ。
20　Ben Shepard, "The Medical Relief Effort at Belsen"、Bardgett and Cesarani, *Belsen 1945*、39ページ。
21　モリー・シルヴァ・ジョーンズの証言、"Eyewitness Accounts"（Bardgett and Cesarani, *Belsen 1945*、55ページ）より。
22　ジェラルド・ラパポルトの証言、"Eyewitness Accounts"（Bardgett and Cesarani, *Belsen 1945*、58から59ページ）より。
23　Haunschmied et al., *St Georgen-Gusen-Mauthausen*、219ページ以降。Dobosiewicz, *Mauthausen-Gusen*、387ページ。
24　何人の収監者がケラーバウトンネルへ入れられたのかはわからない。理由のひとつは、当時マウトハウゼン収容所群にいた収監者の数が文献によって大きく異なっているからだ。マウトハウゼンとグーゼンにいた収監者の総数は2万1000人（ロベルト・G・ヴァイテ、Megargee, *USHMM Encyclopedia*、1B巻、902ページ）とも、4万人（Haunschmied et al., *St Georgen-Gusen-Mauthausen*、203ページ）とも、6万3798人（Le Chêne, *Mauthausen*、169から170ページ）ともされている。
25　フリッツ・クラインマン、Gartner and Kleinmann, *Doch der Hund*、171ページより。Langbein, *Against All Hope*、374ページ。Le Chêne, *Mauthausen*、165ページ。
26　Krisztian Ungvary, "The Hungarian Theatre of War"、Karl-Heinz Frieser, *The Eastern Front, 1943–1944*, transl. Barry Smerin and Barbara Wilson（2017年）950から954ページ。
27　Le Chêne, *Mauthausen*、163から164ページ。
28　ジョージ・ダイアー、Le Chêne, *Mauthausen*、165ページ。
29　Haunschmied et al., *St Georgen-Gusen-Mauthausen*、226ページ。
30　Langbein, *Against All Hope*、82ページ。
31　グスタフはこの場所を誤ってオステンホルツだとしている。オステンホルツはベルゲン＝ベルゼンの南西にある村で、グスタフとヨーゼフ・ベルガーが進んだ経路からは遠く離れている。

21章

1　サミュエル・バーネット、レヴェレット・サルトンストル議員への手紙、1945年6月1日。ウィリアム・オドワイヤー、サミュエル・バーネット宛の手紙、1945年6月9日、戦争難民局0558 Folder 7: Requests for Specific Aid、FDR。
2　フリッツは病院を特定していないが、第107後送病院だったにちがいない。この病院がレーゲンスブルクに設立されたのは1945年4月30日で、5月20日までそこにあった（med-dept.com/unit-histories/107th-evacuation-hospital、2017年7月16日閲覧）。当時レーゲンスブルクにあったことが確認できるアメリカ軍の病院はほかに存在しない。
3　フリッツはのちに、1938年以前にいっしょに遊んでいたユダヤ人、非ユダヤ人の子供たち55人がその後どうなったかを調べている（Gartner and Kleinmann, *Doch der Hund*、179ページ）。ユダヤ人25人のうち、フリッツ自身を含めて5人が収容所から生還し、クルト・クラインマンやエーディト・クラインマンら8人が移住したり、身を隠したりした。12人は強制収容所で殺された。非ユダヤ人の子供たち30人のうち、19人はルマン・ラングバインから受けたインタビューでは語っている（Hermann Langbein, *Against All Hope*、374ページ）。

16　収監者記録カード AMM-Y-Karteikarten、PGM。グーゼン第２収容所移送者名簿、1945年３月15日、1.1.26.1/1310718。マウトハウゼン移送者名簿、1945年３月15日、1.1.26.1/1280723。グーゼン第２収容所収監者登録簿、82ページ、1.1.26.1/1307473、ITS。ラングバインの資料（*Against All Hope*、384ページ）では、SS部隊への潜入計画がはじまったのは1945年の"３月中旬"だと述べられているが、この出来事があったのはフリッツが３月15日にグーゼンへ移されるより前で、３月前半であったはずだ。

17　ロベルト・G・ヴァイテのことば、Megargee, *USHMM Encyclopedia*、1B巻、919から921ページ。

18　グーゼン第２収容所移送者名簿、1945年３月15日、1.1.26.1/1310718、ITS。Rudolf A. Haunschmied, Jan-Ruth Mills and Siegi Witzany-Durda, *St Georgen-Gusen-Mauthausen: Concentration Camp Mauthausen Reconsidered*（2007年）144および172ページ。回顧録（Gartner and Kleinmann, *Doch der Hund*、170ページ）ではこの部分に関してごく簡単にしか述べられておらず、航空機はMe109だったと誤記されている。

19　Haunschmied et al., *St Georgen-Gusen-Mauthausen*、198および210から211ページ。

20　Stanisław Dobosiewicz, *Mauthausen-Gusen: obóz zagtady*（1977年）384ページ。

21　Dobosiewicz, *Mauthausen-Gusen*、386ページ。置き去りにされた収監者は、移動できないほど弱った入院中の傷病者700人だけだった。

22　Haunschmied et al., *St Georgen-Gusen-Mauthausen*、134ページ以降。

23　同前、219ページ以降。

20章

1　エリックやエリックの食料供給源について、グスタフはこれ以上くわしく述べていない。おそらく、トンネル群内で兵器を製造するために雇われていた民間人から入手していたのだろう。

2　マイケル・J・ニューフェルドのことば、Megargee, *USHMM Encyclopedia*、1B巻、980ページより。

3　同前、970ページ。

4　同前、980ページ。

5　グスタフはこの場所をムンスターの北にあるシュネファーディンゲンだったとしている。その可能性は低い。もしそうなら、最終目的地へ向かうにはすぐに南へ折り返さなくてはならないからだ。しかし、強制収容所からの撤退という大混乱のさなかだったことを思うと、まったくありえない話だとは言いきれない。

6　David Cesarani, "A Brief History of Bergen-Belsen"、Suzanne Bardgett and David Cesarani (eds), *Belsen 1945: New Historical Perspectives*（2006年）19から20ページ。

7　Derrick Sington, *Belsen Uncovered*（1946年）14、18、および28ページ。Raymond Phillips, *Trial of Josef Kramer and Forty-Four Others: The Belsen Trial*（1949年）195ページ。

8　Langbein, *People*、406ページ。

9　ヨーゼフ・ローゼンザフトのことば、Sington, *Belsen Uncovered*、180から181ページ。ハロルド・ル・ドルイユネックの証言、Phillips, *Trial*、62ページ。

10　Sington, *Belsen Uncovered*、182ページ。

11　ツェレはイギリス軍によって1945年４月12日に解放された。

12　デリック・A・シントン大尉の証言、Phillips, *Trial*、47から53ページ。Sington, *Belsen Uncovered*、11から13ページ。

13　デリック・A・シントン大尉の証言、Phillips, *Trial*、47および51ページ。Sington, *Belsen Uncovered*、14から15ページ。

14　Sington, *Belsen Uncovered*、16ページ。

15　同前、18ページ。

16　同前、187ページ。

列車から跳びおりたのは1945年1月26日（グスタフの日記より。1日のずれはあるが、列車がマウトハウゼンに着いた日の記録AMM-Y-Karteikarten、PGMとも合致する）で、マウトハウゼンで登録されたのは2月15日だった（マウトハウゼン移送者名簿、AMM-Y-50-03-16、PGM）——ザンクトペルテンで拘束されていた期間は、本人が記憶していたより11日長かったことになる。

2　収監者記録カードAMM-Y-Karteikarten、PGM。マウトハウゼン到着者名簿、1945年2月15日、1.1.26.1/1307365、ITS。マウトハウゼンではアウシュヴィッツから移送された収監者についてなんの文書も受けとっていなかった（理由は本章でのちに明らかになる）。おかげでフリッツはアーリア人と偽ることができた。刺青があることは目立った特徴として記録されているが、番号はここでは意味を持たないため、記録されなかった。

3　ソ連はアウシュヴィッツの解放について広く伝えようとしたが、報道機関はほとんど関心を持たなかった。前年の夏にマイダネクで発覚したことの繰り返しだと見なされ、2月4日から11日におこなわれたヤルタ会談の報道もあって影が薄れた。2月16日（フリッツ・クラインマンがマウトハウゼンに入所した翌日）、解放後のアウシュヴィッツの内部をはじめて目にした西側連合国の軍人として、アメリカ陸軍航空軍東部司令部のロバート・M・トリンブル大尉がビルケナウを案内つきで見学した（Lee Trimble with Jeremy Dronfield, *Beyond the Call*［2015年］63ページ以降）。

4　収監者記録カードAMM-Y-Karteikarten、PGM。マウトハウゼン到着者名簿、1945年2月15日、1.1.26.1/1307365、ITS。

5　地元の司祭、ヨーゼフ・ラトゲプの証言、mauthausen-memorial.org/en/Visit/Virtual-Tour#map||23の博物館ガイドに引用（2017年7月10日閲覧）。

6　Czech, *Auschwitz Chronicle*、797ページ。

7　Czech, *Auschwitz Chronicle*、797ページ脚注に引用されている話では、移送列車がノルトハウゼンに着いたのは1月28日だという。この可能性は低い。というのは、マウトハウゼンに着いたのが1月26日で、そこにまる1日留め置かれたためだ。グスタフ・クラインマンの記した2月4日という日付のほうがはるかに信憑性がある。

8　766人という数はグスタフの日記による。その他の数はCzech, *Auschwitz Chronicle*、797ページ脚注。

9　ミッテルバウ＝ドーラ収監者名簿、434ページ、1.1.27.1/2536866、ITS。

10　マイケル・J・ニューフェルドのことば、Megargee, *USHMM Encyclopedia*、1B巻、979から981ページ。

11　1日のはじまりがこれほど早い時刻だったのは夏季のことだとニューフェルドは述べている（同前、980ページ）が、グスタフ・クラインマンの日記によると、1945年の2月から3月もそうだったという。

12　このころには、エルリッヒの労働者の移動時間を節約するため、ヴォッフルベンに小さな収容所（収容所B12）が設立されていた（同前、981ページ）。だが、グスタフら多くの収監者たちは移送されないまま、毎日作業場とのあいだを往復しつづけることになった。

13　Langbein, *Against All Hope: Resistance in the Nazi Concentration Camps, 1938–1946* transl. Harry Zohn（1994年）374から375ページ。

14　一説によると、SSは志願兵を敵の攻撃を引きつけるおとりとして使い、本物のSSが逃げる時間を稼ぐつもりだったと言われている（Evelyn Le Chêne, *Mauthausen: The History of a Death Camp*［1971年］155ページ）。

15　フリッツはこの出来事について回顧録でも1997年のインタビューでも述べておらず、家族に話したこともないようだ。しかし、1976年に、同じウィーン出身のアウシュヴィッツ生還者であるレジスタンスの仲間、へいない。Gartner and Kleinmann, *Doch der Hund*（158ページ）でフリッツは"0.8ミリ口径の拳銃"だったと述べているが、これは明らかに誤りである。軍用のルガー拳銃はルガーP-08なので、それがフリッツの記憶ちがいの原因になったのかもしれない。第2次世界大戦がはじまってかなり経ち、より上位の軍やSS部隊がワルサーP-38に切り替えても、ドイツ空軍はルガー拳銃を支給されていた（John Walter, *Luger: The Story of the World's Most Famous Handgun*［2016年］12章）。

17　回顧録でフリッツはこの空襲の日を11月18日と書いているが、これは誤りである。その日に空襲はなかった。1944年の空襲は計4回で、8月20日、9月13日と、12月の18日、26日だった（Gilbert, *Auschwitz and the Allies*、307から333ページ）。

18　爆弾の多くは何もない土地や周辺の収容所に落ちたが、12月18日の空襲では工場のいくつかの建物が甚大な被害を受けた（Gilbert, *Auschwitz and the Allies*、331から332ページ）。

19　Czech, *Auschwitz Chronicle*、780ページ。

20　同前、778から779ページ。

21　同前、782から783ページ。

22　ユゼフ・ツィランキェヴィチのことば、1945年1月17日、Czech, *Auschwitz Chronicle*、783ページに引用。

23　Czech, *Auschwitz Chronicle*、785および786から787ページ。

24　グスタフ・クラインマンの日記には100人の部隊と書かれているが、別の記録では1000人の部隊とされており（Czech, *Auschwitz Chronicle*、786ページ）、フリッツ・クラインマンの回顧録には3000人ほどの集団が3つだったと書かれている。おそらく、軍隊のように部隊が階層的にまとめられたのだろう。

25　グスタフはモールについて名指しで述べている。モールはビルケナウに配置されていて、このころモノヴィッツにいたという記録は見つからない。撤退を監視するために、一時的に訪れていたのかもしれない。

26　1945年1月15日時点で、アウシュヴィッツ第3収容所モノヴィッツと補助収容所にいた収監者は男が計3万3037人、女が計2044人だった（Czech, *Auschwitz Chronicle*、779ページ）。

18章

1　50人の収監者が行進の途中で銃殺された（Czech, *Auschwitz Chronicle*、786ページ脚注）。

2　イレーナ・ストシェレツカのことば、Megargee, *USHMM Encyclopedia*、1A巻、243から244ページ。

3　その日グライヴィッツを出た列車は4本で、モノヴィッツのほか、アウシュヴィッツのいくつかの補助収容所から来た収監者を運んだ。モノヴィッツの収監者たちは分けられて、それぞれがザクセンハウゼン、グロース=ローゼン、マウトハウゼン、ブーヘンヴァルトの強制収容所へ向かった（Czech, *Auschwitz Chronicle*、797ページ）。

4　同前、791ページ。

5　月相のデータは http://www.timeanddate.com/moon/austria/amstetten?month=1&year=1945より。

6　1997年のインタビューで、フリッツは跳びおりたあとに収監者服を捨てたと言っているが、回顧録では跳ぶ前に置いてきたと書いている。収監者服はほかの収監者が寒さを凌ぐのに使えるので、後者の可能性が高いと思われる。

7　ふつうの石鹼なら、食べてもたいした影響はなかったはずだ（当時使われていた石炭酸の効果はあったかもしれない）。しかし、ひげ剃り用石鹼によく使われている水酸化カリウムは毒性が高く、摂取すると深刻な胃腸症状を引き起こす。

19章

1　マウトハウゼン到着者名簿、1945年2月15日、1.1.26.1/1307365、ITS。フリッツが

Chronicle、347ページ)。
23 Wagner, *IG Auschwitz*、108ページ。
24 フリッツはイェネーとラーツィという名前しか明らかにしていない。現存するアウシュヴィッツの記録によると、このふたりのユダヤ人兄弟、イェネー・ベルコヴィッチとアレクサンダー・ベルコヴィッチ(収監者番号A-4005とA-4004。モノヴィッツの病院の記録および労働者登録簿、ABM)は、このころハンガリーからの移送列車でいっしょに到着したらしい。

17章

1 フリッツは"パヴェル"が"タデック"とも呼ばれていたと述べているが、説明はない。どちらも偽名だったようだ。ポーランド人たちの本名はゼノン・ミラチェフスキー(収監者番号10433)とヤン・トムチク(収監者番号126261)だが、どちらがシェネックでどちらがパヴェルだったのかはわからない。"ベルリン人"はポーランド生まれのリヴェン・ジュルコフスキー(収監者番号不明)で、おそらくベルリンに住んでいたのだろう(Czech, *Auschwitz Chronicle*、619ページ)。
2 なぜゴスワフスキー自身が点呼のときにペラーに包みを渡せなかったのか、フリッツは説明していない。建設労働者は工場の敷地へはいるときの検査がきびしかったのかもしれない。日付については1944年5月4日(同前)と5月3日(ヤン・トムチェクの収監者記録、ABM)の複数の説がある。
3 モノヴィッツ司令部からの通知、Czech, *Auschwitz Chronicle*、634ページ。
4 日付は不明。1944年6月1日に13人のポーランド人がブーヘンヴァルトへ移送され(Czech, *Auschwitz Chronicle*、638ページ)、1944年の8月から12月にも何度かポーランド人の移送があった(Stein, *Buchenwald*、156および166ページ。Danuta Czech, "Kalendarium der wichtigsten Ereignisse aus der Geschichte des KL Auschwitz"、Długoborski and Piper, *Auschwitz*、第5巻、231ページ)。
5 処刑の日付はわからない。遅ければ12月だった可能性もある。モノヴィッツの病院の死亡者記録(ABM)では、ゼノン・ミラチェフスキー(ふたりのうち一方の本名——前述の注釈1参照)の死亡日が1944年12月16日となっている。
6 フリッツはふたりが絞首刑になったと述べているが、グスタフ・ヘルツォークによると3人だった(フランクフルト・アウシュヴィッツ裁判での供述、Abt 461 Nr 37638/84/15893、FTD)。
7 Gilbert, *Auschwitz and the Allies*、307ページ。ギルバートは空襲の開始時刻を午後10時32分としているが、アメリカの爆撃は通常、日中におこなわれたので、その可能性はきわめて低い。チェフ(*Auschwitz Chronicle*、692ページ)は"午後の遅い時刻"としている。
8 アリー・ハッセンベルクのことば、Gilbert, *Auschwitz and the Allies*、308ページ。
9 Gilbert, *Auschwitz and the Allies*、308ページ。ジークフリート・ピンクスの証言、ニュルンベルク軍事法廷:NI-10820: Nuremberg Documents, Wollheim Memorial, wollheim-memorial.de/en/luftangriffe_en(2017年7月5日閲覧)。
10 Levi, *Survival*、137から138ページ(プリーモ・レーヴィ『改訂完全版 アウシュヴィッツは終わらない これが人間か』竹山博英訳、朝日新聞出版、2017年)。
11 Czech, *Auschwitz Chronicle*、722ページ。
12 Gilbert, *Auschwitz and the Allies*、315ページ以降。
13 同前、326ページ。
14 収監者番号68705、到着者名簿、1942年10月19日、ABM。モノヴィッツの病院記録、ABM。
15 収監者番号68615、到着者名簿、1942年10月19日、ABM。
16 フリッツは銃がルガーだったとまでは述べていないが、そうだったのはほぼまちが

11　Danuta Czech, "Kalendarium der wichtigsten Ereignisse aus der Geschichte des KL Auschwitz"、Długoborski and Piper, *Auschwitz*、第5巻、203ページ。Wachsmann, *KL*、457から461ページ。Cesarani, *Final Solution*、707から711ページ。Rees, *Holocaust*、381から385ページ。Czech, *Auschwitz Chronicle*、627ページ。

12　Danuta Czech, "Kalendarium der wichtigsten Ereignisse aus der Geschichte des KL Auschwitz"、Długoborski and Piper, *Auschwitz*、第5巻、203ページ。

13　Cesarani, *Final Solution*、710ページ。

14　Wachsmann, *KL*、460から461ページ。

15　グスタフはこのことをハンガリーのユダヤ人について述べた直後に書いているので、1944年5月ごろの出来事と考えられる。フリッツは回顧録で1943年のクリスマス前だったと示唆しているが、日記の内容から見て、そうは考えにくい。

16　病院の入院者名簿、1944年2月から3月、288および346ページ、ABM。グスタフの病名は記録簿にない（記録されるのは名前、収監者番号、日付と、退院か死亡か"ナーハ・ビルケナウ"かということだけだ）。日記は1943年10月から1944年5月まで一気に飛ぶので、この件にはふれていない。

17　コンスタンチン・シーモノフのことば、Rees, *Holocaust*、405ページ。ソビボルやトレブリンカなど、この地域にあったほかの死の収容所はマリー・トロスティネッツと同じく1943年10月に使用されなくなっていた。

18　ほかに、空爆は精度が低くてあまり効果がないという現実的な主張もあった。たとえば、アウシュヴィッツのガス室に命中させるにはきわめて広範囲に大量の爆弾を落とす必要があり、ガス室を直撃する確証もないまま、ビルケナウにいる何千人もの収監者を殺すことになりかねなかった。鉄道網への爆撃も同様の問題があった。線路は高所から狙うのがむずかしく、戦略上の軍事行動の一環として破壊してもドイツ軍は迂回路を使い、たいがい24時間以内に使える状態にまで修復された。両派の主張の概要については Martin Gilbert, *Auschwitz and the Allies*（1981年）、David S. Wyman, "Why Auschwitz Wasn't Bombed"（Gutman and Berenbaum, *Anatomy*、569から587ページ）、Wachsmann, *KL*、494から496ページ。
"なぜ連合国はホロコーストを止めるために行動しなかったのか"という問いに対しては、行動したというのが著者の答だ。連合国はホロコーストをおこなう政府を破壊するために総力戦を展開し、おびただしい数の命を犠牲にしながら、最後には勝利した。

19　アウシュヴィッツの収容所司令部は1943年11月9日の会議で灯火管制の実施などの空襲対策について話し合ったが、1944年にはいってかなり経つまで何もおこなわれなかったようだ（Robert Jan van Pelt, *The Case for Auschwitz: Evidence from the Irving Trial*［2016年］328ページ）。

20　戒律に厳格なユダヤ人のなかには、コシェルでない食品をできるだけパンと交換する者もいて、モノヴィッツにいた超正統派ユダヤ教のラビに至っては、コシェルでない食品をすべて拒否することもあったが、そういう者はすぐに餓死した（Wollheim Memorial 口述史料。オンラインでは wollheim-memorial.de/en/juedische_religion_und_zionistische_aktivitaet_en。2017年7月4日閲覧）。

21　フリッツは何年ものちに自分の行動を回想し、"あのときのことを考えるといまでも苦しい"と語っている。

22　フリッツは Gartner and Kleinmann, *Doch der Hund*（142ページ）のなかでこの出会いにふれているが、若者の身元についてくわしくは書いていない。収監者番号は106468で、アウシュヴィッツ第3収容所＝モノヴィッツの病院の記録（ABM）にはあるが、現存するアウシュヴィッツの記録には記載がない。この収監者番号は、1943年3月6日にドイツを出発したユダヤ人に与えられたなかのひとつだった（Czech, *Auschwitz*

モノヴィッツやその近く、おそらくは収容所付近の空き地でおろされ、モノヴィッツ行きに選ばれた者たちが荷物を持って到着したとフリッツ・クラインマンは示唆している(Gartner and Kleinmann, *Doch der Hund*、129から130ページ)。

7　ビルケナウでは、収容所のまる2区画ぶんにある36の宿舎ブロックが倉庫として使われ、収容所内の俗語で“第1カナダ”、“第2カナダ”と呼ばれていた。選別班は公式には“アウフロイムンスコマンド”(整頓班)という名だったが、非公式な“カナダ・コマンド”という呼び名が浸透し、SSまでもこの名を使うようになった(アンジェイ・ストシェレツキのことば、Gutman and Berenbaum, *Anatomy*、250から252ページ)。

8　フリッツの回顧録には書かれていないが、1997年のインタビューでは、ヴォッヒャーが母を見つけて手紙を渡してくれることを願っていたと述べている。

9　イム・ヴェルト通り11番地には23室のアパートメントがはいっていた。1941年から1942年に入居者がいたのはわずか12室だった(レーマン住所録、イム・ヴェルト通り、1938年および1941から1942年、WLO)。

10　同前、1942年、WLO。1938年と1939年にグスタフとフリッツを売り渡した友人のひとり、フリードリヒ・ノヴァーチェクはカール・ノヴァーチェクと同じ建物に住んでいたが、親族だったかどうかは定かではない。

11　移送者名簿、Da227、1942年9月14日、DOW。移送列車Da227は2日後にミンスクへ到着し、移住者は通常どおりそのままマリー・トロスティネッツへ連行されて殺された(Alfred Gottwaldt, “Logik und Logistik von 1300 Eisenbahnkilometern”、Barton, *Ermordet*、54ページ)。ベルタの娘ヒルダはヴィクトル・ヴィルツェクと結婚していた。クルト・クラインマンの従甥で親友でもあった半分ユダヤ人のリヒャルトはふたりの息子である。

16章

1　グスタフ・クラインマン、オルガ・シュタイスカルへの手紙、1944年1月3日、DFK。

2　この制限があったのはモノヴィッツだけで、アウシュヴィッツのほかの収容所では、どの区分の収監者でも手に入れることができた。

3　Langbein, *People*、25ページ。フリッツ・クラインマン、Gartner and Kleinmann, *Doch der Hund*、129から130ページ。

4　フリッツ・クラインマン、Gartner and Kleinmann, *Doch der Hund*、129から130ページ。Wagner, *IG Auschwitz*、101および103ページ。Levi, *Survival*、32ページ(プリーモ・レーヴィ『改訂完全版　アウシュヴィッツは終わらない　これが人間か』竹山博英訳、朝日新聞出版、2017年)。

5　フリッツ・クラインマン、Gartner and Kleinmann, *Doch der Hund*、132ページ。Wagner, *IG Auschwitz*、101ページ。

6　Cesarani, *Final Solution*、702ページ。ハンガリーのユダヤ人のうち約32万人はもともと周辺諸国の国民だったが、ドイツがその一部を切り離して同盟国ハンガリーに分け与えた。

7　ハンガリー政府はユダヤ人を強制移送せよというドイツの命令に抗った。しかし、1941年8月、ハンガリーの国境当局が1万8000人ほどのユダヤ人を独断でドイツ占領下の旧ソ連領へ移送した。ユダヤ人たちはウクライナのカメネツ・ポドリスキーで現地のユダヤ人約8000人とともに殺された(Cesarani, *Final Solution*、407から408ページ。Rees, *Holocaust*、292ページ)。

8　Cesarani, *Final Solution*。

9　Danuta Czech, “Kalendarium der wichtigsten Ereignisse aus der Geschichte des KL Auschwitz”、Długoborski and Piper, *Auschwitz*、第5巻、201ページ。Czech, *Auschwitz Chronicle*、618ページ。

10　Rees, *Holocaust*、381から382ページ。

たと考えられる。ただし、尋問のあと、グラブナーが"民間人とともにアウシュヴィッツへもどっていった"と述べている（Gartner and Kleinmann, *Doch der Hund*、114ページ）。タオテとホーファーが自分を"収容所へ連れ帰った"（同前）とも書いていて、そこでも拷問があった場所は第1収容所だと示唆している。証拠を総合すると、第1収容所の本部だった可能性が高い。1963年のフランクフルト・アウシュヴィッツ裁判のときの供述書（Abt 461 Nr 37638/83/15663、FTD）で、フリッツはこの事件が1944年6月に起こったと述べている。グラブナーは1943年後半にアウシュヴィッツを離れているので、おそらく1943年6月の書きまちがいだろう。

16　Wagner, *IG Auschwitz*、163から192ページ。Irena Strzelecka and Piotr Setkiewicz, "Bau, Ausbau und Entwicklung des KL Auschwitz"、Długoborski and Piper, *Auschwitz 1940–1945*、第1巻、128ページ。

17　フリッツ・クラインマンの死亡記録は見つからなかった。おそらく、アウシュヴィッツ収容所が解放される前に、多数の記録とともに破棄されたのだろう。病院の記録簿はいくつか残っている（記載の形式は本文にあるとおりだ）が、フリッツの記録は失われたらしい。

18　このころの自殺願望について、フリッツは出版した回顧録のなかでは述べていないが、1997年のインタビューではかなりくわしく、感情をこめて語っている。

19　フリッツは、自分の生存を父に知らせるまでにどの程度かかったのか、具体的には明らかにしていない。回顧録のなかでは病院から第48ブロックへ移されてすぐだったとほのめかしているが、1997年のインタビューでは明言せず、長いあいだ秘密を守る必要があったとだけ述べている。

20　Czech, *Auschwitz Chronicle*、537および542ページ。

21　Langbein, *People*、40ページ。Wachsmann, *KL*、388から389ページ。Czech, *Auschwitz Chronicle*、537および812ページ。

22　収監者反乱記録、1943年12月9日、Czech, *Auschwitz Chronicle*、542ページ。

15章

1　この事件に関するフリッツ・クラインマンの説明は細かい部分がいくつかグスタフの日記と食いちがっていて、さらにどちらもゲシュタポの記録（Czech, *Auschwitz Chronicle*、481から482ページ）とは異なる。ここでの記述はその3つをまとめたものだ。

2　グスタフの日記には、アイスラーもヴィントミュラーも射殺されたと記録されている（Czech, *Auschwitz Chronicle*、482ページ）。おそらく、当時モノヴィッツにそのように伝わったのだろう。

3　1975年に創立された社会主義者支援組織のローテ・ヒルフェe・Vとは別物。はじめにできたローテ・ヒルフェは1921年に創立された、国際赤色救援会の支部。ナチス政権下で禁止されたのち、解散した。ローテ・ヒルフェの活動家は多くが強制収容所行きとなった。

4　アルフレート・ヴォッヒャーが東部戦線でどのような任務に就き、どの部隊に所属していたのかはわからないが、現地でおこなわれていたユダヤ人の大量殺戮を知らなかったとは考えにくい。武装SSやアインザッツグルッペンだけがかかわっていたわけではけっしてなく、ドイツ国防軍の部隊も加担していた。ヴォッヒャーがそういった出来事に直接かかわったことがないとしても、噂に聞いたことはあったはずだ。

5　Langbein, *People*、321から322ページ。

6　モノヴィッツに積みおろし場が作られたことはなく、線路は収容所内にはいってはいなかった。1942年以降、移送列車はオシフィエンチム鉄道駅の"旧ユダヤ人積みおろし場"か第1収容所の近くにある引きこみ線へはいるのが基本の流れとなり、1944年からはビルケナウ内の積みおろし場へはいるようになった。しかし、一部の移送者は

がはいることはけっしてない”と述べている。Primo Levi, *Survival in Auschwitz and The Reawakening: Two Memoirs*（1986年）32ページ（プリーモ・レーヴィ『改訂完全版　アウシュヴィッツは終わらない　これが人間か』竹山博英訳、朝日新聞出版、2017年）。

10　Wagner, *IG Auschwitz*、117および121から122ページ。Langbein, *People*、150から151ページ。

11　Wachsmann, *KL*、515ページ。

12　Wagner, *IG Auschwitz*、121から122ページ。

13　同前、117ページ。

14　フレディ・ディアマントのことば、Langbein, *People*、151ページ。

15　Irena Strzelecka and Piotr Setkiewicz, “Bau, Ausbau und Entwicklung des KL Auschwitz”、Długoborski and Piper, *Auschwitz 1940–1945*、第1巻、135ページ。

16　1943年末の時点で、アウシュヴィッツには石炭採鉱に特化した補助収容所が3つあった。フュルステングルーベ、ヤニーナグルーベ、ヤヴィショヴィッツだ。アウシュヴィッツ基幹収容所からは約15ないし100キロ離れたところにあった（Megargee, *USHMM Encyclopedia*、1A巻、221、239、253、および255ページに項目がある）。

17　Wagner, *IG Auschwitz*、118ページ。つねに狡猾に策を練り、SSに気に入られていたヴィンデックは、ビルケナウの男子収容所で数週間のうちに収容所古参の地位を手に入れた。

14章

1　Wachsmann, *KL*、206から207ページ。

2　フリッツ・クラインマン、Gartner and Kleinmann, *Doch der Hund*、108ページ。

3　以降の具体例についてはフリッツ・クラインマンによって詳細に述べられている（同前、108から112ページ）。

4　Langbein, *People*、142ページ。Irena Strzelecka and Piotr Setkiewicz, “Bau, Ausbau und Entwicklung des KL Auschwitz”、Długoborski and Piper, *Auschwitz 1940–1945*、第1巻、128ページ。

5　Hayes, *Industry*、361から362ページ。

6　フリッツ・クラインマン、Gartner and Kleinmann, *Doch der Hund*、112ページ。著者の翻訳による。

7　フロリアン・シュマルツのことば、Megargee, *USHMM Encyclopedia*、1A巻、217ページ。

8　Henryk Swiebocki, “Die Entstehung und die Entwicklung der Konspiration im Lager”、Długoborski and Piper, *Auschwitz 1940–1945*、第4巻、150から153ページ。

9　Pierre Goltman, *Six mois en enfer*（2011年）89から90ページ。

10　フリッツは“*Transportarbeiter*”、すなわち“運搬労働者”として働いたと述べている（Gärtner and Kleinmann, *Doch der Hund*、113ページ）が、具体的な説明はない。非常に漠然とした職名だが、おそらく工場内で錠前職人のために物を運んだり持ってきたりしたのだろう。

11　ヘルマン・ラングバインのことば、Gutman and Berenbaum, *Anatomy*、490から491ページ。Henryk Swiebocki, “Die Entstehung und die Entwick lung der Konspiration im Lager”、Długoborski and Piper, *Auschwitz 1940–1945*、第4巻、153から154ページ。

12　フロリアン・シュマルツのことば、Megargee, *USHMM Encyclopedia*、1A巻、217ページ。

13　Langbein, *People*、329ページ。

14　同前、31、185、322、および329から335ページ。

15　回顧録やインタビューで、フリッツは政治部へ連れていかれたとしか述べておらず、第1収容所にある本部だったのか、モノヴィッツにある支部だったのかは明らかにしていない。グラブナーがかかわっていたことと告発の重大さから、おそらく本部だっ

Auschwitz Chronicle、255ページ)。しかし、記録はたしかなものではなく、フリッツとグスタフは全員処刑される予定だという印象を受けていた。ブーヘンヴァルトでの選抜にそういう意図があったのはまちがいない――だからこそ建設労働者は残されたのだ。

12章

1　このころ、収容所の正式名称はブーナ労働収容所(〈IG・ファルベン〉の経営陣は"第4収容所"と呼んでいた―― Bernd C. Wagner, *IG Auschwitz: Zwangsarbeit und Vernichtung von Häftlingen des Lagers Monowitz 1941–1945* [2000年] 96ページ)。のちに、モノヴィッツ収容所やアウシュヴィッツ第3収容所として知られるようになる。ここでは、わかりやすく一貫した呼び方をするために後年の名称を用いている。

2　1942年9月上旬の時点でモノヴィッツは区割りまで完了していたが、建設は少数(文献によって2棟から8棟)の宿舎がいくつかできた以外は進んでいなかった。収容所のほかの施設の建設が遅れたのは、ブーナ工場の建設を急ぐためだった。収容所が公式に開設したのは収監者を受け入れはじめた10月28日だった(同前、95から97ページ)。

3　ブーナ工場という名は、そこで製造される予定のブーナ(合成ゴム)に由来する。ゴムにはさまざまな用途があるが、特に飛行機や車両の製造には欠かせず、タイヤや多様な衝撃吸収部品などに使われていた。

4　フロリアン・シュマルツのことば、Megargee, *USHMM Encyclopedia*、1A巻、216から217ページ。Gartner and Kleinmann, *Doch der Hund*、92ページ。やがて、収容所の収監者はブーナ工場の全従業員のうち約3分の1を占めるようになった。残りの雇われた労働者はドイツや占領下の国出身で(Hayes, *Industry*、358ページ)、多くはフランスの対独協力強制労働など、強制労働計画によって徴集されていた。

13章

1　Wachsmann, *KL*、49から52ページ。ジョセフ・ロバート・ホワイトのことば、Megargee, *USH MM Encyclopedia*、1A巻、64から66ページ。エムスラントにあったエスターヴェーゲンなどの収容所は1936年に閉鎖された。

2　レーマン人名録、1891年、WLO。Alice Teichova, "Banking in Austria"、Manfred Pohl (ed.), *Handbook on the History of European Banks* (1994年) 4ページ。

3　Wagner, *IG Auschwitz*、107ページ。

4　この表現はほかの収容所でも使われていた。起源は不明である(イスラエル・グットマンのことば、Yisrael Gutman and Michael Berenbaum [eds], *Anatomy of the Auschwitz Death Camp* [1994年] 20ページ。Wachsmann, *KL*、209から210および685ページ脚注117。ウワディスワフ・フェイキエルのことば、Langbein, *People*、91ページ)。1944年から1945年に強制収容所が解放されたころには、長期間収容されていた者の多くはムーゼルマンになっていて、ホロコースト犠牲者の象徴的存在とされた。しかし、収容所には1939年の時点ですでにムーゼルマンがいた。

5　Hayes, *Industry*、358ページ。

6　ヘルツォークは1943年なかばから書記を、1944年1月から10月まで局長をつとめた(ヘルツォーク、フランクフルト・アウシュヴィッツ裁判での供述、Abt 461 Nr 37638/84/15891–2、FTD)。

7　くわしい建物の見取り図と配置はIrena Strzelecka and Piotr Setkiewicz, "Bau, Ausbau und Entwicklung des KL Auschwitz" (Wacław Długoborski and Franciszek Piper [eds], *Auschwitz 1940–1945: Studien der Geschichte des Konzentrations-und Vernichtungslagers Auschwitz* [1999年]、第1巻、128から130ページ) より。

8　Wachsmann, *KL*、210ページ。

9　1944年2月からモノヴィッツに囚われていたプリーモ・レーヴィは、第7ブロックについて"ふつうのヘフトリング(収監者)

のことで、T４安楽死計画の一環だった（Cesarani, *Final Solution*、283から285ページ）。アウシュヴィッツで最初のツィクロンＢを用いたガス処刑実験は、1941年８月、第１収容所でおこなわれた。アウシュヴィッツ＝ビルケナウで大規模な専用のガス室や焼却場が使われるようになったのは1942年はじめだ（Wachsmann, *KL*、267から268および301から302ページ。フランチシェク・ピペルの証言、Megargee, *USHMM Encyclopedia*、1A巻、206および210ページより）。1942年の終わりごろには、ガス処刑の噂は強制収容所組織や地元の人々に広まっていた。

26 “*Eine Laus dein Tod*”――このことばはアウシュヴィッツ収容所群じゅうに書かれていた。

27 収監者服のシラミはツィクロンＢによる燻蒸によって駆除された。本来その目的で使う毒ガスを、SSはガス室での殺戮に転用した。この目的のため、SSは製造業者（〈IG・ファルベン〉の子会社）に指示し、ふつうならつける不快な警告臭を抜かせていた（Peter Hayes, *Industry and Ideology: IG Farben in the Nazi Era*［2001年］363ページ）。

28 最初に番号の刺青を入れられたのはソ連の捕虜たちで、はじまったのは1941年秋だった。SSは初期のころ、スタンプ式の器具を試していたが、あまりうまくいかなかった（Wachsmann, *KL*、284ページ）。刺青はほかの強制収容所では採用されなかった。

29 到着者名簿、1942年10月19日、ABM。

30 第１収容所、第２収容所、第３収容所という番号づけが導入されたのは1943年11月のことだが（フロリアン・シュマルツのことば、Megargee, *USHMM Encyclopedia*、1A巻、216ページ）、ここではわかりやすく一貫した呼び方をするために用いている。

31 フランチシェク・ピペルのことば、Megargee, *USHMM Encyclopedia*、1A巻、210ページ。アウシュヴィッツ＝ビルケナウ（第２収容所）の建設がはじまったのは1941年10月で、1942年はじめには使用できる状態になっていた。

32 グスタフは一般に使われる *schwarze Wand* ではなく *schwarze Mauer* という表現を使っている。どちらも意味は同じだ。この名は、煉瓦を銃弾から保護するために置かれた黒塗りの衝立に由来する。

33 Czech, *Auschwitz Chronicle*、259ページ。

34 ヘス、Hermann Langbein, *People in Auschwitz*, transl. Harry Zohn（2004年）391から392ページ。

35 Langbein, *People*、392ページ。このころ、ゲルハルト・パリッチュSS上級曹長は妻を亡くしたせいで精神的に不安定になっていた。家は収容所の近くにあった。パリッチュは汚職に関与し、ビルケナウの収監者から奪った服を自分のものにしていた。1942年10月、妻が――おそらく盗んだ服についていたシラミのせいで――発疹チフスを患い、死亡した。パリッチュは酒に溺れ、異様な行動をとるようになった（同前、408から410ページ）。

36 Czech, *Auschwitz Chronicle*、255から260ページ。

37 同前、261ページ。ラーフェンスブリュックから来た186人の女たちは適格と認められ、男たちとは別の仕事を与えられた（同前、261から262ページ）。

38 Gartner and Kleinmann, *Doch der Hund*、90ページ。フリッツはアウシュヴィッツ第１収容所にいた期間を１週間だけだったと述べており、フランクフルト・アウシュヴィッツ裁判での証言ではフリッツもグスタフも８日間だったと述べている（Abt 461 Nr 37638/84/15904-6; Abt 461 Nr 37638/83/15661-3、FTD）。実際には11日間だった（Czech, *Auschwitz Chronicle*、255および260から261ページ）。

39 この点の真相は不明だ。モノヴィッツに新しい収容所を建設するため、労働者の需要は高まっており、記録によると、移送されてきた収監者ははじめから建設現場で働かされる予定だったようだ（Czech,

7　Alexander Watson, *Ring of Steel: Germany and Austria-Hungary at War, 1914–1918*（2014年）193から195ページ。

8　同前、200から201ページ。Andrew Zalewski, *Galician Portraits: In Search of Jewish Roots*（2012年）200から206ページ。

9　John Keegan, *The First World War*（1998年）192ページ。

10　Gemeinesames Zentralnachweisbureau, *Nachrichten über Verwundete und Kranke Nr 190 ausgegeben am 6.1.1915*（1915年）24ページ、および *Nr 203 ausgegeben am 11.1.1915*（1915年）25ページ。グスタフが負傷した具体的な状況については、撃たれたということしかわからない。撃たれたのは左の下腿だったとする記録（"*linken Unterschenkel*"、1月6日、ビアラ）と、左の前腕だったとする記録（"*linken Unterarm*"、1月11日、オシフィエンチム）がある。兵士がライフルを撃とうと膝を突いているときに左腕と左脚を同時に負傷することは、ときどき起こった。そのような傷を負ったとしたら、塹壕にいるときではなく、攻撃か襲撃のさなかだった可能性が高い。

11　Robert Jan van Pelt and Debórah Dwork, *Auschwitz: 1270 to the Present*（1996年）59ページ。

12　同前。

13　グスタフの行動についての報告（授章申請書、第3野戦中隊、歩兵第56連隊、1915年2月27日、BWM）では、すべてをグスタフとアレクシアックが主導したと述べられているので、軍曹や小隊長は不在で、おそらく襲撃中に死亡したものと考えられる。

14　オーストリア＝ハンガリー軍報告書、1915年2月26日、*Amtliche Kriegs-Depeschen*、第2巻（Berlin: Nationaler Verlag、1915年）、stahlgewitter.com/15_02_26.htm よりオンラインで複写が閲覧できる（2017年10月1日閲覧）。

15　授章申請書、第3野戦中隊、歩兵第56連隊、1915年2月27日、BWM。

16　*Wiener Zeitung*、1915年4月7日、5から6ページ。第56連隊の計19人が一等勇敢銀勲章（Silberne Tapferkeitsmedaille erster Klasse）を、97人が二等勲章を授与された。

17　K.u.k. Kriegsministerium, *Verlustliste Nr 244 ausgegeben am 21.8.1915*（1915年）21ページ。公式な名簿ではグスタフがどのようにして負傷し、傷がどこにあったか（どの病院に入院したかも）まで具体的には書かれていない。単に"負傷者（フェルヴンデテン）"とだけ記載されている。家族に伝わっている話では、肺に傷を負ったということだ。

18　これが当時ラビ・アルノルト・フランクフルターが結婚式などでおこなっていた講話の要旨で、この講話を引用した"Der Konig rief"、212から213ページでは、特にグスタフとティニの結婚式に言及している。

19　Watson, *Ring of Steel*、503から506ページ。

20　グリューンベルクはアウシュヴィッツにはいる際、煉瓦工見習いとして登録されている（到着者名簿、1942年10月19日、ABM）。

21　1944年以前、ビルケナウで線路の引きこみ線や積みおろし場が建設中だったころ、アウシュヴィッツに着いた収監者たちは、第1収容所付近の引きこみ線で降車していた。それより前には、町の駅でおりて収容所まで歩いていた。

22　Danuta Czech, *Auschwitz Chronicle: 1939–1945*（1990年）255ページ。

23　移送者名簿には405人が載っているが、アウシュヴィッツに入所したのは404人だ（同前、255ページ）。おそらく、道中でひとり死亡したのだろう。

24　のちに、アウシュヴィッツ第1収容所の門を出たところに入所専用の建物ができる（van Pelt and Dwork, *Auschwitz*、222から225ページ。Czech, *Auschwitz Chronicle*、601ページ）。それ以前は収容所内のふつうの施設しかなかった。

25　ドイツでトラックやガス室を用いたガス処刑がはじめておこなわれたのは1939年

シのユダヤ人とソ連軍の捕虜が20万人以上虐殺されたと推定されている（Martin Gilbert, *The Holocaust: The Jewish Tragedy*［1986年］886ページ脚注38）。

10章

1　収監者ヘルマン・アインツィガーによる戦後の証言（Hackett, *Buchenwald Report*、189ページ）によれば、この事件が起こったのは4月で、作業班は丸太を手で持って収容所まで運んでいたという。だが、グスタフの日記（1942年以降はもとどおり、時系列が信頼できる）には、その年のもっと遅い時期（夏の半ばから終わりごろ）に起こったことで、丸太を荷車に積んでいるところだったと記されている。アインツィガーはフリードマンの出身地をマンハイムと言い、グスタフはカッセル出身と書いている。どちらもフリードマンについてそれ以上くわしくは述べていない。

2　診療所へのユダヤ人受け入れ禁止令はある時期に撤廃されたが、正確な日付はわからない。

3　Stein, *Buchenwald*、138から139ページ。ルートヴィヒ・シャインブルンの証言、Hackett, *Buchenwald Report*、215から216ページ。

4　Stein, *Buchenwald*、36から37ページ。Hackett, *Buchenwald Report*、313ページ。

5　1942年10月5日の命令、Stein, *Buchenwald*、128ページ。

6　Stein, *Buchenwald*、128から129ページ。

7　これは名簿の草案ができてから1週間が経ってからのことだった（シュテファン・ヘイマンの証言、Hackett, *Buchenwald Report*、342ページ）。

8　これに関して、フリッツの回顧録に説明はない。SSはこのような宣誓など必要としないため、ジーヴェルトが、共謀やフリッツへの強制疑いで告発された場合に備えてそうしたのかもしれない。

9　フリッツは（Gartner and Kleinmann, *Doch der Hund*、86ページで）1台の貨車に80人が乗っていたと述べている。一方、ピスター司令官は家畜用または貨物用の貨車10台と、SSの人員のための客車1台からなる列車1本を鉄道会社から手配している（Stein, *Buchenwald Report*、128から129ページ）。フリッツは出発の日を10月18日、アウシュヴィッツに到着した日を10月20日としており、これは1日ずれている。

10　グスタフは“*Himmelfahrtskommando*”という決まり文句を使っている。文字どおり訳すと“天国への旅の任務”という意味で、“自爆作戦”や“カミカゼ命令”のドイツ語版である。

11章

1　オーストリア＝ハンガリー帝国の男たちは21歳になる年の春に徴兵されて、3年間兵役に就き、その後10年間は予備兵となった（James Lucas, *Fighting Troops of the Austro-Hungarian Army, 1868–1914*［1987年］22ページ）。グスタフ・クラインマンは1912年5月2日に21歳になった。カイザーリッヒ・ウント・ケーニヒリッヒ（k・u・k）アーミー（帝国および王国軍）は、帝国じゅうから集まった兵士で構成されていた。

2　Lucas, *Fighting Troops*、25から26ページ。

3　第12歩兵師団は第1軍の支援部隊に属し、進軍にあたっては第10軍団に編入された。

4　John R. Schindler, *Fall of the Double Eagle: The Battle for Galicia and the Demise of Austria-Hungary*（2015年）171ページ。1914年時点で、現在のポーランド北部と西部はドイツ帝国に、南部（ガリツィアを含む）はオーストリア＝ハンガリー帝国に属していた。現在のポーランド中心部（ワルシャワを含む）はロシア帝国の一部だった。そのため、オーストリアから見ると、北と西にロシアとの国境があった。

5　同前、172ページ以降。

6　同前、200から239ページ。

る。鉄道の記録では前者の日付だが、アールト SS 伍長の報告（1942年6月16日、ファイル136 M. 38、YVP）では後者となっている。ホロコースト否定派は、この不一致を根拠にマリー・トロスティネッツで虐殺があったことに疑念を向けている。実際には、これは労使関係に起因していた。1942年3月の時点で、ミンスクの鉄道労働者は週末に働く義務がなく、土曜に着いた列車は、月曜の朝まで市外のコイダノヴォ駅に停められていた（Alfred Gottwaldt, "Logik und Logistik von 1300 Eisenbahnkilometern"、Barton, *Ermordet*、51ページ）。

26　ティニ・クラインマン、クルト・クラインマンへの手紙、1941年8月5日、DKK。

27　ここでは資料として2次証言（Sybille Steinbacher, "Deportiert von Wien nach Minsk"、Barton, *Ermordet*、31から38ページ。Sagel-Grande et al., *Justiz*、192から196ページ。Christian Gerlach, *Kalkulierte Morde: Die deutsche Wirtschafts-und Vernichtungspolitik in Weißrußland 1941 bis 1944*［1999年］747から760ページ。Petra Rentrop, "Maly Trostinez als Tatort der «Endlosung»"、Barton, *Ermordet*、57から71ページ。Mark Aarons, *War Criminals Welcome: Australia, a Sanctuary for Fugitive War Criminals Since 1945*［2001年］71から76ページ）、公式報告（アールト SS 伍長、1942年6月16日、ファイル136 M. 38、YVP）、および、生還者の個人的な証言（ヴォルフ・ザイラー、記録854、DOW。イザーク・グリューンベルク、前述の複数の文献で引用）を用いた。

28　Petra Rentrop, "Maly Trostinez als Tatort der «Endlosung»"、Barton, *Ermordet*、64ページ。

29　Cesarani, *Final Solution*、356ページ以降。

30　Sybille Steinbacher, "Deportiert von Wien nach Minsk"、Barton, *Ermordet*、31から38ページ。Sagel-Grande et al., *Justiz*、192から196ページ。Gerlach, *Kalkulierte Morde*、747から760ページ。Petra Rentrop, "Maly Trostinez als Tatort der «Endlosung»"、Barton, *Ermordet*、57から71ページ。マリー・トロスティネッツ強制収容所については、一般的なホロコーストの歴史ではほとんど言及されていない。4巻まである大資料 *United States Holocaust Memorial Museum Encyclopedia of Camps and Ghettos*（ed. Megargee）にも項目がなく、ミンスク・ゲットーの項目（2B 巻、1234および1236ページ）で何度か言及されているだけだ。名前の綴りは文献によってさまざまだ——現代のベラルーシ語では Mały Trościeniec で、その他の綴りは Trostenets、Trostinets、Trostinec、Trostenez、Trastsianiets、Trascianec など。ドイツ語では Klein Trostenez と表記されることもある。

31　ヴォルフ・ザイラーの証言、記録854、DOW。

32　Sagel-Grande et al., *Justiz*、194ページ。

33　Aarons, *War Criminals*、72から74ページ。

34　Sagel-Grande et al., *Justiz*、194ページ。

35　Aarons, *War Criminals*、72から74ページ。

36　Petra Rentrop, "Maly Trostinez als Tatort der «Endlosung»"、Barton, *Ermordet*、65ページ。ベラルーシには実際には最大8台のガス車があった可能性があるが、マリー・トロスティネッツでは3、4台しか使われていなかったと考えられる（Gerlach, *Kalkulierte Morde*、765から766ページ）。

37　Sagel-Grande et al., *Justiz*、194から195ページ。

38　アールト SS 伍長、1942年6月16日。ファイル136 M. 38, YVP。

39　このボートの旅と自分の子供時代のことに、ティニはクルト宛の手紙（1941年7月15日、DKK）でふれている。

40　オーストリア・レジスタンス資料館（www.doew.at）によると、計約9000人のユダヤ人がウィーンからマリー・トロスティネッツへ送られた。生還者として知られているのはわずか17人だ。マリー・トロスティネッツで殺された人の総数は正確にはわからないが、1941年から収容所が閉鎖された1943年までに、ドイツ、オーストリア、ベラルー

Gottwaldt and Diana Schulle, *Die «Judendeportationen» aus dem Deutschen Reich 1941–1945*［2005年］230ページ以降、および Irene Sagel-Grande, H. H. Fuchs and C. F. Rüter, *Justiz und NS-Verbrechen: Sammlung Deutscher Strafurteile wegen Nationalsozialistischer Tötungsverbrechen 1945–1966: Band XIX*［1978年］192から196ページ）。

13 Gartner and Kleinmann, *Doch der Hund*、69ページ。ブーヘンヴァルト収監者記録カード1.1.5.3/6283376、ITS。

14 ベルタは夫を第１次世界大戦で失い、再婚することはなかった（ベルタ・ロッテンシュタインの出生記録、1887年４月29日、Geburtsbuch、IKA。*Lehmann's Adressbuch* for Vienna for 1938、WLO。死没者名簿、*Illustrierte Kronen Zeitung*、1915年６月４日、６ページ。K.u.k. Kriegsministerium［共通軍事省］、*Verlustliste Nr 209 ausgegeben am 13.7.1915*［1915年］54ページ）。

15 ティニ・クラインマンとヘルタ・クラインマンがどれだけの期間ザメルラーガー（集合収容所）に囚われていたのかはわからない。１週間以上待たされた移住者もいるが、ティニとヘルタの移住者番号は数が非常に大きい（以降の注釈を参照）ので、通告を受けたのも遅く、長くは待たされなかったと考えられる。

16 積みこみには５時間以上かかることもあった（移送列車Da230についての警察の報告書、1942年10月、DOWなど）。

17 移住者はゲシュタポの移送列車26号（Da206）の移住者名簿に記録された（1942年６月９日、1.2.1.1/11203406、ITS）。一部のデータは Erfassung der Osterreichischen Holocaustopfer（ホロコーストで犠牲になったオーストリア人のデータベース）、DOW、およびYVSにも残されている。

18 ティニ・ロッテンシュタインは1893年１月２日、プラーターシュテルンの近くにあるクライネ・シュタットグート通り６番地のアパートで生まれた（Geburtsbuch 1893、IKA）。

19 アスパング駅は1976年に取り壊された。跡地には現在、小さな広場――プラッツ・デア・オプファー・デア・デポルタツィオーン（移送犠牲者の広場）――があり、この駅からウィーンを発った何万人ものユダヤ人のための記念碑がある。

20 ルートは Alfred Gottwaldt, "Logik und Logistik von 1300 Eisenbahnkilometern"（Barton, *Ermordet*、48から51ページ）で述べられている。時間帯は移送列車Da230についての警察の報告書（1942年10月、DOW）から見積もった。

21 戦争がはじまったころ、SSのトーテンコプフフェアベンデ（〈髑髏部隊〉）は武装SSの全面指揮下に置かれていた。経験豊富な監視兵は東部戦線での戦闘へ送られた。代わりに収容所へ来たのは新入りの志願兵や徴集兵たちだった。全SS隊員が髑髏の徽章を帽子につけていたが、〈髑髏部隊〉だけは襟の折返しにもつけていた。

22 ジポSDは、SSジッヒャーハイツポリツァイ（ジポ、保安警察）とジッヒャーハイツディーンスト（SD、情報部）の合同部隊の非公式名。ジポはゲシュタポと刑事警察が統合された組織で、このころには国家保安本部（RSHA）に吸収されて消滅していたが、ジポSDということばは、東部領土で活動する警察とSDの合同部隊の呼称としてまだ使われつづけていた。

23 生還者ヴォルフ・ザイラー（1942年５月６日に出発）による証言、記録854、DOW。イザーク・グリューンベルク（1942年10月５日に出発）の証言、Alfred Gottwaldt, "Logik und Logistik von 1300 Eisenbahnkilometern"（Barton, *Ermordet*、49ページ）。

24 Alfred Gottwaldt, "Logik und Logistik von 1300 Eisenbahnkilometern"（Barton, *Ermordet*、51ページ）。

25 ６月９日の火曜にウィーンを発った移送列車がミンスクに着いたのは、６月13日の土曜または15日の月曜だと記録されてい月14日（Felix Czeike, *Historisches Lexikon Wien*［1992から1997年］第2巻、357ページ）、あるいは3月10日または19日（Felicitas Heimann-Jelinek, Lothar Höbling and Ingo Zechner, *Ordnung muss sein: Das Archiv der Israelitischen Kultusgemeinde Wien*［2007年］152ページ）にブーヘンヴァルトで死去した。フランクフルターがグスタフ・クラインマンとティニ・ロッテンシュタインの結婚式を執りおこなったのは1917年5月8日のことだった（Dieter J. Hecht, "'Der König rief, und alle, alle kamen': Jewish military chaplains on duty in the Austro-Hungarian army during World War I", *Jewish Culture and History* 17/3［2016年］209から210ページ）。

2　フリッツ・クラインマン、Gartner and Kleinmann, *Doch der Hund*、82ページ。

3　Cesarani, *Final Solution*、445から449ページ。

4　Stein, *Buchenwald*、128ページ。

5　ヘルマン・アインツィガーの証言、Hackett, *Buchenwald Report*、189ページ。

6　グスタフはこのときのSS上級曹長がグリューエルだったと特定している。まぎらわしいことに、この事件は"砕石機からの砂利運び"で起こったと述べられているように読める一方、森から丸太を運搬する作業についての話のなかで出てくる。おそらく、グスタフの班は両方の仕事を交互におこなっていたのだろう。ここでグスタフの部下のなかに何も持っていない者がいたとすると、それは丸太運びのときに起こったことであり、（荷車を使うはずの）砂利運びではなかったと考えられる。

7　ロベルト・ジーヴェルトとヨーゼフ・シャッペの証言、Hackett, *Buchenwald Report*、153および160ページ。

8　フリッツは、レオポルト・モーゼスがナッツヴァイラーへ行ったのは1941年だと述べている（Gartner and Kleinmann, *Doch der Hund*、50ページ）。しかし、当時ナッツヴァイラーにはごく少数の収監者（ザクセンハウゼンからの移送者）しかいなかった。大規模な移送者を受け入れはじめたのは1942年の春だった（ジャン＝マルク・ドレフュスの証言、Geoffrey P. Megargee [ed.], *The United States Holocaust Memorial Museum Encyclopedia of Camps and Ghettos, 1933–1945*［2009年］1B巻、1007ページ）。

9　フリッツ・クラインマン、Gartner and Kleinmann, *Doch der Hund*、82ページ（フリッツが見ることのなかったティニの手紙の原本は残っていない）。

10　ドイツ支配下の旧ソ連領は、オストラント国家弁務官統治区域とウクライナ国家弁務官統治区域に分かれていた。これらの地域より先には、さらに広大な戦場がドイツの前線の向こうにひろがっていた。

11　旧帝国（アルトライヒ）やオストマルクからオストラントへ向かう移住者への指示については、Cesarani, *Final Solution*、428ページと Christopher Browning, *The Origins of the Final Solution*（2005年）381ページ、および Arad et al., *Documents*、159から161ページの記録に概略がある。ウィーンからの移送の責任者に宛てた指示書きは Gold, *Geschichte*、108から109ページに全文が引用されている。移住者の体験談としては、ウィーン人の生還者ヴォルフ・ザイラー（1942年5月6日に出発）の証言が記録854（DOW）にある。

12　ユダヤ人のオストラントへの移送は1941年11月にはじまった。その月にドイツの各都市を出発した7本の移送列車のうち1本はウィーン発だった（Alfred Gottwaldt, "Logik und Logistik von 1300 Eisenbahn-kilometern", Waltraud Barton [ed.], *Ermordet in Maly Trostinec: die österreichischen Opfer der Shoa in Weißrussland*［2012年］54ページ）。この計画はドイツ国防軍が軍需品を必要としたことで一時中断し、1942年5月に再開した。それ以降10月までの期間には、ウィーンから9本の移送列車が5月下旬から6月にかけて毎週出発した（同前。Alfred

26　1917年の革命を率いたボルシェビキの多くはたしかにユダヤ人で、ソ連体制下でロシアのユダヤ人が代々の皇帝による反ユダヤ主義的な弾圧から解放されたのもほんとうだ。しかし、ユダヤ人であることと共産主義とを結びつける考えはナチス信奉者の空想にすぎない。ユダヤ教徒がキリスト教徒の子供を殺して血を儀式に使うという作り話が中世以来伝えられ、それは"血の中傷"と呼ばれてきたが、それの陳腐な現代版とでも言うべきものだった。

27　Wachsmann, *KL*、260ページ。

28　グスタフ・クラインマンの日記には6月15日のことと書かれている。ドイツとソビエト連邦が開戦したのは6月22日なので、これはありえない。記憶に頼って書いたグスタフが1941年の出来事の日付を誤った例のひとつだ（前述の注釈22を参照）。日付以外の記述の詳細は、どれも複数の資料で裏づけが得られている。

29　Stein, *Buchenwald*、121から124ページ。Hackett, *Buchenwald Report*、236ページ以降。Wachsmann, *KL*、258ページ以降。"コマンド99"は廏舎の電話番号を表している。

30　Stein, *Buchenwald*、85ページ。Wachsmann, *KL*、277ページ以降。

31　Stein, *Buchenwald*、121から123ページ。

32　グスタフは司法殺人の婉曲表現としても使われる*Justifizierungen*という単語を使っているが、英語にはこれにあたる言いまわしがない――裁き（adjustment）、判決（judgement）、審判（adjudication）などが近いことばだ。

33　フリッツ・クラインマン、Gartner and Kleinmann, *Doch der Hund*、21ページ脚注。

34　Wachsmann, *KL*、270から271ページ。同じような事態は東部戦線にいるアインザッツグルッペンの暗殺団でも見られた。長期間にわたって至近距離から多数の敵を撃っていると、鍛えられた忠実なSS隊員ですら心に傷を負った（Cesarani, *Final Solution*、390ページ）。これが一因となって、強制収容所ではガス室の導入が進み、処分の作業は収監者たちからなる部隊――ゾンダーコマンド――に押しつけられるようになった。

35　Stein, *Buchenwald*、58から59ページ。Hackett, *Buchenwald Report*、71、210、230ページの目撃証言。Wachsmann, *KL*、435ページ。

36　Stein, *Buchenwald*、58ページ。

37　同前、200から203ページ、およびWachsmann, *KL*、435ページ。収監者たちが打たれた発疹チフス患者の血清は、発疹チフスが蔓延する東ヨーロッパで任務にあたるドイツ兵のために、SS、IG・ファルベン化学会社、ドイツ国防軍が共同で開発にあたっていたものだ。

38　フリッツ・クラインマン、Gartner and Kleinmann, *Doch der Hund*、79から80ページ。

39　《フェルキッシャー・ベオバハター》紙、Cesarani, *Final Solution*、421ページ。

40　Rees, *Holocaust*、231ページ。Cesarani, *Final Solution*、421ページ以降。アメリカ合衆国ホロコースト記念博物館の登録番号2005.506.3についての注釈、collections.ushmm.org/search/catalog/irn523540（2017年5月30日閲覧）。

41　Rabinovici, *Eichmann's Jews*、110から111ページ。

42　ティニ・クラインマン、サミュエル・バーネットへの手紙、1941年7月19日、DKK。

43　フリッツ・クラインマン、Gartner and Kleinmann, *Doch der Hund*、83ページ。

44　Rees, *Holocaust*、231ページ。Cesarani, *Final Solution*、422ページ以降。

45　ハインリッヒ・ミュラーによる命令、RSHA、1941年10月23日（Arad et al., *Documents*、153から154ページ）。

9章

1　Michael Dror, "News from the Archives", *Yad Vashem Jerusalem* 81（2016年）22ページ。アルノルト・フランクフルターは1942年の2

Doch der Hund、77から79ページ。
3　ヘルベルト・ミンドゥスは、ハンバーが建設班にいたと述べ、この事件が起こったのがSSのガレージ建設地だったと示唆している（Hackett, *Buchenwald Report*、171から172ページ）。だが、これが4年後に書かれたものであるのに対し、グスタフ・クラインマンの日記は事件当時に書かれていて、くわしさには欠けるが、より正確だと考えられる。グスタフはハンバーが運搬隊にいたと書き（Fein and Flanner, *Rot-Weiss-Rot*、74ページも参照）、事件が起こったのは経済部の掘削された区画だったとも書いている。ほかの記録（Stein, *Buchenwald*、288ページ）では、事件が起こったのは1940年末とされているが、実際には1941年の春だった。
4　エドゥアルトの登録名はエドムントだったようだが（Stein, *Buchenwald*、298ページ）、だれもがエドゥアルトという名で知っていた（Gartner and Kleinmann, *Doch der Hund*、81ページのフリッツ・クラインマン、Hackett, *Buchenwald Report*、171ページのヘルベルト・ミンドゥスなどの証言）。
5　Hackett, *Buchenwald Report*、エミール・カルレバッハの証言、164ページ。
6　同前。
7　Stein, *Buchenwald*、298ページ。
8　グスタフはここで謎めいた言い方をしている。“運動”や“特殊作戦”を意味する*Aktion*という単語を使っていることから、念頭にあったのは、エドゥアルト・ハンバーに率いられた運搬隊内での一斉抵抗行為のようなものだったと考えられる。しかし、書き方はきわめて曖昧だ――おそらく、日記が見つかればグスタフは確実に命を落とすが、そこに反SS活動の証拠があれば、さらにひどい結果が待っているからだろう。
9　ティニ・クラインマン、クルト・クラインマンへの手紙、1941年7月15日、DKK。
10　1941年5月14日の命令、Gold, *Geschichte der Juden*、106から107ページ。
11　Cesarani, *Final Solution*、443ページ。
12　Rabinovici, *Eichmann's Jews*、136ページ。
13　Cesarani, *Final Solution*、418ページ。
14　ティニ・クラインマン、クルト・クラインマンへの手紙、1941年8月5日、DKK。
15　ティニ・クラインマン、クルト・クラインマンへの手紙、1941年7月15日、DKK。
16　ティニ・クラインマン、クルト・クラインマンへの手紙、1941年7月から8月、DKK。
17　収監者記録カード1.1.5.3/6283389, 1.1.5.3/6283376、ITS。1941年に4つの小包を受けとったサインがある――5月3日にグスタフ宛とフリッツ宛がひとつずつ、10月22日にフリッツ宛、11月16日にグスタフ宛だ。中身はすべて衣類だった。
18　グスタフの原文は“*Wir sind die Unzertrennlichen*”――“われわれは不可分の者たちだ”であり、*Unzertrennlichen*に対応する英語はない。このドイツ語は、英語でlovebird（インコの一種）として知られる鳥の種名として使われるほか、デヴィッド・クローネンバーグ監督の映画〈戦慄の絆〉のドイツ語題にもなっている。
19　ウィリアム・L・シャイラーのことば、Cesarani, *Final Solution*、285ページ。
20　Stein, *Buchenwald*、124から126ページ。Wachsmann, *KL*、248から258ページ。Cesarani, *Final Solution*、284から286ページ。
21　ヴァルデマール・ホーフェンSS医師のことば、Stein, *Buchenwald*、124ページ。
22　グスタフはこれを1941年8月のことだとしている。たいていの場合、グスタフは日付に関して全面的に信頼できるが、1941年春から夏の出来事についてはあとから――おそらく年末に――振り返って書いているらしく、この時期の出来事の順序や数字に関してはあてにならないこともある。
23　Stein, *Buchenwald*、59ページ。
24　オットー・キップによる記述、Hackett, *Buchenwald Report*、212ページ。
25　フェルディナント・レムヒルトSS看護師のことば、Stein, *Buchenwald*、126ページ。

あった。
28　ブーヘンヴァルト記念館（ゲデンクシュテッテ・ブーヘンヴァルト）、www.buchenwald.de/en/1218/（2017年5月14日閲覧）。Ulrich Weinzierl, *Die Welt*、2005年4月1日。フリッツ・グリューンバウムは1940年10月にダッハウへ移送され、そこで1941年1月14日に死亡した。
29　Tomas Plänkers, *Ernst Federn: Vertreibung und Rückkehr. Interviews zur Geschichte Ernst Federns und der Psychoanalyse*（1994年）158ページ。エルンスト・フェデルンはブーヘンヴァルトで1945年の解放まで生き延び、精神分析の仕事をつづけたのち、2007年に死去した。
30　Gartner and Kleinmann, *Doch der Hund*、59ページ。
31　Wachsmann, *KL*、224から225ページ。
32　同前、225ページ。火葬はユダヤ法で禁止されていて、墓地では遺灰を認めていない。ただし、意志に反して火葬された場合は例外で、強制収容所から送り返された灰は当初からユダヤ人墓地に受け入れられていた。
33　ティニ・クラインマン、ドイツ・ユダヤ人援助委員会宛の手紙、ニューヨーク、1941年3月、DKK。
34　マーガレット・E・ジョーンズ、アメリカ・フレンズ奉仕団宛の書簡、1940年11月（Wyman, *America*、第4巻、3ページ）。
35　直接申請者と顔を合わせない領事らは多くが非情で、公の場ではナチスの反ユダヤ主義に反対する一方で、反ユダヤ主義的な入国規制を支持することさえあった（Bat-Ami Zucker, *In Search of Refuge: Jews and US Consuls in Nazi Germany, 1933–1941*［2001年］172から174ページ）。ウィーンの領事はたいていの領事より同情的で、規則を多少曲げることもいとわなかった（同前、167ページ）。
36　ティニ・クラインマン、ドイツ・ユダヤ人援助委員会宛の手紙、ニューヨーク、1941年3月、DKK。

7章

1　このエピソードはクルト・クラインマンへのインタビュー、同氏が記述した証言、ティニ・クラインマンからの手紙（1941年7月、DKK）、フリッツ・クラインマンによる覚え書き（DRG）、および、蒸気船〈シボニー〉の乗客乗員名簿の情報（1941年3月27日、PNY）に基づく。
2　ウィーンからのこのような出立の記録は Ruth Maier, *Ruth Maier's Diary: A Young Girl's Life under Nazism*, transl. Jamie Bulloch（2009年）112から113ページにある。もしクルトの列車が夕方に出発していたら、夜間外出禁止令のため、ティニやヘルタは駅まで送ることすらできず、代わりに非ユダヤ人の友人か親戚が付き添うことになったはずだ。
3　乗客乗員名簿、蒸気船〈シボニー〉、1941年3月27日、PNY。
4　筆者とクルト本人、および非営利団体〈ワン・サウザンド・チルドレン〉がカール・コーンとイルムガルト・サロモンの行方を追ったが、ふたりのその後の人生については、いまだになんの情報も得られていない。
5　描写は選抜徴兵局の記録より（記録群番号147、NARA）。

8章

1　この殺人に関するどの記述を見ても（グスタフ・クラインマンの日記／Hackett, *Buchenwald Report* のエミール・カルレバッハおよびヘルベルト・ミンドゥスの項、164ページ、および171から172ページ／Erich Fein and Karl Flanner, *Rot-Weiss-Rot in Buchenwald*［1987年］74ページ）、何がアブラハムの行為のきっかけになったかは書かれていない。
2　Cesarani, *Final Solution*、317ページ。Stein, *Buchenwald*、81から83ページ。フリッツ・クラインマン、Gartner and Kleinmann,

陣の内部にひそむ“第５列”がいると述べたことに由来する。

2　Roger Kershaw, “Collar the lot! Britain's policy of internment during the Second World War”, UK National Archives Blog（2015年）。多くのユダヤ人難民はＣ区分（収容免除）に分類されたが、6700人はＢ区分（部分制限対象者）となり、569人は脅威であるとして拘禁された。イギリスにはたしかにスパイや破壊工作員がいて、のちに何十人もが捕まって有罪判決を受けているが、そのほとんどはイギリス生まれの市民であり、移民ではなかった。

3　Gillman, *“Collar the Lot!”*、153ページ。Kershaw, “Collar the lot!”。

4　ウィンストン・チャーチル、下院、1940年６月４日、本会議録、vol. 364 c. 794。

5　Gillman, *“Collar the Lot!”*、167ページ以降、および173ページ以降。Kershaw, “Collar the lot!”。

6　Bernard Wasserstein, *Britain and the Jews of Europe, 1939–1945*（1999年）108ページ。

7　同前、83ページ。

8　住所はレジナルド・テラス15番地だった（複数の書簡、LJL）。結婚したとき、リヒャルトは４番地に下宿していた（結婚証明書、GRO）。レジナルド・テラスにあったヴィクトリア様式の家々は1980年代に取り壊された。

9　リーズ JRC、内務省宛の書簡、1940年３月18日、LJL。グリーン夫人はセント・マーティンズ・ガーデン57番地に住んでいた。

10　リーズおよびロンドンの JRC、書簡、1940年６月７日および13日、LJL。

11　Gillman, *“Collar the Lot!”*、113および133ページ。エーディトは主治医のリュメルズバーグ医師による証明書を持っていた（1940年４月24日、LJL）。仕事か移住申請の関係で使うために取得したと考えられる。

12　London, *Whitehall*、171ページ。

13　リヒャルト・パルテンホッファーが拘禁された場所については記録がない。リヒャルトの件に関するファイルはほかの多くと同様、規定に従って、内務省が後年処分したと思われる（discovery.nationalarchives.gov.uk/details/r/C9246、2017年９月30日閲覧）。

14　共同秘書、エーディト・パルテンホッファー宛の書簡、1940年８月30日、LJL。

15　共同秘書、エーディト・パルテンホッファー宛の書簡、1940年９月４日、LJL。

16　内務省、リーズ JRC 宛の書簡、1940年９月16日、LJL。

17　ヴィクター・カザレット、下院、1940年８月22日、本会議録 vol. 364 c. 1534。

18　リス・デイヴィス、下院、1940年８月22日、本会議録 vol. 364 c. 1529。

19　内務省、リーズ JRC 宛の書簡、1940年９月23日、LJL。リヒャルトの解放が承認されたのは９月16日（記録カード270/00271、HOI）。

20　Jerry Silverman, *The Undying Flame: Ballads and Songs of the Holocaust*（2002年）15ページ。

21　同前、15ページ。

22　マンフレート・ランガーによる記述、Hackett, *Buchenwald Report*、169から170ページ。

23　Silverman, *Undying Flame*、15ページ。レオポルディはホロコーストを生き延びたが、レーナー＝ベーダは1942年にアウシュヴィッツで殺害された。

24　Hackett, *Buchenwald Report*、42ページ。

25　フリッツは菜園で４か月働いたのち、1940年８月20日に建設班へ移されたらしい（収監者記録カード1.1.5.3/6283377、ITS）。

26　Gartner and Kleinmann, *Doch der Hund*、72ページ。

27　第17ブロックにいた“名士”は中程度の身分の者たちだった。ナチス政権は最高位の政治囚――元首相や大統領、征服された国の君主ら――を隔離し、たいがいは収容所内の秘密の区画へ入れていた。ブーヘンヴァルトの場合、SS 兵舎の向かいにあるトウヒの木立のなかに、壁で囲まれた区画がト・ビーネンヴァルト。そのふたりの母、ハンガリー生まれのネッティと、ティニの母エヴァ、旧姓シュヴァルツが姉妹だったようだ（ベッティーナ・ビーネンヴァルト、出生記録、1899年10月20日、Geburtsbuch and Geburtsanzeigen、IKA）。

5　アメリカ合衆国国勢調査、1940年、NARA。

6　米国国務省のメモ、1940年6月26日（David S. Wyman, *America and the Holocaust*［1990年］第4巻、1ページ）、および同前、5ページ。

7　フリッツとグスタフには、働くことを禁じられたティニがどこで金を手に入れているのか、まったくわからなかった。実際にはティニはときどき仕事をしていた（クルト・クラインマン宛の手紙、1941年、DKK）が、あとは自分より裕福な親族に頼っていたと考えられる。

8　Gartner and Kleinmann, *Doch der Hund*、69ページ。ブーヘンヴァルト収監者記録カード1.1.5.3/6283376、ITS。イェアネッテ・ロッテンシュタイン出生記録、1890年7月13日、Geburtsbuch、IKA。

9　フリッツが菜園班へ移されたのは1940年4月5日（収監者記録カード1.1.5.3/6283377、ITS）。

10　Stein, *Buchenwald*、44から45ページと307ページ、および Hackett, *Buchenwald Report*、34ページ。ハックマンのファーストネームについてはヘルマン、ハインリッヒなどさまざまな記録がある。のちに横領のため SS から有罪を宣告された。

11　Gartner and Kleinmann, *Doch der Hund*、47および49ページ。フリッツはこのころの身長を145センチメートル（約4フィート9インチ）と述べている。しかし、14歳だった1938年に撮った家族写真では大人のエーディト（パスポートによると5フィート2インチ、DPP）より少し低いだけだ。その後の18か月で少しは背が伸びたはずなので、1939年末には5フィート以上（152センチメートル以上）あったと考えられる。

12　グスタフ・ヘルツォークは1908年1月12日、ウィーンで生まれた（グスタフ・ヘルツォークの記録、68485、AMP）。

13　シュテファン・ヘイマンは1896年3月14日、ドイツのマンハイムで生まれた（シュテファン・ヘイマンの記録、68488、AMP）。

14　Anton Makarenko, *Road to Life: An Epic of Education*（*A Pedagogical Poem*）、第2巻、1章（『マカレンコ著作集　第11巻』マカレンコ著　イ・ア・カイーロフ、ガリーナ・マカレンコ編　南信四郎訳／三一書房、1955年）。英訳版は https://www.marxistsfr.org/reference/archive/makarenko/works/road2/ch01.html からオンラインで閲覧可能（2017年5月2日閲覧）。

15　フリッツ・クラインマン、Gartner and Kleinmann, *Doch der Hund*、54ページ。

16　Hackett, *Buchenwald Report*、42および336ページ。Gartner and Kleinmann, *Doch der Hund*、55ページ。

17　Stein, *Buchenwald*（ドイツ語版）、78ページ。

18　Stein, *Buchenwald*、78から79ページ。

19　同前、90ページ。

20　Gartner and Kleinmann, *Doch der Hund*、57ページ。シュミットの気性や癖全般については Hackett, *Buchenwald Report* で多くの証言が引用されている。

6章

1　報道機関は“民衆”の考えを代弁していると主張していたが、実際には《デイリー・メール》紙が運動をはじめるまで、イギリス人のほとんどは“第5列”が何かなどまったく知らなかった（Peter Gillman and Leni Gillman, *“Collar the Lot!” How Britain Interned and Expelled Its Wartime Refugees*［1980年］78から79ページ）。“第5列”という用語は、スペイン内乱（1936年から1939年）の時期にある将軍が報道機関に対し、自分には4列縦隊の部下たちに加えて、敵

Association of Jewish Refugees Journal（2012年12月）。リーズのJRCを運営していたデイヴィッド・マコフスキーは、市内で仕立て会社を経営していた。ときおり癇癪を起こすことで知られていたが、各人が社会のなかでの地位をわきまえて、そこにとどまるべきだと信じていた。

9　B・ノイヴィルト、リヒャルト・パルテンホッファーへの手紙、1940年2月16日。管理委員会、結婚登録係への書簡、1940年2月20日、LJL。

10　以上3つの罵りことばを、グスタフは「採石場という万華鏡」という詩（本章で後述）のなかに記録している。

11　1939年にブーヘンヴァルトで死んだ収監者は計1235人で、その大部分が最後の3か月に死んでいる（Hackett, *Buchenwald Report*、114ページ）。

12　この時期の一連の出来事については、グスタフの日記の内容とフリッツの記憶がやや異なっている（それぞれの宿舎への割りあてなど）。この個所の記述は両者を融合したものだ。

13　"ゲーテのブナ"は連合軍の爆撃で傷つき、切り倒された。だが、切り株はまだその場に残っている。

14　フリッツ・クラインマン、1997年のインタビュー。ユダヤ人であるというだけの理由で収容所へ送られるようになったのはずっと先のことだ。このころ、ナチス政権はユダヤ人に移住を強いることに注力していて、収容所にいる者も移住に必要な書類が手にはいれば解放された。

15　グスタフ・クラインマンの「採石場という万華鏡」より。以下のグスタフのドイツ語にできるだけ忠実に英訳した。

Klick-klack Hammerschlag,
klick-klack Jammertag.
Sklavenseelen, Elendsknochen,
dalli und den Stein gebrochen.

16　グスタフの原文はつぎのとおり。

Klick-klack Hammerschlag,
klick-klack Jammertag.
Sieh nur diesen Jammerlappen
winselnd um die Steine tappen.

17　グスタフとフリッツはともにヘルツォークの名前を"ハンス"と記しているが、スタイン（*Buchenwald*、299ページ）によれば"ヨハン"だったという。ヘルツォークの性格や行動に関するその他の目撃証言はHackett, *Buchenwald Report*、159ページ、174から175ページ、234ページの記述を参照。ヘルツォークはのちに元収監者の手で殺されたと噂されたが、このあとも犯罪者として長く過ごした。

18　グスタフの原文はつぎのとおり。

Klatsch —— er liegt auf allen Vieren,
doch der Hund will nicht krepieren!

19　グスタフの原文は、英訳よりも脚韻などの構造がしっかりしている。

Es rattert der Brecher tagaus und tagein,
er rattert und rattert und bricht das Gestein,
zermalt es zu Schotter und Stunde auf Stund'
frist Schaufel um Schaufel sein gieriger Mund.
Und die, die ihn futtern mit Muh und mit Fleis,
sie wissen er frist nur —— doch satt wird er nie.
Erst frist er die Steine und dann frist er sie.

5章

1　Edith Kurzweil, *Nazi Laws and Jewish Lives*（2004年）153ページ。

2　Arad et al., *Documents*、143から144ページ。

3　Rabinovici, *Eichmann's Jews*、87ページ以降。

4　蒸気船〈ヴィーンダム〉の乗客リスト、1940年1月24日、PNY。アメリカ合衆国国勢調査、1940年、NARA。アルフレート・ビーネンヴァルト、アメリカパスワード申請書、1919年、NARA。ティニのいとこはベッティーナ・プリファーと、その兄のアルフレー

23　Hackett, *Buchenwald Report*、51ページ。Stein, *Buchenwald*、119ページ。

24　Hackett, *Buchenwald Report*、231ページおよび、252から253ページ。Wachsmann, *KL*、220ページ。

25　フリッツ・クラインマン、Monika Horsky, *Man muß darüber reden. Schüler fragen KZ-Häftlinge*（1988年）48から49ページ。Gartner and Kleinmann, *Doch der Hund*、16ページ脚注。

26　Stein, *Buchenwald*、52ページおよび、108から109ページ。証言B. 192、AWK。

27　ヘラーはのちにアウシュヴィッツで医師として働いている。ホロコーストを生き延びたのち、アメリカへ移住した。"とても立派な人だった。助けられる者がいれば、かならず助けた"と収監者仲間のひとりは回想している（死亡記事、*Chicago Tribune*、2001年9月29日）。

28　Hackett, *Buchenwald Report*、60から64ページ。

29　収監者ヴァルター・ポラーのことば。Marco Pukrop, "Die SS-Karrieren von Dr. Wilhelm Berndt und Dr. Walter Döhrn. Ein Beitrag zu den unbekannten KZ-Ärzten der Vorkriegszeit," *Werkstatt Geschichte* 62（2012年）79ページ。

30　このエピソードについての記述（Gartner and Kleinmann, *Doch der Hund*、48ページ）のなかで、フリッツは"泣きながらの懸命な"（"*weinender und verzweifelter*"）声が演技だったとほのめかしている。

31　グスタフの日記のこの部分は解釈がむずかしい。"*(Am) nachsten Tag kriege (ich) einen Posten als Reiniger im Klosett, habe 4 Ofen zu heizen...*" この *Klosett* は小収容所の便所の可能性もあるが、それ以前に水不足のため使えなくなっていた、収容所本体の宿舎ブロックの便所のことかもしれない（Stein, *Buchenwald*、86ページ）。*Ofen*（かまど、炉）はさらに特定が困難だ。おそらく、厨房かシャワーブロックの一部だろう。ブーヘンヴァルトに焼却炉ができたのは1942年の夏なので、それではない（同前、141ページ）。

4章

1　雇用契約書、日付なし、LJL。イングランドとウェールズの国勢調査、1911年。蒸気船〈カリンシア〉の乗客リストの記載と説明書き、1936年10月2日、PNY。一般登録局の1939年登録簿、イギリス国立公文書館、キュー地区。モリス・ブロストフとレベッカ・ブロストフは1878年ごろビャウィストク（現在はポーランド領）で生まれ、1911年以前にイギリスへ移住した。1939年にはストリート通り373番地に住んでいた。

2　記録カード46/01063-4、HOI。この当時のリヒャルト・パルテンホッファーの記録カードは見つからなかったが、同じC区分だったと推測できる。

3　Wachsmann, *KL*、147から151ページ。Cesarani, *Final Solution*、164から165ページ。Wünschmann, *Before Auschwitz*、186ページ。

4　1938年6月24日にダッハウに着いたリヒャルト・パルテンホッファーは、収監者番号16865を与えられた（収監者記録、PGD）。1938年9月23日にブーヘンヴァルトへ移送されて収監者番号9520となり、まず第16ブロック、ついで第14ブロックへ入れられた（収監者記録、PGB）。

5　Wachsmann, *KL*、181から184ページ。

6　同前、186ページ。

7　A・R・サミュエル、デイヴィッド・マコフスキー宛の手紙、1939年5月25日、LJW。結婚証明書、GRO。モンタギュー・バートン、デイヴィッド・マコフスキー宛の手紙、1940年2月26日、LJL。Nicholas Mark Burkitt, *British Society and the Jews*（2011年）108ページ。この会社はラクゼン社といい、現在も存在している。リヒャルトのはじめの下宿はブランズウィック・テラス9番地にあった。

8　通史、LJW。Anthony Grenville, "Anglo-Jewry and the Jewish Refugees from Nazism",

7　ブーヘンヴァルトの収監者記録カード1.1.5.3/6283376および1.1.5.3/6283389、ITS。刺青はない。刺青の慣習は1941年11月にアウシュヴィッツではじまり、ほかの収容所では採用されなかった（Wachsmann, *KL*、284ページ）。

8　Werber and Helmreich, *Saving Children*、36ページ。

9　証言 B. 192、AWK。

10　収容所バッジの基本は逆三角形で、色が区分を示していた。赤は政治囚、緑は犯罪者、ピンクは同性愛者、といった具合だ。ユダヤ人収監者の場合は、区分バッジともう1枚の黄色い三角形を組み合わせ、ダヴィデの星の形にしていた。どの区分にもあてはまらないユダヤ人収監者の場合は、2枚とも黄色の三角形だった。

11　エミール・カルレバッハによる記述（David A. Hackett [ed., transl.], *The Buchenwald Report*［1995年］162から163ページ）。

12　1943年にこれらの宿舎より北に設置された“小収容所”とは別物である（Stein, *Buchenwald*、149から151ページ）。先にできた1939年から1940年の小収容所については、収容されていたフェリックス・ラオシュがくわしく描写している（Hackett, *Buchenwald Report*、271から276ページ）。

13　Hackett, *Buchenwald Report*、113から114ページ。“水晶の夜”のあとで新たにやってきたのは計100万98人。9000人以上が釈放、移送、死亡によって去った（1938年から1939年の死者数は、ヴァイマールから収容所までのあいだに死んだ者を除いて約2000人。同前、109ページ）。ブーヘンヴァルトの収監者の数は1938年から1939年にかけて激減したのち、1939年秋の受け入れ（9月から10月に8707人）でふたたび爆発的に増加した。

14　フリッツはのちにこう書いている。“この日記のために、父はまちがいなく命を危険にさらしていた。ほかの収監者から勧められたはずはない。父自身だけでなく、収監者全員を危険にさらす行為だからだ。そして、いまだにわからないことがある。父はどこに日記を隠していたのだろう。どうやって規制をくぐり抜けたのだろう”（Gartner and Kleinmann, *Doch der Hund*、12から13ページ）。グスタフがあるとき明かした話によると、宿舎で部屋係をしていたときには寝台のなかに隠し、屋外の仕事のときは手に持っていったという（フリッツ・クラインマン、1997年のインタビュー）。

15　この記述はおもにグスタフ・クラインマンの日記とフリッツの回想をもとにし、ほかの詳細についてはその他の資料を参考にした（Hackett, *Buchenwald Report* や Stein, *Buchenwald*、証言 B. 192、AWK など）。

16　ヒムラーのことばによると、カポの仕事は“仕事を片づけることだ……。こちらが満足できなくなった時点でカポではなくなり、ほかの収監者たちのもとへもどされる。もどったその夜に殴り殺されるであろうことは、本人もわかっている”（Rees, *Holocaust*、79ページ）。

17　荷車の容積と砕けた石灰石の比重（1立方メートルあたり1554キロ）に基づく。1台の荷車を引くのに割りあてられた人数は、資料によって16人から26人と異なる。

18　グスタフはここを“*Todes-Holzbaracke*”（“死のバラック”）と呼んでいる。おそらく、1939年9月の時点で、収監者病院に拒否されたユダヤ人の病人を入れていた建物（第2ブロック。収容所の南西の角に、点呼広場に面して建っていた）のことだろう（Hackett, *Buchenwald Report*、162ページのエミール・カルレバッハによる記述を参照）。

19　Stein, *Buchenwald*、96ページ。

20　シュテファン・ヘイマンのことば、Hackett, *Buchenwald Report*、253ページ。

21　Nigel Jones, *Countdown to Valkyrie: The July Plot to Assassinate Hitler*（2008年）103から105ページ。

22　Wachsmann, *KL*、220ページ。

18　*The Spectator*、1938年7月29日、189ページ。

19　同前、1938年8月19日、294ページ。

20　アドルフ・ヒトラー、国会（ライヒスターク）での演説、1939年1月30日（*The Times*、1939年1月31日、14ページ、およびArad et al., *Documents*、132ページ）。

21　*Daily Telegraph*、1938年11月22日、およびイギリス下院議事録、1938年11月21日、vol. 341, cc1428–83。

22　*Daily Telegraph*、1938年11月22日、およびイギリス下院議事録、1938年11月21日、vol. 341, cc1428–83。

23　証言B. 226、AWK。

24　*The Times*、1938年12月3日から12日。

25　フリッツ・クラインマン、1997年のインタビュー。

26　*Manchester Guardian*、1938年12月15日、11ページ、および1939年3月18日、18ページ。

27　リーズJRCからロンドンJRC海外移住局へ宛てた手紙、1940年6月7日、LJL。

28　*The Times*、案内広告欄、1938年から39年、諸所。

29　Louise London, *Whitehall and the Jews, 1933–1948: British Immigration Policy, Jewish Refugees and the Holocaust*（2000年）79ページ。

30　*The Times*、1938年11月8日、4ページ。

31　制度上、審査できる申請者の数はかぎられていた。家政婦になるために申請する女性は男性より審査が楽だったので、1938年から1939年にイギリスに入国したユダヤ人の半数以上は女性だった（Cesarani, *Final Solution*、158ページ）。内務省が申請の処理をユダヤ人難民団体に委託して手続きを速めたところ、ペースは週400人にまであがった（同前、214ページ）。

32　在ウィーン英国総領事からの書簡、1938年11月11日（Foreign Office, *Papers*、15ページ）。

33　ヴァルナー通り8番地にあるこの建物は現在、ウィーン証券取引所となっている。

34　M. Mitzmann, "A Visit To Germany, Austria and Poland in 1939", 文書0.2/151、YVP。

35　Harry Stein (編纂), *Buchenwald Concentration Camp 1937–1945*, ed. Gedenkstätte Buchenwald（2004年）115から116ページ。Gartner and Kleinmann, *Doch der Hund*、80から81ページ。

36　フリッツは3人目の男の名がシュヴァルツだったと記憶している（1997年のインタビューより）が、その名前の人物がイム・ヴェルト通り11番地に住んでいたという記録は見つからない。4人目（この建物にいるナチスのリーダー）の名前は思い出せないとのことだった。

37　この部分の会話は、フリッツ・クラインマンとクルト・クラインマンのインタビューに基づく。このときのことはふたりともきわめて鮮明に覚えていた。

38　ブーヘンヴァルトの収監者記録カード、1.1.5.3/6283389、ITS。

3章

1　この記述はおもにグスタフ・クラインマンの日記とフリッツ・クラインマンの回想をもとにし、詳細な状況についてはその他の資料も参考にした（例：Jack Werber and William B. Helmreich, *Saving Children* [1996年] 1から3および32から36ページ。Stein, *Buchenwald*、115から116ページ。証言B. 82、B. 192、B. 203、AWK）。

2　フリッツ・クラインマンは回想（Gartner and Kleinmann, *Doch der Hund*、12ページ）でこの移送列車にいたウィーンのユダヤ人を1048人としているが、別の資料（Stein, *Buchenwald*、116ページ）では1035人とされている。

3　Stein, *Buchenwald*、27から28ページ。

4　証言B. 203、AWKなどを参照。

5　Gartner and Kleinmann, *Doch der Hund*、15ページ脚注。

6　Stein, *Buchenwald*、35ページ。

ではカメラに関する詳細が付け足されて、ナチスの関係者が４人に増え、ナチスが殴り倒されて蹴られたという匿名の証言が加わっていた。

37 *Neues Wiener Tagblatt*、1938年10月26日、１ページ。

38 *Volkischer Beobachter*、1938年10月26日、１ページ、Peter Loewenberg, "The *Kristallnacht* as a Public Degradation Ritual"（*The Origins of the Holocaust*, ed. Michael Marrus［1989 年］585ページに掲載）。

39 *Neues Wiener Tagblatt*、1938年11月８日、１ページ。

40 英語圏では"壊れたガラスの夜"と呼ばれることが多いが、"水晶の"のほうが正確。

41 ラインハルト・ハイドリヒから全警察本部への電報、1938年11月10日（Arad et al., *Documents*、102から104ページ）。

42 在ウィーン英国総領事、書簡、1938年11月11日（Foreign Office [UK], *Papers Concerning the Treatment of German Nationals in Germany, 1938–1939*［1939年］16ページ）。

２章

1 地元の制服警察の本部、ポリツァイアムト・レオポルトシュタットはアウスシュテルングス通り171番地にあった（*Reichsamter und Reichsbehorden in der Ostmark*、204ページ、AFB）。

2 フリッツ・クラインマンの回顧録（Gärtner and Kleinmann, *Doch der Hund*、188ページ）に基づく。さらなる詳細は、目撃証言 B. 24（匿名）、B. 62（アルフレート・シェヒター）、B. 143（カール・レーヴェンシュタイン）、AWK より。さらなる証言はジークフリート・メレッキ（Manuscript 166 [156]），マルガレーテ・ネフ（Manuscript 93 [205]）（Uta Gerhardt and Thomas Karlauf [eds], *The Night of Broken Glass: Eyewitness Accounts of Kristallnacht*, transl. Robert Simmons and Nick Somers, Wallner, *By Order of the Gestapo*. [2012年]）による。

3 在ウィーン英国総領事、書簡、1938年11月11日（Foreign Office, *Papers*、16ページ）。

4 逮捕者として記録されている正確な人数は6547人（Melissa Jane Taylor, *"Experts in Misery"? American Consuls in Austria, Jewish Refugees and Restrictionist Immigration Policy, 1938–1941*［2006年］48ページ）。

5 B. 62（アルフレート・シェヒター）、AWK。この時期、マウトハウゼン収容所は受刑者のための施設だった。開戦までこの収容所にユダヤ人はいなかったが、当時はいると信じられていた（*The Scotsman*、1938年11月14日など。Kim Wünschmann, *Before Auschwitz: Jewish Prisoners in the Prewar Concentration Camps*［2015年］183ページ）。

6 B. 143（カール・レーヴェンシュタイン）、AWK。

7 *New York Times*、1938年11月15日および26日、１ページ。

8 スイスの *National Zeitung*、1938年11月16日。

9 *The Spectator*、1938年11月18日、836ページ。

10 *Westdeutscher Beobachter*（ケルン）、1938年11月11日。

11 同前。

12 名称不明のドイツの新聞。在ウィーン英国総領事により1938年11月11日に引用（1938年11月11日、Foreign Office, *Papers*、15ページ）。

13 Cesarani, *Final Solution*、99ページ。

14 *The Spectator*、1938年11月18日、836ページ。

15 David Cesarani, *Eichmann: His Life and Crimes*（2005年）60ページ以降。

16 ハイドリヒのことば、Cesarani, *Final Solution*、207ページ。

17 Doron Rabinovici, *Eichmann's Jews: The Jewish Administration of Holocaust Vienna, 1938–1945*, transl. Nick Somers（2011年）50ページ以降。Cesarani, *Final Solution*、147ページ以降。

スト教の非ユダヤ化などの問題に加え、教会が非アーリア人の改宗を容認したことや、ヴァチカンが人種差別を非難したことがあった（David Cesarani, *Final Solution: The Fate of the Jews 1933–49*［2016年］114から116、および136ページ）。

15　Cesarani, *Final Solution*、148ページ。

16　Gedye, *Fallen Bastions*、295ページ。

17　Oswald Dutch, *Thus Died Austria*（1938年）231から232ページ。以下も参照。*Neues Wiener Tagblatt*、1938年3月12日、3ページ。*Banater Deutsche Zeitung*、1938年3月13日、5ページ。*The Times*、1938年3月14日、14ページ。

18　*Neues Wiener Tagblatt*、1938年3月12日、3ページ。

19　Gedye, *Fallen Bastions*、282ページ。

20　*Arbeitersturm*、1938年3月13日、5ページ。*The Times*、1938年4月17日、14ページ。

21　これがどの警察署だったのかははっきりしない。最も可能性が高いのは帝国制服警察、都市防護警察東部集団司令部（シュッツポリツェイ・グルッペンコマンド・オスト）の、レオポルト通りにあった本部である（*Reichsamter und Reichsbehorden in der Ostmark*、207ページ、AFB）。

22　フリッツ・クラインマンの回顧録による。Reinhold Gärtner and Fritz Kleinmann, *Doch der Hund will nicht krepieren: Tagebuchnotizen aus Auschwitz*（2012年）。クルト・クラインマンと、エーディトの息子ピーター・パッテンも証言している。さらなる詳細については、同時期のほかの資料も参考にした。

23　TAEでのモーリッツ・フライシュマンの証言、Vol. 1, session 17。George E. Berkley, *Vienna and Its Jews: The Tragedy of Success, 1880s–1980s*（1988年）259ページ。Marvin Lowenthal, *The Jews of Germany*（1939年）430ページ。*The Times*、1938年3月31日、13ページ、および1938年4月7日、13ページ。

24　Gedye, *Fallen Bastions*、354ページ。

25　*The Times*、1938年4月8日、12ページ、および1938年4月11日、11ページ。Gedye, *Fallen Bastions*、9ページ。

26　*The Times*、1938年4月11日、12ページ。投票用紙自体もプロパガンダの産物で、（アンシュルスに）“賛成”のまるい欄が大きく中央にあり、“反対”は少し端に寄せられていた。

27　*The Times*、1938年4月12日、14ページ。

28　*The Times*、1938年4月9日、11ページ。

29　*The Times*、1938年3月23日、13ページ。1938年3月26日、11ページ。1938年4月30日、11ページ。

30　Bentwich, “Destruction”、470ページ。

31　同前。Herbert Rosenkranz, “The Anschluss and the Tragedy of Austrian Jewry 1938–1945”, *The Jews of Austria*, ed. Josef Fraenkel（1970年）484ページ。

32　1933年に廃工場を利用して造られたダッハウは、強制収容に特化したはじめての施設だった。1938年夏までに、ドイツ国内ではダッハウ、ブーヘンヴァルト、ザクセンハウゼン、フロッセンビュルクの4つの大規模な収容所（といくつかの小規模な収容所）が稼働していた。これらに少し遅れて、さらに数か所で設立された――1938年に開設されたオーストリアのマウトハウゼン強制収容所もそのひとつだった（Nikolaus Wachsmann, *KL: A History of the Nazi Concentration Camps*［2015年］、Cesarani, *Final Solution*、Laurence Rees, *The Holocaust: A New History*［2017年］）。

33　帝国内務省による規定、1938年8月17日（Yitzhak Arad, Israel Gutman and Abraham Margaliot, *Documents on the Holocaust*, 8th edn. transl. Lea Ben Dor［1999年］98から99ページ）。

34　証言B. 306、AWK。

35　証言B. 95、AWK。

36　この話は《タイムズ》誌ブリュッセル特派員が伝えた（1938年10月27日、13ページ）。AP通信社が《シカゴ・トリビューン》紙に載せた記事（1938年10月27日、15ページ）

注釈

プロローグ

1　月相のデータは http://www.timeanddate.com/moon/austria/amstetten?month=1&year=1945 より。

1章

1　*Die Stimme*、1938年3月11日版の1ページに掲載。この日ウィーンで起こった出来事の目撃証言については G. E. R. Gedye, *Fallen Bastions: The Central European Tragedy*（1939年）287から289ページ。

2　シュシュニックの党〈祖国戦線〉は極右で、ナチス党や社会民主主義者を抑圧していた。しかし、とりわけ反ユダヤ主義的だったわけではない。オーストリアのユダヤ人の人口については、Martin Gilbert, *The Routledge Atlas of the Holocaust*（2002年）の22ページ、および Norman Bentwich, "The Destruction of the Jewish Community in Austria 1938-1942"（*The Jews of Austria*, ed. Josef Fraenkel［1970年］467ページ）。

3　*Die Stimme*、1938年3月11日、1ページ。

4　ユダヤ系の人々のなかには、自分が純粋なドイツ人だと考える人もいた。ウィーンのペーター・ヴァルナーはこう述べている。"わたしの祖父母は4人ともユダヤ人だが、わたし自身がユダヤ人だったことは1度もない"。だがナチスがやってくると、ペーターもほかの者たちと同じように迫害された。"ニュルンベルク法によれば、わたしはユダヤ人だったからだ"（Peter Wallner, *By Order of the Gestapo: A Record of Life in Dachau and Buchenwald Concentration Camps*［1941年］17から18ページ）。1935年のニュルンベルク法では、信仰にかかわらず、祖父母のうち3人以上がユダヤ人の場合はユダヤ人であると規定されていた。

5　*Die Stimme*、1938年3月11日、1ページ。

6　*Judische Presse*、1938年3月11日、1ページ。

7　この日の光景については、《ニューヨーク・タイムズ》紙とイギリスの《デイリー・テレグラフ》紙の記者でウィーン在住のジョージ・ゲディーが述べている（*Fallen Bastions*、287から296ページ）。

8　そのため、シュシュニックは冷然と国民投票の年齢制限を24歳以上とした。ナチス党員の多くはそれより若かったからだ。

9　*The Times*、1938年3月11日、14ページおよび *Neues Wiener Tagblatt*（*Tages-Ausgabe*）、1938年3月11日、1ページ。

10　その夕方に起こったことについてはゲディーが述べている（*Fallen Bastions*、290から293ページ）。

11　同前、290ページ。*The Times*、1938年3月12日、12ページ。

12　Gedye, *Fallen Bastions*、10および293ページと *The Times*、1938年3月12日、12ページ。《タイムズ》によると、ドイツとの国境へおおぜいの人々が逃れようとしていたが、その人々に"悲惨な残虐行為"をおこなっていたオーストリア政府内の"マルクス主義者のどぶネズミ"による"反逆"をドイツが鎮圧した、とこの日のベルリンの夕刊が報じたという。ナチスはこのような偽りによってオーストリア占領を正当化した。

13　その夕方のシナゴーグは"*jam-packed*"――"過密""満員"――だったと記されている（Hugo Gold, *Geschichte der Juden in Wien: Ein Gedenkbuch*［1966年］77ページ。Erika Weinzierl, "Christen und Juden nach der NS-Machtergreifung, in Österreich", *Anschluß 1938*［1981年］197から198ページ）。

14　Gedye, *Fallen Bastions*、295ページ。カトリックに対する敵対心の根底には、ナチスがおこなおうとした旧約聖書の排除やキリ

and Songs of the Holocaust (Syracuse, NY: Syracuse University Press, 2002).
Sington, Derrick, *Belsen Uncovered* (London: Duckworth, 1946).
Stein, Harry (compiler), *Buchenwald Concentration Camp 1937–1945*, ed. Gedenkstätte Buchenwald (Göttingen: Wallstein Verlag, 2004).
Taylor, Melissa Jane, *"Experts in Misery?" American Consuls in Austria, Jewish Refugees and Restrictionist Immigration Policy, 1938–1941* (University of South Carolina: PhD dissertation, 2006).
Teichova, Alice, "Banking in Austria" in Manfred Pohl (ed.), *Handbook on the History of European Banks*, pp. 3–10 (Aldershot: Edward Elgar, 1994).
Trimble, Lee with Jeremy Dronfield, *Beyond the Call* (New York: Berkley, 2015).
van Pelt, Robert Jan, *The Case for Auschwitz: Evidence from the Irving Trial* (Bloomington, IN: Indiana University Press, 2016).
van Pelt, Robert Jan and Debórah Dwork, *Auschwitz: 1270 to the Present* (New Haven, CT: Yale University Press, 1996).
Wachsmann, Nikolaus, *KL: A History of the Nazi Concentration Camps* (London: Little, Brown, 2015).
Wagner, Bernd C., *IG Auschwitz: Zwangsarbeit und Vernichtung von Häftlingen des Lagers Monowitz 1941–1945* (Munich: K. G. Saur, 2000).
Wallner, Peter, *By Order of the Gestapo: A Record of Life in Dachau and Buchenwald Concentration Camps* (London: John Murray, 1941).
Walter, John, *Luger: The Story of the World's Most Famous Handgun*, ebook edn (Stroud: History Press, 2016).
Wasserstein, Bernard, *Britain and the Jews of Europe, 1939–1945* (London: Leicester University Press, 1999).
Watson, Alexander, *Ring of Steel: Germany and Austria-Hungary at War, 1914–1918* (London: Penguin, 2014).
Weinzierl, Erika, "Christen und Juden nach der NS-Machtergreifung in Österreich" in *Anschluß 1938*, pp. 175–205 (Vienna: Verlag für Geschichte und Politik, 1981).
Werber, Jack and William B. Helmreich, *Saving Children* (London: Transaction, 1996).
Wünschmann, Kim, *Before Auschwitz: Jewish Prisoners in the Prewar Concentration Camps* (Cambridge, MA: Harvard University Press, 2015).
Wyman, David S., *America and the Holocaust*, 13 vols (London: Garland, 1990).
Zalewski, Andrew, *Galician Portraits: In Search of Jewish Roots* (Jenkintown, PA: Thelzo Press, 2012).
Zucker, Bat-Ami, *In Search of Refuge: Jews and US Consuls in Nazi Germany, 1933–1941* (London: Vallentine Mitchell, 2001).

ausgegeben am 13.7.1915 (Vienna: k. k. Hof und Staatsdockerei, 1915).
——, *Verlustliste Nr 244 ausgegeben am 21.8.1915* (Vienna: k. k. Hof und Staatsdockerei, 1915).
Kurzweil, Edith, *Nazi Laws and Jewish Lives* (London: Transaction, 2004).
Langbein, Hermann, *Against All Hope: Resistance in the Nazi Concentration Camps, 1938–1945*, transl. Harry Zohn (London: Constable, 1994).
——, *People in Auschwitz*, transl. Harry Zohn (Chapel Hill, NC: University of North Carolina Press, 2004).
Le Chêne, Evelyn, *Mauthausen: The History of a Death Camp* (Bath: Chivers, 1971).
Levi, Primo, *Survival in Auschwitz and The Reawakening: Two Memoirs* (New York: Summit, 1986; previously publ. 1960, 1965) (プリーモ・レーヴィ『改訂完全版　アウシュヴィッツは終わらない　これが人間か』竹山博英訳、朝日新聞出版、2017年／プリーモ・レーヴィ『休戦』竹山博英訳、岩波書店、2010年).
Loewenberg, Peter, "The *Kristallnacht* as a Public Degradation Ritual" in *The Origins of the Holocaust*, ed. Michael Marrus, pp. 582–96 (London: Meckler, 1989).
London, Louise, *Whitehall and the Jews, 1933–1948: British Immigration Policy, Jewish Refugees and the Holocaust* (Cambridge: Cambridge University Press, 2000).
Lowenthal, Marvin, *The Jews of Germany* (London: L. Drummond, 1939).
Lucas, James, *Fighting Troops of the Austro-Hungarian Army, 1868–1914* (Tunbridge Wells: Spellmount, 1987).
Maier, Ruth, *Ruth Maier's Diary: A Young Girl's Life under Nazism*, transl. Jamie Bulloch (London: Harvill Secker, 2009).
Mazzenga, Maria (ed.), *American Religious Responses to Kristallnacht* (New York: Palgrave Macmillan, 2009).
Megargee, Geoffrey P. (ed.), *The United States Holocaust Memorial Museum Encyclopedia of Camps and Ghettos, 1933–1945*, 4 vols (Bloomington, IN: Indiana University Press, 2009).
Pendas, Devin O., *The Frankfurt Auschwitz Trial, 1963–1965* (Cambridge: Cambridge University Press, 2006).
Phillips, Raymond, *Trial of Josef Kramer and Forty-Four Others: The Belsen Trial* (London: W. Hodge, 1949).
Plänkers, Tomas, *Ernst Federn: Vertreibung und Rückkehr. Interviews zur Geschichte Ernst Federns und der Psychoanalyse* (Tübingen: Diskord, 1994).
Pukrop, Marco, "Die SS-Karrieren von Dr. Wilhelm Berndt und Dr. Walter Döhrn. Ein Beitrag zu den unbekannten KZ-Ärzten der Vorkriegszeit," *Werkstatt Geschichte* 62 (2012), pp. 76–93.
Rabinovici, Doron, *Eichmann's Jews: The Jewish Administration of Holocaust Vienna, 1938–1945*, transl. Nick Somers (Cambridge: Polity Press, 2011).
Rees, Laurence, *The Holocaust: A New History* (London: Viking, 2017).
Rosenkranz, Herbert, "The Anschluss and the Tragedy of Austrian Jewry 1938–1945" in *The Jews of Austria*, ed. Josef Fraenkel, pp. 479–545 (London: Valentine, Mitchell, 1970).
Sagel-Grande, Irene, H. H. Fuchs and C. F. Rüter, *Justiz und NS-Verbrechen: Sammlung Deutscher Strafurteile wegen Nationalsozialistischer Tötungsverbrechen 1945–1966: Band XIX* (Amsterdam: University Press Amsterdam, 1978).
Schindler, John R., *Fall of the Double Eagle: The Battle for Galicia and the Demise of Austria-Hungary* (Lincoln, NE: University of Nebraska Press, 2015).
Silverman, Jerry, *The Undying Flame: Ballads*

Gärtner, Reinhold and Fritz Kleinmann, *Doch der Hund will nicht krepieren: Tagebuchnotizen aus Auschwitz* (Innsbruck: Innsbruck University Press, 1995, 2012).

Gedye, G. E. R., *Fallen Bastions: The Central European Tragedy* (London: Gollancz, 1939).

Gemeinesames Zentralnachweisbureau, *Nachrichten über Verwundete und Kranke Nr 190 ausgegeben am 6.1.1915; Nr 203 ausgegeben am 11.1.1915* (Vienna: k. k. Hof und Staatsdockerei, 1915).

Gerhardt, Uta and Thomas Karlauf (eds), *The Night of Broken Glass: Eyewitness Accounts of Kristallnacht*, transl. Robert Simmons and Nick Somers (Cambridge: Polity Press, 2012).

Gerlach, Christian, *Kalkulierte Morde: Die deutsche Wirtschafts-und Vernichtungspolitik in Weißrußland 1941 bis 1944* (Hamburg: Hamburger Edition, 1999).

Gilbert, Martin, *Auschwitz and the Allies* (London: Michael Joseph, 1981).

——, *The Holocaust: The Jewish Tragedy* (London: Collins, 1986).

——, *The Routledge Atlas of the Holocaust*, 3rd edn (London: Routledge, 2002).

Gillman, Peter and Leni Gillman, *"Collar the Lot!" How Britain Interned and Expelled Its Wartime Refugees* (London: Quartet, 1980).

Gold, Hugo, *Geschichte der Juden in Wien: Ein Gedenkbuch* (Tel Aviv: Olamenu, 1966).

Goltman, Pierre, *Six mois en enfer* (Paris: Éditions le Manuscrit, 2011).

Gottwaldt, Alfred and Diana Schulle, *Die «Judendeportationen» aus dem Deutschen Reich 1941–1945* (Wiesbaden: Marix Verlag, 2005).

Grenville, Anthony, "Anglo-Jewry and the Jewish Refugees from Nazism", *Association of Jewish Refugees Journal*, December 2012; available online at ajr.org.uk/index.cfm/section.journal/issue.Dec12/article=11572 (retrieved 18 July 2017).

Gutman, Yisrael and Michael Berenbaum (eds), *Anatomy of the Auschwitz Death Camp* (Bloomington, IN: Indiana University Press, 1994).

Hackett, David A. (ed., transl.), *The Buchenwald Report* (Boulder, CO: Westview Press, 1995).

Haunschmied, Rudolf A., Jan-Ruth Mills and Siegi Witzany-Durda, *St Georgen-Gusen-Mauthausen: Concentration Camp Mauthausen Reconsidered* (Norderstedt: Books on Demand, 2007).

Hayes, Peter, *Industry and Ideology: IG Farben in the Nazi Era* (Cambridge: Cambridge University Press, 2001).

Hecht, Dieter J., "'Der König rief, und alle, alle kamen': Jewish military chaplains on duty in the Austro-Hungarian army during World War I", *Jewish Culture and History* 17/3 (2016), pp. 203–16.

Heimann-Jelinek, Felicitas, Lothar Höbling and Ingo Zechner, *Ordnung muss sein: Das Archiv der Israelitischen Kultusgemeinde Wien* (Vienna: Jüdisches Museum Wien, 2007).

Heller, Peter, "Preface to a Diary on the Internment of Refugees in England in the Year of 1940" in *Exile and Displacement*, ed. Lauren Levine Enzie, pp. 163–79 (New York: Peter Lang, 2001).

Horsky, Monika, *Man muß darüber reden. Schüler fragen KZ-Häftlinge* (Vienna: Ephelant Verlag, 1988).

Jones, Nigel, *Countdown to Valkyrie: The July Plot to Assassinate Hitler* (London: Frontline, 2008).

Keegan, John, *The First World War* (London: Hutchinson, 1998).

Kershaw, Roger, "Collar the lot! Britain's policy of internment during the Second World War", UK National Archives Blog, July 2, 2015, blog.nationalarchives.gov.uk/blog/collar-lot-britains-policy-internment-second-world-war (retrieved 18 July 2017).

K.u.k. Kriegsministerium, *Verlustliste Nr 209*

Gedenkstätte Mauthausen Research Centre, Vienna

PNY Passenger Lists of Vessels Arriving at New York: Microfilm Publication M237, 675: NARA

TAE Trial of Adolf Eichmann: District Court Sessions: State of Israel Ministry of Justice: available online at nizkor.org (retrieved 19 March 2016)

WLO *Adolph Lehmanns Adressbuch*: Wienbibliothek Digital: www.digital.wienbibliothek.at/wbrobv/periodical/titleinfo/5311 (retrieved 20 May 2017)

YVP Papers and documents: Yad Vashem, Jerusalem: some available online at www.yadvashem.org

YVS Central Database of Shoah Victims' Names: Yad Vashem, Jerusalem: available online at yvng.yadvashem.org (retrieved 14 April 2017)

書籍および論文

Aarons, Mark, *War Criminals Welcome: Australia, a Sanctuary for Fugitive War Criminals Since 1945* (Melbourne: Black Inc., 2001).

Arad, Yitzhak, Israel Gutman and Abraham Margaliot, *Documents on the Holocaust*, 8th edn, transl. Lea Ben Dor (Lincoln, NE, and Jerusalem: University of Nebraska Press and Yad Vashem, 1999).

Bardgett, Suzanne and David Cesarani (eds), *Belsen 1945: New Historical Perspectives* (London: Vallentine Mitchell, 2006).

Barton, Waltraud (ed.), *Ermordet in Maly Trostinec: die österreichischen Opfer der Shoa in Weißrussland* (Vienna: New Academic Press, 2012).

Bentwich, Norman, "The Destruction of the Jewish Community in Austria 1938–1942" in *The Jews of Austria*, ed. Josef Fraenkel, pp. 467–78 (London: Vallentine Mitchell, 1970).

Berkley, George E., *Vienna and Its Jews: The Tragedy of Success, 1880s–1980s* (Cambridge, MA: Abt Books, 1988).

Browning, Christopher, *The Origins of the Final Solution* (London: Arrow, 2005).

Burkitt, Nicholas Mark, *British Society and the Jews* (University of Exeter: PhD dissertation, 2011).

Cesarani, David, *Eichmann: His Life and Crimes* (London: Vintage, 2005).

——, *Final Solution: The Fate of the Jews 1933–49* (London: Macmillan, 2016).

Czech, Danuta, *Auschwitz Chronicle: 1939–1945* (London: I. B. Tauris, 1990).

Czeike, Felix, *Historisches Lexikon Wien*, 6 vols (Vienna: Kremayr & Scheriau, 1992–7).

Długoborski, Wacław and Franciszek Piper (eds), *Auschwitz 1940–1945: Studien der Geschichte des Konzentrations-und Vernichtungslagers Auschwitz*, 5 vols (Oświęcim: Verlag des Staatlichen Museums Auschwitz-Birkenau, 1999).

Dobosiewicz, Stanisław, *Mauthausen-Gusen: obóz zagłady* (Warsaw: Wydawn, 1977).

Dror, Michael, "News from the Archives", *Yad Vashem Jerusalem* 81 (October 2016), p. 22.

Dutch, Oswald, *Thus Died Austria* (London: E. Arnold, 1938).

Fein, Erich and Karl Flanner, *Rot-Weiss-Rot in Buchenwald* (Vienna: Europaverlag, 1987).

Foreign Office (UK), *Papers Concerning the Treatment of German Nationals in Germany, 1938–1939* (London: HMSO, 1939).

Friedländer, Saul, *Nazi Germany and the Jews: vol. 1: The Years of Persecution, 1933–1939* (London: Weidenfeld and Nicolson, 1997).

Friedman, Saul S., *No Haven for the Oppressed: United States Policy Toward Jewish Refugees, 1938–1945* (Detroit: Wayne State University Press, 1973).

Frieser, Karl-Heinz, *The Eastern Front, 1943–1944*, transl. Barry Smerin and Barbara Wilson (Oxford: Clarendon Press, 2017).

参考文献、出典

著者によるインタビュー

Kurt Kleinmann: March-April 2016, July 2017
Peter Patten: April 2016, July 2017

アーカイブ

Fritz Kleinmann: February 1997: interview 28129, Visual History Archive: University of Southern California Shoah Foundation Institute (南カリフォルニア大学ショアー財団研究所)

記録および未刊行資料

ABM Archives of Auschwitz-Birkenau Museum (アウシュヴィッツ=ビルケナウ博物館) Oświęcim, Poland

AFB Findbuch for Victims of National Socialism, Austria: findbuch.at/en (retrieved 21 February 2017)

AJJ American Jewish Joint Distribution Committee Archives, New York

AWK Testimonies from Kristallnacht: Wiener Library (ウィーナー図書館), London: available online at wienerlibrarycollections.co.uk/novemberpogrom/testimonies-and-reports/overview (retrieved 19 February 2017)

BWM Belohnungsakten des Weltkrieges 1914-1918: Mannschaftsbelohnungsanträge No. 45348, Box 21: Austrian State Archives, Vienna

DFK Letters, photographs and documents from the archive of Fritz Kleinmann

DKK Letters and documents in possession of Kurt Kleinmann

DOW Dokumentationsarchiv des Österreichischen Widerstandes, Vienna: some records available online at www.doew.at/personensuche (retrieved 14 April 2017)

DPP Documents and photographs in possession of Peter Patten

DRG Documents and photographs in possession of Reinhold Gärtner

FDR FDR Presidential Library (フランクリン・D・ローズヴェルト大統領図書館), Hyde Park, New York

FTD Records of the Frankfurt Auschwitz trials: Fritz Bauer Institut, Frankfurt am Main, Germany

GRO Records of births, marriages and deaths for England and Wales: General Register Office, Southport, UK

HOI Home Office: Aliens Department: Internees Index, 1939-1947: HO 396: National Archives, Kew, London

IKA Archiv der Israelitischen Kultusgemeinde, Vienna

ITS Documents on victims of Nazi persecution: ITS Digital Archive: International Tracing Service, Bad Arolsen, Germany

LJL Leeds Jewish Refugee Committee: case files: WYL 5044/12: West Yorkshire Archive Service, Leeds, UK

LJW Leeds Jewish Refugee Committee: correspondence and papers: Collection 599: Wiener Library (ウィーナー図書館), London

MTW Maly Trostinec witness correspondence, 1962-67: World Jewish Congress Collection: Box C213-05: American Jewish Archives, Cincinnati

NARA National Archives and Records Administration, Washington DC

PGB Prisoner record archive: KZ-Gedenkstätte Buchenwald, Weimar

PGD Prisoner record archive: KZ-Gedenkstätte Dachau, Dachau

PGM Prisoner record archive: KZ-

【著】ジェレミー・ドロンフィールド　Jeremy Dronfield
1965年生まれ。イギリスのフィクション・ノンフィクション作家。1997年、デビュー作 *The Locust Farm*（『飛蝗の農場』創元推理文庫、2002年、新装版2024年）がベストセラーに。以降 *Resurrecting Salvador*（『サルバドールの復活』上下巻、創元推理文庫、2005年）などのフィクション作品を4作発表した後、10年以上の沈黙を経て、共著でのノンフィクションを多数発表。本書は、ノンフィクションでは初の単著となる。

【訳】越前敏弥（えちぜん・としや）
翻訳家。1961年生まれ。訳書に『ダ・ヴィンチ・コード』『Yの悲劇』『クリスマス・キャロル』（以上、KADOKAWA）、『ロンドン・アイの謎』（東京創元社）、『世界文学大図鑑』（三省堂）など、著書に『文芸翻訳教室』（研究社）、『翻訳百景』（角川新書）など多数。ドロンフィールドの2作品の翻訳も手がけている。

Jeremy Dronfield :
THE BOY WHO FOLLOWED HIS FATHER INTO AUSCHWITZ

First published as The Boy Who Followed His Father into Auschwitz in 2019
by Michael Joseph.
Michael Joseph is part of the Penguin Random House group of companies.
Japanese translation rights arranged with Penguin Books Limited
through Japan UNI Agency, Inc., Tokyo

アウシュヴィッツの父《ちち》と息子《むすこ》に

2024年9月20日　初版印刷
2024年9月30日　初版発行

著　者　ジェレミー・ドロンフィールド
訳　者　越前敏弥
装丁者　木庭貴信＋岩元萌（オクターヴ）
装　画　安藤巨樹
発行者　小野寺優
発行所　株式会社河出書房新社
〒162-8544　東京都新宿区東五軒町2-13
電話　(03) 3404-1201［営業］　(03) 3404-8611［編集］
https://www.kawade.co.jp/
組　版　株式会社創都
印　刷　三松堂株式会社
製　本　加藤製本株式会社
Printed in Japan
ISBN978-4-309-22933-1
落丁本・乱丁本はお取り替えいたします。